昭明文選

中文經典100句

台灣師範大學國文系季旭昇教授 總策畫
文心工作室 編著

《昭明文選》：

我國現存最早的詩文總集，蒐羅先秦到南朝梁總計一百二十七位作家與七百多篇的詩文歌賦。「事出於沉思，義歸乎翰藻」為選錄標準。依文類、作品的內容與時代先後分類排序，宛如一部文學的百科全書。南宋陸游以一句諺語「文選爛，秀才半」，推崇其價值。

蕭統：

西元五〇一至五三一年，字德施，南朝梁武帝長子。梁武帝即位之初，封為皇太子，數年後立為太子。愛好文藝，太子東宮藏書有三萬卷，常與文人雅士討論文章典籍。在完成《文選》浩大的編纂工程後病逝，年僅三十一，諡號「昭明」，後稱「昭明太子」，《文選》也因此稱為《昭明文選》。

〈出版緣起〉

站在文化巨人的肩膀上

季旭昇

「犁明即起，灑掃庭廚。忘著窗外，一片籃天白雲，令人腥情振忿。隨便灌洗一下，整理遺容之後，走到客聽，粘起三柱香，拜完劣祖劣宗，希望祖宗給我保屁。然後勿勿敢往朋友的壽宴，為朋友舉殤祝壽，大家喝的慾罷不能。談到朋友的事葉出現危機，我就建議他要摒持理念、拿出破力。朋友也免勵我要多用功，才能寫出家譽戶曉、擲地有聲的文章。晚上我開始發糞讀書，日以繼夜的終於寫完這一篇文章。」

這是用現在見怪不怪的錯字集錦而成的一篇小文，果然可以「擲地」，但是未必「有聲」。近年來，這種錯字太多了，老師開始憂心、家長開始憂心、社會賢達開始憂心，只有學生和教育主管當局不憂心，教育主管當局甚至於還要進一步削減中小學的國語文授課時數。終於，社會的憂心迸發了，由各界組成的「搶救國文聯盟」日前已起來呼籲教育主管當局要正視這個問題，不要坐視國家競爭力一日一日的衰落。

身為文化事業一份子的商周出版，老早就在正視這個問題了，所以洞燭機先地策畫了「中文可以更好」系列，為文字針砭、為語文把脈，希望把這些年語文界的毛病治好。各界反應還不錯。

語文的毛病治好了，體質還是不夠強壯。商周出版認為進一步要熬十全大補湯，讓我們的語文更強壯。這「十全大補湯」就是「中文經典一〇〇句」系列。

《荀子．勸學篇》說：

「吾嘗終日而思矣，不如須臾之所學也。吾嘗跂而望矣，不如登高之博見也。登高而招，臂非加長也，而見者遠；順風而呼，聲非加疾也，而聞者彰。假輿馬者，非利足也，而致千里；假舟楫者，非能水也，而絕江河。君子生非異也，善假於物也。」

學畫一定要先從芥子園畫譜學起。芥子園畫譜是初學者的「經典」。張大千的畫藝要更上層樓，所以要去千佛洞臨壁畫。千佛洞是張大千的「經典」。

學書法的人要學二王顏柳，二王顏柳是書法界的「經典」。

經典是古代聖賢才智的結晶，是民族文化的源頭。

多認識經典可以讓我們站在巨人的肩上，長得更快、更高。

多認識經典可以讓我們的思想、文字帶有民族智慧、民族風格。

《論語》、《史記》、《古文觀止》、《孟子》、《詩經》、《莊子》、《戰國策》、

《唐詩》、《宋詞》、《世說新語》、《資治通鑑》，《昭明文選》（「中文經典一〇〇句」已出版）、《六祖壇經》、《曾國藩家書》、《老子》、《韓非子》、《荀子》、《孫子兵法》、《易經》（「中文經典一〇〇句」即將出版），這十幾本書應該是現代國民的「最低限度必讀經典」，做為這個民族的一份子，沒有讀過這十幾本書，就稱不上這個民族的「知識分子」。但是，現代人實在太忙了，大人忙著五光十色、小孩忙著被教改、社會忙著全民英檢、國家忙著走出去，人人都在盲茫忙，商周出版因此為忙碌的人們燉一鍋大補湯，用最活潑簡明的文句，把經典的精粹提煉出來，讓大家可以在「三上」（馬上、枕上、廁上）閱讀。在做完文字針砭、為語文把脈、把病痛治好後，讓我們來培元固本，增強功力，站在文化巨人的肩膀上，看得更高，飛得更遠！

（本文作者現爲台灣師範大學國文系教授）

〈專文推薦〉

觸發、感動與有所得

廖輝英

翻完《中文經典一〇〇句——昭明文選》之際，天將方亮，細雨敲窗，在這不春不秋的中元氣節，曚昧薄涼，恍然竟有淡淡的蕭瑟與黯然。按理，已過傷春悲秋年紀，溯風聽雨、跋山涉水、江關幾度，離愁早杳。就連文字涉獵，最多只是微有所感，再多再深，難有可能。

然而，一頁一頁讀完電腦列印出來的文稿，重溫許多大學時代聽講過、背誦過、感動過的經典名句，竟然思潮澎湃、心情悸動！果真，人類的感情，即使千年以降，也是相通的——如果它是透過一個好的藝術形式，像詩詞歌賦、像音樂、美術或舞蹈。當然，時代久遠，或有代溝與阻絕，就需要專家解說、詮釋與媒介，把那種美感、震撼和感動，一絲不差地傳達給後來者。

「昭明文選」是我國現存最早的詩文總集，選錄自先秦至南朝梁的詩文辭賦。以現代的言語來講，它是偏重文學的，可能感懷、抒情、美感的成分也多些，所以，與人類共有經驗是貼近的，也較能引起共鳴。

以創作者和大量閱讀者的雙重身分來看這本書，很容易便發現它的特別。

首先，它是經過非常周密計畫所編寫出來：「名句的誕生」讓讀者認識並理解原文，透過歷史的還原，既知史又得知作者創作時的情境；「完全讀懂名句」，語意加解釋，算是導讀，讓入門者讀得懂，再讓讀者有新的認識和感觸；「文章背景小常識」與「名句的故事」，特別加註與名句有關的名人軼事、典故故事、歷代品評；「歷久彌新說名句」則是完整介紹相關主題的古今中外名句，並完整說明故事背景應用情境。看這一本書，因為編撰小組的旁徵博引，讀者所得到的，可能是好幾十本書的知識、故事，其中有歷史、有文學、有人生感懷，更有極富哲思的生命感動，我覺得非常值得。

一本好的書，如果硬要再從更功利的觀點來看，其實可以用「得到什麼具體的好處」來衡量。在這個觀點上，本書也是經得起考驗的。

認真說起來，它不算是入門的書；但，因為有很不錯的語譯與導讀，所以初學者透過這些，足以跨越障礙，讀懂、讀通、進而體會共鳴，欣賞、感動、神遊！老實說，閱讀的最高境界，真的是捨此無他！不能再要求什麼了！

如果是想要在文字上更能精進的人，像是文字工作者、網路作家、甚至是立志出書寫小說散文的，我覺得這本書對他們也有幫助。我這樣講沒有瞎說，這一、二十年來，評過太多的文學獎，不管是小說或散文、不管是百萬小說、全國學生文學獎或校園文學獎，內容主題固然是決勝的關鍵，但文字卻更左右它的名次。

拋開寫什麼不說，一篇被評審青睞、名次很前面的作品，它的文字一定是具有特色的；甚至主題不見得很討好，而魅惑獨具韻味的文字卻能讓人刮目相看、不忍割捨（當然我不是說主題內容不重要，而是特別強調文字的魅力。）——這樣的文字功力，往往是藉由閱讀好的文字學習、累積而來。好的文字，是作家特有的圖騰，是唯一的，很多偉大或好的作家，文字一定是好的，這是必要條件。「練字」其實沒有捷徑，一定要多讀好的書，先從平順開始，再求言之有物；師法古人得其精髓，運用自如之後或能另闢蹊徑、青出於藍，自成一家。本書的名句和引申，足以當範本之一。當然，文字好的人，不一定得當作家，只權充是特長，也是件很滿足的事。

此外，如果不從這麼具體而功利的角度來看，本書其實還另有意想不到的功用。學中文的人喜歡說：「藉他人酒杯，澆自己塊壘」，許多人心中有愁、有恨、為情所困或所傷、喪志失意、惆悵失落，卻苦無管道紓解或緩和，困在人生的幽谷低潮裡，不是悲哀難抑，就是憂愁不解。好的文學藝術，因為替所有有相似遭遇的「天涯淪落人」，寫出了那種情境、感懷或不平，而往往能為困頓人生找到出口，讓後世人跨越時間的鴻溝，在淘淘濁浪裡，得到最大的寬解與安慰！本書所列名句，幾乎都具有這種療傷止痛的替代功能。完全讀懂它們，名句猶如「張老師」，一樣都具撫慰力。

也許還有一項功能，是我們不太願意承認的，但它卻是很具體、頗重要的——那就是增加「優雅」的談話話題，為自己加分！有詩、有文、有歷史、有故事，還有哲理！而且，有趣之餘，還真的「有學問」呢。

二〇〇七年秋（本文作者爲知名作家）

〈專文推薦〉

通往文學殿堂的黃金階梯

歐陽宜璋

擁有「美麗」是一種天生的驕傲，而「美感」的養成則是一種從容的器度。在東漢以來的長期分裂中，三國的吳以及東晉、宋、齊、梁、陳，在偏安中展現了「六朝金粉」的富麗風貌。除了舞榭歌臺、秦淮風月之外，這股審美的風尚也蔓延到文字藝術中，使中國字在表達思想之外，開創了獨領風騷的「文學」類型。

在剛開始接觸漢魏的經典名篇：如〈古詩十九首〉、諸葛亮〈出師表〉以及曹丕的〈典論論文〉時，會發現在書中交代文章出處時，會出現《昭明文選》的字樣；因為這個特別的書名，我開始好奇於它的編者，竟發現這部現存最早的詩、文總集，出自一位年輕早逝的太子之手。在那個動盪不安的世代，他讓一個一個的方塊字不只是宣達政令、傳達想法的工具；而是透過形式和內涵的巧妙搭配，提供了文學美感的最佳示範。那些古來震懾人心的建築、雕刻或功業，可能在滾滾巨浪中淘洗殆盡；但是由昭明太子蕭統帶領的編輯群，卻為擁有數千年傳統的漢字文化圈，提供了「美感」養成的黃金階梯。

相傳倉頡造字時，上天因為人類即將掌握智慧的符碼，以至於「天雨粟，鬼夜哭」；而南朝梁太子蕭統所編的《昭明文選》，更把文字的藝術帶入純文學的領域。在文學概念逐漸明晰之際，《昭明文選》以浩瀚的篇幅和精美的選文，確立了中國文學的獨特地位，使「文學」不再只限於書寫與應用，而是自成一格，「事出於沉思，義歸乎翰藻」的美感藝術。這部中國現存最早的詩、文總集，不但匯聚了由先秦到齊梁的經典詩、文，更為有心創作的學子提供了通往文學殿堂的黃金階梯；因此，南宋名家陸游在《老學庵筆記》中以當時的諺語「文選爛，秀才半」，來推崇《昭明文選》屹立不搖的學習價值。

遙想南朝梁的宮廷內，年輕早慧的昭明太子受到父親梁武帝的影響，不愛奢華，卻酷愛讀書。他每天翱游書海，含英咀華；並招募文士，一起構築文學的七寶樓臺。他把精選的一百二十七位作家與五百篇作品，作了精細的分類，讀來有如一部文學的百科全書：書中先依賦、詩、騷以及各種文類排序，在文類之中，又依照作品的內容細分，而同一類型的作品，以時代先後為序。讀者想要觀摩那一種文學形式，或是欣賞那一種生活題材的表現，都可以按圖索驥，涵詠有得。例如，在賦類的作品中，有描繪京都的、耕種畋獵的、紀行或遊覽的、歌詠景物或鳥獸的，以至於抒情詠懷的等等，即使不熟悉的篇目，也可能隱藏著琅琅上口的經典名句，或是一則則動人的故事。

在《昭明文選》的經典一〇〇句中，引用的名句或許不像唐詩、宋詞那樣的琅琅上口；除了用字偏難之外，也可能用典繁多；但是書中細心安排的「文章背景小常識」為我們破解了時代的符碼，而我們檢視「名句的故事」，會發現在《昭明文選》的華麗辭藻中，竟然暗藏那麼多豐富而有趣的故事情境。此外，「歷久彌新說名句」則把相關的文學主題，由漢魏南北朝以至於唐詩、宋詞、章回小說、現代文學，作來龍去脈的分析介紹。因此，翻閱這本書，就不單單只有認識《昭明文選》的一百個名句，而是順著一百個亮點，去追溯中國文學的流變歷程，掌握傳統抒懷的表達技巧。

這是一本文學的家傳寶典，更是增進鑑賞與創作功力的宮廷祕籍。建議在翻閱時，除了用眼睛去捕捉美麗的辭藻和趣味的故事，也不妨拿起筆來，挑一個切合閱讀心情的名句主題，試著用他們的技巧來捕捉自我的感受。剛開始時，那個精美編織的文學世界可能和你格格不入；但在一番努力後，相信未來的你能更輕鬆地擁有解讀名句、捕捉美感的語文能力。和《昭明文選》一起穿越時代的雜音，拓展恢宏的文化格局。

（本文作者現為北一女中教師，台大中文系兼任助理教授）

有龍泉之利，乃可以議其斷割——論說篇

Contents／目錄

採菊東籬下，悠然見南山——詠史、詠物、詠山水篇

Contents／目錄

昭明文選

有龍泉之利，乃可以議其斷割

——論說篇

100

蓋踵其事而增華，變其本而加厲

名句的誕生

若夫椎輪[1]為大輅[2]之始，大輅寧有椎輪之質！增冰[3]為積水所成，積水曾微[4]增冰之凜。何哉？蓋踵[5]其事而增華[6]，變其本而加厲[7]。物既有之，文亦宜然；隨時變改，難可詳悉。

～南朝梁・蕭統・文選序

完全讀懂名句

1. 椎輪：無輻的車輪。泛指極原始、簡陋的車。
2. 大輅：古代天子所乘的車。輅，音ㄌㄨˋ，lu。
3. 增冰：厚冰。增：通「層」字，重疊的。
4. 微：無。
5. 踵：繼承。
6. 增華：增加華美。
7. 厲：甚。

語譯：車輛的製造，是由簡陋的椎輪車開始，後來才出現大輅車，大輅車難道有像椎輪車那麼質樸嗎？厚冰是由積水所凝成的，但是水卻沒有厚冰那麼冷。這是為什麼呢？因為事情繼續做下去，就會增加華美，改變原先的狀態，在本來的基礎上加以發展。事物的演變是如此，文章也是一樣，隨著時代而改變，難以完全詳細了解。

文章背景小常識

〈文選序〉是南朝梁武帝長子蕭統，為其所

編《文選》寫的一篇序文。蕭統，字德施，梁武帝即位之初，便封他為皇太子，數年後立為太子；他不僅長相俊美，並且非常愛好文藝。當時太子東宮藏書有三萬卷，蕭統常與文人雅士討論文章典籍，一時人才雲集，他並與中國第一部文學批評專著《文心雕龍》作者劉勰交情友好。

可惜，蕭統在完成《文選》這部浩大工程後病逝，年僅三十一，諡號「昭明」，後人稱其「昭明太子」，《文選》也因此稱為《昭明文選》。

《昭明文選》蒐羅先秦到南朝梁一百多位作家，總計七百多篇的詩文歌賦，堪稱中國詩文總集的鼻祖。幕後推手蕭統在〈文選序〉中，闡明編纂《昭明文選》的目的，是緣於歷來辭章浩瀚繁雜，若沒有將這些作品分類整理，去蕪存菁，一般人實難以盡讀，甚至因而錯失精華佳作。序中詳述文學創作的演變，以及收錄作品的標準，不但是後人了解《昭明文選》不可或缺的入門鑰匙，更是文學理論史上的重要篇章。

名句的故事

南北朝時期，南朝依序經歷宋、齊、梁、陳四個朝代。其中「梁」為梁武帝蕭衍所建立，史稱南梁或蕭梁，建都建康（今江蘇省南京市）。南梁雖偏南一隅，卻是史上一段人才薈萃，文風鼎盛的年代。外加梁武帝喜文好佛，其子個個能詩善文，除早逝的昭明太子蕭統之外，後來繼位的梁簡文帝蕭綱，同樣寫得一手好詩文。

蕭統貴為梁朝儲君，尚未即位便不幸去世，然其短暫的生命裡，卻因編撰《昭明文選》這部鉅著，奠定他在文學史上舉足輕重的地位。序中「蓋踵其事而增華，變其本而加厲」，乃蕭統對文學歷來演變提出的新解，認為文學發展有其一定的規律，如同任何事物也是由簡而繁、日新月異地進步；所以，文學創作亦是從上古的質樸文風，逐漸趨向華美雕飾的文學形式，以上皆可視為文學發展的必然現象。

為了強化此一論述，蕭統並舉「椎輪大輅」、「增冰積水」為喻，以車子在創始之初，不過是一部簡陋的椎輪車，後來才衍生成豪華的大輅車；又如層層厚實的寒冰，也是由液體的水日積月累而成，這些都是繼承先前既有的事物，加以改變之後，進而發展出一種嶄新的形式。

由此觀之，文學隨著時代的更新與變化，文章辭采勢必更加雕琢藻飾，其道理和車子、冰水的演變過程是一樣的。蕭統所舉「椎輪大輅」之喻，也被後人用來比喻事物由粗到精、從簡至繁，逐步完善的意思。

歷久彌新說名句

魏晉時期，文壇瀰漫一股華靡文風，當時盛行「駢體文」，文人無不重視用典和對仗，講究文章的格律和形式。南朝梁初，蕭統在〈文選序〉中，提到「踵其事而增華，變其本而加厲」，強調文章除了表達本身文意之外，也要在乎聲韻格律的形式之美。

有趣的是，這兩句話其後果真應驗了蕭統「踵其事而增華，變其本而加厲」之意，隨著時代的更迭變換，不但衍生出兩句成語「踵事增華」與「變本加厲」，意思也和蕭統當初所言有所差別了！

如晚清革命小說家黃小配，在一部揭露官場腐敗的小說《二十載繁華夢‧第二十七回》寫道：「至如洋樓裡面，又另有一種陳設，擺設的如餐台、波台、彈弓牀子、花曬牀子、花旗國各式藤椅及夏天用的電氣風扇，自然色色齊備。或是款待賓客，洋樓上便是金銀刀叉，單是一副金色茶具，已費去三千金有餘。若至大屋裡，如金銀炕盅、金銀酒杯，或金或銀，或象牙的箸子，卻也數過不盡。……即把廳前台階白石，從雕刻以至頭門牆上及各牆壁，另行雕刻花草人物，正是踵事增華，窮奢極侈。」作者鉅細靡遺描述洋房主人，如何窮盡奢華布置新居，其目的是為了和當時多數貧苦百姓互為對比，人情冷暖在此昭然若揭，也正是藉由小說人物「踵事增華」的奢侈之舉，暗諷富人不知民間疾苦。

吳沃堯在清末四大譴責小說之一《二十年目睹之怪現狀・第六十八回》中寫道：「大約當日河工極險的時候，曾經有人提倡神明之說，以壯那工人的膽，未嘗沒有小小效驗；久而久之，變本加厲，就鬧出這邪說誣民的舉動來了。」此書主要在刻畫人性的醜惡，尤其著重商場和官僚體系的勾心鬥角。作者文中言及，在工程危險的地方，有人提出神明之說，本來用意不過是讓施工的人求個心安，哪知日子一久，竟鬧出怪力亂神的邪說來！其中「變本加厲」是指和原來說法嚴重偏離，意思完全走樣。

「踵事增華」原指因襲先前的事物，使其更加完善齊備；之後演變成帶有批評人畫蛇添足、錦上添花的諷刺意味。又「變本加厲」原意是根據本來的事物，加以改變發展；後來卻成為改變原有的狀況，使其更加嚴重，偏向後果不堪設想的負面意義。

事出於沉思，義歸乎翰藻

名句的誕生

至於記事之史[1]，繫年之書[2]，所以褒貶是非，紀別異同；方[3]之篇翰，亦已不同。若其讚論[4]之綜緝辭采，序述[5]之錯比文華，事出於沉思，義歸乎翰藻[6]。故與夫篇什，雜而集之。遠自周室，迄於聖代[7]，都[8]為三十卷，名曰《文選》云耳。

～南朝梁．蕭統．文選序

完全讀懂名句

1. 記事之史：記事的史書。
2. 繫年之書：編年體的史書。
3. 方：比。
4. 讚論：指《昭明文選》中所選的「史論」；即史書作者的評論。
5. 序述：指《昭明文選》中所選的「史述贊」；即史書作者對歷史人物的敘述或褒貶。
6. 翰藻：文采辭彙。翰：文章、書信。藻：文辭、文章或指絢麗華美的顏色。
7. 聖代：美稱聖明的當代，即南朝梁。
8. 都：總、全。

語譯：至於記事的史書，編年的史書，是用來褒貶人事的是非，記錄區別事實的異同，比起文學辭章，已有所不同。至於其中的讚論，聯綴文采，序述又錯綜排比，文辭華美，事情出於深刻的思考，義理歸於文藻的雕飾。所以把它們跟文學辭章放在一起，摻雜彙編。全書遠從周朝開始，直到本朝為止，總共有三十卷，命名為《文選》。

名句的故事

蕭統所編《昭明文選》一書，是一部按體例分類的詩文總集，序末提到「事出於沉思，義歸乎翰藻」一語，其中「翰藻」指的是文章的優美辭采。

作者原是要說明他個人著重文學性的辭章作品，故將「以立意為宗，不以能文為本」，如孔子、老、莊、管、孟等諸子之作，全都排除在選文之外，認為這些聖賢經傳，皆是以立論為主要宗旨，對於文字辭藻並不重視。

在經、史、子三部裡，唯獨被蕭統選入的是史書中讚論、序述的文章，其理由是史家不但在文中褒貶人物的功過是非，文字敘述更是錯綜複雜，排比出絢麗的文藻，因而具有收錄的價值。換言之，「事出於沉思，義歸乎翰藻」便可說是蕭統《昭明文選》的選文標準。

南梁蕭家父子貴為帝王之尊，以其對文藝的熱中喜好，帶動當時的創作風氣，他們追求文字形式的美感呈現，肯定藝術與文學的關聯，進而發展以駢麗為主流的文章與詩賦。縱使後人對蕭統重視文采、輕視質樸的選文標準有所批評，但自《昭明文選》成書至今，卻從未撼動過它的重要性。

唐人杜甫在〈宗武生日〉的其中四句寫道：「詩是吾家事，人傳世上情。熟精《文選》理，休覓綵衣輕。」詩題中的「宗武」是杜甫兒子的名字，詩人在兒子生日時，告誡其子作詩乃杜家世代相傳之能事，外人卻以為他們只善於描寫世情，他希望兒子盡孝道的方式，就是好好熟讀《昭明文選》，而不必學老萊子穿著一身五綵衣，來逗自己開心。

南宋陸游《老學庵筆記》中提及當時士人盛傳的一句諺語：「《文選》爛，秀才半。」意即只要把《文選》讀到爛熟，差不多就是半個秀才了！足見蕭統《文選》對後世的影響。

歷久彌新說名句

自蕭統「事出於沉思，義歸乎翰藻」一出，

顛覆讀書人已往將詩、書、禮、樂、易、春秋六藝，視為正統文學的觀念，轉而注重文采的雕飾；此時的文人把辭藻華麗、聲律和諧，且多用典故的「駢體文」推向高峰，成就文學史上一段情文並茂、爭奇鬥豔的風潮。

年代稍早於蕭統的南朝宋、齊文人丘巨源，因文筆甚佳，得到宋孝武帝劉駿的重視。到了宋後廢帝劉昱，桂陽王休范叛亂，丘巨源奉命撰寫符檄聲討，等到亂平，原以為會得到朝廷的封賞，沒想到希望落空，於是，他寫信給當時擔任尚書令的袁粲為自己抱屈。這封信又稱作〈與尚書令袁粲書〉，其中一段寫道：「又爾時顛沛，普喚文士，黃門中書，靡不畢集，摛翰振藻，非為乏人，朝廷洪筆，何故假手凡賤？若以此賊強盛，勝負難測，群賢怯不染豪者，則民宜以勇獲賞；若云羽檄之難，必須筆傑，群賢推能見委者，則民宜以才賜列。」

其意是說，在亂事發生的當下，朝廷裡有那麼多文士，每個人都有舒展文才、鋪陳辭藻的文筆，何以需要一個平凡卑賤的自己（此乃表面謙詞）來寫呢？他認為在勝負未定之時，眾多文官沒人有勇氣得罪叛賊，自己卻敢下筆寫符檄，至少應得到「勇」的獎賞。接著又說，寫軍事檄文，文筆必須傑出，眾人才會推派他執筆，故理應賜在「才」之列。

丘巨源的不平之鳴，最後並未得到袁粲的回應，但信中「摛翰振藻」一語（摛，音ㄔ，chī，舒展之意），卻成了日後形容人擅長鋪比文字、雕琢辭章的成語。

唐朝田園詩人孟浩然，其詩〈盧明府九日峴山宴袁使君、張郎中、崔員外〉中寫道：「獻壽先浮菊，尋幽或藉蘭。煙虹鋪藻翰，松竹掛衣冠。」作者在九九重陽節與友人登上襄陽的峴山，大夥兒一同飲酒歡聚。詩人刻意以菊、幽蘭、松、竹為喻，凸顯這群友人的品格高潔，又以「藻翰」稱許其舞文弄墨的本事。其中「煙虹鋪藻翰」意為華美的文采，有如天空鋪滿煙火與彩虹般地燦爛奪目。

得士者強，失士者亡

名句的誕生

夫蘇秦、張儀之時，周室大壞[1]，諸侯不朝[2]，力政[3]爭權，相擒以兵[4]，並為十二國，未有雌雄。得士者強，失士者亡，故說[5]得行焉。

～西漢・東方朔・答客難

完全讀懂名句

1. 壞：毀壞，引申為崩潰，無法維持統治。
2. 朝：朝見。
3. 力政：即「力征」，仗恃武力互相征戰。
4. 相擒以兵：以軍事力量相互吞沒。
5. 說：ㄕㄨㄟˋ，shuì，遊說。

語譯：蘇秦、張儀的時代，周王室地位低落，諸侯國都不來朝見，各國仗恃著武力以征戰奪權，用軍事力量相互併吞，形成了魯、衛、齊、宋、楚、鄭、燕、趙、韓、魏、秦、中山十二國並立的現象，分不出勝負。這時候得到人才的國家就強盛，失去人才的國家就會滅亡，所以遊說的工作可以成功。

文章背景小常識

〈答客難〉（ㄋㄢˋ，nàn）是西漢辭賦家東方朔假藉「客」對其詰難，來發抒自己不受重用的鬱悶。一開始，客就問東方朔說：「蘇秦、張儀這些戰國時的縱橫家，都被國君賞識而功成名就。何以你這位『自以智能海內無雙』、『博聞辯智』的人，卻只能當個小官呢？」

接著就是東方朔喟然長嘆一聲，開始了通篇的牢騷。他說：「『彼一時也，此一時也』，戰國時代由於政治不安定，各國用人唯才，所以當時這些口齒伶俐的縱橫家可以受到重用。今天這個大一統盛世（漢朝），政局就像「覆盂」（即倒置的碗）一樣穩定，一舉一動都彷彿逃不過皇帝的手掌心，賢與不肖又有什麼分別呢？」東方朔又說現今人才任用的情況是「用之則為虎，不用則為鼠」，說明了統治者對人才任意抑揚，為自己打抱不平。

這種主客對答的形式，後世有許多仿作，如揚雄的〈解嘲〉、班固的〈答賓戲〉、張衡的〈應間〉，直到唐代韓愈的〈進學解〉，都是模仿這種假藉客問而自答的方式。

名句的故事

東方朔在漢代算是個另類的文人。《史記》將之列入〈滑稽列傳〉，史書中關於他的機智故事不知凡幾，後世更尊他為「相聲之祖」。由此可知東方朔的博學多才與伶牙俐齒。

《漢書》記載東方朔是靠一封誇大的自薦信而開始入朝為官的。信上這麼說道：「臣朔年二十二，長九尺三寸，目若懸珠，齒若編貝，勇若孟賁，捷若慶忌，廉若鮑叔，信若尾生，若此可以為天子大臣矣。」東方朔說自己身高九尺三寸（相當於今天的兩米多），眼睛像珍珠一樣明亮，牙齒像貝殼那樣潔白整齊，像古代衛國勇士孟賁那樣勇敢，像先秦慶忌那樣敏捷，像鮑叔牙那麼廉潔，向尾生那麼守信。漢武帝就被這樣的自薦信打動了，派東方朔入朝當個小官。

這樣的小官見不到皇帝，根本沒有發展，因此東方朔決定自己創造升遷的機會。他跟幫皇帝餵馬的侏儒說：「皇帝覺得你們沒有用，決定把你們通通殺掉。」嚇得侏儒哭天搶地，趕緊求東方朔幫忙。東方朔便教他們，當皇帝經過時，全部一起下跪求情，或許會有用。

果真當武帝經過時，侏儒全都哭成一團求情，武帝知道是東方朔搞的鬼時，問他何以如此，東方朔便說：「侏儒身高三尺，俸祿有一袋米和二百四十錢，我身長九尺多，拿的也是一袋米和二百四十錢，他們撐得很飽，我卻餓得發慌，如果陛下認為我是人才，就重用我，不然就把我逐出去，也可為長安省點米。」於是武帝就任命他為「待詔金門馬」，這個官職不僅俸祿提高，和皇帝見面的機會也變多了。這就是「長安索米」的故事。

歷久彌新說名句

古代只有貴族有受教育的權利。所謂的「士」原是貴族的最低階層，受過教育，能文能武，平時做卿大夫的家臣，戰時充當下級軍官。但到了春秋時期，上層貴族腐朽無能，只有「士」還保有傳統的「六藝」知識，加上當時政治、經濟的變革，各國政府紛紛謀求改革，對人才需求孔急，於是「士」階層大為活躍起來，平民中也開始出現一批新的「士」，「士」於是成為知識分子的通稱。

在這樣競爭激烈的時代，秦國最後能夠完成統一大業，與他重用外來的人才有很大的關係。商鞅、呂不韋是衛國人，前者變法的成功，奠定了秦國富強的基礎；呂不韋主張綜合各派學說的長處，有助秦完成統一。此外，張儀為秦連橫成功，范雎為秦相時，提出「遠交近攻」、「毋獨攻其地而攻其人」的戰略，為秦完成統一發揮很大的作用，他們並不是秦人，而是魏國人。

「得士者強，失士者亡」，在歷史上不斷被印證。項羽為名將之後，「力拔山兮氣蓋世」，但是卻生性多疑，以為屬下都不如自己，於是原本投靠他的，如陳平、韓信、黥布，都離開了他。相對地，劉邦原來只是一個相當於派出所所長的基層人員，為人行事像個流氓無賴，但他懂得隨機應變，善於用人，有張良為他運籌帷幄之中，有韓信為他決勝千里之外，更有蕭何為其鎮守國家、安撫百姓，做好後勤補給的工作，因此劉邦可以以一介布衣而位居九五，項羽卻只能英雄氣短地自刎於烏江，除了他們的個性決定命運之外，對於人才的掌握與任用也是勝敗的關鍵。

水至清則無魚，人至察則無徒

名句的誕生

水至清則無魚，人至察則無徒[1]。冕[2]而前旒[3]，所以蔽明；黈纊[4]充耳，所以塞聰。

～西漢・東方朔・答客難

完全讀懂名句

1. 徒：追隨者。
2. 冕：冠。
3. 旒：ㄌㄧㄡˊ，lióu，古代冕冠前後端垂下的穿玉絲繩。
4. 黈纊：ㄊㄡˇ ㄎㄨㄤˋ，tǒu kuàng，黃綿。舊時加於冕兩旁，使耳朵不聽不義言語。

語譯：水過於清澈，魚就無法生存，人太過嚴苛就沒有朋友。在上位者，冠冕前有垂下的玉珠，就是為了不要看見人們的小過失；冠冕兩旁有黃綿擋住了耳朵，就是為了不要聽見小人的讒言。

名句的故事

傳說黃帝始作冠冕，《風俗通義・皇霸》說：「黃帝作冕垂旒，目不斜視；充纊，耳不聽讒言也。」

遠古的領導者在禮帽前垂下玉飾珍珠，應是為了增加神祕感，使一般人不易看清其臉色喜怒，但有人賦予「垂旒」道德意義，說是讓領導人眼睛不會看到邪惡的事情；在冕的兩邊加上兩團綿球擋住耳朵，想必是一種取暖措施，卻說成讓領導人耳朵聽不到小人的讒言，聽不見不義的話。不過，到了東方朔筆下，皇帝的垂旒，卻變成了讓皇帝不要太明察。

人不能十全十美，聖人孔子也要到七十歲才能「從心所欲，不逾矩」，何況一般人！君王如果要求屬下十全十美，那麼就沒有人才可以用了。或者用了人才，很快地就會糟蹋毀滅人才，這就是上位者容易有的毛病。所以「水至清則無魚，人至察則無徒」，太乾淨的水缺乏養分，也沒有躲藏的空間，魚無法生存；而人活在一個太純淨的環境，標準過高，也容易沒有朋友。

歷久彌新說名句

春秋時代，楚莊王有一次宴請文武百官，飲酒作樂、聽歌賞舞。夜色來臨，楚莊王命人點起蠟燭，繼續喝酒狂歡。同時，楚莊王也要愛妾麥姬、許姬去跟大臣敬酒。忽然，一陣風吹來，黑暗籠罩了大家，許姬感覺被摸了一把，她反應很快地扯下那人的帽纓，回到楚莊王身邊，告訴他等一下看誰帽纓斷了，就知道誰是那鹹豬手。豈料楚莊王聽了跟大家說：「我們這樣摸黑喝酒，不也挺有趣的嗎？就暫時別把燈點上了吧！」最後酒酣耳熱之際，楚莊王問大家：「真的很高興嗎？不把帽纓扯斷的話，就不算盡興！」大家紛紛把帽纓扯斷了。

許姬為這件事很不高興，楚莊王解釋，宴請大臣是為了同樂，喝醉了酒有一些失態也是難免，如果為此處罰臣子，就失去原來的美意了。過了幾年，楚莊王攻打鄭國，有一位叫唐狡的將軍特別勇猛，衝鋒陷陣，使楚莊王威名大振，原來他就是當年被許姬扯斷帽纓的人。他奮勇殺敵，為了報答楚莊王的寬容大度。

曹植〈求白試表〉說：「臣聞明主使臣不廢有罪，故奔北敗軍之將用，秦魯以成其功；絕纓盜馬之臣赦，楚趙以濟其難。」其中的「絕纓」便是指「楚莊絕纓」這個歷史典故。

上位者在處理人事的問題時，應有彈性，不吹毛求疵，對於枝微末節之事不妨放過。老子說：「治大國如烹小鮮。」意思是「管理」就像烹煮小魚，不要常常去攪動它，倘若政令嚴苛，人民無所措其手足，那麼這個團體馬上就要像被翻來覆去的小魚一樣分崩離析了。

肝腦塗中原，膏液潤野草，而不辭也

名句的誕生

計深慮遠，急國家之難，而樂盡人臣之道也。故有剖符之封[1]，析珪而爵[2]，位為通侯[3]，處列東第[4]。終則遺顯號於後世，傳土地於子孫，行事甚忠敬，居位甚安逸，名聲施[5]於無窮，功烈[6]著而不滅。是以賢人君子，肝腦塗中原[7]，膏液[8]潤野草，而不辭也。

～西漢・司馬相如・喻蜀巴檄

完全讀懂名句

1. 剖符之封：有封高官之意。符，古代朝廷或軍隊所使用的憑信器物，剖為兩半，雙方各執其一，相合以為徵信。
2. 析珪而爵：賞賜爵位之意。珪，原指玉石，古代朝廷將其分作兩半，作為賜爵或封地的憑證，一半置於朝廷，一半予以受封者。一說：析即分之意。
3. 通侯：爵位的最高一級。
4. 東第：帝城東面的住宅，也就是封侯者所居住的地方；此指最好的住宅區。
5. 施：音ㄧˋ，yì，延及、延續。
6. 功烈：功績。
7. 肝腦塗中原：肝和腦灑在原野上，形容人的慘死之狀。後引申為竭力盡忠，不惜犧牲生命之意。
8. 膏液：指鮮血。

語譯：這些邊疆的軍士思慮得很長遠，急於趕往救助國家的危難，樂意盡自己做臣下的職責啊！所以，朝廷封給高官，賞賜爵位，級別在最高一級，住在最好的地區，死後留給後代一個很有名望的稱號，遺傳土地給子孫，因此他們做事相當忠誠，做官非常平順，名聲延續無窮，功績顯著而傳頌不滅。由此緣故，凡是有賢才和有德行的人，都願意將肝腦灑在原野，把像脂膏般的鮮血浸潤於荒草，也絕不會推辭為國家盡忠啊！

文章背景小常識

〈喻蜀巴檄〉作者司馬相如，字長卿，西漢蜀郡成都人，他因善於作賦，被漢武帝任命為郎官。武帝元光五年（西元前一三〇年），中郎將唐蒙受命出使西南邊境夷族部落的夜郎和僰（音ㄅㄛˊ，bó）中，經過巴、蜀兩郡時，唐蒙擅自動員巴、蜀兩地千餘名吏卒，郡中徵役萬餘人替軍隊運送糧草，這些舉動引來不少反對的聲浪，以為朝廷將引發戰事。其間唐蒙以「軍興法」殺了反對自己的巴、蜀官員，造成民眾更大的恐慌，許多被徵役的人開始逃亡或自相殘殺。漢武帝得知此事後，便派司馬相如出使巴、蜀，除了要他前去責備唐蒙的處置失當之外，也要其告示巴、蜀百姓，為國家貢獻一己之力，乃人臣應盡之義務！

〈喻蜀巴檄〉是司馬相如代表漢武帝對巴、蜀全民所發出的文告，文中他一方面向巴、蜀百姓說明，唐蒙是奉皇上之命到西南夷宣揚漢朝天威，其間發生軍官為唐蒙所殺，以及郡中派人替軍隊輸送糧食等事端，全非皇上的意旨，藉以安撫民心；但另一方面，他又斥責巴、蜀百姓逃避徵役的不當行為，直指國家有難時，身為人臣豈可貪生怕死，為了留給後代子孫美好名聲與生活保障，全國百姓都必須赤誠地效忠國家。

此行司馬相如順利完成使命，回來被武帝升為「中郎將」；日後他又奉命出使西南夷，中途借道經過蜀郡時，一路受到當地官民的熱烈歡迎，人人皆以和這位當代辭賦大家同鄉為榮。

名句的故事

檄（ㄒㄧˊ，xí）文，為古代軍中文書的通稱，內容以聲討敵人、宣示罪狀和徵召等事由為主。司馬相如〈喻蜀巴檄〉之「肝腦塗中原，膏液潤野草，而不辭也」一語，用來比喻忠心之士竭力盡忠，不惜犧牲生命。

與司馬相如同樣活動於漢武帝時期，約晚出司馬相如一代的司馬遷，其《史記．張儀列傳》提到，戰國縱橫家張儀，為了替秦國破壞六國合縱政策，前去向燕昭王進行遊說，其言：「大王之所親莫如趙。昔趙襄子嘗以其姊為代王妻，欲并代，約與代王遇於句注之塞。乃令工人作為金斗，長其尾，令可以擊人。與代王飲，陰告廚人曰：『即酒酣樂，進熱啜，反斗以擊之。』於是酒酣樂，進熱啜，廚人進斟，因反斗以擊代王，殺之，王腦塗地。」

意思是，向來和燕王最親近的莫過於趙國，趙王（即趙襄子）把自己的姊姊嫁給代王，目的就是要兼併代國，趙王約了代王在句注山（今山西省代縣西北雁門山）的城塞相會，事先命其手下打造一個可以攻擊人的長尾金斗。正當兩國君主飲酒歡樂之際，趙王囑咐廚子端上盛著熱羹的金斗，趁代王毫無防備，將金斗反轉刺殺代王，代王當場慘死，腦漿飛濺一地。

張儀希望燕昭王記取趙國曾經背叛代國的前車之鑑，千萬不可相信「合縱」能帶給燕國任何實質的保障。其中「殺之，王腦塗地」便是後來成語「肝腦塗地」的典故由來，這句話原是形容人的死狀極慘，之後演變成了保衛國家，鞠躬盡瘁，死而後已的比喻。

歷久彌新說名句

司馬相如在〈喻蜀巴檄〉論理有據、恩威並施的精采文辭，也成為後代政論或告喻文書的最佳範本。

東漢末年，建安七子之一的陳琳，其〈為袁紹檄豫州〉寫道：「此乃忠臣肝腦塗地之秋，烈士立功之會，可不勗哉！」意指這是忠臣獻身為國的關鍵時刻，也是剛烈勇士建立功業的大好機會，大家怎能不努力立功啊！

獻帝建安五年（西元二〇〇年），袁紹率軍準備攻打曹操，知陳琳善於章表書記，命其寫一篇號令各方兵馬、共同聲討曹操的檄文。文中陳琳致力宣揚袁紹恩德，痛斥曹操挾天子以令諸侯的惡行，甚至把曹操父祖三代的低劣品德都寫入檄文。不過，這場戰役曹操大勝袁紹，陳琳也因此投降曹操。

曹操深愛陳琳文才（據說曹操讀了陳琳的檄文，本來頭風的病痛都嚇得好了），不但對其過去痛罵自己的言論既往不咎，還派他負責草擬軍國書檄的文書工作。

清人曹雪芹《紅樓夢．第五十三回》描寫賈府全家上下，忙著除夕祭拜祖先的準備，其中一幕場景出現在「賈氏宗祀」門前，兩旁有一副孔子後代衍聖公孔繼宗書寫的長聯。上聯為「肝腦塗地，兆姓賴保育之恩」，下聯為「功名貫天，百代仰蒸嘗之盛」，這副對聯的意思是，竭誠盡忠，所有百姓都仰賴其保衛養育的恩德；官爵直達天庭，百代人家都仰賴其祭祀的鼎盛。

進門之後，後側屋內又有先皇御筆的兩副對聯，點出賈府前人深得先皇的恩寵。作者在此章回，細膩鋪墊賈府祭祀的盛大排場，也暗喻賈府華麗的表相下，實藏空虛的內裡。賈府祖先所立的豐碩基業，逐漸為後人揮霍敗盡，整個家族最後走向衰微。很明顯地，作者在小說的前半部，早已預留伏筆。

一勞而久逸，暫費而永寧

名句的誕生

將上以攄[1]高[2]、文[3]之宿[4]憤，光祖宗之玄靈[5]；下以安固後嗣，恢拓境宇[6]，振大漢之天聲[7]。茲所謂一勞而久逸[8]，暫費[9]而永寧[10]也。乃遂封山[11]刊石[12]，昭銘盛德[13]。

～東漢・班固・封燕然山銘

完全讀懂名句

1. 攄：同「抒」，抒發、發洩。
2. 高：指漢高祖劉邦。
3. 文：指漢文帝劉恆。
4. 宿：舊的、積久的。
5. 玄靈：神靈。
6. 恢拓境宇：開拓更廣大的疆域。恢拓：擴大。
7. 天聲：喻國家的聲威。
8. 一勞而久逸：經過一次的勞苦，即能獲得永久的安逸。又作一勞永逸。
9. 暫費：付出一時的代價。
10. 永寧：永久的安寧。
11. 封山：指在燕然山上積土為壇，以舉行祭祀。
12. 刊石：在石碑上刻字。刊：雕刻。
13. 昭銘盛德：顯明地刻記皇帝的偉大功德。

語譯：以此抒發從前高祖、文帝被匈奴侵侮的舊恨，使祖宗的神靈感到光榮。對於今後來說，子孫後代可以獲得安定鞏固，擴大國土疆域，發揚大漢朝如天般的聲威。這可說是付出一時的辛苦犧牲，所換來的永久安寧。於是在燕然山上積土為壇，刊刻石碑，以顯著地銘記皇帝的偉大功德。

文章背景小常識

才氣縱橫的班固敗也文字，成也文字，他曾經因為「私修國史」的罪名，而被捕入獄；但也因為撰寫了《漢書》而名留青史，是斷代史的開創者，與司馬遷齊名。

班固博覽群書、精通儒道墨法九流百家之說，並擅長辭賦。漢朝與匈奴的百年紛擾，終於在東漢初期（西元八十九年）得以終結，竇憲領軍大敗匈奴於燕然山，北匈奴經此沉重打擊之後，主力喪失殆盡，從此一蹶不振。因此對漢朝而言，真如班固銘中所言，「一勞而久逸」地掃除了北方邊境長久的威脅。

能夠代表漢朝在燕然山（今蒙古國杭愛山）上勒石頌功的，班固當為不二人選，典重華美、氣壯山河的〈封燕然山銘〉從此傳誦千古。

銘是刻鏤的意思，「銘文」則是刻鏤於某種器物上的文字，器物可以是青銅器或石碑，本篇名句的出處班固〈封燕然山銘〉，即是刻於石碑上。銘的功能，可用於稱揚功德，或可用於申明鑒戒。後者如座右銘、器物銘和室銘，而〈封燕然山銘〉則可歸為稱揚功德類。

名句的故事

驍勇善戰的匈奴一直是漢朝的心腹大患，西漢一代名將霍去病曾感慨地說：「匈奴未滅，何以家為？」因此，當將軍竇憲大敗匈奴，登上燕然山時，可以想像其喜悅與意氣風發，他立刻命班固作銘，刻石記功，以慶祝這值得歌頌的偉大功績。

之前，匈奴這強悍善戰的游牧民族一直讓漢朝處於弱勢的局面。因此班固的銘文提到燕然山的勝利，終於一雪高祖、文帝打敗仗的恥辱，安慰祖先在天之靈（「將上以攄高、文之宿憤，光祖宗之玄靈」）。

當竇憲為了立功贖罪，而請求出擊匈奴時，

恰巧碰上匈奴內部分裂，南匈奴希望漢朝出兵協助進攻北匈奴，漢朝把握此一難得契機重創匈奴。這次的勝利也是關鍵性的，從此北匈奴往西遁逃，南匈奴進入中原內附漢化，讓漢朝獲得寧靜，正如班固所言：「一次辛苦，換來長久的寧靜和平。」（「一勞而久逸，暫費而永寧也。」）

班固是竇家的舊交又是當時的名筆，因此受邀隨從竇憲同行，主持筆墨之事。「勒銘燕然」是後世將領們嚮往的盛事，而班固的〈封燕然山銘〉便成為歷史傳頌的名篇，為後世詩人詞家留下一個驕傲的典故來源。

譬如陳子昂激勵友人的「勿使燕然上，惟留漢將功」（〈送魏大從軍〉），希望友人揚名塞外，不要使燕然山上只留有一個漢將的功績紀錄。還有范仲淹在〈漁家傲〉中描述宋朝軍隊一日未能夠勒銘燕然（意指打勝仗），就一日無法回家鄉的焦慮與孤寂，「濁酒一杯家萬里，燕然未勒歸無計。」

歷久彌新說名句

「一勞永逸」是一個很好用的行銷詞語，因為從功利計算的角度，這似乎是一項很划算的交易，只要付出少許比例的代價、勞動，就能換得更大的回饋、收益。若真有「一勞永逸」效果的產品，相信大多數消費者都會二話不說乖乖掏出錢來。

古代大臣凡是提出某某企畫案，欲說服皇帝進行什麼建設或政策時，便常在上疏的文章用到「一勞永逸」、「暫勞永逸」或「暫費永寧」等語。

例如，北魏高閭在寫給魏孝文帝的〈請築長城表〉中，除了洋洋灑灑列出修築長城的具體優點外，最後為了增加說服力，即以「暫勞永逸」為結語：「於六鎮之北，築長城，以御北虜。雖有暫勞之勤，乃有永逸之益，如其一成，惠及百世。」

「選擇小麻煩，省卻大麻煩」即是一勞永逸的精神所在，在上述「長城企畫案」中的大麻煩指的是匈奴等北方游牧民族的侵擾，小麻煩則是指修築長城所付出的金錢與勞力，以及人民因繁重勞役的負擔與傷亡，可能引發的不滿與民變。如今，長城永恆的抵禦功能早已不再，卻增添了新的價值，成為知名歷史古蹟，吸引眾多的觀光人潮。

換言之，「不一勞者不久逸，不暫費者不永寧」，所強調的便是一種永續、治本而非僅治標的方法。治本對於公共工程尤為重要，明朝治水名臣朱衡選擇了大禹的治水方法——即「疏通引導」而非「圍堵」，使得所修治的渠道，二十年安然如故，後人因此稱許此建設為「一費百全，暫勞永逸」。

至於中國大陸的三峽大壩工程，也有著相同的目標，有不少人懷疑能否得到同樣的效果，就目前看來，成效似乎相當不錯。

文人相輕，自古而然

名句的誕生

文人相輕，自古而然。傅毅[1]之於班固，伯仲之間[2]耳，而固小之[3]，與弟超書曰：「武仲以能屬文[4]為蘭臺令史，下筆不能自休[5]。」夫人善於自見，而文非一體，鮮[6]能備善[7]。是以各以所長，相輕所短。里語[8]曰：「家有敝帚，享之千金。」[9]斯不自見之患也。

～三國魏．曹丕．典論．論文

完全讀懂名句

1. 傅毅：東漢初年的文學家，字武仲，與班固等人一起整理王朝的藏書，早卒。
2. 伯仲之間：伯仲為兄弟的排行，長為伯，次為仲。伯仲之間的意思是彼此相差無幾。
3. 小之：看不起他（傅毅）。
4. 屬文：寫文章。屬：ㄓㄨˇ，zhǔ，連綴。
5. 下筆不能自休：寫起文章來沒完沒了，不知休止。
6. 鮮：ㄒㄧㄢˇ，xiǎn，很少。
7. 備善：全部精通。
8. 里語：俗話。里：同「俚」。
9. 家有敝帚，享之千金：這句話見於《東觀漢記．光武帝紀》。意思是自己家裡的破掃帚，也被看得很貴重。

語譯：文人之間互相輕視，這是自古而然的事情。拿傅毅、班固來說，兩人其實不相上下，但是班固卻看不起傅毅，跟他的弟弟班超寫信說：「傅毅因為會寫文章，就當了蘭臺令史，其實他寫文章根本無法駕馭，不知道該休止的地方。」人都是善於看到自己的長處，但是文章並非只有一種體裁，很少有人能各種體裁都精通。所以便以自己所擅長的，去輕視別人所不擅長的。俚語說：「家裡的破掃帚，也看得跟千金一樣貴重。」就是不了解自己的毛病啊。

文章背景小常識

建安時代可說是繼春秋戰國時期百家爭鳴之後第二次思想解放的時代。

曹操招賢納士、唯才是舉，其對文學也有相當的愛好，《三國志》本傳稱曹操：「御軍三十餘年，……登高必賦，及造新詩，被之管弦，皆成樂章。」

於是以曹氏父子為中心，聚集了一群文人，成為「鄴下文學集團」（鄴下在今河北省臨漳縣）。他們之間互相切磋，形成了文人創作繁榮發展、盛況空前的局面，而且他們的文學作品都透露著以天下為己任、以拯救天下危亡為終身奮鬥目標的思想，因此建安文學表現出「慷慨蒼涼」的時代特色。

這樣有生命力、有感染力的文學，後世稱為「建安風骨」或「建安風力」。

建安時代也是個文學自覺的時代。在建安之前，文學是沒有獨立地位的，但在建安時代，文學從廣義的學術中分化出來，成為一個獨立的門類，因此對文學體裁有比較細微的區分及明確的認識，對文學的審美特性也產生了自覺的追求。

於是，文學理論研究有了基礎，曹丕的這篇《典論‧論文》就是中國文學批評史的第一篇專論。〈論文〉即「評論文學」之意，本來是收在《典論》一書中，但《典論》一書亡佚，〈論文〉因收於《昭明文選》才得以流傳至今。

名句的故事

所謂文人相輕、同行相忌，像俞伯牙和鍾子期那樣的知音好友、鮑叔牙對管仲毫不計較的對待，這都是傳為佳話美談的題材。南朝文學批評家劉勰便曾說過：「知音其難哉！音實難知，知實難逢；逢其知音，千載其一乎！」

劉勰並指出人性的缺點，包括「貴古賤今」、「崇己抑人」等。所謂的「貴古賤今」就是《鬼谷子．內楗》所說的：「日進前而不御，遙聞聲而相思。」也就是無法憐取眼前人的意思。

秦始皇讀了韓非的〈孤憤〉等篇曾說：「寡人得見此人，與之遊，死不恨矣！」結果韓非入秦後，卻被讒言陷害入獄而死。漢武帝讀了司馬相如的〈子虛賦〉曾說：「朕獨不得與此人同時哉！」但是後來漢武帝也只把司馬相如等同於倡優畜之。

至於「崇己抑人」，即所謂「文人相輕」，除了班固對傅毅「下筆不能自休」的批評，才高八斗的曹植在〈與楊德祖書〉中批評陳琳（字孔璋）說：「以孔璋之才，不閑於辭賦。而多自謂能與司馬長卿同風，譬畫虎不成反為狗也。」意即在曹植的眼中根本不認為陳琳擅長辭賦，陳琳卻自以為與司馬相如可以相提並論，真是「畫虎不成反為狗」。然而，曹植這樣嘲諷陳琳的缺乏自知之明，不也是一種「文人相輕」嗎？

歷久彌新說名句

電影《阿瑪迪斯》描述音樂神童莫札特的一生。奧地利的宮廷樂師薩利耶里從小渴望音樂，並願以一生的貞節來和上帝換取天賦，但是他遇上了天才卻幼稚的莫札特。薩利耶里折服於莫札特的音樂，但卻無法原諒上帝選中了一個「小鬼」作為代言人，因此經過一番天人交戰之後，他決定背棄上帝，用盡手段毀了莫札特。

事實上，薩利耶里是莫札特的知音，但嫉妒的心情卻使得他處於人格分裂的狀態。暫且不論故事是否屬實，畢竟它反映了那種愛恨交織的心情，恐怕就是文人相輕的本質吧！

海明威與福克納是美國得過諾貝爾文學獎的兩位大師。海明威的風格是用字簡潔，福克納便嘲諷他說：「海明威從沒有用過一個讓讀者需要查字典的字。」（He has never been known to use a word that might send a reader to the dictionary.）

而福克納的文章是複雜又具實驗性，海明威便說他：「可憐的福克納，他真的以為深沉的感情是來自複雜的文字嗎？」（Poor Faulkner. Does he really think big emotions come from big words?）看來文人相輕可不是中國文人的專利呢！

如同曹丕所說的「人善於自見」，「各以所長，相輕所短」，事實上很多事情都有正反兩面，端看以什麼角度切入。例如「下筆不能自休」是傅毅被班固批評的毛病，但是到了後代，這卻變成了優點，例如《舊唐書．文苑傳》說李商隱：「博學強記，下筆不能自休。」當代歷史學家、文獻學家張舜徽在《中華人民通史．自序》說：「在開始草創的時候，勇氣很足，下筆不能自休，收集的資料也不少。」

能夠「下筆不能自休」必然是滿腹經綸、文思泉湧，宋代文豪蘇東坡不也說自己「下筆如行雲流水，行於所當行，止於所不能不止」。可見不僅是文人，一般人都應該正向思考，發掘別人的長處並學習之，而非「崇己抑人」，前面提到莫札特的故事，不也是因為莫札特年輕氣盛，不懂得謙虛，所以才惹禍上身嗎？

咸以自騁驥騄於千里，仰齊足而並馳

名句的誕生

今之文人：魯國孔融文舉、廣陵陳琳孔璋、山陽王粲仲宣、北海徐幹偉長、陳留阮瑀元瑜、汝南應瑒德璉、東平劉楨公幹，斯七子者，於學無所遺[1]，於辭無所假[2]，咸以自騁驥騄[3]於千里，仰齊足而並馳。

～三國魏・曹丕・典論・論文

完全讀懂名句

1. 遺：遺漏。
2. 假：依傍。
3. 驥騄：ㄐㄧˋ ㄌㄨˋ，ji lu，駿馬。

語譯：現在的文人：山東曲阜的孔融（字文舉）、江蘇揚州的陳琳（字孔璋）、山東南部的王粲（字仲宣）、山東昌樂的徐幹（字偉長）、河南開封的阮瑀（字元瑜）、河南汝南的應瑒（字德璉）、山東平縣的劉楨（字公幹），這七個人，無所不學，寫文章不會抄襲他人，能夠創新。它們都自以為是日行千里的良馬，仗著自己的才能，步伐一致地並肩馳騁。

名句的故事

曹丕在《典論・論文》留下名字的七個人，後來在文學史上合稱「建安七子」。這七個人除了孔融之外，均為曹氏父子的僚屬。有趣的是，這七子中有好幾個都是早慧的神童。

孔融是孔子的二十世孫，《後漢書・孔融傳》稱他「幼有異才」。孔融十歲時，跟父親到首都洛陽，當時的河南尹李膺很有名氣，《後漢書・李膺傳》記載：「士有被其容接者，名為登龍門」，但是他「以簡重自居，不妄接賓客」。孔融還是個小孩子，卻想要見李膺，他來到李膺府前，對守門者說：「我是李君通家子弟，請通報。」所謂的「通家」意指有世交的故舊。

李膺見到孔融後，問他：「我的祖上跟你們家有什麼交往嗎？」孔融說：「然。先君孔子與君先人李老君同德比義而相師友，則融與君累世通家。」孔融藉著孔子問道於老子（李耳）的典故，既表達了攀交之意，又趁機表明自己身分的高貴，大家都讚嘆這個小孩真是聰明。

這時有一位太中大夫陳煒來拜見李膺，陳煒對孔融不以為然，說：「夫人小而聰了，大未必奇。」孔融便回擊道：「觀君所言，將不早慧乎？」意思是照您「小而聰了，大未必奇」的說法，恐怕您就是一個「小而聰了」的人吧！這樣的機智，使得李膺也哈哈大笑，說他將來「必為偉器」。

王粲則是一位記憶力驚人的神童，《三國志・王粲傳》記載：「初，粲與人共行，讀道邊碑。人問曰：『卿能暗誦乎？』曰：『能。』固使背而誦之，不失一字。觀人圍棋，局壞，粲為覆之。棋者不信，以帊蓋局，使更以他局為之，用相比校，不誤一道。其強記默識如此。」這是說，王粲讀過路邊的碑文，就能一字不漏地背出來；看過圍棋的棋局，便能一子不差地再排出。

除此之外，王粲也精於算術，作有《算術略》。他若生在今日，肯定是一個超強的資優生。據說，王粲去拜訪當時的名人蔡邕時，蔡邕「聞粲在門，倒屣迎之」。蔡邕連鞋子都顧不得穿好，就趕快去迎接王粲，可見蔡邕對王粲欣賞的程度。

只可惜，這七子壽命都不長，孔融因反對曹操的種種作為而被處死。建安二十二年（西元二一七年）冬天，北方發生嚴重的傳染病，曹植在〈說疫氣〉中描述當時傳染病流行的慘狀：「建安二十二年，癘氣流行，家家有僵屍之痛，室室有號泣之哀。或闔門而殪，或覆族而喪。」曹丕在隔年給吳質的信中說：「親故多離（罹）其災，徐、陳、應、劉一時俱逝。」建安七子中有數人就在這場傳染病中過世了。

歷久彌新說名句

「咸以自騁驥騄於千里，仰齊足而並馳」這句話，後來常被濃縮為「齊足並馳」、「齊足並驅」或「並駕齊驅」，來表示雙方勢均力敵，不相上下。例如《三國志・蜀書・彭羕傳》：「卿才具秀拔，主公相待至重，謂卿當與孔明、孝直諸人齊足並驅。」明・凌濛初《初刻拍案驚奇》在〈李公佐巧解夢中言，謝小娥智擒船上盜〉卷首云：「假如有一種能文的女子，如班婕妤、曹大家、魚玄機、薛校書、李季蘭、李易安、朱淑真之輩，上可以並駕班揚，下可以齊驅盧駱。」

「驥」、「騄」相傳是周穆王的八駿之二。據《穆天子傳》、《拾遺記》、《史記》等記載，周穆王曾令造父（周穆王的馬夫）套上八駿牽引的旅遊車，自鎬京西行，登上崑崙山，與西王母會見於瑤池之上，並與西王母詩歌互答，樂而忘返，成為上古時期我國中原與西域友好交往的一段佳話。

「八駿圖」是後代畫家很喜歡表現的題材，如郎世寧、徐悲鴻都有代表性的作品。唐人李商隱絕句〈瑤池〉曰：「瑤池阿母綺窗開，黃竹歌聲動地哀。八駿日行三萬里，穆王何事不重來？」在李商隱的詩句中，藉由這個神話題材，以西王母對周穆王的思念，表達自己的愁思。

但這個神話在社會寫實詩人白居易的筆下，成了勸諫在上位者不可玩物喪志的題材，白居易作有〈八駿圖〉一詩，副標便是「誡奇物，懲佚遊也」，後半段說道：「一人荒樂萬人愁……由來尤物不在大，能蕩君心則為害……至今此物世稱珍，不知房星之精下為怪。八駿圖，君莫愛。」同樣的一段神話典故，在不同的詩人、畫家筆下便有不同的呈現，這正是古代所留下的文化資產，可以讓後代人有無限的想像。

絲竹並奏，酒酣耳熱，仰而賦詩

名句的誕生

昔日遊處[1]，行則連輿[2]，止則接席[3]；何曾須臾[4]相失[5]。每至觴酌[6]流行[7]，絲竹[8]並奏，酒酣耳熱[9]，仰而賦詩[10]。當此之時，忽然[11]不自知樂[12]也。

～三國魏・曹丕・與吳質書

完全讀懂名句

1. 遊處：交遊相處。
2. 連輿：車與車前後相連。輿：車。
3. 接席：坐席相接連。
4. 須臾：片刻，一會兒。
5. 相失：相分離。
6. 觴酌：指杯中的酒。觴：酒杯。酌：斟酒，代指酒。
7. 流行：傳杯接盞，飲酒不停。
8. 絲竹：指弦樂與管樂。
9. 酒酣耳熱：形容酒喝得意與正濃的暢快神態。
10. 仰而賦詩：仰頭即興作詩。
11. 忽然：一會兒，形容時間過得很快。
12. 不自知樂：不覺得自己處在歡樂之中。

語譯：回憶往日的交遊相處，出行就車與車前後相連，休息就席位與席位左右相接，幾乎沒有片刻的分離！每當我們相互傳杯飲酒時，弦樂管樂一齊響起，酒喝得暢快淋漓，個個面紅耳赤，彼此還仰首即興吟唱新詩。每當在這種沉醉時刻，時間過得特別快，而未能意識到這些就是人間最珍貴的快樂。

文章背景小常識

寫信也能成為文學作品，有許多古代流傳下來的佳文美句屬於私人信件，這些「書」體類的文章，通常以「書」為篇名，〈與吳質書〉就是一例。此外，根據寫信對象的不同，書信文體又可分為兩類：一是臣子寫給皇帝的，如李斯的〈諫逐客書〉，這類臣下向皇帝進言陳詞的上書、表奏，後來歸入奏議文；另一類則是親朋間往來的通信。

在表達上，書信是最具親和力的文體，作者寫作時不假修飾，往往可出現「真情流露」的名篇佳作。而三國魏建安七子之間的書信往來更是彌足珍貴，裡面有許多對於文學創作獨特的思考與看法，極具價值。

在〈與吳質書〉一信中，我們可以看到曹丕與建安七子的文學互動與情感交流。魏文帝曹丕雖然在聰明才智、文學創作上不如才高八斗的弟弟曹植那般光芒耀眼，但他的《典論‧論文》公認為中國文學批評的始祖，其中所表達的文學觀點與主張，影響後世深遠。

名句的故事

文采過人的曹氏父子三人（曹操、曹丕、曹植），以「文學」之名，聚集了當時最優秀的名流學士，世稱「建安集團」。這些文人雅士常常在一起聚會宴飲，品酒論詩。本篇名句即與著名的建安文學「派對」有關。

雅好文學的三曹父子與建安七子交情匪淺，曹丕這樣形容他們之間的互動：「出門必車子連車子、坐下時則座位連座位，幾乎沒有片刻的分離！」（「行則連輿，止則接席，何曾須臾相失。」）

在曹氏父子的支持下，一場場讓曹丕懷念不已的建安派對，瀰漫著音樂、美酒、詩句——「絲竹並奏，酒酣耳熱，仰而賦詩」，少有間斷。

派對的主人之一曹植曾描述：「置酒高殿上，親友從我遊。」（〈箜篌引〉）「公子敬愛客，終宴不知疲。」（〈公讌詩〉）派對的賓客之一陳琳也在〈宴會詩〉中留下紀錄：「良友招我遊，高會宴中闈。」（好友招待我一起宴遊，參加在宮廷裡舉行的盛大宴會。）均透露了當時建安文人宴遊的熱絡。

然而傷感的是，一場大瘟疫竟讓建安七子中的四人（徐幹、陳琳、應瑒、劉楨）同時撒手人寰，這悲劇令曹丕對於昔日的美好時光懷念不已，相較於放眼望去的當下，只有淒清荒涼，建安光輝成為絕唱。

歷久彌新說名句

曹門貴公子曹丕的「絲竹並奏，酒酣耳熱，仰而賦詩」，說穿了，就是今天的KTV或卡拉OK，又唱歌又飲酒，外加手舞足蹈。酒與詩歌從古到今，都是分不開的。酒總是浪漫、感性的催化劑，身為政治家的曹操主張禁酒，但是轉為詩人的曹操就變成：「對酒當歌，人生幾何？」、「何以解憂？唯有杜康。」（杜康是酒的代稱，原為周代擅長釀酒人的名字。）

這源遠流長的詩酒文化，酒鬼詩人的名單上可以列上一長串，後人為了尊敬，多以酒仙、酒聖喻之。若將中國詩歌裡與酒有關的詩句結集起來，幾乎可以成為一系列叢書。身為詩仙與酒仙的李白，他的「下酒好詩」如〈將進酒〉、〈月下獨酌〉、〈把酒問月〉等均有一般人琅琅上口的名句，愛酒成癡的他還寫下了：「天若不愛酒，酒星不在天。地若不愛酒，地應無酒泉。天地既愛酒，愛酒不愧天。」（〈月下獨酌〉）這番發自肺腑的酒句，真可說是酒商廣告的最佳文案。

浸泡在酒裡的詩不只有古詩，流行歌曲的酒量也不小，「酒後的心聲」、「傷心酒店」、「酒國英雄」、「愛情釀的酒」、「藍色啤酒海」、「live 酒館300秒」……，以「酒」造句的無限創意，相信是永遠沒有斷電或腸枯思竭的一天。

懷文抱質，恬淡寡欲，有箕山之志，可謂彬彬君子者矣

名句的誕生

觀古今文人，類[1]不護[2]細行[3]，鮮[4]能以名節[5]自立。而偉長[6]獨懷文抱質[7]，恬淡寡欲[8]，有箕山之志[9]，可謂彬彬[10]君子者矣。

～三國魏・曹丕・與吳質書

完全讀懂名句

1. 類：大多。
2. 護：注意。
3. 細行：小節，細小行為。
4. 鮮：少。
5. 名節：名譽節操。
6. 偉長：徐幹的字，徐幹為漢末魏初文人，亦為建安七子之一。
7. 懷文抱質：文章和德行兼備。
8. 恬淡寡欲：心境安然淡泊，沒有世俗的欲望。
9. 箕山之志：鄙棄利祿、虛榮的高尚志節。箕山，相傳是古代高士許由隱居的地方。後人則以箕山代指隱逸的人或地方。
10. 彬彬：文質兼備的樣子。

語譯：試看古往今來的文人，大抵不能保守小節，很少能靠名譽氣節來建立品德的。可是徐偉長卻同時具有文才，又能夠保守善良本質，安分淡泊，清心寡欲，並懷有隱居出世的清高志向，真可稱是文質具備的君子了。

名句的故事

曹丕與建安七子有著「出門時車子連車子，坐著時座席連座席」（行則接輿，止則接席）的交情，他能欣賞與評論文人好友們的優缺點。其中他最推崇的就是「懷文抱質，恬淡寡欲，有箕山之志」的彬彬君子徐幹。

魏文帝曹丕認為，才華洋溢、博學多識的文人不難找到，但是要能同時安分澹泊、清心寡欲，保住善良本質的君子則是少之又少，但建安七子之一的徐幹卻是其中之一。漢末魏初世族子弟爭相結黨附權，追逐榮名，當時的徐幹卻反而關起門來，窮處陋巷，不隨流俗。

徐幹十四歲時開始讀五經，而且是以一種發憤忘食、夜以繼日的讀法，他父親甚至還得常常阻止他唸書，以免他累出病來。聰敏博識的徐幹學有所成後，以「輕官忽祿，不耽世榮」（對當官求祿興趣缺缺，世俗榮華也不以為意）為由，拒絕了許多官職，因此曹丕稱讚他是文雅而又樸實的君子人。

徐幹的清心寡欲、寧靜澹泊在當時是個異數，在後代則成為教子的模範。魏王昶〈戒子書〉寫道：「北海徐偉長，不沽名高，不求苟得，澹然自守，惟道是務。……吾敬之重之，願兒子師之。」而徐幹最著名的作品也是建安七子中唯一流傳下來的專論——《中論》，則被曹丕稱讚為「成一家之言，辭義典雅，足傳於後，此子為不朽矣」。

並沒有因為當上皇帝就拋棄昔日好友的曹丕，瀏覽著徐幹等人的俊文雅句，哭成了淚人兒，因為大瘟疫帶走了建安七子中的四位，魏文帝曹丕再也無法與病故的好友們一同「飆車」、一同開文學派對，難過之餘，他也發誓將為好友們達成願望，將他們的文章結集成冊，以為恆久的紀念。

歷久彌新說名句

古人的「箕山之志」，到了現代社會變成了「普羅旺斯之夢」或「花東漂鳥回鄉計畫」，現代人因為厭倦工商社會的高壓工作，而嚮往離開都市叢林，回歸田園鄉村生活。而古人的歸隱，也大多跟工作脫離不了關係。

歷史記載中最早回歸山林的是許由，皇帝堯很欣賞為人正直，「不坐不正當的席位，不吃不正當的飯食」（「邪席不坐，邪膳不食」）的許由，而決定要把皇帝的位子禪讓給他，但許由卻毫不猶豫地拒絕了，並逃到穎水附近的箕山中躲藏起來。堯派人到處找尋，企圖改變他的心意。許由等到規勸的人走後，立刻跑到河邊，用河水清洗自己的耳朵。

這時他住在樹屋裡的好朋友巢父，正牽牛到河邊，於是問他為何洗耳，許由回答：「堯想讓我接替他做九州的長官，我討厭聽到這個，而且這種話已經汙染了我的耳朵，所以我在清洗我的髒耳朵。」

巢父的回答也很妙：「你的耳朵汙染了河水，也汙染了我的牛的嘴巴。」於是用力摳牛的喉嚨，希望牛把髒水吐出來。

拒絕做官的很獨特，逼人做官的也很有「創意」，阮籍的父親阮瑀是「建安七子」之一，曹操很欣賞他的才華，竟派人用一把火，把有「箕山之志」的阮瑀從隱居的山裡燒出來。

「箕山之志」在魏晉時期似乎變成一種「流行」，曾在竹林裡閑晃吟嘯一段時間「竹林七賢」之一的向秀，有一天突然決定進城找工作，面試的「老闆」司馬昭挖苦他：「聞有箕山之志，何以在此？」（聽說你有歸隱山林的高尚志向，今天怎麼會出現在這裡？）向秀只得苦笑兩聲回答：「巢、許狷介之士，未達堯心，豈足多慕？」（巢父、許由孤僻又高傲，不懂堯的一番苦心，哪裡值得羨慕？）

姑且不論這股流行背後結構性的社會因素為何，在高度工業化發展的社會中不難發現，「箕山之志」似乎成了上班族的夢想，同時也是老闆們的噩夢。

痛知音之難遇，傷門人之莫逮

名句的誕生

昔伯牙[1]絕絃[2]於鍾期[3]，仲尼覆醢[4]於子路，痛知音[5]之難遇，傷門人[6]之莫逮[7]；諸子但為未及古人，自一時之儁[8]也。

～三國魏・曹丕・與吳質書

完全讀懂名句

1. 伯牙：人名。春秋時善鼓琴者，與鍾子期友善。
2. 絕絃：不再彈琴。春秋時俞伯牙善彈琴，鍾子期是他的唯一知音。子期死，伯牙終身封琴，不再彈奏。
3. 鍾期：即鍾子期。春秋楚人，與俞伯牙為至交。
4. 覆醢：倒掉肉醬。孔子因子路在衛被剁成肉醬，從此見到肉醬便叫人把它倒掉，不再食用。覆：倒。醢：音ㄏㄞˇ，hǎi，肉醬。
5. 知音：原指春秋時期，善鼓琴的俞伯牙與善聽琴的鍾子期之間的深刻友誼。後比喻了解自己的知心朋友。
6. 門人：弟子，學生。
7. 莫逮：不及，比不上。逮：及。
8. 儁：傑出、出眾之人。

語譯：以前俞伯牙在鍾子期死後，拉琴斷絃，終身不再彈奏。孔子聽說學生子路被衛人殺害並剁成肉醬，因而命家人倒掉肉醬，從此不再食用。前者絕絃是因為悲痛知音的難遇，後者則是傷感勇敢的弟子少有，各位先生雖不及古賢人，但都是我們這個時代最傑出的人才啊！

名句的故事

漢末魏晉時期，建安二十二年（西元二一七年），中國北方爆發世紀大瘟疫，其威力之強，上層階級也難逃死劫。魏文帝曹丕是倖存者，驚魂未定、心有餘悸的他寫信給另一位倖存者，同時也是好友的吳質，訴說自己的恐懼與悲傷。

生於權貴之家的曹丕，為了爭奪帝王大位勢必無法「兄友弟恭」，這也讓他更需要友誼。不幸的是，大瘟疫奪走了他的知音好友如徐幹、陳琳、應瑒、劉楨，震驚而難過的曹丕，便在這樣的情緒下，傷感而發：「痛知音之難遇，傷門人之莫逮。」

古來描述珍貴友誼的諸多範例中，排第一名的大概就是春秋時期的俞伯牙與鍾子期這對知己。據載俞伯牙是位琴藝高超的音樂家，由於自己的音樂境界太高深，難免曲高和寡，而常感寂寞孤獨。直到鍾子期的出現，無論伯牙是在彈奏高山或流水，鍾子期都能立即辨識琴聲背後的幽微音意，後人稱之為「知音」。後來子期過世，伯牙悲痛萬分，覺得這世上再也沒有人值得他為之撫琴了，因而破琴絕絃，終身封琴。

伯牙、子期是音樂上的知己，而曹丕與他的建安同志們則屬於文學上彼此砥礪相惜的至交。失去「好朋友」是什麼樣的痛楚呢？曹丕並沒有直接說痛，而是引用他人的例子來傳達失落。他還舉了孔子失去門生子路的遭遇。子路心直口快，好逞血氣之勇，孔子早就擔心這個學生會有意外（《論語．先進》：「若由也，不得其死然」），沒想到此語成讖，子路死後還遭到醢刑之辱（剁成肉醬）。孔子知道後，難過得從此無法再看到肉醬。

魏文帝曹丕對朋友的真感情，哀婉動人。明人劉炳〈百哀詩并序〉曾云：「昔魏曹文侯痛徐陳應劉，數年之間，化為鬼物，臨文抆淚，良有以焉。」（以前魏文帝哀痛徐幹、陳琳、應瑒、劉楨，在幾年之內，全部離開人世，文帝每次看著他們的文章就忍不住拭淚，這種哀痛是確實存在的。）

然而，「痛知音之難遇」的曹丕同時也有冷血的另一面，他逼親弟弟曹植為了求生「七步成詩」的狠心故事，世人已熟知。這種對朋友至情、對兄弟猜忌的矛盾情結，恐怕是富貴帝王之家的悲哀吧。

歷久彌新說名句

古今中外，對朋友、知音的歌頌源源不絕，不論是大家琅琅上口的周華健的〈朋友〉：「朋友一生一起走……一句話一輩子，一生情一杯酒，朋友不曾孤單過，一聲朋友你會懂。」或是由大受歡迎的韓國男星張東健所主演感人熱淚的電影《朋友》，以及紅遍全球的美國影集《六人行》（*Friends*）。人們對「好朋友」的永恆追尋，是這些「朋友」（作品）大受歡迎的原因；擁有知心好友是人生的美好夢想之一。

但是想要達成這個夢想的難度似乎非常高，清心寡欲的出園詩人孟浩然便曾一再感歎：「恨無知音賞」、「知音世所稀」。換成現代通俗的版本就是：「萬兩黃金容易得，知音一個最難求。」

不過，幸運之人還是有的，席勒和歌德既古典又浪漫的友情，一直為世人所稱羨。席勒的重要劇作《威廉．泰爾》，此題材原本是歌德在瑞士蒐集到的，他無私地提供給席勒。席勒從未去過瑞士，卻能將故事情節詮釋得極為生動。兩人同時因為這段友誼的鼓勵與加持，而釋放超出單一個人所擁有的創作能量。最終兩人甚至合葬在一起，成為世界文壇的佳話。友誼不但豐富了兩個心靈，也因此孕育了兩個大文豪，並讓另一位大文豪托爾斯泰羨慕地說道：「財富非永久的朋友，朋友乃永久的財富。」

人人自謂握靈蛇之珠，家家自謂抱荊山之玉

名句的誕生

昔[1]仲宣[2]獨步[3]於漢南，孔璋[4]鷹揚[5]於河朔，偉長[6]擅名[7]於青土，公幹[8]振藻[9]於海隅，德璉[10]發跡[11]於此魏，足下[12]高視[13]於上京[14]，當此之時，人人自謂握靈蛇之珠[15]，家家自謂抱荊山之玉[16]。

～三國魏．曹植．與楊德祖書

完全讀懂名句

1. 昔：過去的、從前的。
2. 仲宣：王粲，字仲宣。三國魏的文學家，建安七子之一，擅長辭賦，所作慷慨悲涼，深刻感人。
3. 獨步：首屈一指。
4. 孔璋：陳琳，字孔璋。負責魏的軍國書檄，為建安七子之一。
5. 鷹揚：特出。比喻文名遠播，如鷹之飛揚。
6. 偉長：徐幹，字偉長。博學能文，個性樸實無華，不熱中功名。
7. 擅名：獨享盛名。
8. 公幹：劉楨，字公幹。建安七子之一，性格剛烈，口才很好。
9. 振藻：發揚文采。
10. 德璉：應瑒，字德璉。有文才學識，為建安七子之一。
11. 發跡：發達、得志。
12. 足下：你。這裡指的是楊德祖。
13. 高視：極負盛名。居高臨下，突出流

俗。

14. 上京：首都。

15. 靈蛇之珠：古代傳說中的珍貴明珠，比喻超凡的才智。

16. 荊山之玉：荊山所產的玉石，即和氏璧。比喻極珍貴的東西，後比喻資質美好。

語譯：從前王仲宣在漢南首屈一指，陳孔璋如鷹高飛於河朔，徐偉長在青土獨享盛名，劉公幹發揚文采於東海之濱，應德璉在此地得志顯身，而你在上京極負盛名。在這個時候，人人都懷才自負，把自己比喻作像是擁有靈蛇明珠、荊山美玉那樣的罕世珍寶，等待著當政者的賞識和重用。

文章背景小常識

曹植與曹丕兩兄弟，因為帝位之爭無法兄友弟恭地相親愛，只好各自找尋可以吐露心聲的知己，曹植的知己就是楊修（字德祖），而曹丕的知己是吳質。這兩對好友經常互相通信，〈與楊德祖書〉和〈與吳質書〉還因此成為文學名篇。

漢代文學的地位仍次於經學、史學，但是東漢末年以至魏晉，由於社會思潮的轉變和文學發展，比前人更重視文學的地位、價值和作用，三曹父子的影響功不可沒，例如曹丕在《典論．論文》就已經明確地聲言：文章是「經國之大業，不朽之盛事」，大大改變了儒學對文學的忽視，而將文學的地位與價值提升至前所未有的高度。

〈與楊德祖書〉常和《典論．論文》相提並論，雖說曹丕的〈論文〉公認是文學批評的始祖，但事實上，曹植在〈與楊德祖書〉中也對建安七子的文學有所評論。

這封書信的收件者——楊德祖（即楊修），是一個聰明絕頂的人。著名曹娥碑謎語「黃絹幼婦，外孫齏臼」的答案「絕妙好辭」，就是由楊德祖先解出，整整比曹操快了三十里路。（曹操曾感嘆自己不如楊修才思敏捷，同樣的謎語要多花車子行走三十里的時間，才想出答案。）可惜楊修不懂得聰明太露易招妒的道理，而讓自己落得被曹操藉故殺害的悲慘下場。

名句的故事

本文的作者就是「走七步，寫成一首詩」而家喻戶曉的曹植。據說曹植從小就是大家眼中的神童，十三歲時，輕易便能寫出數萬字的文章，神乎其技。他的父親大將軍曹操一開始還半信半疑，以為是有人代為捉刀，決定測試他一番。於是利用銅雀臺建成之日，把幾個兒子都召過來，命他們當場寫文章慶祝紀念。沒想到曹植一握筆，文思如江海一般，源源不絕。

可謂「手握靈蛇珠，懷抱荊山玉」的曹植，不只天賦異稟，而且熱愛文學，他在〈與楊德祖書〉中吐露自己喜歡看書、寫文章的嗜好。

曹植除了先天的聰慧，他的文學養成也與成長環境有關。父親曹操雖然是叱吒風雲的一代梟雄，但也熱愛文學，他甚至把當時最優秀的文人才子，都邀請至家裡來。在往來無白丁的家庭環境中，曹植的天賦與發展自然更加波瀾壯闊。因此，他看待文學的標準高於常人。二十五歲的曹植在寫給好友楊德祖的信中，就非常冷靜地指出當代名家的優缺點。而他點名到的文人就是父親所延攬，人稱「建安七子」的王粲（字仲宣）、陳琳（字孔璋）、徐幹（字偉長）、劉楨（字公幹）、應瑒（字德璉）、還有此信的收件人楊修（字德祖）。

曹植指出文人容易犯自以為是、自得意滿的毛病：人人都認為自己是絕世奇才，像手裡握著靈蛇明珠、懷裡藏著荊山美玉般自珍自寶。這種自恃自傲反而變成進步的最大阻礙，以至難以精益求精、更上層樓。曹植之所以會如此批評，主要是因為他看到這些當代文豪，到了他家之後，就再也沒寫出什麼好文章了。

他甚至客觀指出，無論文章如何優秀都不可能沒有缺點，因此必須虛心接受批評。像他這樣的文學天才，反而較常人更勤學、苦學。難怪另一位文學才子且非常驕傲的謝靈運會對他佩服得五體投地，高規格地稱讚曹植（字子建）：「天下才分十斗，曹子建獨得八斗，我得一斗，天下人共用一斗。」

歷久彌新說名句

曹植提出文人有「人人自謂握靈蛇之珠，家家自謂抱荊山之玉」的現象，換成他兄弟曹丕的版本就是「文人相輕」。為了證明「文人相輕」的情況，曹丕還把班固扯了進來，作為負面的示範教材，說班固與他的同事蘭臺令史傅毅，成就不相上下，但班固卻在背後譏笑傅毅自以為是大文豪：「寫起文章來就沒個停止的時候。」（「武仲以能屬文為蘭臺令史，下筆不能自休。」《典論．論文》）

正因為是文人，所以一旦互相看不順眼，「毒舌」的功力往往更優於常人。例如，法國大文豪雨果就非常鄙薄同行斯湯達爾，他評論《紅與黑》說：「我試著讀了一下，但是無法讀到四頁以上。」美國知名作家梅勒（Norman Mailer）批評另外一位作家的作品：「那不叫寫作——那其實只是打字。」

著名英國天才詩人、劇作家、小說家王爾德也屬於毒舌一派，他曾批評另外一位同胞詩人波普（Alexander Pope）：「有兩種人不懂詩，一種是不喜歡詩的人，另外一種就是波普的讀者。」

事情皆有正反兩面，有文人相輕一族，就有文人相知相惜一派。文人們如果互相看對眼了，也會卯足力氣大加稱讚。梁啟超向清華大學校長曹雲祥推薦陳寅恪時說道：「我論著作可算是等身了，但我的全部著作加起來，還不如陳寅恪寫的二、三十頁紙。」

唐代詩人項斯未成名以前，曾帶著自己寫的詩文去拜訪祭酒楊敬之。楊敬之看過他的詩後不但大加讚賞，甚至還熱情地寫了〈贈項斯〉詩：「平生不解藏人善，到處逢人說項斯。」意思是：我平生不知道去掩蓋別人的好處，因此到處見著人就稱讚項斯。這也是成語「逢人說項」的典故。

文學家的愛與恨，果然是與眾不同，而這愛恨分明的性格或許就是藝術創作的天賦泉源！

有南威之容，乃可以論其淑媛；有龍泉之利，乃可以議其斷割

名句的誕生

蓋有南威[1]之容，乃可以論其淑媛[2]；有龍泉[3]之利，乃可以議其斷割[4]。劉季緒[5]才不能逮[6]於作者，而好詆訶[7]文章，掎摭[8]利病[9]。

～三國魏．曹植．與楊德祖書

完全讀懂名句

1. 南威：春秋時晉國的美女，史書記載她的美貌曾讓晉文公三天不上朝。
2. 淑媛：美善。
3. 龍泉：古代名劍，有削鐵如泥的鋒利。
4. 斷割：截斷和切割，引申為鋒利。
5. 劉季緒：即劉脩，字季緒。
6. 逮：及。
7. 詆訶：ㄉㄧˇ ㄏㄜ，dǐ hē，毀謗、斥責。
8. 掎摭：ㄐㄧˇ ㄓˊ，jǐ zhí，指摘、批評。
9. 利病：優劣。尤指劣、弊病。

語譯：只有擁有像南威那樣的絕世美貌，才有資格去評論美女，才可以談論什麼是淑媛；唯有具備龍泉寶劍那樣的蓋世鋒芒，才有資格去議論刀劍銳利與否的事情。劉季緒的文才比不上專業作家的水準，卻喜歡任意詆毀他人的文章，以斷章取義的方式指摘挑剔文章的弊病。

名句的故事

自以為「手握靈蛇珠、懷抱荊山玉」的文人雅士，除了孤芳自賞、自珍自寶之外，還有一項特點就是聽不進去別人的批評。但是世界上

是否有完美、零缺點的文章呢？曹植認為自古以來，無法加句減字的完美文章、文中之文，只有孔子所刪定的《春秋》可以稱得上。

在本篇名句裡，曹植要談論的主角並不是自戀情節嚴重的文人，而是另一類極端族群——熱愛張口挑毛病、品文論字的讀書人。曹植在此「批評」了一位名叫劉脩（字季緒）的人，說他「文章寫得不怎麼樣，也不多下苦功練習，卻盡將時間花在找尋別人文章的缺點上。」（「才不能逮於作者，而好詆訶文章。」）

曹植還引用戰國時期名士田巴的「封口事件」來諷刺既不是美女、又非名劍的劉脩「自不量力」。田巴是戰國時期口才便給的辯士，他曾經一天之內辯論戰勝過一千多人，但卻僅因十二歲小魯仲連的一番批評，而立誓封口終身。由此曹植反諷，論口才劉脩絕對比不上田巴，而小魯仲連世界上也絕對不會只有一個。

由於劉脩的案例，曹植得出這樣的結論：「要有像南威一樣沉魚落雁的風姿，才有資格去批評別人的容貌；要有似龍泉劍一樣削鐵如泥的鋒芒，才有資格去論斷別人的兵器。」（「蓋有南威之容，乃可以論其淑媛；有龍泉之利，乃可以議其斷割。」）有人或許會問，這意思難道是說，要評論別人的小說前，自己必須先寫出一本《紅樓夢》嗎？如此嚴苛的標準，恐怕世上能開口評論的沒幾人了。

因此，對曹植的文學批評主張較合情合理的詮釋是：如果品評的對象是一首曲子，若是對旋律、節奏、樂理毫無所悉，那麼評論一定是慘不忍「讀」；換言之，不是不能批評，而是不能作無的放矢的「無責任樂評」。事實上，在西方「文學批評」早已發展成獨立於「文學創作」的專門領域，自有其關於評論的專業要求與標準。

歷久彌新說名句

文學評論家常被當作一種獨特的「物種」，例如英國詩人拜倫在《唐璜》中嘲笑理論家是「吃乾草長大的動物」，愛爾蘭劇作家貝漢（Brendan Behan）更刻薄地說批評家猶如後宮裡的太監，知道怎麼寫作卻沒有寫作能力。更極端的，甚至還有否認評論家存在的。例如錢鍾書的《圍城》裡有一段關於理髮與評論家的比喻，說有個生脫髮病的人去理髮，理髮師說不用剪了，因為過不了幾天，頭髮就會自己掉光。藉此說明作品也是如此，好作品自然會留存，不好的作品，再怎麼評論也沒用，因此評論實是多此一舉。

既然爭論沒有消失，就表示文學評論家並非全然不值得存在，但是對於評論家的條件與要求，則是各有主張。其中曹植的「有南威之容，乃可以論其淑媛；有龍泉之利，乃可以議其斷割」，是屬於主張「能作而後才能評」的一派，即要求評論家必須也是作家。

鍾嶸三十多歲時完成了《詩品》這部傑出的詩歌評論專著，結果還是遭到輕視，陳衍就曾批評鍾嶸：「未曾寫過任何一本書，也沒有留下隻字片語。一輩子只吃過老百姓吃的野菜，就要品評珍奇美味的菜餚，誰能信服呢？」（「未嘗存其片牘，傳其隻字，是猶終身藜藿，而能評珍饈之旨否，夫誰信之？」《詩品平議》）

當然，反對「作評合一」者也理直氣壯：「此猶言身非馬牛犬豕者，不得為獸醫也！」（錢鍾書《管錐編》）但是畢竟沒有人喜歡聽一個見聞鄙陋的人大放厥詞，比較持平的看法或許是王羲之所說的：「善鑒者不書，善書者不鑒。」（《書論》）也就是說，文學評論自有其專業，只不過文評的專業與寫作的專業，恐怕並不等同。

蘭茝蓀蕙之芳，衆人所好，而海畔有逐臭之夫

名句的誕生

人各有好尚，蘭茝蓀蕙[1]之芳，眾人所好，而海畔有逐臭之夫[2]；咸池、六莖[3]之發[4]，眾人所共樂，而墨翟有非之之論，豈可同哉！

～三國魏．曹植．與楊德祖書

完全讀懂名句

1. 蘭茝蓀蕙：這四種都是香草名。

3. 逐臭之夫：追逐臭味的人。後用以比喻有怪僻的人。

3. 咸池、六莖：樂曲名。相傳為黃帝、顓頊時的樂曲。

4. 發：演奏。

語譯：人各有不同的喜好，像蘭、茝、蓀、蕙等香草的芬芳迷人，都是眾人喜歡聞的，但是在海邊卻也有喜歡追著臭味跑的人；黃帝的〈咸池〉和顓頊的〈六莖〉樂曲，演奏起來莊嚴典雅，是眾人樂於欣賞聆聽的，但墨翟卻有指責它們的議論，這怎麼能同等看待呢！

名句的故事

曹植認為文章與人一樣不可能完美無缺，因此要虛心接受批評。他在評論別人的文章時，也清楚知道文學是主觀的事，會因人的喜好而有「逐臭」與崇尚「蘭茝蓀蕙之芳」、「愛樂」與「非樂」的巨大落差，難有絕對標準。

「海畔有逐臭之夫」隱含黑色趣味，此句是有典故來源的。《呂氏春秋．孝行覽．遇合》記載，從前有一個人，身上散發惡臭的氣味，

他的父母、兄弟、妻妾與朋友，都無法和他一起生活。他十分苦惱而避居於海濱。然而彷彿是惡作劇似的，海濱卻有人偏喜歡他的臭味，每日追隨著他，不肯離開。後人將這個故事濃縮成「逐臭之夫」，引申指有怪癖的人。

這種愛與不愛的極端對比，不僅限於味道，在音樂方面也有例證。古代皇帝喜歡制禮作樂，如顓頊作〈六莖〉，「音樂之祖」軒轅黃帝所作〈咸池〉，甚至被推為中國音樂史上第一名作。但是墨子極力反對統治者繁飾禮樂、注重聲色之美，認為這些事情都是勞民傷財，不利天下蒼生，所以大聲喊出「非樂」。

沒有「南威之容、龍泉之利」的人不能亂批評，然而就算符合條件，其評論還是無法避免「逐臭」、「非樂」的主觀限制，因此評論者不能強迫他人認同與接受。

歷久彌新說名句

如果難以理解為何有「逐臭之夫」，或許從飲食的角度就比較容易體會。不管是外籍人士不敢領教浸泡於滷水發酵液中的臭豆腐，還是讓國人退避三舍布滿青黴的藍紋乳酪（Blue Cheese），這些味道奇特的食物，可都有大批逐「臭」之夫。甚至，越是美味的食物，越跟「臭」脫不了關係，儼然成為「臭美之學」。

雖說人各自有好尚，「逐臭之夫」應該可以理直氣壯，但是此語多帶負面評價。例如，明人何良俊將購買劣等畫作比喻為逐臭：「蘇州又有謝時臣，號樗仙，亦善畫，頗有膽氣，能作大幅，然筆墨皆濁俗品也。杭州三司請去作畫，酬以重價。此亦逐臭之夫耳。」（《四友齋叢說》）

晚清吳趼人《二十年目睹之怪現狀》在形容蘇揚煙花之女時，直接將下等人與「逐臭之夫」畫上等號：「那上等的，自有那一班王孫公子去問津；那下等的，也有那些逐臭之夫，垂涎著要嘗鼎一臠（鍋中的一塊肉）。」

美醜、香臭是主觀的，但多數人的愛好往往勝過少數人的。這種多數的暴力雖不公平，卻非一時一人能改變，應謹慎用詞，以免誤會。

夫街談巷說，必有可采；擊轅之歌，有應風雅

名句的誕生

夫街談巷說[1]，必有可采[2]；擊轅之歌[3]，有應風雅[4]，匹夫之思，未易輕棄也。

～三國魏．曹植．與楊德祖書

完全讀懂名句

1. 街談巷說：大街小巷中的議論、傳言等。
2. 采：蒐集。
3. 擊轅之歌：叩擊車轅而應拍的歌唱。這裡指民歌。轅：車前左右套駕牲畜的兩根直木。
4. 風雅：本指《詩經》中的國風和大、小雅，此指風雅精神。

語譯：即使是街談巷語，必有可以採納、值得記錄的故事；即使是駕車時叩擊車轅所唱的民歌，也可能有符合《詩經》風雅精神之處；凡夫俗子的想法，不應輕易忽視捨棄。

名句的故事

漢朝的班固認為「街談巷說、擊轅之歌」是所謂「道聽途說」，難登大雅之堂（《漢書．藝文志》）。到了三國魏的曹植則有完全相反的觀點，他大力主張街談巷說必有可供記錄採集的故事題材；擊轅的民歌蘊含風雅的精神；平民百姓的想法，不應隨便放棄。

建安詩人可說是曹植「擊轅之歌」文學主張的共同實踐者，他們把亂世的經歷見聞熔鑄作品中，留下感人的真實紀錄。如王粲〈七哀

詩〉、曹操〈蒿里行〉不約而同地描繪了白骨千里、生靈塗炭的苦況。「出門無所見，白骨蔽平原。路有飢婦人，抱子棄草間。」「白骨露於野，千里無雞鳴。」曹植的〈泰山梁甫行〉也描述了濱海地區人民的困苦生活。

曹植經歷早期貴公子式的優遊文學，主要描寫遊樂宴享之事，到逐漸轉而關心上流社會圍牆之外的悲慘世界，並進一步立定經世濟民、「建永世之業，流金石之功」的大志向。建安文學對社會現實的獨特關懷，成為一種特色，後世形容為「慷慨悲涼」，其時代精神則稱作「建安風骨」。

歷久彌新說名句

遠在一千九百年前的曹植就提出十分具前瞻性的文學觀，他認為文學創作應該來自「街談巷說」、「擊轅之歌」。歷代作家相當尊崇此一觀點，例如充滿魔幻魅力的《聊齋志異》，作者蒲松齡就是「街談巷說」的實踐者。他常常背著席子四處擺設茶攤菸櫃，邀請田夫野老，喝茶抽菸，然後引導他們談奇說異，講述各種故事，他一邊聽，一邊記錄，持續二十載。

如何把珍貴的「街談巷說」、「擊轅之歌」保存下來？法國大作家福樓拜就嚴格要求向他拜師學寫作的莫泊桑，要把眼睛練明亮，把耳朵變敏銳，比如他會出作業，要莫泊桑把馬場裡某一匹馬和前前後後五十多匹馬的差異描述出來。無數成功作家都把「觀察」視為寫作最重要的基本功，並從生活中汲取材料。

擅長描寫世代文化差異與都會欲望的當代劇作家紀蔚然，說明自己常用四種方法記錄街談巷說：每天花半小時拿遙控器亂按電視頻道，看螢幕中的人如何面對鏡頭；每天翻閱各大報紙標題；走在路上時就盯著來往行人瞧；泡咖啡廳時便聆聽周遭人的談話。可見，曹植的「街談巷說，必有可采，擊轅之歌，有應風雅，匹夫之思，未易輕棄也」，在古今中外都有死忠的支持者。

斬木爲兵，揭竿爲旗

名句的誕生

斬木為兵[1]，揭竿為旗[2]，天下雲集[3]而響應[4]，贏糧[5]而景從[6]，山東[7]豪俊[8]，遂[9]並起[10]而亡秦族[11]矣。

～西漢・賈誼・過秦論

完全讀懂名句

1. 斬木為兵：斬削樹木作為兵器，比喻武裝起義。
2. 揭竿為旗：高舉竹竿作為旗幟。揭：高舉。竿：竹竿。
3. 雲集：如雲般密集群聚。
4. 響應：本指像回聲一樣應聲而起，引申為附和某種主張或行動。
5. 贏糧：擔著糧食。贏：同「贏」，擔著。
6. 景從：如影隨形地跟隨著。景：影也。
7. 山東：指殽山以東。殽山位於河南省洛寧縣西北。
8. 豪俊：才智勇力出類拔萃的人物。
9. 遂：於是。
10. 並起：一起產生、興起，或共同發動。
11. 秦族：指秦王朝。

語譯：砍伐樹木做兵器，高舉竹竿做旗幟，天下人像雲一樣聚集，應聲而附和行動，各自擔著糧食，像影子依附形體一樣地緊緊跟隨。殽山以東的英雄豪傑都站出來齊心協力，將秦國消滅了。

文章背景小常識

結束戰國七雄割據局面而勝出的秦國，居然支撐不到二十年，就被草莽之徒揭竿起義而結束王朝。從秦到漢的改朝換代時期，百廢待舉，如何建立一個新王朝，大家都有自己的看法。本篇名句的出處〈過秦論〉，就是一位知識分子發表的政治見解，這類文章即所謂的「政論散文」。

這股全民談政治的風潮從戰國時期就開始延燒，並形成「百家爭鳴」的景況。到了漢朝，世人對於秦帝國的短命，非常有興趣探究，再加上書籍禁令「挾書律」的廢除，知識分子紛紛發表文章，論因析果，賈誼的〈過秦論〉即為此中的佳作。

〈過秦論〉共有上、中、下三篇，上篇論秦王，中篇論二世（秦始皇的次子胡亥），三篇論子嬰（秦始皇太子扶蘇之子）。本篇名句出自上篇，此篇似乎最受後人青睞，《史記》、《漢書》、《昭明文選》均選中此篇為文章代表。

〈過秦論〉的語言有漢代主要文體「賦」的特色，文章講究鋪排渲染，氣勢充沛。賈誼善於運用不同歷史事實的對比來分析利害，深具說服力。〈過秦論〉的文學價值頗受推崇，喜歡模仿古人文章、從中汲取精華的陸機就看上賈誼的〈過秦論〉，而仿作了一篇〈辯亡論〉。從明、清到當代，幾乎所有的古文選本都有〈過秦論〉，近人吳闓生也在《古文範》中評論〈過秦論〉：「通篇一氣貫注，如一筆書，大開大闔。」（整篇文章一氣呵成，彷彿是一筆寫完，氣勢磅礡，渾然天成。）

名句的故事

本篇名句的作者是漢代有名的文學天才賈誼，他二十歲初就當上博士（古代職官名，掌通古今，以備皇帝諮詢，為學術顧問的性質）。因見識、議論宏偉，不到一年，就升為太中大夫（古代職掌議論的官員）。朝廷上許多法令、規章的制訂，都由他主持進行。這樣一位才氣縱橫的文膽，對於大秦帝國的滅亡，有什麼獨到見解？

其實，打倒秦帝國的只是一群烏合之眾，他們不但兵不強、刀不利，帶頭的更稱不上領袖人物。陳勝、吳廣是以破甕做窗、草繩繫門軸出身的窮苦弟子，是替人種田的僕役，是被配發充軍的人。他們本來奉命帶領九百名民夫到漁陽戍邊，卻因遇雨誤期。按當時法令，誤期者斬。橫豎是死路一條，兩人選擇奮力一搏，「斬木為兵，揭竿為旗」。振臂一呼就有萬人響應，賈誼分析箇中原因是：擅長打天下的秦帝國，其實並不擅長治理天下，不懂得「仁義不施，民心喪盡」的道理。

儘管賈誼的分析鞭辟入理，卻鬥不過一旁小人的中傷陷害。空有滿腹對國家社會的熱情和理想，最後落得抑鬱以終，賈誼死時只有三十三歲。

歷久彌新說名句

如果你對於「斬木為兵，揭竿為旗」的理解還只停留在字面意義，或許「紅衫軍揭竿而起」這樣的新聞標題，能讓你有更直接的體會。姑且不論政治上的是非爭擾，「斬木為兵，揭竿為旗」可是世界近代史上重要的八個字。

若沒有美洲子民揭竿起義反對殖民國英國強徵茶葉稅，怎麼會有今天的世界超級強國美利堅；若沒有餓得奄奄一息的法國農民雲集於巴士底監獄，也不會有所謂的法蘭西共和國。翻開政治史教科書，許多國家都有轟轟烈烈「斬木為兵，揭竿為旗」的歷史紀錄。

電影《恐怖攻擊》（*Catch A Fire*）講述南非種族隔離政策的恐怖統治，片中黑人男主角便是從被動、消極，轉變為自覺、自主地挺身反抗。而該片的簡體中文譯名，就是選用了《揭竿而起》。

己嗜臭腐，養鴛雛以死鼠也

名句的誕生

足下[1]見直木必不可以為輪，曲者不可以為桷[2]，蓋不欲以枉其天才[3]，令得其所也。故四民[4]有業，各以得志為樂，唯達者[5]為能通之，此足下度內[6]耳。不可自見好章甫[7]，強越人[8]以文冕[9]也；己嗜臭腐，養鴛雛[10]以死鼠也。

～三國魏．嵇康．與山巨源絕交書

完全讀懂名句

1. 足下：古代下對上或同輩相稱的敬詞。
2. 桷：音ㄐㄩㄝˊ，jue，方形的屋椽，必須用直木做成。
3. 天才：原指天賦優越的才能。此指自然生成的本質。
4. 四民：即士、農、工、商四種不同職業的人。
5. 達者：通達事理的人。
6. 度內：考慮、推測在內。度：音ㄉㄨㄛˋ，duò。
7. 章甫：古代的禮冠，以黑布製成。始於殷代，殷亡後存於宋國，為讀書人所戴的帽子。
8. 越人：越國人。傳說越國人的習俗是剪斷頭髮，身上刺青，所以根本不需要戴帽子。
9. 文冕：有圖案、花紋的帽子，引申為華麗、漂亮的帽子。
10. 鴛雛：一種鳳鳥。比喻人的品格高貴、不流於俗。鴛：通「鵷」字。雛：通

「鵷」字。

語譯：您看到筆直的木頭不能用來製造車輪，彎曲的木頭也不可用來做成屋椽，這是不想枉費它們自然天生的本質，使它們得到適合的所在。所以，士、農、工、商四種不同行業的人，各以順遂自己的心意做事為快樂，只有通達明理的人才能理解這個道理，這也是在您推測預料中的事啊！不能因為自己喜歡冠帽，就強迫沒有戴帽子習俗的越國人也要和自己一樣；也不能因為自己喜歡發臭腐敗的食物，就拿死老鼠去餵鳳鳥吧！

文章背景小常識

〈與山巨源絕交書〉作者嵇康，字叔夜，三國魏國人，曾任中散大夫，世稱「嵇中散」。此文為一封書信，收信人山濤，字巨源，和嵇康都名列「竹林七賢」之中。嵇康的妻子是曹操的姪孫女，這使他與曹氏皇族有了一層姻親關係，偏偏好友山濤和專權的司馬家族也是親戚，造成兩人的政治態度各自不同。嵇康十分痛恨司馬氏專橫國事，所以選擇走避山林，遠離政治是非，孰料一向喜好甄拔人才的山濤，竟推薦嵇康擔任尚書吏部郎。嵇康知道此事後，立刻寫了〈與山巨源絕交書〉予以回應，除了表達堅決不做官的立場，更斬釘截鐵地說要和山濤從此絕交。

這封書信的內容很長，全文從朋友的知心交情談起，嵇康認為山濤是一位很了解自己的好友，但一聽到山濤打算推薦自己做官，才發現兩人過去的相知是一場偶然罷了！其後，列舉古來聖賢豪傑不管遭遇任何困難，至死不違背心志，堅決做自己想做的事，而他只想盡情遊山玩水、抱琴賦詩，對於官場的繁文縟節、瑣碎公務，根本毫無能力承擔。

最末，言及自己母親和兄長剛剛去世，兒女也都尚未成人且體弱多病，希望餘生能住在簡陋屋子裡教養孩子，與親友敘說往事，彈琴飲酒便已願足。如果山濤還不肯放棄，強行逼他就範，他必會爆發狂疾，想著兩人並無深仇大恨，山濤理當不至逼人於死地吧！

嵇康雖然如願逃過做官一事，但生性耿直的他，還是得罪了司馬昭身邊的紅人鍾會，遭其平白誣陷，終究躲不過政治險惡所帶來的劫難，死時僅四十歲。臨刑之前，嵇康對兒子嵇紹說：「巨源在，汝不孤矣。」可見嵇康的心目中，山濤一直是他真心信任的好友，才會將年幼的兒女託付山濤照顧。

名句的故事

三國魏時文學家嵇康在〈與山巨源絕交書〉中的「己嗜臭腐，養鴛雛以死鼠也」一語，是作者借用發臭腐敗的鼠肉，比喻一般人所致力追求的官爵祿位，以表自己視官位為輕賤之物；同時也意指那些喜歡做官的人，以為大家和他們的想法都是一樣，便強迫不慕仕途的人也要做官。

嵇康這句話的典故語出《莊子．秋水》，其言：「夫鵷鶵，發於南海而飛於北海，非梧桐不止，非練實不食，非醴泉不飲。於是鴟得腐鼠，鵷鶵過之，仰而視之曰『嚇！』今子欲以子之梁國而嚇我邪？」

話說莊子要到梁國探望擔任宰相的惠施，有人向惠施打小報告，認為莊子一定是為了取代惠施的相位而來，心慌意亂的惠施，於是在全國各地搜索莊子三天三夜。等到莊子自己去見惠施時，便講了這則「鴟得腐鼠」的寓言故事，說有一隻鵷鶵自南海一路飛往北海，沿途不是梧桐樹就不棲息，不是竹子的果實就不吃，不是甘美的泉水就不飲，像牠這樣有原則的鳥類，怎麼會去看上鴟鴞嘴上腐爛的鼠肉呢？

莊子以「鵷鶵」自喻不流於俗，以「腐鼠」貶喻梁國的相位，以「鴟」借諷唯恐他人來奪其相位的惠施。

歷久彌新說名句

嵇康〈與山巨源絕交書〉中援引「己嗜臭腐，養鴛雛以死鼠也」之例，是希望好友山濤不要以一般人庸俗的認知，加諸在每一個人的身上。文中他還另舉「不可自見好章甫，強越人以文冕也」一例，此語典故同樣出自莊子之口。見《莊子．逍遙遊》：「宋人資章甫而適諸越，越人斷髮文身，無所用之。」古時宋國人運送冠帽到越國販賣，但越國人的風俗是剪斷頭髮，一身刺青，哪裡用得著冠帽呢？莊子藉由宋、越兩國的習俗不同，直指那些自認文明的人，將自己視為珍貴的產物，強行放到過著自然原始生活的人身上，實在是可笑極了！

其中「章甫」即是冠帽，象徵士人畢生追求的名位，崇尚自然之道的莊子，在此又巧妙地揶揄了世俗禮教一番。

唐朝詩人李商隱，其七言律詩〈安定城樓〉末聯：「不知腐鼠成滋味，猜意鵷鶵竟未休。」詩題「安定」為唐朝涇原節度使治所，位在今甘肅省涇川縣北。詩人借用莊子「鵷鶵」不屑「腐鼠」的寓言，回應當時有心人士的惡言中傷，表明自己從不貪圖富貴。

李商隱的活動年代，正值中唐「牛李黨爭」期間，年輕時的他，曾在「牛黨」令狐楚的幕府工作，並和令狐楚的兒子令狐綯結為好友；考中進士之後，他的才華得到「李黨」涇原節度使王茂元的賞識，將女兒嫁與其為妻。不料，李商隱與王氏的婚姻竟遭來「牛黨」批評他忘恩負義，「李黨」知其曾與「牛黨」過從甚密，對他也有所非議。失意的李商隱登上安定城樓，藉詩抒發不平，希望大家別再妄加猜測，他的心志高潔有如「鵷鶵」，絕不是攀高結貴、見利忘義之人。

南宋愛國詞人辛棄疾〈鷓鴣天．尋菊花無有．戲作〉前兩句：「掩鼻人間臭腐場，古來惟有酒偏香。」意思是，掩住鼻子離開了人間臭腐的場所，還是古來說的只有美酒最香是正確的。詞人把官場的鬥爭腐敗，比喻成「人間臭腐場」，並與被削去官職、賦閑鄉野的自己所飲香醇美酒，一臭一香互作對比。

辛棄疾力主消滅金人，收復北宋失土，造成朝中許多「主和」大臣的極力排擠，無法一展抱負的他，只能縱情於山水，但其滿腔的愛國熱血從來不曾稍減，作品永遠散發他一貫的豪邁風格。

忘歡而後樂足，遺生而後身存

名句的誕生

清虛靜泰，少私寡欲。知名位之傷德[1]，故忽而不營，非欲而彊禁也。識厚味[2]之害性，故棄而弗顧，非貪而後抑也。外物以累心不存，神氣[3]以醇白[4]獨著，曠然無憂患，寂然無思慮。又守之以一[5]，養之以和。和理[6]日濟，同乎大順[7]。然後蒸[8]以靈芝，潤以醴泉，晞[9]以朝陽，綏[10]以五弦。無為自得，體妙心玄，忘歡而後樂足，遺生而後身存。若此以往，恕[11]可與羨門[12]比壽，王喬[13]爭年。何為其無有哉？

～三國魏・嵇康・養生論

完全讀懂名句

1. 傷德：傷害人的本性。
2. 厚味：美味。
3. 神氣：此指精神。
4. 醇白：純潔白淨。醇，此通「純」字。
5. 守之以一：保守元氣，守真不二。一：道家用來稱宇宙萬物的原始狀態，也可指元氣。
6. 和理：中和的道理。
7. 大順：自然。
8. 蒸：滋養。
9. 晞：音ㄒㄧ，xī，曬乾。
10. 綏：安撫。此指彈琴。
11. 恕：此通「庶」字，幾乎。

12. 羨門：古代傳說中的古仙人。

13. 王喬：即王子喬，古代仙人名。相傳他是周靈王太子晉，後被道人接上嵩山修道，成為仙人。

語譯：內心清虛寧靜，私念欲望很少。知道名利地位會傷害本性，所以輕忽而不去營求，並非心裡想要而去加以禁止。知道美味會傷害本性，所以就厭棄而不去顧看，並非心裡貪戀而去加以抑制。沒有身外之物拖累心神，精神純白獨自顯明，心胸開闊沒有憂患，內心寂靜沒有思慮。又能保守元氣，用中和來調養，使中和之道日益增進，等同於自然。然後用靈芝滋養，用甘泉潤澤，在朝陽下曝曬，彈奏弦琴，無所作為，怡然自得，體會玄妙之境。忘記歡樂然後心靈得到滿足喜悅，遺忘生存然後身體得到保全無毀。假使能照這樣做下去，幾乎可與古代仙人羨門比誰長壽，與王子喬爭誰高齡，怎麼會說沒有壽命長的人呢？

文章背景小常識

「竹林七賢」之一的嵇康，其〈養生論〉主在闡述養生的道理，說明人如何將身軀發揮到生命的極限，甚至可以長命千歲，幾乎和神仙沒有分別。

魏、晉之際，流行服食一種丹藥以求長生不老，嵇康雖也相信丹藥有助養生，但他認為光靠丹藥這項條件是絕對不夠的，人的身心修養也要隨之改變，與丹藥內外搭配，才能得到顯著的功效。文中他提出善於養生的人，必須涵養心性，忘情聲色、口腹的欲望，摒棄名位、權勢的追求，自覺地對這些身外之物毫不動心，唯有避免精神無謂的耗損，身軀才能不受疾病或外力的傷害，以達延年益壽的目的。

〈養生論〉除了反映嵇康的養生觀，也可看出他崇尚道家無為的思想，嚮往清心寡欲、與世無爭的生活。然而不幸的是，嵇康身為當時名士，又是曹魏宗室的姻親，即便他有心趨避是非禍端，將精神寄託於養生之術，終究還是不敢政治現實的殘酷，在他四十歲那年遭到誣害。嵇康受刑之前，依然神色自若地向旁人索琴，當場演奏了一曲〈廣陵散〉後才被處死，雖然他還來不及印證其〈養生論〉所言是否真能見效，但從他臨刑前的態度，足見其對生死一事，確實比一般人更為參透。

名句的故事

嵇康〈養生論〉之「忘歡而後樂足，遺生而後身存」語出注解《莊子》一書的東晉玄學家郭象。《莊子．至樂》起始兩句：「天下有至樂無有哉？有可以活身者無有哉？」意思是說，天下有至樂還是沒有呢？有什麼保全身體的方法還是沒有呢？郭象替這段文字所下的注解是：「忘歡而後樂足，樂足而後身存。」

世上多數的人皆從財富、權位的多寡，視作快樂滿足的標準，但莊子顯然對此並不認同，所以刻意拋出問題，引人思考怎樣才是天下的「至樂」？郭象身為《莊子》思想的詮釋者，他進一步闡釋莊子所要表述的至樂，是要人忘懷世俗所追求那種表相的快樂，身心恬淡寡欲，無所作為，保全生命不受損傷，才稱得上是天底下最極致的歡樂。

其實早在莊子、郭象之前，道家的始祖老子已對「身存」提出其見解。《老子．第七章》：「天長地久。天地所以能長久者，以其不自生，故能長生。是以聖人後其身而身先，外其身而身存。非以其無私耶？故能成其私。」老子認為天地之所以能延續長存，是因為天地不謀求自己的生存，反而使其長保恆久；又如聖人退居眾人之後，不爭不求，忘記世俗的榮辱得失，反而使他們走在眾人之前。意即忽視自己生命的人，卻因此保全了生命，由於其無私之心，最後反而成就的是自己。

歷久彌新說名句

戰國時人莊子，其《莊子．養生主》同嵇康〈養生論〉一樣，內容主要都是在談論養生的哲理，其中寫道：「緣督以為經，可以保身，可以全生，可以養親，可以盡年。」意思是說，順應經絡運行的自然道理，以此作為行事準則，便可以保護身軀，保全本性，養全精神，享盡上天所賦予的壽命。

三國時期，魏國經學家王肅，其《孔子家語・五儀解》記錄一段魯哀公和孔子的對話。哀公想知道智者與仁者真能比較長壽嗎？孔子的回答是肯定的，其言：「智士仁人，將身有節，動靜以義，喜怒以時，無害其性，雖得壽焉，不亦宜乎？」孔子認為智仁之士，保養身體有所節制，言行舉止不會逾越法度，表現喜怒情緒也不致傷害本性，所以，他們得到較長的壽命，不是一件很自然的事嗎？其中「將身有節」的「將」字，在此解作休養、保養。

北宋文學家蘇轍，其《龍川略志・卷十・李昊言養生之術在忘物我之情》也是一則有關養生的故事。話說一名年約八、九十歲名叫李昊的人，聽聞一間官舍有許多鬼會出來欺侮人，鬧得人們生活無法安寧，李昊決定搬到這間屋子裡住，奇怪的是，鬼之後竟然都不出來了。於是，作者好奇地問李昊，到底用了什麼方法收服鬼呢？

李昊答說他也沒什麼特別的方法，不過是一般人的欲望雜多，所以容易遭來鬼的欺負，他因斷絕欲望已久，以致鬼不敢找他的麻煩。作者再請教他如何做到摒棄欲望？李昊透露其養生的訣竅是：「今誠忘物我之異，使此身與天地相通，如五行之氣中外流注不竭，人安有不長生者哉？」只要人的心念能夠擺脫物、我的差別，使身體和天地相通，好比五行之氣在內外流注而源源不絕，這樣的人怎麼會不長壽呢？

明者見危於無形，智者規福於未萌

名句的誕生

明者見危於無形，智者規[1]福於未萌[2]。是以微子[3]去商，長為周賓[4]，陳平[5]背項[6]，立功於漢，豈宴安鴆毒[7]，懷祿[8]而不變哉！

～三國魏・鍾會・檄蜀文

完全讀懂名句

1. 規：謀畫、謀求。
2. 未萌：事情尚未發生。
3. 微子：商朝紂王的兄長，因封邑在微，故名微子。
4. 周賓：意指商朝臣子歸順周朝後，被封為諸侯。
5. 陳平：人名，秦末時投靠項羽，不被重用，後轉而投靠劉邦，為建立漢朝的主要功臣之一。
6. 項：指項羽。
7. 宴安鴆毒：貪圖逸樂的人，無異於飲鴆自殺。鴆，音ㄓㄣˋ，zhen，一種毒鳥，羽毛呈紫綠色，將其泡酒後可以毒死人。
8. 懷祿：貪圖祿位。

語譯：通曉事理的人，能在危險還沒發生之前察覺；有聰明智慧的人，能在吉祥幸運還未發生前謀求而得。所以，商朝末年，微子脫離了商朝，長久成為周朝的諸侯，陳平背棄項羽，在漢朝立下大功，人難道可以迷戀於鴆毒，貪圖祿位而不隨著形勢改變嗎？

文章背景小常識

〈檄蜀文〉作者鍾會，字士季，三國魏國人，其父鍾繇，東漢末擔任黃門侍郎，入魏後官拜太傅，人稱「鍾太傅」，深受魏文帝、明帝的敬重。鍾會從小聰慧過人，先後得到司馬師、司馬昭的賞識，也是策畫魏國軍事謀略的重要人物。

魏元帝景元四年（西元二六三年），司馬昭下令征伐蜀國，任命鍾會為伐蜀的主將，這篇〈檄蜀文〉正是鍾會針對蜀地軍民所發出的檄文，主在宣告魏軍已經兵臨城下，蜀軍若不投降，只有走向滅亡一途。

文中回顧蜀先主劉備當年困頓於冀州、徐州一帶，若不是魏武帝曹操及時相救，劉備早亡於袁紹、呂布之手。不料，等到劉備重新興隆，任職豫州牧後，竟然做出違背昔日恩人、以怨報德的事情，所以伐蜀本來就是魏國先帝的遺願。

總結而言，鍾會希望蜀國上下，認清蜀弱魏強的現實局勢，盡速歸降魏國，不要為了貪圖在蜀國短暫的安居日子，待魏軍發動攻擊，後果將不堪設想。

此役蜀軍果然不敵魏國大軍，蜀後主劉禪決定投降魏國，蜀國宣告滅亡。鍾會完成平蜀大事，晉升為司徒，進封縣侯。隔年，鍾會有心據蜀自立，引蜀國降將姜維為後援，誅殺魏將，可惜他的自立計畫失敗，死於兵亂之中，年僅四十。

名句的故事

三國魏將鍾會〈檄蜀文〉之「明者見危於無形，智者規福於未萌」，意指有先見之明的人在事情尚未發生之前，便懂得如何規避危險，謀求幸福。

事實上，這句話並非源自鍾會之口，見古書《太公金匱》其中兩句：「明者見危於未萌，智者避危於無形。」此書作者相傳是人稱「姜太公」的西周賢臣呂尚，書之命名「金匱」，就是以金為匱，保守重要謀略機密的意思，全書內容著重在教導君主自省自戒，以保國家長久恆遠。

戰國時魏國人公孫鞅，在魏國不受魏惠王重用，轉而投效秦國，秦孝公採納其建議推行新法，秦國自此走向富強之路，孝公封公孫鞅於商地，稱號「商君」，故又稱其「商鞅」。

公孫鞅在《商君書‧更法》有云：「愚者暗於成事，知者見於未萌。」愚昧的人對於已發生的事，依然不明就理，但聰明的人卻能在事情尚未發生之前洞燭機先。這也意味著人們對事物的辨識能力，是根據其智愚程度而有所差異，智者能夠見微知著，一看到事件的細微跡象，便知其發展趨勢，適時做出正確的決策，自然可以免於禍害。

西漢人司馬相如，其〈上書諫獵〉寫道：「蓋明者遠見於未萌，而知者避危於無形。」明智的人能在事情未產生前及早發現，能在危險還沒發生之前躲避。這是司馬相如上奏漢武帝之書，表面意思是希望武帝顧念天下蒼生，避免從事像打獵這樣危險的活動，以天子的尊貴之身，根本不容許發生任何的意外。然而，這背後的深義是勸諫武帝不可縱情行獵，荒於政事。

以上各家之言，僅文字排列與後出的鍾會〈檄蜀文〉稍有異別，都是在強調防範未然、未雨綢繆的重要。

歷久彌新說名句

古來聖賢先哲，一向都很注重居安思危、憂患意識的觀念，唯恐稍不留神的小疏忽，便招來難以彌補的傷害。《詩經‧豳風‧鴟鴞》中：「迨天之未陰雨，徹彼桑土，綢繆牖戶。」老鳥為了防止鴟鴞這類壞鳥來破壞巢穴，欺負牠的幼鳥，趕緊趁著天還沒下雨之前，剝取桑根，紮好巢穴，把門窗補修牢靠。這也是成語「未雨綢繆」的典故由來，用來比喻事情必須提前準備，以防萬一。

《易經‧既濟卦》之〈象傳〉云：「水在火上，既濟。君子以思患而豫（通「預」字）防之。」意思是說，水在火的上方，就是既濟卦。君子因此要考慮禍害，預先做好防範。

〈象傳〉相傳是孔子所作，內容主要在解釋《易經》六十四卦所顯示的意義，再推述哲理，應用在人的德行修養上。其中「既濟卦」的「既濟」原意是渡河成功，可引申事情已成，其卦象是〈離卦〉在下，〈坎卦〉在上，〈離〉象徵火，〈坎〉象徵水，火下水上，火性向上，水性向下，取其水火上下相交，各得其用之義。

孔子認為「既濟卦」意在提醒人隨時保持警覺，水和火雖有相互為用的關係，但若稍有差池，也很容易釀成大禍；意即此卦表面看來，事情可以順利成功，不過，有德君子仍要「思患而豫防之」，存不忘亡，方能永保久安。

儒家思想的實踐者孟子，其《孟子．告子下》有句名言：「生於憂患而死於安樂也。」其意為，生存是在憂患中磨練出來的，死亡則是在安樂鬆懈中造成的。文中孟子列舉多位聖賢在苦難環境之中，鍛鍊出堅忍不拔的性情，造就後來不凡的功業，證明人在憂患的當下，才能發憤圖強得以生存，若習慣處於順境，反而容易沉溺安樂而導致滅亡。

大兵一放，玉石俱碎

名句的誕生

若乃樂禍[1]懷寧[2]，迷而忘復，闇[3]大雅之所保[4]，背先賢之去就[5]，忽[6]朝陽之安，甘折苕之末[7]，日忘一日，以至覆沒[8]。大兵一放[9]，玉石俱碎[10]，雖欲救之，亦無及已[11]。

～三國魏・陳琳・檄吳將校部曲文

完全讀懂名句

1. 樂禍：以災禍為安樂。
2. 懷寧：貪戀安寧。
3. 闇：不了解，愚昧不明。闇，音ㄢˋ，àn。
4. 大雅之所保：〈大雅〉裡深明事理的人能保全自身的原因。大雅：《詩經》二雅之一，多為王室貴族雅正的樂歌。
5. 去就：取捨，放棄與選擇。
6. 忽：忽視。
7. 甘折苕之末：甘願居於吹折的蘆葦頂端。苕：ㄊㄧㄠˊ，tiao，蘆葦的花穗。
8. 覆沒：軍隊被消滅。
9. 大兵一放：大軍一旦發動進攻。
10. 玉石俱碎：不分賢愚、善惡好壞，一同受害，盡皆毀滅。
11. 無及已：來不及阻止。已，止。

語譯：如果選擇與災禍共處卻仍妄想獲得安寧，執迷不悟、不知回頭，不明白《詩經・大雅》中君子明哲保身的道理；違背前代賢人伊尹離開夏國、歸附殷國的正道；沒考慮到面向晨陽、歸順朝廷才能獲得長治久安，而甘願居住於搖搖欲墜、吹折毀壞的蘆葦頂端，一天接一天地遺忘輕忽，直到吳國覆滅。朝廷的大軍一旦發動，不分好或壞、聰明或愚笨，無論美玉或瓦石將全部遭到毀滅，等到那時，即使後悔想挽救，也來不及了。

文章背景小常識

檄文（或稱檄書），軍中文書的通稱，為兩軍打仗前用以聲討敵人、宣示罪狀等。換言之，因為有戰爭，才有檄文的存在。漢末魏晉時期，政治動盪，戰爭頻仍，增加了檄文寫作這一行的市場需求，而陳琳可說是箇中好手。

檄文的目標很明確，不外乎有兩點：一是無所不用其極地編派敵軍之惡；二是想方設法地吹噓我軍之善。寫檄文重在氣勢，陳琳的檄文氣勢磅礡，有千軍萬馬之勢，用詞誇飾鋪張，具感染人心的語言力量。

陳琳在〈為袁紹檄豫州文〉中罵曹操罵得太入戲，連祖宗都罵了進去，彷彿他與曹氏真有深仇大恨似的。張溥還曾評價他：「後世即有善罵者，俱不及也。」（論起罵人的功力，後代沒有人比得上陳琳！）

不過，寫檄文的職業風險很高，當我軍戰敗時，撰寫檄文的軍隊祕書連帶也會遭殃，成為敵方刀俎上的魚肉。陳琳經歷四任老闆都還能活下來繼續撰寫檄文，也算是奇蹟。

名句的故事

陳琳的工作有點類似現代的戰地記者，一有戰事就隨著軍隊四處「觀」戰，記錄戰事。

陳琳前後換過三次老闆，本篇名句的出處〈檄吳將校部曲文〉乃是他跟隨第三任老闆曹操時所作，目的是為了聲討吳國的孫權，並壯大曹軍的氣勢。陳琳得到這個工作的過程頗為傳奇，原來陳琳的第二任老闆袁紹與曹操在官渡大戰，當時屬於袁紹陣營的陳琳，認真地寫了一篇氣蓋敵軍的文章──〈為袁紹檄豫州文〉，把敵軍（即曹操）的祖宗八代圍剿羞辱得淋漓盡致。

然而不幸地，袁紹的軍隊吃了敗仗，勝利的曹操卻對這位寫文章罵他的文士，不但沒有懷恨在心，還提供工作機會給失業的陳琳，請他擔任曹軍的戰地祕書。不過，曹操還是忍不住質問陳琳：「你替袁紹寫文章罵我也就算了，怎麼還把我的祖宗都牽連進去？」陳琳面有難色地回答：「箭在弦上，不得不發。」

蕭統的《昭明文選》將陳琳這兩篇文章擺在一起，形成諷刺的對照。同一個曹操，忽而是無惡不赦的罪人，忽而成為天下蒼生的救星。北齊的顏之推注意到了這個矛盾，在《顏氏家訓》中教誨後代子孫：「陳孔璋居袁裁書，則呼操為豺狼；在魏制檄，則目紹為蛇虺。」

在現代商業社會中，陳琳「朝袁暮曹」地換老闆不足為奇，但在君主封建的古代會被視為「不忠」，陳琳若地下有知，也許會委屈地替自己辯解：「我也不過就是混口飯吃，至少在每份工作任內，我可都是盡心盡力。」陳琳工作之努力、寫文章之認真，曹操肯定可以為他作證，因為《典略》曾經記錄，陳琳所寫書信檄文之佳妙，甚至還舒緩了曹操的頭風病。

歷久彌新說名句

「玉石俱碎」（或「玉石俱焚」）是一個常見的成語，報章雜誌上可以看到這樣的標題，「分手惹殺機，前男友潑汽油，玉石俱焚」。玉石俱焚等同於「同歸於盡」、「兩敗俱傷」。

夏朝的昏君桀窮奢極欲，暴虐嗜殺。每當他徹夜狂歡作樂時，大臣關龍逢總是手捧繪有大禹治水的黃圖（古代王朝繪製有帝王功績的圖，留給後代效法祖先治理國家），要求晉見。夏桀不僅不聽勸諫，反而殺害了關龍逢，並警告朝臣們，今後再有第二個關龍逢，一律處死。百姓們恨透了夏桀，指著太陽詛咒說：「夏桀啊夏桀，你什麼時候滅亡？我要和你同歸於盡！」（「時日曷喪？予及汝偕亡。」）

「玉石俱焚」、「同歸於盡」的毀滅性手段，放在中東政治的脈絡裡，即等同於「自殺式炸彈恐怖攻擊」。由此可知，在「玉石俱碎」、「同歸於盡」背後的巨大仇恨情緒，為政者實在不能輕忽。

棄燕雀之小志，慕鴻鵠以高翔

名句的誕生

將軍勇冠三軍[1]，才為世出，棄燕雀[2]之小志，慕鴻鵠[3]以高翔。昔因機[4]變化，遭遇明主，立功立事，開國稱孤[5]。朱輪華轂[6]，擁旄[7]萬里[8]，何其壯也！

～南朝梁・丘遲・與陳伯之書

完全讀懂名句

1. 三軍：軍隊之通稱。
2. 燕雀：小鳥，喻庸人。
3. 鴻鵠：天鵝，喻豪傑。
4. 因機：順應時機。
5. 開國稱孤：開國，指建立邦國。孤，為王侯的自稱。陳伯之被封豐城縣公，故可稱孤。
6. 朱輪華轂：謂華麗的車子。朱輪：紅色的輪子。轂：音ㄍㄨˇ，gǔ，車輪中心的圓木。
7. 旄：音ㄇㄠˊ，mao，用旄牛尾裝飾的旗子，使臣持之以為信物。
8. 萬里：形容轄區廣大。

語譯：將軍的英勇是全軍之首，才能也是應世的豪傑。摒棄燕雀之小志，仰慕鴻鵠高飛的遠大抱負。當初順時應機的變換，碰上賢明的君主，建立功勳，成就事業，晉封爵位得以稱孤，乘裝飾華麗的車子，擁重兵威震萬里，真是何等雄壯！

文章背景小常識

據《梁書．陳伯之傳》記載，陳伯之幼時就臂力過人，十三、四歲即持刀搶奪鄰里稻穀，長大後淪為劫盜，在搶劫時被人砍掉了左耳。後來投奔同鄉車騎將軍王廣之，因屢有戰功，升遷為冠軍將軍、驃騎司馬。

梁滅齊以後，陳伯之附梁，被封為豐城縣公、征南將軍、江州刺史。陳伯之目不識丁，有事全憑口傳，任由屬下主事者定奪，長流參軍朱龍符得以「恣行姦險」，事發後朱龍符畏懼武帝治罪於己，於是挑撥陳伯之舉兵叛梁，其後投奔了北魏。

天監四年（西元五〇五年），梁武帝命臨川王蕭宏率軍北征，陳伯之領魏軍對抗。蕭宏命記室丘遲作此書信勸陳伯之歸降。

書，是一種文體。舉凡論政、論學、問候、敘情，無不可用書信來表達。書信的書寫方式，正如《文心雕龍．書記篇》所云：「條暢以任氣，優柔以懌懷。」也就是，敘事要條理清楚，措詞要貼切婉轉，情感要真摯適當，才能引起收信者的共鳴，達到書信的目的。

名句的故事

〈與陳伯之書〉是一封用駢文寫的勸降書，也是一篇情理並勝的美文。

丘遲此書辭意懇切而筆下縱橫，以故國之恩曉之以義，以個人前途說之以利，以鄉關之思動之以情，文字曉暢明白，引經據典地把來歸之利與不悟之害分析得鞭辟入裡。書中所引用的典故並不冷僻，卻處處切中陳伯之的疑慮，語氣委婉而用事精當，這封情文兼至的駢文書信，終於使陳伯之率八千人來降。

本文所引為書信的第一段，一方面盛讚陳伯之是個有勇有才，又有遠大抱負的傑出人物，一方面陳述伯之在梁朝時所享的榮華富貴，引起撫今追昔的感慨！

文中稱許陳伯之「棄燕雀之小志，慕鴻鵠以高翔」，是說陳伯之背棄平庸的齊東昏侯，而歸附梁武帝展開遠大的志向。

鴻鵠，即天鵝，秋天南飛避寒，一飛千里。「鴻鵠之志」用來指像鴻鵠一舉千里般的壯志，比喻志向遠大。

由於見識不同，志向遠大者的抱負往往無法為庸俗者所理解，就像鴻鵠與燕雀般的差異，秦末揭竿起義反抗暴政的陳勝就感嘆地說：「燕雀安知鴻鵠之志哉！」

《史記．陳涉世家》記載：陳勝年輕時，曾經為人幫傭耕種，在田中高處停了下來，悵恨許久，說：「到了富貴的時候，不要忘記這樣的苦日子。」旁邊的人笑著說：「如果是幫傭耕種，哪來的富貴呢？」陳勝嘆息說：「唉！燕雀怎麼會知道鴻鵠遠大的志向呢！」

歷久彌新說名句

鴻鵠一飛千里，燕雀已難知鴻鵠之志；大鵬鳥展翅一飛九萬里，就更難以讓蜩（蟬）和學鳩（小斑鳩）理解牠從北海徙向南冥的長程飛行了。《莊子．逍遙遊》說：

「鵬之徙於南冥也，水擊三千里，摶扶搖而上者九萬里，去以六月息者也。」

意思是：大鵬鳥要飛徙到南海去的時候，兩翅拍打水面所濺起的水花達到三千里高，像旋風般直上九萬里的高空，靠著六月海動颳起的大風而飛。

蜩和學鳩譏笑大鵬說：「我決起而飛，槍榆枋而止，時則不至而控於地而已矣。奚以之九萬里而南為？」（我奮起而飛，碰到榆樹、枋樹就停在上面，沒有力氣時，落在地面就是了，何必高飛九萬里到南方去呢？）

小學鳩安知大鵬鳥之志哉！

非必絲與竹，山水有清音

名句的誕生

杖策[1]招隱士，荒塗[2]橫古今。巖穴無結構[3]，丘中有鳴琴。白雪停陰岡[4]，丹葩[5]曜陽林[6]。石泉漱[7]瓊瑤[8]，纖鱗[9]或浮沉。非必絲與竹，山水有清音。

～西晉・左思・招隱詩（其一）

完全讀懂名句

1. 杖策：拿著手杖。策：可作鞭杖的樹枝。
2. 荒塗：荒蕪的道路。
3. 結構：指房屋。
4. 陰岡：山的北面。
5. 丹葩：紅色的花。
6. 陽林：山南坡的樹林。
7. 漱：滌蕩。
8. 瓊瑤：美玉，此指山石。
9. 纖鱗：指小魚。

語譯：手拿著木杖尋隱士，荒蕪的道路古今都沒有人行。四周只見岩穴不見房屋，山丘之中卻有彈琴聲。山北積雪皚皚，山南的樹林紅花豔豔。清澈的泉水激蕩山石，小魚嬉戲時浮時沉。不必一定要有管弦樂器，山水自有清妙的聲音。

文章背景小常識

漢淮南王劉安曾作〈招隱士〉詩，收錄《楚辭》之中，意欲招募山林隱士出山從政，詩中說：「歲暮兮不自聊，蟪蛄鳴兮啾啾。」指人生短暫如蟪蛄，轉眼年老體衰，不宜長久隱居，失其盛時。又將山林描述得陰森恐怖，「虎豹鬥兮熊羆咆，禽獸駭兮亡其曹」，說野獸相爭，危機處處，因此呼喚：「王孫兮歸來，山中兮不可以久留。」漢代以後的〈招隱詩〉，其「招隱」之名大概由此而來。

招隱詩是魏晉隱逸風尚的產物，曾經在晉太康時期興盛一時，當時文士陸機、張華、張載等人都寫過招隱詩。但晉宋之際逐漸式微，而為游仙詩、山水詩所取代，雖然流傳下來的數量不多，但在文學領域中有其獨特魅力。

晉代風行的招隱詩大多描寫隱士無拘無束的閑適生活和清靜優美的山林環境，對隱居生活充滿企慕之情。

名句的故事

左思的代表作，是集十年之力寫成而使「洛陽為之紙貴」的〈三都賦〉。他因出身寒門，仕進不得意所感受到的憤懣心情，都表現在詩歌裡，其著名的〈詠史〉詩曾云：「被褐出閶闔，高步追許由。振衣千仞岡，濯足萬里流。」揭露了追隨隱者走向大自然的想望。

左思的〈招隱詩〉一反劉安〈招隱士〉詩的陰鬱，而將山林之景表現得十分清新朗麗，把隱居之處描寫成秀麗的山水和優美的環境，隱居生活脫離塵俗而自有情趣。他託山水以寓意，對山林世界中自在萬物的歌頌，正反映出他對現實社會沉重壓抑的反抗。

本詩首先以古今都沒有人行的荒蕪道路，分隔出紛擾的塵俗與清幽的山林兩個不同的世界，雖然巖穴簡陋，但從山丘之中傳出的琴聲，可以感受到山中人的怡然自樂。接著便正面描述山林美景：山北積雪，山南紅花，清澈的泉水中小魚浮沉嬉戲，將四周景物寫得有聲有色。在這樣充滿天趣的環境中，作者有感而發：「非必絲與竹，山水有清音。」

《梁書．昭明太子傳》記載：蕭統性愛山水，曾經在園中築山掘池，建立亭台館榭，與一些朝臣名士同遊其中。有一次在後池泛舟，番禺侯軌極力攛掇說：「這裡應該演奏女樂。」

蕭統沒有直接回答，而吟詠左思的〈招隱詩〉：「何必絲與竹，山水有清音。」可見蕭統認為此句深得自然之趣，是賞玩山水的最高境界。

《世說新語．任誕》記載：王子猷居住山陰時，雪夜詠左思〈招隱詩〉，忽憶剡縣的戴安道，便連夜乘小船前往。舟行一夜方至，卻過門不入而返，有人問其故，他說：「我本乘興而行，興盡而返，何必見戴？」此則故事流行甚廣，名士雪夜詠〈招隱詩〉的形象，顯現左思〈招隱詩〉在士人心中「不俗」的分量。

歷久彌新說名句

招隱詩的源頭可上溯至《詩經．小雅．鶴鳴》，它以「鶴鳴于九皋，聲聞於野」起興，歸結於求訪賢者的「它山之石，可以攻玉」，其中雖有潛魚在淵、檀樹在園之句，但對其形象並沒有具體的描繪。

晉代太康年間受隱逸之風影響，名士莫不擁抱山丘，倘佯林泉，是招隱詩最為蓬勃的時期，文人雅士藉著對山林景物的細膩刻畫，表達對隱居生活的讚美和「雖不能至，然心嚮往焉」的由衷企慕。

左思的〈招隱詩〉具體描繪山林泉石之美，文字秀逸而無太康文人雕飾之氣，意境高遠，清逸脫塵，最後對仕途的奔波表示「躊躇足力煩，聊欲投吾簪」，喜愛山林的自然天趣，有掛冠隱居山林之心；與陸機〈招隱詩〉稱「富貴苟難圖，稅駕從所欲」，要待富貴難圖以後，方才願意拋棄榮華任意自如，二者心境有很大的差異。

〈招隱詩〉用山川景物之美來襯托隱居之趣和歸隱之心，重點並不是風景的描繪，但這種對山林泉石的大量敘寫已顯露出山水文學的傾向，及至南朝宋謝靈運以客觀的形象描寫山水，「極貌寫物，窮力追新」，開創山水詩的新境界，招隱詩就逐漸為山水詩所取代了。

小隱隱陵藪，大隱隱朝市

名句的誕生

小隱隱陵藪[1]，大隱隱朝市[2]。伯夷竄[3]首陽，老聃伏[4]柱史[5]。昔在太平時，亦有巢居子[6]。今雖盛明世，能無中林士[7]？

～東晉．王康琚．反招隱詩

完全讀懂名句

1. 陵藪：山陵和沼澤，比喻遠離塵囂。
2. 朝市：朝廷與市集，比喻世俗擾攘的地方。
3. 竄：逃奔。
4. 伏：潛藏、躲隱。
5. 柱史：守藏史書的官員。
6. 巢居子：巢父，以樹為巢居處。
7. 中林士：同林中士，隱士之意。

語譯：程度較低的隱士隱居在人煙稀少的地方，程度較高的隱士則隱居在公眾場所裡。伯夷逃亡到首陽山隱居，老子也曾潛藏在朝廷任職。過去在太平盛世裡，也有巢父隱居築巢於樹。如今雖然是聖明時代，但難道就沒有隱居在林中的人嗎？

文章背景小常識

這首王康琚所寫的〈反招隱〉詩相當特別，被《昭明文選》歸目於反招隱類，在這個類別中也就僅錄這首，足見仕與隱的問題在魏晉南北朝的重要性。

王康琚是晉朝人，他的生平事蹟不詳，唯一留下的作品就只有這首〈反招隱〉詩。所謂反招隱，望文生義也約略可知是與招隱相反的意思，而招隱是什麼呢？在《昭明文選》中也有一類以「招隱」為題的詩文，招隱即是要人從滾滾紅塵中解脫，歸隱山林，反之，反招隱即是對於這種避世清修的處事態度提出疑義。王康琚進一步指出所謂隱士，應當是「歸來安所期？與物齊終始。」（歸隱的期望是什麼呢？就是要和萬物一起遵循著共相始終的自然之道。）王康琚這首〈反招隱〉詩，能在歷史宏河中一枝獨秀，正在於此，認為無論當官或是歸隱，都只需要順應本性，即可達於道。

名句的故事

王康琚開宗明義以「小隱隱陵藪，大隱隱朝市」破題，將一般認可以為隱逸的方式視為「小隱」，而將身處俗世卻能靜心修行的隱者歸為「大隱」。小隱與大隱不僅是程度高下之別，亦牽涉到隱逸者超脫凡間束縛的層次。王康琚之所以與一般見解不同，故意以「大隱」推翻既有認同的「小隱」，自有其歷史背景。

從東漢末三國以來，玄學玄風盛行文壇，不少有志者為通達曉理紛紛隱居山林，藉由少欲少求來尋找解脫之道。但在這種風潮下，也有不少雞鳴狗盜者，掛羊頭賣狗肉，只是為了引起朝廷權貴的注意，而矯情隱逸，以博得世俗高名。王康琚否定這種假隱士的行徑，而認為只要心懷玄遠，與物終始，隱或不隱的外在表現並不重要。

王康琚在詩中也舉例說明，如隱逸始祖伯夷因為不想侍奉異朝政權，不得已才逃竄山林，採蕨類為生，最後餓死首陽山。處於亂世的老子雖然最後瀟灑遁隱，但年少時也曾經進入宮廷擔任吏職。太平盛世也會出現如堯舜時代的巢父，不顧世俗眼光隱居樹林，所以誰說盛明之世就不能隱居呢？

作者在此闡述了隱逸並非特殊情態，而是盛亂之際都有可能出現的現象，不足為奇。重點在於「推分得天和，矯性失至理」（順應本分才能體會自然之道，刻意矯飾自己性情反而偏離正道），所以不必逼迫自己去處在惡劣的環境中，生活艱苦，面容憔悴，才以為是真正的隱居之理。

歷久彌新說名句

王康琚所言「小隱隱陵藪，大隱隱朝市」，簡單來說就是心隱，只要內心是隱居情懷，不論處在任何環境都能修道。王康琚的說法應有魏晉以降士人的共鳴，東晉郭象註解《莊子．讓王》「身在江海之上，心居乎魏闕之下」時，曾言：「夫聖人雖在廟堂之上，然其心無異於山林之中。」由此建立了隱居的「身心分離說」，並普遍受到當時及後世士人的接納。

到了唐代，又加上南宗禪「平常心是道」觀念的影響，主張身心合一，認為所謂的修養應該是身心俱在朝市，仍可得閑適之情。這種觀念大顯於白居易的詩文，〈中隱〉云：「大隱住朝市，小隱入丘樊。丘樊太冷落，朝市太囂喧。不如作中隱，隱在留司官。」便將仕隱之間的關係釐清得更為透澈。

白居易企圖以「中隱說」來融會貫通大隱與小隱，他認為處於喧囂朝市的大隱，難以清靜；而處於山林丘樊的歸隱又太刻苦冷清，不如中隱最好，既可有隱逸之情，亦能為官施展抱負，藉此鼓勵居於官場的士人亦不忘修行。

白居易的中隱說在唐代盛極一時，尤其配合禪宗興起，成為後世文人生活中不可缺乏的心靈點綴。但中隱說畢竟仍過於世俗化，處於瞬息變化萬千、利益糾葛深重的官場實難清靜，因此宋代的愛國詩人陸游於〈寓嘆〉言：「小隱終非隱，休官尚是官。」陸游指出不論是王康琚說的小隱或是白居易的中隱，基本上都是官員自以為是的表面「高尚清修」，事實上只要一日為官，終身為官，只要不犯大錯，官員的特殊身分便享有特權利益。陸游的批判可謂是切中文人節操，能不能心隱是一回事，表現出來的仕宦或隱逸，才是關鍵點。

遊子殉高位於生前，志士思垂名於身後

名句的誕生

夫惡欲之大端[1]，賢愚所共有，而遊子[2]殉高位[3]於生前，志士思垂名[4]於身後，受生[5]之分，唯此而已。

～西晉・陸機・豪士賦序

完全讀懂名句

1. 大端：重大的端緒。
2. 遊子：遠遊追求官祿的人。
3. 殉高位：為求得高位而不惜犧牲生命。
4. 垂名：聲名流傳於後世。
5. 受生：稟性。

語譯：情有所惡（ㄨˋ）、心有所欲這人心重大的端緒，是賢明和愚笨的人共有的。遠遊求官祿的人為在生前求得高位不惜身，志士則想留名於身後，稟性的差別，不過如此而已。

文章背景小常識

陸機在〈豪士賦〉前寫了一段長序，說明寫作的緣由。全文共一百七十句，其中序文就占了一百五十二句，而賦本身僅二十八句，序文是賦的五倍。蕭統《昭明文選》和清朝李兆洛《駢體文鈔》都只選序，而略去賦。

〈豪士賦序〉一文諷刺齊王司馬冏矜功自伐、受爵不讓，陸機雖深感不屑，但也不願獅子身上拔毛、惹禍上身，因此只好託為勸諭「豪士」，並使用大量典故，都是大臣有功而受帝王疑忌的歷史事實。陸機除了直接以典故行文，再加上鑲金鍍銀的文字風格，符合駢文講究對偶、用典、聲律、辭藻的特色。陸機因而被視為駢文的奠基者，清人邵子湘形容他：「文體圓折，有似連珠，舒緩自然，自是對偶文字之先聲。」（《評注昭明文選》）

名句的故事

〈豪士賦序〉的寫作背景與西晉的政治紛爭有關。趙王司馬倫廢掉了昏庸的晉惠帝，意欲篡位，馬上激起其他虎視眈眈宗室諸王的反對。其中齊王司馬冏聯合成都王司馬穎、河間王司馬顒出兵。結果，趙王兵敗被殺。司馬冏入京輔政，掌握大權。司馬冏的行為讓陸機非常不以為然，認為是以惡制惡，因而寫下〈豪士賦序〉，「豪士」指的就是司馬冏。

陸機認為在特殊情況下僥倖獲得高位厚祿的庸夫，若無自知之明，不適時引退，學習志士「思垂名於身後」，反而好自矜誇、膽大妄為，必將招致慘禍，成了遊子「殉高位於生前」。

陸機一文成讖，司馬冏掌握權力後，沉迷酒色，任人唯親，驕恣日甚。後來被河間王司馬顒、長沙王司馬乂所殺。諷刺的是，知道不義必亡道理的陸機，自己卻逃不出「八王之亂」的混局，遭夷三族。「遊子殉高位於生前」成為晉朝文人的悲哀。

歷久彌新說名句

後世史家以「功名心強烈、不甘寂寞」解釋陸機的悲慘下場，《晉書》也評論他「好遊權門」。臨刑前陸機無限悔恨地說：「再也聽不到故鄉華亭的鶴鳴聲。」（「華亭鶴唳」典故。）類似的遲悔話語，腰斬於咸陽的秦朝大臣李斯也曾說過：「想牽著黃狗上東門追兔子，再也不可能了。」（「吾欲與若復牽黃犬俱出上蔡東門逐狡兔，豈可得乎！」《史記．李斯列傳》）

這種樂活的想望，陸機的朋友張翰做到了。有一天張翰見到秋風乍起，頓時非常想念故鄉吳中的菰菜、蓴羹、鱸魚膾，於是二話不說，立刻辭官回鄉，因而得以從「八王之亂」的混局中，死裡逃生。究竟政治權力場還是東門逐兔、華亭鶴、蓴羹迷人？端看個人取捨了。

度白雪以方絜，干青雲而直上

名句的誕生

鍾山[1]之英，草堂[2]之靈。馳煙[3]驛路[4]，勒移山庭[5]。夫以耿介[6]拔俗之標[7]，蕭灑[8]出塵之想[9]，度[10]白雪以方[11]絜[12]，干[13]青雲而直上。吾方知之矣。

～南朝齊．孔稚珪．北山移文

完全讀懂名句

1. 鍾山：即今南京紫金山，因在城北，又叫北山。
2. 草堂：周顒隱居在鍾山的居所。
3. 馳煙：騰雲駕霧。
4. 驛路：古代傳送文書的車馬所通行的大道。
5. 勒移山庭：將移文刻在山庭。勒：刻。移：移文。
6. 耿介：光明磊落。
7. 標：儀表、風度。
8. 蕭灑：豁達無拘束的樣子。
9. 想：情志。
10. 度：衡量。
11. 方：比。
12. 絜：清明，純潔。
13. 干：犯，凌駕。

語譯：鍾山的英魂，草堂的神靈，騰雲駕霧奔馳於驛路，把這篇文告鐫刻在山壁。具有磊落脫俗的風度，豁達超凡的胸懷，品德可與白雪比純潔，志節可同青雲比崇高，這才是我所熟知的隱士。

文章背景小常識

移文，是一種官府公文，用來頒布政令，以移風易俗。〈北山移文〉是六朝駢文的代表作之一。

駢文，魏晉南北朝流行的一種文體，它的特點是使用華麗的辭藻，講究對偶的精工和聲律的和諧，又常在篇章中使用大量的典故。這些注重雕飾的特性，使它成為一種特殊的唯美文體，也對唐代律詩的形成有相當的影響。但駢文的末流，往往只看重形式的美觀而忽視內容，甚或以文害義。到了唐代韓愈、柳宗元等登高一呼，提倡「文以載道」的道統文學，揚棄華豔無實的文風，回歸秦漢樸實的散文，駢文就衰落了。

名句的故事

魏晉南北朝之際，因戰亂不斷，佛老玄學蔚為思想主流，尤其知識分子，動輒橫遭殺戮，因此隱逸之風盛行，紛紛以清高出世為妙。然而除了有人以隱居當做避亂的手段外，也有人是藉隱居之名標榜清高，以為成名的晉身階。

關於這篇文章的緣起，《昭明文選》呂向注道：本來周顒在鍾山隱居，後來接受詔書出仕海鹽縣令，當他任期日滿促裝上京，準備要經過鍾山的時候，孔稚珪假借鍾山神靈的口氣，寫了一篇布告文書，拒絕他經過此地，稱之為〈北山移文〉。

全文分為三部分，第一部分描寫真隱士，其風度氣概應是「以耿介拔俗之標，蕭灑出塵之想，度白雪以方絜，干青雲而直上」。第二部分揭露假隱士的虛偽面目，說他們「雖假容於江皋，乃纓情於好爵」，周顒剛到北山隱居時，那種恢宏的風度情懷，彷彿能遮天蔽日，凜若秋霜的氣勢，勝過古來的隱者許由、巢父。怎知道，當一聽到朝廷召喚，馬上神魂顛倒，意志動搖，露出世俗的嘴臉動身赴任了。第三部分以擬人手法對假隱士嘲諷，說周顒欲來鍾山，將使泉石蒙羞，林壑增穢，故「南岳獻嘲，北壟騰笑，列壑爭譏，攢峰竦誚」，引起群山萬壑的譏笑。

本篇文章的精采處，如錢鍾書所說：「以風物刻畫之工，佐人事譏嘲之切，山水之清音與滑稽之雅謔，相得而益彰。」（《管錐篇・卷十九》）雖然考之史書，周顒一生並無出仕海鹽縣令的記載，因此許多學者都認為是朋友間的遊戲之作，但觀其文不必真有其事，用談笑戲謔的文字，嘲諷身在江湖、心懷魏闕的假隱士，正是本文主旨所在。

歷久彌新說名句

古代知識分子在儒學「學而優則仕」（《論語・子張》）、「天下有道則見，無道則隱」（《論語・泰伯》）、「窮則獨善其身，達則兼善天下」（《孟子・盡心上》）觀念的引導下，「得意則仕，失意則隱」成為士人的普遍現象。當此之際，「隱居」只是一段靜待時機的潛伏期，最終目標還是希望有朝一日能得到朝廷的重用。

魏晉南北朝以後佛道玄學思想盛行，隱逸成為一種超脫塵俗的高尚行為，隱者能博得高名，獲得大家的敬重，但享有高名後又往往成了朝廷徵召的對象。於是對有心仕途的人來說，「隱居」有時反而成了追求官位名利的便利捷徑，這些假隱者一但出任官職，自然會被有識者所譏誚。唐朝劉肅的《大唐新語》便記載一個走捷徑的故事：

唐代進士盧藏用一直沒有受到重用，他就隱居在京城長安附近的終南山，藉此得到很高的聲譽，後來果然受到朝廷的重視，當了高官。當時有個道士司馬承禎，頗有令名，睿宗將他徵召至京師，但他無心於仕途，請求歸還天台山。盧藏用對司馬承禎說：「終南山是個好地方，到那裡隱居就可以了，何必千里迢迢回到天台山呢？」司馬承禎答說：「據我看來，終南山只是當官的捷徑罷了。」盧藏用聽出他語氣中譏諷的意思，臉上露出了慚愧的顏色。這也就是「終南捷徑」比喻為追求官位或名利之便捷途徑的典故來源。

漢魏六朝正處於俳諧文創作的鼎盛時期，不

僅作品數量眾多，並產生了不少傳世的名篇。用公文形式來寫遊戲文字的例子，除了孔稚珪〈北山移文〉外，前此有劉宋袁淑的〈驢山公九錫文〉、〈雞九錫文〉，模仿歷代九錫的體例和套語，處處雙關，句句影射；後此則有南朝梁沈約的〈修竹彈甘蕉文〉，運用擬人手法講故事，類似於童話。這些都具反應當代、寄寓諷世的功用，有一定的批判價值。

對俳諧之文持反對態度的也不乏其人，唐代韓愈〈毛穎傳〉以擬人的手法為毛筆立傳，文末並對毛穎「老而見疏」寄予無限的同情。中書令裴度見了，頗不以為然，他在〈寄李翱書〉中說：「昌黎韓愈其人信美材也，近或聞諸儕類云，恃其絕足，往往奔放，不以文立制，而以文為戲，可矣乎！可矣乎！」可見裴度對韓愈的才能是讚賞的，但不贊成他「以文為戲」寫具嘲諷性的俳諧文。

昭明文選

翩若驚鴻，婉若遊龍

——詠人、思人篇

東家之子，增之一分則太長，減之一分則太短

名句的誕生

天下之佳人，莫若楚國；楚國之麗者，莫若臣里；臣里之美者，莫若臣東家之子[1]。東家之子，增之一分則太長，減之一分則太短；著粉[2]則太白，施朱[3]則太赤。

～戰國楚．宋玉．登徒子好色賦

完全讀懂名句

1. 東家之子：住在東邊鄰家的美女。
2. 粉：細末狀的白色脂粉。
3. 朱：指紅色的胭脂，多塗抹於臉的兩頰與嘴唇。

語譯：天下的美女，比不上楚國；楚國的美女，比不上臣家鄉的美女；臣家鄉的美女，比不上臣住家東鄰的美女。東鄰的美女，增加一分則顯得太高，減少一分則顯得太矮；抹粉則顯得太白，塗胭脂則顯得太紅。

文章背景小常識

〈登徒子好色賦〉作者宋玉，在賦中以楚國登徒子大夫向楚襄王告狀，說宋玉生性好色為發端。之後，宋玉開始舌粲蓮花展開辯解，表明自己縱使美色當前也不為所動，反是登徒子不管女子奇醜無比，還能娶其為妻，並與其生下五子。最末，又加入一位秦國使者章華大夫附和宋玉之言，強調自己遠遊九州五都，足跡遍及大江南北，看過各國無數美女，內心情欲雖然蠢蠢欲動，但一想到做人必須恪守禮義，終是不敢有越軌的舉動。

全文表面上看似都在談論「好色」的標準為何？但事實上，登徒子大夫、章華大夫皆為宋玉杜撰的虛構人物，作者刻意假借他們的言辭，暗諷楚襄王身邊充斥著嫉妒賢能、喜進讒言的奸佞小人，如登徒子大夫，便是屬於離間君主與賢臣的代表人物；另一位章華大夫，其角色作用是為了勸諫楚王「發乎情，止乎禮」，行為不可逾越君王應遵守的禮儀法度。足見宋玉除善用譬喻之外，規勸君王的方式也十分曲折委婉。

名句的故事

宋玉在〈登徒子好色賦〉以「東家之子，增之一分則太長，減之一分則太短」，形容住家東鄰的女子，身長不能增減一分，意即身高恰到好處，過與不及都將失去完美比例，其中「東家之子」日後也成了「美女」的代稱。

賦題中「登徒子」，原是宋玉虛構出來，一個愛跟君王打小報告的侍從，經過作者一番借題發揮，這號人物竟成了妍媸不分、來者不拒的好色之徒，直至今日，「登徒子」一語，仍是意在嘲諷貪戀女色，而不擇美醜的男人。

賦中提及登徒子在楚襄王面前，說宋玉憑恃長相秀麗，講話妙語如珠，又喜歡接近女色，希望襄王不要和宋玉出入往來。宋玉從襄王口中知道此事，認為外貌乃父母所生，口才為老師所教，但好色絕非自己的本性，好比住家東鄰的女子，雖擁有「不能增減一分」的絕色美貌，自己卻不曾對她動心。接著他反舉登徒子之妻，相貌極為醜陋，登徒子居然非常喜歡她，並和她生了五個孩子，兩相對比，證明登徒子才是真正好色的人。

不過，仔細推敲，發現宋玉筆下的登徒子，說他是讒巧小人還算合理，直指他為好色之徒，似乎有些說不過去，若摒除登徒子在政治上的小動作，他稱得上是一個對妻子有情有義的男人；倒是美男子宋玉，一再強言不會對美女動心，才真是不合常情呢！

宋玉〈登徒子好色賦〉雖採幽默的寫作手法，描述三個男人，對女子外貌美醜的不同態度；然其文章背後的意涵，實與前輩詩人屈原，抒發遭到小人讒害，而為楚君冷落相同。

屈原〈離騷〉中有兩句：「眾女嫉余之蛾眉兮，謠諑謂余以善淫。」意思是：眾人都嫉妒我的美貌，故意在君王面前說我生性淫蕩。屈原自認品格高潔，不肯與小人合汙，終被謠言中傷，楚懷王將其流放江南。再看〈登徒子好色賦〉中的宋玉，表現不為女色所惑的作為，讓人覺得他過於矯情，但其目的只是借「色」為喻，凸顯自己與眾不同的美好品德。

歷久彌新說名句

宋玉〈登徒子好色賦〉中形容女子「增之一分則太長，減之一分則太短」之語，也成為後人襲用或改造的文句，如北宋文人歐陽脩，其詞〈鹽角兒〉上片：「增之太長，減之太短，出群風格。施朱太赤，施粉太白，傾城顏色。」遇見驚為天人的絕色美女，連一代文壇宗師也不禁詞窮，其讚美之詞幾乎和前人宋玉如出一轍；女子的美好體態，在歐陽脩的心目中，不論增加或是減少一分，都將使她的整體美感大為失色。

作家書寫「不能增減一分」的對象，也未必只侷限在美人身上，像近代著名散文家梁實秋，其《雅舍小品》中寫道：「鳥的身軀都是玲瓏飽滿的，細瘦而不乾癟，豐腴而不臃腫，真是減一分則太瘦，增一分則太肥那樣地穠纖合度，跳盪得那樣輕靈，腳上像是有彈簧。」作者是一位愛鳥之人，文中細膩描繪鳥兒大小肥瘦都合宜的俊俏形態，表達其對鳥的入微觀察與深情禮讚。

清人申涵光《荊園小語》有一則勵志短語：「經一番挫折，長一番見識；多一分享用，減一分志氣。」意在鼓勵人不必害怕挫折，逆境其實是體驗不同人生的大好機會，又告誡人不可貪圖眼前享受，以致逐漸喪失志氣。宗教家證嚴法師，其《靜思語》也有一語：「增一分感恩心，即減一分猜疑心。」以上兩者都運用前後「增減一分」的寫法，使文意呈現明顯對比，讀來更具感染力！

嫣然一笑，惑陽城，迷下蔡

名句的誕生

眉如翠羽[1]，肌如白雪；腰如束素[2]，齒如含貝[3]。嫣然一笑[4]，惑陽城，迷下蔡[5]。然此女登牆窺臣三年，至今未許也。

～戰國楚．宋玉．登徒子好色賦

完全讀懂名句

1. 翠羽：翡翠鳥的羽毛。此指女子的眉毛，色亮而有光澤。
2. 束素：一束白色絹帛。此形容腰細。
3. 含貝：形容牙齒潔白。貝：白色小海螺。
4. 嫣然一笑：形容女子甜美嫵媚的笑容。嫣然：嫵媚美好的樣子。
5. 惑陽城、迷下蔡：使陽城、下蔡兩地的男子著迷。陽城、下蔡：古縣名，是古代楚國貴族的封地。

語譯：女子的眉毛，光亮的色澤有如翡翠鳥的羽毛，肌膚似白雪般；腰像絹帛一樣的細，齒像含著白色的小海螺。她嫵媚甜美的一笑，使陽城、下蔡兩地的男子深深著迷。然而這個女子爬上我的牆頭偷看我三年，至今我都沒有接受她的情意。

名句的故事

宋玉〈登徒子好色賦〉以「嫣然一笑，惑陽城，迷下蔡」，形容其東鄰之女的迷人風情，造成全楚國的顯貴公子，無不陶然痴醉在她的巧笑倩影裡。更誇張的是，如此國色天香的大美人，竟會爬上牆頭偷窺宋玉長達三年，不斷地對宋玉頻送秋波。文中宋玉之所以強調女子容貌形態的絕美，主要是為了彰顯自己不為美色所誘惑的定力，縱使眼前這名美女，足令全楚國男人傾倒愛慕，宋玉也可以斷然拒絕之。

宋玉對女子美貌極盡細膩的描寫，不禁令人聯想到，同樣對美女刻畫淋漓的一首古詩歌《詩經．衛風．碩人》，詩云：「手如柔荑，膚如凝脂，領如蝤蠐，齒如瓠犀，螓首蛾眉，巧笑倩兮，美目盼兮。」相傳此詩在歌頌春秋衛莊公的妻子莊姜，其美麗的外表與高貴的氣質，為當時全國百姓所津津樂道；最末「巧笑倩兮，美目盼兮」也成了後人形容美女的專用語。

西漢辭賦大家司馬相如，其〈美人賦〉可說是宋玉〈登徒子好色賦〉的仿作，其中一段寫道：「臣之東鄰，有一女子，雲髮豐豔，蛾眉皓齒，顏盛色茂，景曜光起。恆翹翹而西顧，欲留臣而共止，登垣而望臣，三年於茲矣，臣棄而不許。」巧合的是，司馬相如的東鄰也和宋玉一樣都住著美人，也同樣都喜歡上住家旁的男子，三年不間斷地對其示好。

年代後出的司馬相如，自然想表現超越宋玉〈登徒子好色賦〉的情欲控制力，他在〈美人賦〉後半段情節加入一些變化，其言：「女乃弛其上服，表其褻衣，皓體呈露，弱骨豐肌。時來親臣，柔滑如脂。」司馬相如的東鄰美女，不再只是〈登徒子好色賦〉中登牆偷窺，目光流露愛意的女子，她大膽邀請司馬相如入室，主動寬衣解帶，呈現其誘人胴體親暱對方。然而此時此刻，司馬相如竟可「氣服於內，心正於懷」，婉拒女子的誘惑，其「坐懷不亂」的君子作風，比起宋玉對美女三年的不理不睬，還更讓人難以置信呢！

歷久彌新說名句

陽城、下蔡為楚國古郡名，也是楚國貴族公子的封地，宋玉刻意以這兩地為喻，表明東家之子迷惑的並非一般百姓，而是身價不凡的貴族子弟，後人多以「陽城」、「下蔡」比喻貴族聚集或美人眾多的所在地。

三國時期，「竹林七賢」之一的阮籍，他在〈詠懷詩．其二〉有云：「傾城迷下蔡，容好結中腸。」意指絕代佳人使滿城的人為之著迷，美麗的容顏永存人們的心中。

北宋文人蘇軾，其詩〈寓居定惠院之東，雜花滿山，有海棠一株，土人不知貴也〉前八句：「江城地瘴蕃草木，只有名花苦幽獨。嫣然一笑竹籬間，桃李漫山總粗俗。也知造物有深意，故遣佳人在空谷。自然富貴出天姿，不待金盤薦華屋。」

這是作者借花自喻的詩作，他在宋神宗元豐三年（西元一〇八〇年）貶謫湖北黃州，寓居定惠院東邊的小山附近，發現遍地雜花之中，生出一株四川家鄉所產的名貴海棠，想到自己流落荒野，不正與這株海棠的命運一樣，頓時興起同是天涯淪落客的感嘆。看著海棠花「嫣然一笑」地出落在粗俗的桃、李之間，詩人體悟此乃造物者的精心安排，讓天生優雅的海棠花，完全不用金盤或華屋的裝飾，即便形孤影隻地生在空谷，也能顯其出眾的高貴氣質。

南宋初年，自號「竹坡居士」的周紫芝，其詞〈水龍吟．題夢雲軒〉下片：「玉佩煙鬟飛動，炯星眸．人間相遇。嫣然一笑，陽城下蔡，盡成驚顧。蕙帳春濃，蘭衾日暖，未成行雨。但丁寧莫似，陽臺夢斷，又隨風去。」作者與心儀女子在蘭蕙芳香的屋內依偎溫存，女子的一顰一笑，令眾人神魂顛倒。等到離別時刻，詞人猶不忍離去，只能頻頻叮嚀，莫讓這段美好的愛戀，像傳說中楚君、神女在巫山陽臺下的夢境般，醒來之後隨即如風散去。

生於南宋末的詞家吳文英，其詞〈東風第一枝〉先言傾國傾城的風華佳人，不僅連古來公認的大美女西施、貴妃都無法相比，包括自然界的花兒、楊柳，見之也要自慚形穢。詞的最末兩句是：「信下蔡、陽城俱迷，看取宋玉詞賦。」作者認為這樣的美人，肯定讓下蔡、陽城的人為之風靡，不信的話，且看宋玉的詞賦便知。吳文英言下所指的，正是宋玉描繪美人形貌的名篇〈登徒子好色賦〉。

巫山之陽，高丘之阻。旦為朝雲，暮為行雨

名句的誕生

昔者先王[1]嘗遊高唐[2]，怠而晝寢。夢見一婦人曰：「妾，巫山[3]之女也，為高唐之客。聞君遊高唐，願薦枕席[4]。」王因幸[5]之。去而辭曰：「妾在巫山之陽[6]，高丘之阻[7]。旦為朝雲，暮為行雨。朝朝暮暮，陽臺之下。」旦朝視之，如言，故為立廟，號曰朝雲。

～戰國楚・宋玉・高唐賦

完全讀懂名句

1. 先王：此指楚懷王。
2. 高唐：觀名，位在四川省巫山附近。
3. 巫山：位於四川省巫山縣東，為四川省和湖北省的界山，長江貫穿其間，形成巫峽。
4. 薦枕席：獻身侍寢。
5. 幸：舊稱帝王皇族親臨某地。此指楚王與巫山之女親暱。
6. 陽：山的南面。
7. 阻：險要的地方。

語譯：從前先王曾遊高唐觀，因為疲憊的緣故，所以在白天睡著了。夢見一個女子對他說：「我是巫山之女，在高唐觀做客。聽到君王來到這裡遊玩，我願意獻身侍寢。」先王因而與她共枕親暱。女子離去前說：「我住在巫山的南方，高山的險要處。白天化作雲朵，傍晚化作雨水。每天早晚，都在陽臺的下方。」先王隔天早晨一看，果然真如女子所言，於是為她立一座廟，廟號取名「朝雲」。

文章背景小常識

〈高唐賦〉作者宋玉，戰國時楚人，曾任蘭臺令，人稱「蘭臺公子」，是著名的辭賦家。〈高唐賦〉主在描寫巫山地勢之險峻，文辭極力鋪比高唐觀周遭景色的壯麗，賦前有一篇序文，說明宋玉書寫〈高唐賦〉的緣由。

宋玉因與楚國頃襄王同遊雲夢澤，頃襄王遠望巫山附近的高唐觀，看見巫山上的雲氣懸浮天空，形成變化無窮的雲朵，轉而問一旁的宋玉，想知道巫山的雲何以如此奇特曼妙。

宋玉這才追述頃襄王的父親楚懷王，昔日曾在高唐觀小憩時，夢見一位自稱是「巫山之女」的美麗女子，她熱情主動地要求陪侍懷王，兩人發生一段恩愛纏綿。女子臨去前告訴懷王，她的化身是早上的雲彩、傍晚的雨水，朝朝暮暮，她都會守在巫山之下。後來，楚懷王為了紀念這段情緣，在此建造一座「朝雲廟」。

頃襄王聽完宋玉講述父親與巫山之女的風流韻事，自是心生羨慕，急欲親臨高唐觀，一窺巫山之女的姣好面容。於是他命令宋玉以高唐觀為主題作賦，希望藉由賦文，先行想像巫山山水的珍奇景觀，滿足他對巫山之女所在地的好奇，這也正是宋玉作〈高唐賦〉的由來。

名句的故事

宋玉〈高唐賦〉的「巫山之陽，高丘之阻。旦為朝雲，暮為行雨」，出現在賦的序文裡，這是夢中的楚懷王與巫山之女共枕歡合後，女子離去之前對懷王所說的話，意即「朝雲行雨」是她在世間的化身，言語流露一股人神相戀，別離時的不捨，女子只能透過有形的物象，希望懷王可以隨時想念她！

戰國辭賦家宋玉，仕途一直不得志，為了得到頃襄王的重視與關注，編造想像楚懷王與巫山之女的一場浪漫邂逅。然而故事中的巫山之女，並非始於宋玉的憑空杜撰，遠在古代地理神話筆記書中，已有神女之事的記載。見《山海經．中山經．中次七經》：「姑媱之山，帝女死焉，其名曰女尸，化為瑤草，其葉胥成，其華黃，其實如菟丘，服之媚於人。」

文中直指天帝的女兒，名字叫作女尸，尚未出嫁前去世在姑媱山上，死後化身瑤草形象的神祇。所謂瑤草，有著一層層的葉子，開出黃色的花，果實有如菟絲子般，是一種吃了會使人更添嫵媚的仙草。後來人們延續《山海經》之說，將不幸夭逝的天帝之女，塑造成一名仙姿儀態、容貌華美的神女，稱其「瑤姬」。

善於鋪陳辭賦的宋玉，便是依循古代的神話傳說，讓帝女瑤姬的婀娜人形，翩然進入楚懷王的夢境，賦中刻畫兩人在巫山的高唐觀，發展出悱惻動人的親密關係。女子的神祇象徵本是瑤草，在〈高唐賦〉中她又化身成朝雲暮雨，留給懷王朝暮不止的思念。

歷久彌新說名句

晉代文史學家習鑿齒，其編撰《襄陽耆舊傳》一書中寫道：「赤帝女曰瑤姬，未行而卒，葬於巫山之陽，故曰巫山之女。」表示赤帝早逝的女兒瑤姬，葬在巫山的南方，導致大多數的人深信「巫山之女」就是瑤姬。至於「巫山雲雨」、「巫山之夢」、「巫山之會」等語，也是源於宋玉〈高唐賦〉繪聲繪影的描寫，成為後人隱喻男女歡合的詞句。

唐人李白〈清平調・其二〉前兩句：「一枝紅豔露凝香，雲雨巫山枉斷腸。」詩人先以一枝沾滿露水、香氣凝結的芍藥花，比喻楊貴妃的豔麗姿色；再舉巫山之女與楚君的雲雨相會，畢竟只存在虛幻的夢裡，影射楊貴妃受到唐朝君主的如實寵愛，比起那巫山之女只能思念情人到斷腸，可真是幸運太多了！

與白居易並稱「元白」的元稹，寫過許多悼念亡妻的感人詩篇，其中〈離思・其四〉前兩句：「曾經滄海難為水，除卻巫山不是雲。」大意是說，曾經見識過茫茫滄海的人，怎麼會對川河的水有興趣呢？經歷過巫山雲雨的美好愛情，又怎麼會對其他人動情呢？元稹初娶韋氏為妻，兩人度過七年的恩愛生活後，韋氏去世，悲傷的元稹以「滄海水」、「巫山雲」為喻，表明自己對亡妻的不渝深情。

顧形影，自整裝，順微風，揮若芳

名句的誕生

眉連娟[1]以增繞兮，目流睇[2]而橫波。珠翠的皪[3]而炤燿[4]兮，華袿[5]飛髾[6]而雜纖羅[7]。顧形影，自整裝，順微風，揮若芳[8]，動朱脣，紆[9]清陽[10]，亢音高歌[11]為樂方。

～東漢・傅毅・舞賦

完全讀懂名句

1. 連娟：纖細的樣子。
2. 流睇：轉眼斜視。
3. 的皪：音ㄉㄧˋ ㄌㄧˋ，dì lì，明珠的光采。
4. 炤燿：照得很光亮。炤：音ㄓㄠˋ，zhào，同「照」字。
5. 袿：音ㄍㄨㄟ，guī，婦女的上衣。
6. 髾：音ㄕㄠ，shāo，衣上的裝飾，形如燕尾。
7. 纖羅：細的羅。羅：輕軟的絲織品。
8. 若芳：杜若的香氣。若：杜若，香草的一種。
9. 紆：音ㄩ，yū，彎曲。
10. 清陽：眉目之間。
11. 亢音高歌：引吭高歌。

語譯：兩道又彎又細的眉毛，眼光如水波般流動。珍珠翡翠閃耀光芒，燕尾裝飾華美柔細的衣裳。一面顧影自憐，一面輕輕整理衣裳，隨著微風，飄散著杜若的香氣，啟動朱唇，眉目舒張，引吭高歌以為歡樂之道。

文章背景小常識

〈舞賦〉中所描寫的是漢代的「盤鼓舞」，這是一種踏在盤與鼓上表演的舞蹈，表演時將數面盤和鼓排列在地上，由男舞者或女舞者，身穿長袖舞衣，腳穿特製舞鞋，在盤與鼓上縱橫騰踏、回旋曲折，表演各種舞姿，同時在盤和鼓上踏出富有節奏的聲響。

「盤鼓舞」不但有樂隊伴奏，並有女歌者伴唱，是十分熱鬧的歌舞，常在宴享中表演助興。這種舞在漢代很流行，在已出土的漢畫像石中，可以看到豐富的「盤鼓舞」形象，但至唐代就不多見了。

名句的故事

〈舞賦〉以美妙的語詞、貼切的比喻，生動而細膩地描繪君臣夜宴中一場豐富多彩的「盤鼓舞」。有樂聲，有舞姿；有優美閑雅、敏捷輕盈的單人舞，也有鬥技比藝、變化多端的群舞，閱讀此篇，讓人目不暇給，恍若經歷一場有聲有色、精采絕倫的美的饗宴。

本段是描寫表演開場時舞者美好的容貌、華麗的服飾和動人的情態。首先形容她有彎曲修長眉毛，眼波如水般流動。裝飾的珍珠翡翠閃爍耀眼的光芒，穿著裝飾燕尾的華美衣裳。繼而描寫她動人的神態：「顧形影，自整裝，順微風，揮若芳，動朱脣，紆清陽」，在一連串富有節奏感的三字句中，讀者彷彿看到一個美麗的女子一面顧影自憐，一面輕輕整理衣裳的嬌態，隨著微風，似乎也聞得到飄散在空氣中的杜若芬芳，看著她舒張眉宇，啟動朱唇，讀者也凝神準備要聽她開始歌唱。

〈舞賦〉為二千多年前的「盤鼓舞」留下一段翔實的文字紀錄，它不僅是一篇文學佳作，也為研究漢代歌舞藝術提供一份寶貴的資料。除了對歌舞生動的形象描繪，作者也在文中肯定通俗舞樂的娛樂價值，他認為鄭樂與雅樂係「大小殊用」，符合一張一弛的文武之道，鄭衛俗樂，用來宴請賓客，供人賞心悅目，並非用來教化人民，只是提供閑暇時的娛樂，有什麼不好呢？這個見解把儒家向來僅視舞樂為教化工具的觀點往前跨進一大步。

歷久彌新說名句

對於女子姿容體態的具體描述，濫觴於宋玉的〈神女賦〉，賦中極力鋪陳神女的美麗圖像，外貌為「貌豐盈以莊姝兮，苞溫潤之玉顏。眸子炯其精朗兮，瞭多美而可觀。眉聯娟以蛾揚兮，朱脣的其若丹」，這個溫潤如玉，眼睛明亮，眉毛細長，紅脣鮮麗的神女，她的服飾儀態是「羅紈綺繢盛文章，極服妙綵照萬方。振繡衣，披袿裳，穠不短，纖不長，步裔裔兮曜殿堂，忽兮改容，婉若遊龍乘雲翔」，她穿著多文采的綺羅繡衣，豔照四方，身材長短合度，美麗萬端，她緩步走著，光彩照耀殿堂，輕快起來，又彷彿遊龍在乘雲飛翔。

對美女形象的全方位書寫，最為大家熟悉的是曹植〈洛神賦〉的描述：「穠纖得衷，修短合度。肩若削成，腰如約素。延頸秀項，皓質呈露。芳澤無加，鉛華弗禦。雲髻峨峨，修眉聯娟。丹脣外朗，皓齒內鮮，明眸善睞，靨輔承權」，讚美洛神體態之穠纖長短合度，並對她的眉、眼、脣，甚至肩、腰、頸、齒、頰無一不加以形容。至於洛神的服飾也頗可觀：「披羅衣之璀粲兮，珥瑤碧之華琚。戴金翠之首飾，綴明珠以耀軀。踐遠遊之文履，曳霧綃之輕裾。」穿著輕薄柔細的衣裙，用瑤、碧、金、翠、明珠各色珍寶，裝飾得十分華麗。

從宋玉〈神女賦〉、傅毅〈舞賦〉到曹植〈洛神賦〉，可看出美女形象的書寫越來越講究，越來越細膩，到了南朝齊梁以後的宮體文學，更踵事增華，變本加厲，傾力以精雕細琢的手法、濃豔的字句，精心刻畫出外貌美豔，舉止嬌媚的佳人麗色。梁簡文帝的〈舞賦〉先以「信身輕而釵重，亦腰羸而帶急」，引出舞者的輕盈體態，繼之以精采的歌舞敘寫，但終以「眄鼓微吟，回巾自擁，髮亂難持，簪低易捧，牽福恃恩，懷嬌知寵」，表現出舞妓的楚楚可憐，嬌柔作態，已有異於傅毅〈舞賦〉中舞者清麗俊美的形象。

美人贈我金錯刀，何以報之英瓊瑤

名句的誕生

我所思兮在太山[1]，欲往從之梁父[2]艱，側身東望涕霑翰[3]。美人贈我金錯刀[4]，何以報之英[5]瓊瑤[6]？路遠莫致倚[7]逍遙[8]，何為懷憂心煩勞！

～東漢．張衡．四愁詩

完全讀懂名句

1. 太山：即泰山。
2. 梁父：一作梁甫，在今山東泰安縣東南，為泰山支阜。
3. 翰：衣襟。
4. 金錯刀：歷來有兩解，一說指用黃金鍍過刀環或刀柄的佩刀，一說指王莽時所鑄的一種刀幣。
5. 英：即「瑛」，玉的光澤。
6. 瓊瑤：美玉。
7. 倚：即「猗」，語助詞。
8. 逍遙：徬徨不安。

語譯：我所思念的人在泰山，想去找他，又難越過梁父的險阻。側身東望不禁淚沾衣襟。美人送給我一把金錯刀，我要用最好的美玉來還贈他，但路途太遠，無法送達，徘徊無計，怎不使我心中憂傷，使我煩惱！

文章背景小常識

一般人所知道的張衡，是在中國古代科技史留名的張衡，他發明了測量地震的「地動儀」、模擬天體運行情況的「渾天儀」。但張衡同時還是一位傑出的文學家，這也許是一般人所不熟悉的。

張衡的這首〈四愁詩〉在中國文學史具有承上啟下的關鍵地位。所謂的「承上」，是他同時繼承了《詩經》重章疊詠的民歌傳統以及《楚辭》香草美人的文學源流；所謂的「啟下」，是此詩在形式上通篇七言，雖然每章第一字尚有「兮」字，但已是文學史上七言詩的鼻祖，對後世七言詩的形成有重大影響。

〈四愁詩〉共有四章，首章敘述對東方美人的思念，想要追尋卻不可得。這裡的「美人」，古人解釋為「君主」，但在今日，也可解釋為對理想的追求。接著二、三、四章，作者把首章東方的泰山分別換成南方的桂林、西方的漢陽、北方的雁門，同樣都是「欲往之」而有所阻。此詩意旨可與《詩經．秦風．蒹葭》：「蒹葭蒼蒼，白露為霜。所謂伊人，在水一方。溯洄從之，道阻且長。溯游從之，宛在水中央。」互相參看。

名句的故事

民初小說家魯迅其實是KUSO族的元老呢！魯迅在一九二四年作了一首〈我的失戀——擬古的新打油詩〉如下：

我的所愛在山腰；
想去尋她山太高，
低頭無法淚沾袍。
愛人贈我百蝶巾；
回她什麼：貓頭鷹。
從此翻臉不理我，
不知何故兮使我心驚。

我的所愛在鬧市；
想去尋她人擁擠，
仰頭無法淚沾耳。
愛人贈我雙燕圖；
回她什麼：冰糖葫蘆。
從此翻臉不理我，

不知何故兮使我糊塗。

我的所愛在河濱；
想去尋她河水深，
歪頭無法淚沾襟。
愛人贈我金錶索；
回她什麼：發汗藥。
從此翻臉不理我，
不知何故兮使我神經衰弱。

我的所愛在豪家；
想去尋她兮沒有汽車，
搖頭無法淚如麻。
愛人贈我玫瑰花；
回她什麼：赤練蛇。
從此翻臉不理我，
不知何故兮——由她去罷。

魯迅所擬便是東漢張衡的這首〈四愁詩〉，據魯迅在《野草．英文譯本序》中說：「因為諷刺當時盛行的失戀詩，作〈我的失戀〉。」又在〈三閑集．我和《語絲》的始終〉一文中說：「題作〈我的失戀〉，是看見當時『阿呀阿唷，我要死了』之類的失戀詩盛行，故意做一首用『由她去吧』收場的東西，開開玩笑的。」

這首打油詩把愛人送他的「百蝶巾」（「蝶」與「耋」同音，暗喻「白首偕老」之意），回贈「貓頭鷹」（古代中國認為貓頭鷹代表不祥），又把愛人的「雙燕圖」回贈「冰糖葫蘆」，把「金錶索」回贈「發汗藥」，把「玫瑰花」回贈「赤練蛇」，如此不解風情、惡搞的行為，可真是不失戀也難啊！

歷久彌新說名句

「美人贈我金錯刀」中的「金錯刀」，所謂「金錯」，本是古人施用於器物的一種裝飾方法，黃金自古便很貴重，考古發現，古人在銅器、兵器、印紐、鏡子、旗桿上都曾刻畫錯金的紋飾。唐朝詩人孟浩然曾在〈峴山作〉一詩中記錄他釣到美味的「槎頭鯿」（即今所謂的「武昌魚」），寫道：「美人聘金錯，纖手膾紅鮮。」這裡的「金錯」指的是有金錯裝飾的刀子。北宋梅堯臣也有詩云：「金錯刀，連環交刃吹鳳毛。美人贈我萬錢貫，何必翦犀誇孟勞。」

王莽在居攝期間，還是假皇帝時，曾進行了一次貨幣改革，他仿照先秦古錢鑄造了一種刀錢。錢體由刀環、刀身組成，刀環如方孔圓錢，穿孔上下鐫有陰文「一刀」二字，以黃金鑲嵌其間，光燦華美。刀身篆書「平五千」三字，意指其錢相當於五銖錢五千枚。這種貨幣就稱為「金錯刀」。

當時黃金一斤值萬錢，兩個金錯刀便可兌換黃金一斤。這種金錯刀脫離錢體實重，是一種「以值代重」的虛價貨幣。同時王莽還規定黃金不准在市面上流通使用，強迫民間以黃金兌換金錯刀，導致通貨膨脹、物價上漲，當時流傳的民謠就有：「秦時明月漢時錢，不信金刀值五千，自笑床頭無一物，寒傖空對阮囊眠。」

據說到王莽新朝滅亡時，宮中藏有黃金七十萬斤，約相當於現在一七九二〇〇公斤。但金錯刀工藝水準的精美，在中國貨幣史上是前所未有的，為歷代收藏、鑒賞諸家所重視，歷代詩人也寫下許多讚美的詩句，如杜甫〈對雪詩〉：「金錯囊徒罄，銀壺酒易賒。」梅堯臣〈送甥蔡駰下第還廣平〉：「爾持金錯刀，不入鵝眼貫。」「鵝眼」是南朝時私鑄的貨幣，一千錢長不滿三寸，謂之鵝眼錢，是一種劣幣，正與「金錯刀」形成對比。

客從遠方來，遺我雙鯉魚

名句的誕生

青青河畔草，綿綿思遠道。遠道不可思，夙昔[1]夢見之。

夢見在我傍，忽覺在他鄉。他鄉各異縣，展轉不可見。

枯桑知天風，海水知天寒，入門各自媚，誰肯相為言。

客從遠方來，遺[2]我雙鯉魚[3]。呼兒烹鯉魚，中有尺素[4]書。

長跪讀素書，書上竟何如？上有加餐食，下有長相憶。

～漢・無名氏・飲馬長城窟行

完全讀懂名句

1. 夙昔：昨夜。
2. 遺：ㄨㄟˋ，wei，贈送、給予。
3. 雙鯉魚：指結成魚形的帛書，或指木製的魚形書信封函。
4. 尺素：尺長的白絹，借指書信。

語譯：河畔青草綿延不絕，就像我思念遠方的人一樣地纏綿。遠方的人不知在何處，想也無用，然而夜晚的夢境還是洩漏了我的思念。夢中他好像就在我身旁，忽然醒來，發現他還是在遠方。遠方的征人行蹤不定，想見面也難。那枯萎的桑樹沒有葉子也知道起風了，海水不冰猶能感到天寒，大家都回家各自與親人團聚，誰會來關心我呢？幸而有個從遠方到來的朋友送來雙鯉魚，趕快要孩子把鯉魚打開，魚腹中稍來書信。恭敬地讀了信件，你猜信中寫了什麼？先說要我努力加餐飯，又說不能團圓，還得遙相思念下去。

文章背景小常識

史書上的漢武帝，是一位雄才大略、開疆闢土的皇帝，他北伐匈奴、外通西域，使漢代成為強盛的朝代，直到現在，中國語仍然稱為「漢語」、中國的學術仍稱為「漢學」。但是所謂「一將功成萬骨枯」，在這些文治武功的背後，是一個個屯墾戍邊的征人，是一個個妻離子散的故事。漢樂府詩便有許多這種征夫思婦的題材，可說是民間現象的反映。這首〈飲馬長城窟行〉就是這樣一個平凡又悲哀的故事。

西漢桓寬的《鹽鐵論》，記述了漢昭帝時對武帝時期的政治、經濟、軍事、外交、文化的一場大辯論，其中〈徭役〉篇就記載：「近者數千里，遠者數萬里……父母愁憂，妻子詠歎，憤懣之恨，發動於心，慕思之病，痛於骨髓。」

司馬光在寫《資治通鑑》時，對漢武帝的評價是「窮奢極欲，繁刑重斂。內侈宮室，外事四夷。信惑神怪，巡遊無度」。讓人民生活得更好應該是國家機器存在的理由，漢武帝的窮兵黷武雖然開創了一個強盛帝國，但其在歷史的評價，也是臧否互見的。

名句的故事

〈飲馬長城窟行〉中有「遺我雙鯉魚」及「呼兒烹鯉魚」二句，關於「雙鯉魚」是什麼？一直有所爭議。民初詩人聞一多認為「雙鯉魚」是「藏書之函」（即放書信的函），「其物以兩木板為之，一底一蓋，刻線三道，鑿方孔一，線所以通繩，孔所以受封泥。此或刻為魚形，一孔以當魚目，一底一蓋，分之則為二魚，故曰雙鯉魚也。」至於「烹鯉魚」則作為「解繩開函」之意。這是目前廣為多數人接受的說法。

也有學者認為在紙張發明之前，書信是寫在

絹帛上的，古人有將帛書結成魚形的習慣，明代楊慎在《丹鉛餘錄》這本書中曾記載古樂府有「尺素如殘雪，結成雙鯉魚」的詩句，所謂的「尺素」便是「書信」的意思。那麼「呼兒烹鯉魚，中有尺素書」，就是把魚形的信打開，在魚腹中取信，似乎更多了點浪漫的意味。

另一派說法則認為「雙鯉魚」是指可以吃的真鯉魚，「烹鯉魚」應是指調煮鯉魚。並舉《詩經．檜風．匪風》：「誰能烹魚？溉之釜鬵。誰將西歸？懷之好音。」認為此詩在提到托人帶音信回家時也提到了烹魚一事，顯然那是一種傳遞書信的習俗。

《史記．陳涉世家》記載秦代末年的農民起義時，陳涉「乃丹書帛曰『陳勝王』，置人所罾（ㄗㄥ，zēng，以網捕魚）魚腹中，卒買魚烹食，得魚腹中書，固以怪之矣。」陳涉用朱砂在白綢子上寫「陳勝王」，塞進漁民們用網補來的魚腹中，使戍卒買回家烹煮，發現魚腹中的帛書。也就是要藉用迷信來鼓動人心，此即所謂的「魚腹丹書」，有人以此來佐證「雙鯉魚」是真正的活魚。

至於，雙鯉魚究竟是真魚或是木魚，或許各位看官也可以自己去想像或考證一番喔！

歷久彌新說名句

魚在中國文化中，一直被視為是極其珍貴又吉祥的。孟子曾說：「魚，我所欲也；熊掌，亦我所欲也。二者不可得兼，舍魚而取熊掌者也。」「魚」與「熊掌」是可以放在天平上比較的食物，可見其在古人心目中珍貴的程度。

《詩經．陳風．衡門》云：「豈其食魚，必河之魴。豈其娶妻，必齊之妻。豈其食魚，必河之鯉。豈其娶妻，必宋之子。」以黃河的魴、鯉來比喻宋、齊兩地的女子，將食魚與娶妻聯繫起來，這是因為魚繁殖力強，生長迅速，象徵著家族興旺、人丁眾多，故其為吉祥的象徵。

魚在文學中又常有傳遞音信的意涵，如「魚傳尺素」、「魚雁往返」等。唐代詩人李商隱

〈寄令狐郎中〉有詩句：「嵩雲秦樹久離居，雙鯉迢迢一紙書。」宋朝詞人秦觀在〈踏莎行‧霧失樓臺〉云：「驛寄梅花，魚傳尺素，砌成此恨無重數。郴江幸自繞郴山，為誰流下瀟湘去？」

「驛寄梅花」典故出自《荊州記》：南北朝時，陸凱和范曄是好朋友，有一年早梅初開，陸凱從遙遠的江南給北方長安的范曄寄來一枝梅花，並附了一首詩：「折花逢驛使，寄與隴頭人。江南無所有，聊寄一枝春。」表達了兩人深厚的友誼。

「魚傳尺素」典故即出於〈飲馬長城窟行〉。所以「驛寄梅花」和「魚傳尺素」都是指從遠方稍來的消息，但是在遭貶謫詞人敏感的心裡，這些安慰均無濟於事，反而「砌成此恨無重數」。接著他問自己「郴江幸自繞郴山，為誰流下瀟湘去？」——我原本只是一個讀書人，為什麼會捲入政治的暴風圈？而這郴江滾滾前進，就如生命的無法掌握，明天又將帶來什麼樣的苦澀與橫逆呢？

見善若驚，疾惡若讎

名句的誕生

忠果正直，志懷霜雪[1]，見善若驚，疾[2]惡若讎[3]。

～東漢・孔融・薦禰衡表

完全讀懂名句

1. 霜雪：比喻潔淨光明。
2. 疾：憎恨。
3. 讎：即「仇」，仇人。

語譯：禰衡這個人忠義果敢又公正剛直，心中懷抱著像霜雪一樣潔淨光明的志向。他見到好人好事，總是感到驚喜；痛惡壞人壞事，就像憎恨仇人一樣。

文章背景小常識

孔融是孔子的第二十世孫，是東漢著名的文學家，也是建安七子之一。為人所熟知的有「孔融讓梨」的故事。孔融有兄弟七人，他排行第六，據說在他四歲時，與哥哥們一起吃梨子，哥哥都爭著拿大的，只有他拿小的。大人問他原因，他說：「我小兒，法當取小者。」因此，他相當受到族人的誇讚。（孔融見李膺的故事，見「咸以自騁驥騄於千里」篇。）

在孔融四十歲時，認識了當時才二十歲的禰衡，兩人結為好友；他們的交往即為成語「忘年之交」的出處，表示不拘年紀輩分而結交的好友。在當時，曹操想要招安劉表，賈詡建議派遣一位有文才及聲望的人前去，依照劉表喜歡結交名流的個性，如此應該可以成功。曹操原來想要聽從荀攸的意見，將招降任務交給孔融，但孔融因為深深愛惜禰衡的才華，認為禰衡的才能高過自己，不僅可擔任招降的使者，更應該常在君王左右，於是推薦禰衡，並寫下這篇〈薦禰衡表〉上呈給漢獻帝。

名句的故事

春秋時代左丘明的《國語》談論到吳王闔閭，說他：「聞一善若驚，得一士若賞；有過必悛，有不善必懼。」聽到一件好事便感覺到驚喜，得到一名賢士像受到獎賞一樣；有過錯必然悔改，有做不好的地方必定感覺到憂懼。

孔融在〈薦禰衡表〉中，用「見善若驚，疾惡若讎」二句來描述禰衡正直而明辨是非的性格；也由於「疾惡若讎」，因此看見不合意的事，便張口直言，毫不修飾。禰衡「擊鼓罵曹」一事，就是如此性格的表現。

禰衡經由孔融的推舉受曹操接見，但兩人初見時，禰衡輕狂傲物，無禮地將曹操手下能經天緯地的各員大將批評得一文不值。曹操心中惱怒，又不便發作，便讓禰衡去當一名負責擊鼓的小官，有意羞辱他。

元旦宴時曹操要禰衡擂鼓助興，禰衡穿著舊衣就上場表演，旁人提醒他換新衣，禰衡乾脆脫了舊衣，赤裸著上身揮動鼓槌演奏〈漁陽摻撾〉曲，神色自若，並常面批評曹操：「不識賢愚，是眼濁也；不讀詩書，是口濁也；不納忠言，是耳濁也；不通古今，是身濁也；不容諸侯，是腹濁也；常懷篡逆，是心濁也！」

此言一出，孔融擔心曹操會一怒之下殺了禰衡，趕忙出來解圍。但也就是因為這一罵，令曹操使出「借刀殺人」計，派遣禰衡前往荊州說降劉表，想藉由劉表之手殺禰衡；也是因為這一罵，曹操認為孔融的推舉其實是有意侮辱自己，對他的猜忌也更深一層。

歷久彌新說名句

孔融的薦表中說禰衡：「目所一見，輒誦於口，耳所暫聞，不忘於心。」只看一眼就能背誦，只聽一次便默識於心。而禰衡確實也顯現了這樣的才華。

曹操派禰衡到荊州勸降劉表，事實上卻是想借劉表之手殺之。但劉表對禰衡慕名已久，奉為上賓，議事或文告都要徵求他的意見。但時間久了，禰衡恃才傲物的個性又展現出來了，劉表漸漸不能容忍，也明白曹操「借刀殺人」的意圖，因為知道江夏太守黃祖個性急躁，容易衝動，於是再度將禰衡派到黃祖處出任書記。黃祖如同劉表一般看重禰衡的才學，並倚賴他起草文稿。

黃祖的長子黃射欣賞禰衡的文才，常邀他一同遊山玩水。一次參觀了蔡邕所寫的碑文，文筆與書法兼善，深表讚嘆。但回來後，黃射懊悔當時沒有將碑文抄下，以便日後細細回味。禰衡知道了黃射的遺憾，竟憑著過目不忘的驚人記憶力，將碑文全部默寫出來。黃射事後派人前去核對碑文，一字不差。

孔融將禰衡捧為曠世英才，且認為「帝室皇居，必蓄非常之寶。」皇帝居室之間，一定要收藏有稀世珍寶；而如此珍寶，則非禰衡莫屬，因為「若衡等輩，不可多得。」孔融此表一出，「不可多得」的成語，便用來形容非常難得的人事物。

禰衡確實為難得一見的人才，但在亂世之中，因不懂得收斂鋒芒，以致於青年早夭（詳情見下一篇），是時代中消失得太快的一顆彗星。

鷙鳥累百，不如一鶚

名句的誕生

鷙[1]鳥累[2]百，不如一鶚[3]。使衡立朝，必有可觀。

～東漢・孔融・薦禰衡表

完全讀懂名句

1. 鷙：音ㄓˋ，zhì，性情凶猛的鳥。
2. 累：累積。
3. 鶚：音ㄜˋ，è，善於捕魚的鳥類，俗稱為「魚鷹」。

語譯：就算是一百隻平凡的鷙鳥，都比不上一隻出類拔萃的鶚鳥。使禰衡在朝為官，一定會有一番可觀的作為。

名句的故事

「鷙鳥累百，不如一鶚」此名句出自《漢書・鄒陽傳》：「臣聞鷙鳥累百，不如一鶚。」這裡的鷙鳥人約是鷹一類的鳥獸，鶚則指大鵰，等級高下有別。唐代顏師古注曰：「鷙鳥比諸侯，鶚比天子。」孔融在〈薦禰衡表〉中竭力稱讚禰衡之才能，並舉許多古代名人賢士，比擬禰衡能力出眾；用「鷙鳥累百，不如一鶚」，言下之意，彷彿放眼當朝，文武百官的才華都不如禰衡一人的高度。

孔融以鶚鳥比喻禰衡，禰衡卻以鸚鵡自比。禰衡因擊鼓罵曹一事惹惱了曹操，被曹操派遣前往說降劉表，又因不為劉表所容忍，到黃祖營中擔任書記。一次，宴會上有人獻給黃祖的長子黃射一隻鸚鵡，黃射很高興，當場就請禰衡以鸚鵡為題作一篇賦。禰衡筆不停輟，片刻便完成了，這就是他著名的〈鸚鵡賦〉。

賦中描述這隻西域來的靈鳥，有美好的外表及過人的聰明才智，卻因樹大招風，惹來災禍，被關在雕籠之中，剪去了賴以飛翔的羽翅，與親人永遠別離，日日思念著千里外的家鄉。賦寫成後，黃祖一看，果然字字珠玉，是難得的作品，但賦中卻分明在諷刺自己埋沒人才，越看越是怒火中燒，立刻叫人將禰衡拉上沙洲殺了，這時他才二十五、六歲。

後人對禰衡十分惋惜，說：「黃鵠磯頭賦鸚鵡，鸚鵡才多為舌誤。」於是將這處沙洲取名為「鸚鵡洲」。唐代詩人崔顥的〈黃鶴樓〉詩：「晴川歷歷漢陽樹，芳草萋萋鸚鵡洲。」指的就是這個地方。

歷久彌新說名句

孔融在薦表中，大力推薦禰衡，並用「鷙鳥累百，不如一鶚」的名句，請獻帝召見禰衡，更說若禰衡「無可觀采，臣等受面欺之罪」。後代用「鶚薦」來表示推薦、保薦。

杜甫在〈鵰賦〉中以鷙鳥與鶚鳥相比：「當九秋之清淒，見一鶚之直上。……伊鷙鳥之累百，敢同年而爭長。」杜甫在天寶年間上長安應試，向玄宗獻上了三篇〈大禮賦〉，深受賞識，卻因李林甫作祟，而無法被重用。他將鶚鳥當成大鵰，認為一百隻的鷙鳥也無法與之爭長，鵰代表的是正直不屈的剛毅之士，作為一名諫臣就應如此，強力抨擊朝廷中的小人。

《史記．趙世家》中也有「千羊之皮，不如一狐之腋；千人之諾諾，不如一士之諤諤」。趙簡子有一名輔臣叫做周舍，議事直諫不諱；他死後，簡子上朝常覺得不適，延請來為他看病的大夫也束手無策。簡子說：「大夫無罪，我聽說集千張羊皮不如一片狐狸腋下的毛；如今朝廷上只見文武百官唯唯稱是，聽不見周舍直言爭辯的聲音，怎不叫人憂慮呢？」於是「千羊之皮，不如一狐之腋」用來比喻凡人雖多，也不過是庸才，不如一名賢士可貴。

翩若驚鴻，婉若遊龍

名句的誕生

其形也，翩[1]若驚鴻，婉[2]若遊龍。榮曜[3]秋菊，華茂[4]春松。

～三國魏．曹植．洛神賦

完全讀懂名句

1. 翩：疾飛的樣子。
2. 婉：曲折的樣子。
3. 榮曜：光彩照射的樣子。
4. 華茂：華麗美盛的樣子。

語譯：洛神的體態輕盈矯捷，像受驚後翩翩飛起的鴻雁，身體曲線柔美，像騰空嬉戲的遊龍。她的容顏鮮妍明亮，像秋天盛開的菊花，體態豐盈，如春天濃密的青松。

文章背景小常識

〈洛神賦〉原名〈感鄄賦〉，作於曹植被封為鄄城王的隔年（魏文帝黃初四年，西元二二三）。《昭明文選》收錄此篇，並更名為〈洛神賦〉，李善注說更名出於甄宓子魏明帝曹叡之手。

同時在注中，李善寫了一段曹植與曹丕、甄宓間的故事，並認為〈感鄄賦〉應作〈感甄賦〉，是因甄宓而寫成的篇章，也引起了後代對這段故事的不斷渲染、發揮。

就序中所言，這篇賦是曹植由京城返回封地時，一時有感而發，所以寫下的。他途中經過洛水，在依稀彷彿之間發現一名絕美佳人佇立於水邊，曹植驚嘆於她超脫凡俗的氣質，因此在這篇賦中，窮極一切形容之技巧，來描寫她的容貌與姿態。

序中提及「感宋玉對楚王說神女之事」，指的是宋玉〈高唐賦〉及〈神女賦〉中提及楚襄王與巫山神女的故事。此賦便是在〈神女賦〉以來的基礎上發展而成，同時也襲用了不少〈神女賦〉中的句子。

名句的故事

洛神宓妃是傳說中伏羲氏（伏又作宓）的女兒，因溺死在洛水之中，因而被奉為神。根據李善注所言，這篇賦是曹植以甄宓為形象所寫成的。

甄宓，或稱甄后、甄夫人，原是上蔡令甄逸的女兒，在史書的記載中未見她的名字，稱她「甄宓」，多半是由這篇賦中的洛神宓妃而來。

甄宓原先許配給袁紹的二兒子袁熙為妻，當曹操率大軍攻破鄴城時，袁氏一家逃之夭夭，曹丕入宅搜索，見到甄宓時驚為天人，於是將她帶回；曹植見了甄宓，心裡也有所愛慕，但求之不得。

曹丕稱帝後，甄宓封后，並與小叔曹植兩人感情極好，曹丕對曹植懷有嫉妒之心，甄宓卻總是為曹植辯解，久而久之，使得曹丕對甄宓漸有反感。加上曹丕的寵妃郭嬛工於心計，藉機挑撥，使曹丕下令賜死甄宓。甄宓死後遺體不能按禮節入殮，而且散髮覆蓋住臉部，口中塞滿了米糠，要使得她在九泉之下也不得再開口說話，死狀甚慘。甄宓死後，曹植常常思念著她，而在一次經過洛水時，寫下了這篇賦。

自宋玉〈神女賦〉勾勒出一絕代美女形象以來，後世描寫美女往往難以超越。曹植在賦中描寫洛神的姿態，亦多半以宋玉作品加以裁剪、增飾而成。如「翩若驚鴻，婉若遊龍」一句，便是出自〈神女賦〉的「婉若游龍乘雲翔」。又如「榮曜秋菊，華茂春松」，乃取材朱穆〈鬱金賦〉：「比光榮於秋菊，齊英茂於春松。」曹植在這篇〈洛神賦〉中多引用前人作品，除可明白其博學廣聞，也能看出化用、鎔鑄前人語句之功力。

歷久彌新說名句

曹植、曹丕與甄宓間的三角關係，在李善對這篇賦作注，並寫了一段〈記〉之後，被渲染為一則淒美故事。

晚唐李商隱詩中，便能看出這種傳說的承襲。如〈無題〉詩：「賈氏窺簾韓掾少，宓妃留枕魏王才。春心莫共花爭發，一寸相思一寸灰。」

詩中提到甄宓留給曹植一個玉鏤金帶枕，據李善注中說，曹植在甄宓死後入朝，曹丕將這個玉枕給了他，後曹植夢見甄宓，說這是她生前所用，送給曹植，表達願薦枕席的情意。但事實上，以常理推之，若兩人有男女之情，甄宓死後，曹丕不可能將她的遺物交給曹植。

李商隱又有一首〈東阿王〉：「國事分明屬灌均，西陵魂斷夜來人。君王不得為天子，半為當時賦洛神。」認為曹植不得被立為天子，乃是因作此〈洛神賦〉。但立嗣的曹操死於漢獻帝建安二十五年（西元二二〇年），在曹植作此賦前三年，因此李商隱之說不可信。

〈洛神賦〉中用「翩若驚鴻」來描寫洛神的體態輕盈，動作矯捷。宋代文學家蘇軾有一闋〈卜算子〉詞，描寫不眠寒夜中的寂寞，過片說道：「誰見幽人獨往來，縹緲孤鴻影。驚起卻回頭，有恨無人省。」同樣是寫飛鴻驚起的姿態，蘇軾句中卻帶著許多的孤寂與惆悵。

陵波微步，羅襪生塵

名句的誕生

體迅飛鳧[1]，飄忽若神，陵[2]波微步，羅襪生塵。

～三國魏・曹植・洛神賦

完全讀懂名句

1. 飛鳧：飛翔的鳧鳥。鳧：ㄈㄨˊ，fú，或稱「野鴨」。
2. 陵：通「凌」，在水上行走。

語譯：她的身體敏捷如鳧，她的行動飄逸若神，深不可測。輕步在水波上行走，腳下像掀起塵土般生出濛濛水霧。

名句的故事

曹植的才華過人，是曹操幾個兒子中最受他關注疼愛的，也因此引來哥哥曹丕的嫉妒。在曹丕的迫害下，曹植屢屢遊走於生死邊緣。

有一次，曹植奉曹丕之命要在七步之內作出一首詩，否則就會被處死，他略一思索，吟出了〈七步詩〉：「煮豆持作羹，漉菽以為汁。萁在釜下燃，豆在釜中泣。本是同根生，相煎何太急。」名句「本是同根生，相煎何太急」，用豆與萁的同根同命，暗喻兄弟血緣之情，讓曹丕有所感悟，留下曹植的性命。

傳說在這之前還有一次，曹丕要曹植以兩牛相鬥，其中一牛落敗墜井而死之事為題材作詩，但詩中不得有牛字。曹植於是作了〈百步詩〉：「兩肉齊道行，頭上戴橫骨。行至亡土頭，峰起相唐突。二敵不俱剛，一肉臥土窟。非是力不如，盛意不得洩。」

兄弟二人的心結，傳說因甄宓的出現而益發加深。甄宓本為袁紹子熙的妻子，曹丕在鄴城被攻破後急忙去尋並納之。之後有一次曹丕設宴，在酒酣耳熱之際，請甄宓出來面見客人，座中所有客人都低頭表示恭敬，只有建安七子之一的劉楨直盯著甄宓看，後來遭到處罰。由此可知，甄宓的美麗會使人失了心魂。

歷久彌新說名句

曹植〈洛神賦〉中極力描繪洛神的美麗，晉代畫家顧愷之根據曹植這篇賦，也繪製了一幅〈洛神賦〉圖卷。賦中「陵波微步，羅襪生塵」，尤其營造出一種迷濛而神祕的綺麗形象，使洛神的風采更加令人嚮往。

自《昭明文選》收錄此篇以來，對此句的意境即有多種解釋。根據《昭明文選》幾個注本所言，李善注說：「陵波而襪生塵，言神人異也。」意思指，洛神行走在水面上而襪底掀起灰塵，這是不可能的事，但因為洛神是神，所以和人不一樣。五臣注的呂向注曰：「微步，輕步也。步於水波之上，如塵生也。」他的解釋比較合情合理，形容洛神在水面上緩緩地行走，步履輕盈，水面也跟著蕩漾起微微的漣漪，就像行走在路而上也會騰起細細的灰塵一般。清代毛奇齡《經問》談到這個問題，也認為洛神行於水面如履平地，自然會有塵埃。

後來的文學家，對於曹植此名句多所欣賞、承襲。李白〈玉階怨〉中有：「玉階生白露，夜久侵羅襪。」踩在布滿露水的台階上，像行走在水面一般，羅襪也會沾濕。宋代詞人賀鑄在〈青玉案〉中云：「凌波不過橫塘路，但目送、芳塵去。」將曹植的意境轉化了，即便洛神能在水上行走，也無法走過這段阻隔二人的橫塘路，只能遠遠目送佳人芳蹤遠去。不只如此，賀鑄還把住處命名為「企鴻居」，來懷想那位「翩若驚鴻」的佳人，由此看出他對曹植的〈洛神賦〉情有獨鍾。

丈夫志四海，萬里猶比鄰

名句的誕生

丈夫志四海，萬里猶比[1]鄰。恩愛苟不虧，在遠分[2]日親。何必同衾幬[3]，然後展殷勤[4]。

～三國魏．曹植．贈白馬王彪

完全讀懂名句

1. 比：近。
2. 分：情誼。
3. 衾幬：被帳。幬：音ㄉㄠˋ，dao，覆蓋。
4. 殷勤：深切的情誼。

語譯：大丈夫志在四海，萬里之遠也猶如近鄰。友愛之情如果不減，哪恐怕是身在遠方，情誼也日益加深。何必要共同生活在一起，才能顯出深切情誼呢？

文章背景小常識

這首〈贈白馬王彪〉是曹植寫給異母弟弟曹彪的臨別詩，直書見事，沉鬱頓挫，頗具力量。全篇可分為七章，第一章描寫離開京城洛陽的依戀故鄉情，次章描繪路途艱難，人困馬疲的景象。第三章轉入內心悲憤之控訴，寫人生險阻，骨肉鬩牆的悲哀。四章則以眼前景物，抒發胸臆。第五章描寫離合之悲，死生之憾，慨嘆人生無常。

第六章即是本篇名句摘錄所在，寫曹植與弟弟白馬王惜別不捨的心情，植以「丈夫志四海，萬里猶比鄰」勉慰曹彪，兄弟情誼不會因為距離而稍減。最後一章分手在即，對於朝不保夕的政治情態益發憂傷沉痛。

名句的故事

本詩作於魏文帝黃初四年，當時曹丕即位四年，魏國內部尚有分裂的因子，故曹丕特地將與他敵對的兄弟一一肅清。

這年曹丕利用各封國回朝參禮的機會，將白馬王曹彪、任城王曹彰、陳思王曹植召回，其間向來支持曹植的曹彰不明原因暴斃京師，曹彪與曹植被使者監送回封地，此詩即寫於兩人即將分手之際，詩人表達了對死別兄弟的追悼與生離兄弟的眷戀。

詩評家多認為〈贈白馬王彪〉將敘事、寫景、抒情三者交叉呼應，分合自如，深具跌宕、層遞反覆的藝術美感。光就文辭情意而言，蕭索悽愴氣氛也感人莫名，傳遞詩人對生命、前程的惶恐不安。「丈夫志四海，萬里猶比鄰」是通篇最為樂觀壯懷的詩句，曹植寬慰不知此次是生離或死別而悽悽惶惶的弟弟，相信以手足深情，「在遠分日親」，「何必同衾幬，然後展殷勤」。曹植的質問引人深省，誰道一定要朝朝暮暮才是永恆。

歷久彌新說名句

初唐四杰之首王勃的〈送杜少府之任蜀州〉云：「城闕輔三秦，風煙望五津。與君離別意，同是宦遊人。海內存知己，天涯若比鄰。無為在歧路，兒女共沾巾。」這首送別詩繼承了〈贈白馬王彪〉的語脈與精神。相較於曹植的哀痛，此處顯得明朗、豪爽。王勃送別的是官員常調赴任，知道兩人終有相見之期，無需淚眼愁眉，只要「海內存知己，天涯若比鄰」！

宋代詞人秦觀〈送劉貢父舍人〉詩中有「萬里猶比鄰，別離無足傷」，勉勵即將啟程到南方的劉貢父。〈別賈耘老〉則云：「行行飲酒且勿云，丈夫萬里猶比鄰。」秦觀端起離別酒，要對方打起精神，丈夫志在四海，即便分離萬里只要「恩愛苟不虧，在遠分日親」，士大夫匡世濟俗之志不變，感情便不會冷清。

天地無終極，人命若朝霜

名句的誕生

清時[1]難屢得，嘉會不可常。天地無終極[2]，人命若朝霜。願得展嬿婉[3]，我友之[4]朔方。親昵[5]並集送，置酒此河陽。中饋[6]豈獨薄，賓飲不盡觴[7]。愛至望苦深，豈不愧中腸。山川阻且遠，別促會日長。願為比翼鳥，施翮[8]起高翔。

～三國魏·曹植·送應氏詩

完全讀懂名句

1. 清時：太平盛世。
2. 終極：窮盡。
3. 嬿婉：安順、美好貌。嬿：ㄧㄢˋ，yan，閑適，美好。
4. 之：動詞，往、到。
5. 親昵：親近朋友。
6. 中饋：酒菜。
7. 盡觴：痛快暢飲。
8. 施翮：展翅飛翔。翮：ㄏㄜˊ，he，翅膀。

語譯：太平盛世難以常得，美好宴席也不會長久。天地是無窮無盡的，人的性命卻有如晨霜。希望你路上一切順利，我的朋友將去北方。親朋好友集相送行，設置宴席在此河陽。酒菜難道不夠豐盛？賓客為何不能暢飲？相愛至極期望也深，無力回報愧對我心。山川路險阻，匆促離別再會何時。但願能共為比翼鳥，展翅凌雲高飛。

文章背景小常識

這首〈送應氏詩〉作者是才高八斗、文情並茂的著名文學家曹植。根據後人考證，曹植詩題中的「應氏」，指應瑒、應璩兩兄弟。兩人都是曹植的摯友，後來也擔任曹魏宮中要職。根據曹植留下的資料推測，這首詩可能作於建安十六年，當時曹植尚不滿二十歲，就能寫出如此語淡情厚，言近意遠的詩，不愧為中國文學史上難得的天才。

曹植此次送應氏兄弟，共寫下兩首〈送應氏詩〉，第一首寫洛陽於東漢末年遭遇戰火攻擊，景色荒涼。蕭條的洛陽，加上如今離情依依，讓曹植由衷升起「念我平生親，氣結不能言」的悲感。本篇名句擷取其二，著重在曹植對友朋深厚情誼的描寫。詩首先由清時嘉會起筆，嘆人生若朝露稍縱即逝，後寫宴飲餞行，友情難得卻要離別，只能勸勉願為比翼鳥相互扶攜，永不改變。

名句的故事

這兩首〈送應氏詩〉被《昭明文選》收於「祖餞」類首篇。所謂祖餞，簡言之就是餞別詩，古代交通不便，一踏出熟悉環境，就有可能遇到險阻與不可知的事物，因此古人習慣在出遠門前，先行祭祀。祖，即是道神，負責道路的神祇，傳說是黃帝的兒子，喜愛遠遊，卻不幸死於途中，後人以他為道神，祈求道路上一路平安。因此祖餞蘊含兩種意思，餞別與祈福，這種說法沿用迄今。民國初年郭沫若在一次離開上海時曾寫道：「午前嘯平來，言民治及其他諸人在都益處等候，要為我祖餞。」

本篇名句以「清時難屢得，嘉會不可常」為首，鋪陳曹植送別應氏的場景。這兩句用典用得不著痕跡。曹植援引了傳說中李陵送別蘇武時所寫的〈與蘇武〉三首，其言：「良時不再至，離別在須臾」，用以呼應「清時難屢得」，馬上就要分別了。其次又引〈與蘇武〉二首言：「嘉會再難遇，三載為千秋」，在曹植筆下轉化為「嘉會不可常」。

之所以說這三首〈與蘇武〉是「傳說」中李陵所寫，原因在於詩的體例及詩中所言蘇武、李陵的故事情節搭不起來，因此從魏晉以來不少詩評家都懷疑此詩應為後人託偽之作。事實上從文學發展史的角度看，這三首應該是東漢末年以後的作品，才會用對仗完整的五言詩體例。但不論是否為李陵所作，都不妨礙這三首詩言淺旨遠，是餘味無窮的「別詩」佳作。

歷久彌新說名句

曹植送別摯友時感慨「天地無終極，人命若朝霜」，因亂世之中人命若朝露，去散不由人，也是感於人生天地之間，渺小卑微，絲毫撼動不了造物神的旨意。

以朝露為喻，發出人生時光短促的嘆息，可見於太史公司馬遷的《史記》，他在〈商君列傳〉提到，秦國因為商鞅軍國思想的改革，嚴刑重罰，使得一些宗室貴族感到苦不堪言，於是他們派出趙良企圖說服商鞅溫和行事。趙良跟商鞅分析目前他的處境是「危若朝露」，腦袋應該去想如何延年益壽，而不是革新政治。商鞅並沒有被趙良說服，依然輔佐秦王大刀闊斧地建設，因此得罪不少皇親貴戚，最後也落得五馬分屍車裂的悲慘命運。

班固於《漢書．蘇武傳》中提到，李陵勸蘇武歸附匈奴時言：「人生如朝露，何久自苦如此！」李陵規勸蘇武，人生就好像朝露一般，朝不保夕，又何苦守節於漢朝，徒惹放牧北海之苦。《漢書》的顏師古注在此文下說：「朝露見日則晞，人命短促亦如之。」

西晉張華，長於圖緯方伎之學，學問博覽，也善於詞藻，他於〈輕薄篇〉中言：「人生若浮寄，年時忽蹉跎。促促朝露期，榮樂遽幾何。」對於人生也頗有浮生若寄之感，榮華富貴轉頭空，悲嘆生命宛如朝露短促。或許應驗了天有不測風雲，張華後來因捲入八王之亂，被趙王倫所殺害，不得善終。

凌厲中原，顧盼生姿

名句的誕生

良馬既閑[1]，麗服[2]有暉。左攬繁弱[3]，右接[4]忘歸[5]。風馳電逝，躡景[6]追飛。凌厲[7]中原，顧盼生姿[8]。

～三國魏・嵇康・贈秀才入軍（其一）

完全讀懂名句

1. 閑：嫻熟通曉。
2. 麗服：指軍戎之服。
3. 繁弱：弓名。
4. 接：與之前的「攬」都是持著的意思。
5. 忘歸，箭名。
6. 躡景：踏著影子。躡：踩踏。景：音一ㄥˇ，yǐng，即「影」。
7. 凌厲：奮行而勇往直前的樣子。
8. 顧盼生姿：左右張看、神態自信的樣子。

語譯：好馬已經駕馭得熟練了，軍服上映照著閃閃日光。他左手攬著繁弱弓，右手持著忘歸箭，像急風一般奔馳，閃電一樣迅速，踏著日影追逐飛鳥，馳騁在中原之上，左顧右盼之際，目光炯炯，神態自信，意氣風發。

文章背景小常識

嵇喜與嵇康是一對兄弟，然而弟弟的名氣比哥哥要大上許多。嵇康是竹林七賢之一，他與呂安很要好，常不顧路途遙遠去探望對方。《世說新語》記載一次呂安來找嵇康，但嵇康不在，他的哥哥嵇喜出來接待，呂安卻在門上題了「鳳」字便離開了。嵇喜原先還暗自開心，沒想到呂安其實是以「鳳」所拆成的「凡鳥」來諷刺嵇喜凡庸、俗不可耐。

同為竹林七賢的阮籍，不拘禮教，對待禮俗之士常給予白眼。阮籍的母親去世時，嵇喜前來悼念，卻得到白眼而不高興地離開了；嵇康聽見這件事便帶著酒和琴前往拜訪，阮籍大悅，遂以青眼（黑眼珠）對待。

性格與評價相差甚多的嵇喜與嵇康，卻手足情深。嵇喜字公穆，曾舉秀才，在他從軍時，弟弟嵇康寫了一組四言詩相贈。這一組〈贈秀才入軍〉，又名〈兄秀才公穆入軍贈詩〉，共十九首，大約於魏齊王曹芳正始年間所作，收錄在嵇康集中；集後附有〈秀才答〉四首，最後兩句為：「結心浩素，終始不虧。」是嵇喜回應弟弟的詩。《昭明文選》中，則錄詩五首。

名句的故事

嵇康這首詩，是送行嵇喜入軍所作，因此詩中提及不少與軍事有關的事物。

繁弱，是弓的名字，與屈盧矛、雞子弩、狐父戈等兵器，都是傳說中的寶器。《荀子・性惡》篇也提到：「繁弱、鉅黍，古之良弓也，然而不得排檠，則不能自正。」繁弱與鉅黍都是有名的良弓，但若沒有輔正弓弩的檠來幫助，則不能矯正到最精確的射道，發揮最強大的威力。

先秦名家公孫龍以「白馬非馬」論知名，他的《公孫龍子》中，也提到楚王曾拿著繁弱之弓、忘歸之箭，在雲夢的園林中以射蛟龍、青牛。此外，傳說秦始皇有七匹名馬，分別為：追風、白兔、躡景、追電、飛翮、銅爵、長凫。「躡景」在詩中雖然承襲著「麗服有暉」而來，描述馬匹踏著影子飛快奔馳的樣子，但若解釋為騎著名為躡景的馬，馳騁於中原之上，名馬配名將，也更能襯托出嵇喜的意氣風發。

劉勰《文心雕龍》稱嵇康的四言詩「嵇志清峻」，即清遠峻切的意思。鍾嶸《詩品》列嵇康詩為中品，也說嵇康詩近似曹操，但過於峻切，然亦「託喻清遠，良有鑒裁，亦未失高流矣。」有所寄託而意境清高悠遠，且善於借鑒、剪裁，可列於高雅之屬。嵇康因友人呂安之事入獄後所作的〈幽憤詩〉，即為峻切的嚴厲迫切風格，至於〈送秀才入軍〉詩組，則屬清遠一類，亦能看出嵇康對兄長英姿煥發的描寫及推崇。

歷久彌新說名句

「顧盼生姿」一詞，本用來形容人左右環顧，目光炯炯，在嵇康詩中用來描述嵇喜志得意滿的樣子，但後來也用以形容在舉手投足間流露的風情。如明代散文家宋濂為詩人楊維楨所寫的〈楊鐵崖墓銘〉中提到，楊維楨晚年築臺江上，與賓客歡飲，酒酣耳熱之際，更以歌舞助興，「座客或蹁躚（旋舞的樣子）起舞，顧盼生姿，儼然有晉人高風。」

同為明人的書法家王世懋有一首〈弘農詩〉，寫到自己策馬前行，登上高崗的所見所感，用了「凌厲中原，顧盼生姿」兩句加以濃縮，寫成「凌厲顧盼，天風吹裳」的句子，不同於嵇康詩的昂揚自信，顯得悲涼而幽淒。

金庸的武俠小說《神鵰俠侶》中，更是直接引用嵇康〈送秀才入軍〉組詩中兩首最著名詩作。楊過有次在絕情谷與公孫止過招，他效法朱子柳在英雄大會上以書法化為武功之事，於是便化用了嵇康的四言詩入劍招。金庸形容楊過吟道「良馬既閑，麗服有暉，左攬繁弱，右接忘歸」，將劍揮舞得瀟灑有致，又吟「風馳電逝，躡景追飛」，此時劍去奇速，而在「凌厲中原，顧盼生姿」這句上，劍勢迅猛又飄逸。公孫止未曾見過這路劍法，難以捉摸破解。

後來楊過又吟這組詩中的另一首：「息徒蘭圃，秣馬華山。流磻平皋，垂綸長川。目送歸鴻，手揮五絃。」劍法大開大闔，尤其最後兩句搭配的招式，更是東西飄忽，難分虛實。

嵇康具有強烈憤世嫉俗的性格，然而他的這首詩，卻也令他留下了「凌厲詩壇，顧盼生姿」的不朽地位。

目送歸鴻，手揮五絃

名句的誕生

息徒[1]蘭圃，秣馬[2]華山。流磻[3]平皋[4]，垂綸[5]長川。目送歸鴻，手揮五絃。俯仰[6]自得，游心[7]泰玄。嘉彼釣叟，得魚忘筌[8]。郢[9]人逝矣，誰與盡言。

～三國魏・嵇康・贈秀才入軍（其四）

完全讀懂名句

1. 息徒：休息並重整步卒。徒：軍隊中的軍人。
2. 秣馬：餵馬。秣：音ㄇㄛˋ，mò，餵牲口。
3. 磻：音ㄅㄛ，bō，用帶有繩子的箭射獵叫「弋」，在絲繩上繫石頭叫做「磻」。
4. 皋：音ㄍㄠ，gāo，水岸。平皋指水邊平地。
5. 綸：指釣魚用的絲線。
6. 俯仰：低頭與抬頭，指人的舉止動作。
7. 游心：用心體會。
8. 筌：捕魚的竹器。
9. 郢：音ㄧㄥˇ，yǐng，春秋時代楚國的都城。《莊子・徐无鬼》中曾提到郢人在鼻頭塗一層薄薄的白土，匠石揮動斧頭將這層白土削下，郢人毫無損傷。

語譯：軍隊歇息在植滿蘭草的花圃前，在鮮花盛開的山坡下餵養戰馬。在水邊平地射箭獵鳥，將魚線放入大江中垂釣。一面望著南歸的飛鴻，一面彈奏五絃琴。在天地間的一舉一動都怡然自得，用心體會大自然中的虛無恬淡。那位良善的漁翁，得了魚就捨棄了釣魚的竹筌；郢人逝去後，能運斤成風的匠石又還能找到有相同默契的人嗎？

名句的故事

「目送歸鴻，手揮五絃」一句極為高妙，用來形容高士飄然出塵、怡然自得的情貌。《晉書》中記載畫家顧愷之喜歡嵇康這首詩，想繪成畫，但他說：「手揮五絃易，目送歸鴻難。」可見這兩句詩境界之高，尤其「目送」神態，更是圖像難以表達。

唐代李白〈聽蜀僧濬彈琴〉寫一位蜀地來的僧人，帶著一把名琴，他彈奏的琴聲高妙，引人入勝。「蜀僧抱綠綺，西下峨眉峰。為我一揮手，如聽萬壑松。」其中「揮手」同樣代指彈琴，揚手揮過琴弦，就傳來一陣像風吹過發出的松濤聲。而「目送手揮」一詞可用來形容人在自然間俯仰自得，眼手並用的神態，也可比喻技藝純熟，雙方面兼顧，能揮灑自如。

歷久彌新說名句

嵇康在這首詩中，還用了兩個莊子的典故。《莊子・外物》篇提到：「筌者所以在魚，得魚而忘筌；蹄者所以在兔，得兔而忘蹄。」筌是竹編的捕魚工具，有時在筌中放置香草，能引來覓食的魚。蹄是一種捕獸器，用來繫住獸腳，所以叫「蹄」。筌和蹄都是獵捕的工具，目的達到了，工具就可拋棄在一旁。莊子要表達「言者所以在意，得意而忘言」，語言是明白道理的工具，意思既明，道理領悟，語言也就不再重要了，比喻悟道者忘其形骸。嵇康也藉此表示，嵇喜因為體悟了自然界的真理，而忘卻一切外在的形式。

另一個典故是《莊子・徐无鬼》中「運斤成風」的故事。莊子在惠施墳前對人說，郢人死後，匠石再無默契相合且全然信任他的人；惠施死後，莊子也沒有可以辯論的對手了。嵇康在詩中寄寓，如嵇喜這樣能領略自然的，在軍中難見知音，同時自己也沒有可以討論玄道的人了。字裡行間流露對兄長的依戀不捨。

風流雲散，一別如雨

名句的誕生

翼翼飛鸞[1]，載飛載東。我友云[2]徂[3]，言[4]戾[5]舊邦[6]。舫舟[7]翩翩，以泝[8]大江。蔚矣荒塗[9]，時行靡通。慨我懷慕，君子所同。悠悠世路，亂離多阻。濟岱[10]江行[11]，邈焉異處。風流雲散，一別如雨。人生實難，願其弗與[12]。

～三國魏・王粲・贈蔡子篤詩

完全讀懂名句

1. 鸞：音ㄌㄨㄢˊ，luán，傳說中的一種神鳥，外形似鳳凰。此比喻蔡子篤。
2. 云：此作句中助詞，無義。
3. 徂：音ㄘㄨˊ，cú，往。
4. 言：此作句首助詞，無義。
5. 戾：到達。
6. 舊邦：故鄉。此指蔡子篤的故鄉濟陽，今河南省蘭考縣東北。
7. 舫舟：並連的兩條船舟。舫：音ㄈㄤˇ，fǎng，並連的兩船。
8. 泝：音ㄙㄨˋ，sù，逆水而行。
9. 蔚矣荒塗：形容世路荒亂之貌。蔚：草木茂盛的樣子。
10. 濟岱：濟水和岱宗（即泰山）。此指蔡子篤所往之處。
11. 江行：指荊州一帶。此指王粲所居之處。
12. 弗與：不能實現。

語譯：鸞鳥振翅高飛，往東邊一直飛去。我的好友即將遠離，要到他的故鄉。並連的船舟快速地行駛著，在大江裡逆流而行。荒蕪的路途上草木茂盛，陸行是沒有辦法到達的。我心中的感慨與思念，正與品德如君子的好友相同。邈遠無盡的世路，遭亂離而受到阻絕。一個要往濟水、岱宗的方向行去，一個則是在江行居住，相隔的距離是多麼遙遠啊！有如風的流動，雲的消散，一別之後像雨的落下，再也無法回到雲中。人生實在是艱難啊！願望總是難以實現。

文章背景小常識

人稱「建安七子之冠冕」的王粲，字仲宣，其〈贈蔡子篤詩〉為一首四言詩，是王粲寫給友人蔡睦的贈別詩。蔡睦，字子篤，與王粲同於東漢末年，避難荊州投靠州牧劉表，其後蔡睦準備返回家鄉濟陽，王粲作此詩送別。

由於當時政局紛亂，各地戰禍不斷，作者在詩中一方面感傷和好友即將分離，從此天遠路遙，相見不知何期；另一方面哀嘆兩人時運不濟，生在動盪亂世，舉步維艱，縱使心懷壯志，也難以完成願望。全詩融情入景，委婉表達出抑鬱不得志的愁緒。

王粲少有才名，時年十七的他，授任黃門侍郎，他因不願在董卓餘黨下做官，自長安走避荊州依附劉表，期間長達十五年之久，始終不為劉表重用。

東漢獻帝建安十三年（西元二〇八年）曹操南下攻打荊州，劉表同年病重去世，王粲力勸劉表之子劉琮歸降曹操；曹操賞識王粲之才，命他為丞相掾，賜爵關內侯。到了建安十八年（西元二一三年）曹操自封魏公，建魏國，王粲又拜為侍中，參與朝廷奏議及制度的擬訂，深獲曹操、曹丕父子的信任。

王粲的人生可依其歸附曹操為界，分成前後兩段時期：前期的他流寓荊州，飽經戰亂與親友離散之苦，才志抱負無法得到伸展，內心充滿哀怨不平；後期的他來到曹操幕府擔任重要官職，使其博學多識的才能有所發揮，為國建立一番功業，便成了他奮鬥不懈的目標。只是王粲仕途上的榮景，並未能維持多久，他在建安二十二年（西元二一七年）隨魏軍征吳的路上，不幸因病逝世，年僅四十一。

名句的故事

王粲〈贈蔡子篤詩〉以「風流雲散，一別如雨」比喻人生的飄零離散，有如天空被風吹散開的雲朵，蹤跡全無，又像從雲層落下的雨水，再也回不到雲朵裡，意思同於成語「風流雨散」、「雲散風流」，皆是用來借喻離別之後重逢的困難，以表心中的淒然感傷。

清代著名古典小說《紅樓夢．第一〇六回》寫道：「寶玉見寶釵如此大慟，他亦有一番悲淒。想的是老太太年老不得安，老爺太太見此光景不免悲傷，眾姊妹風流雲散，一日少似一日。追憶在園中吟詩起社，何等熱鬧。」此時的賈府慘遭朝廷革職，過去的風光也已煙消雲散，賈府的大家長賈母（史太君，即賈寶玉的祖母）煩惱子孫身陷牢獄，終日以淚洗面。賈寶玉看到祖母、父母和妻子悲傷愁容，又追憶昔時與眾家姊妹在「大觀園」吟詩結社的歡樂情景，如今卻是人去園空，姊妹們不是嫁的嫁，就是死的死，今昔對比，不禁當著所有人面前嚎啕大哭起來，一旁的人見狀，也忍不住傷心地嗚咽著。

清人沈復《浮生六記．閑情記趣》主要寫其從小到大生活周遭發生的瑣細事物，文中作者回憶過去窮困落魄之時，為了招待朋友到住處吃飯，妻子陳芸總是「拔釵沽酒」，典當自己的首飾買回酒菜，使賓主盡歡，而她從未對丈夫有一句埋怨責怪之辭，其後一段寫道：「今則天各一方，風流雲散，兼之玉碎香埋，不堪回首矣！」作者書寫的當下，妻子早已香消玉殞，與其天人永隔，此時回想起愛妻生前的無悔相伴，自是不勝唏噓，感慨良多。

歷久彌新說名句

〈贈蔡子篤詩〉中「風流雲散，一別如雨」之「風流」兩字，古來有多種不同的解釋。

東漢史家班固，其《漢書．趙充國、辛慶忌傳》贊曰：「其風聲氣俗自古而然，今之歌謠慷慨，風流猶存耳。」班固認為各地不同的風尚習俗，乃是沿襲其世代相傳的民族性格所產生的差異，像崤山（位在河南省洛寧縣西北）以西多出「將」才，崤山以東多出「相」才，正是由於崤山以西靠近北方羌胡之地，使人們習於勤練鞍馬騎射之術，隨時處在備戰的狀態。諸如戰國時秦將白起，漢朝時的李廣、蘇建、蘇武父子、趙充國、辛慶忌等人，都是以勇武聞名於世，而他們的故鄉皆來自崤山以西。其中「風流」指的是流風餘韻，意即從古流傳至今的風俗韻致。

唐朝詩論家司空圖《二十四詩品・含蓄》中有：「不著一字，盡得風流。」作者以此推崇詩的最高境界，其中「風流」意指傳神的韻味。

又北宋蘇軾詞作〈念奴嬌・赤壁懷古〉上片前三句：「大江東去，浪淘盡，千古風流人物。」此處「風流」為傑出英雄之意。以上各家所言「風流」詞義雖不盡相同，但都屬於褒義。

《晉書・王羲之傳》評述東晉大書法家王羲之七子王獻之其人：「少有盛名，而高邁不羈，雖閑居終日，容止不怠，風流為一時之冠。」在此「風流」是指王獻之這位出身名門的貴族子弟，才識超越群倫，生性不受禮法拘束，言行舉止直率自我，語意有褒有貶。

爾後，許多言情小說出現所謂的「風流債」、「風流快活」、「牡丹花下死，做鬼也風流」等語，都是形容輕浮男子喜歡拈花惹草、四處留情，或是貪圖女色的貶義了！

望廬思其人，入室想所歷

名句的誕生

望廬思其人，入室想所歷。幃屏[1]無彷彿[2]，翰墨[3]有餘跡。流芳[4]未及歇，遺掛[5]猶在壁。悵怳[6]如或存，周遑[7]忡驚惕。

～西晉・潘岳・悼亡詩

完全讀懂名句

1. 幃屏：帳幔和屏風，意指寢室。
2. 彷彿：相似的形影。
3. 翰墨：筆墨。指用筆墨寫的書法作品。
4. 流芳：香氣瀰漫。這裡指亡妻生前所用的芳香物品。
5. 遺掛：掛在牆上的書法作品遺跡。
6. 悵怳：神志恍惚。
7. 周遑：惶恐不安。

語譯：望著屋子思念起亡妻的倩影，進入室中則想到她的生前景況。寢室裡的帳幔和屏風間已不見她輕柔的身影，書案上卻還留著她的錦文華章。她的芳澤香氣仍逸漫著，書法墨跡也懸掛在牆上。恍惚中她彷彿還活著，讓我不禁驚惶又憂傷。

文章背景小常識

潘岳〈悼亡詩〉以妻子為對象，哀怨動人，之後悼念亡妻的詩詞便歸類為「悼亡詩」。

面對愛妻亡逝，停不了的悲傷讓潘岳寫下〈悼亡詩〉三首、〈楊氏七哀詩〉、〈顧內詩〉、〈悼亡賦〉、〈哀永逝文〉來抒發情感。《晉書》形容潘岳：「善為哀誄之文。」權臣將相等若有親人病故，也常請潘岳代筆。令人感傷的是，寫了這麼多哀誄的專家潘岳，最後遭到滿門抄斬，難期望有人為他寫哀誄了。

名句的故事

如果癡情男人是天下女人不切實際的夢想，那麼癡情美男子恐怕就是根本不可能的存在。然而，這卻真實發生在西晉美男子潘岳（即潘安，字安仁）的身上。

潘岳十二歲時，與西晉的名門望族楊肇之女楊氏訂了婚，十七年後，兩人正式完婚。本篇名句出自〈悼亡詩〉的第一首，描述喪妻的他沉浸悲哀之中，連冬去春來的氣節變化都沒有注意到。日常景物依舊，佳人香消玉殞令人更覺淒涼。他常徘徊墓前，流連不忍離去，深夜獨眠時，盼望妻來夢中相會，卻未能如願，悲從中發，不能自已。他三番兩次產生幻覺，愛妻的身影彷彿就在目前。這些點滴，潘岳娓娓道來，如泣如訴，覽之者為之動容。

唐朝詩人李商隱曾說：「只有安仁能作誄。」潘岳的粉絲們若還知道這個常被她們擲果盈車、縈手於道的萬人迷帥哥，竟如此專情，對他的癡迷恐怕會更加瘋狂吧。

歷久彌新說名句

現代愛情小說最愛引用的古典詩詞之一：「曾經滄海難為水，除卻巫山不是雲。」出自唐人元稹的〈離思〉，詩中女主角就是妻子韋叢。韋叢與元稹感情甚篤，不幸地韋叢年紀輕輕就去世，元稹因思念亡妻寫下淒美詩句。據說傷心欲絕的元稹「悼亡詩滿舊屏風」（〈答友封見贈〉），他在〈遣悲懷〉中也曾提到：「潘岳悼亡猶費詞。」（潘岳雖然知道妻子不可能復生，但仍忍不住寫下懷念的詩篇。）

雖說大詩人未必有早逝的愛妻，但是他們的背後幾乎都有一位繆思女神。英國詩人葉慈創作了一百多首詩，便是受到他得不到的愛人茉德·岡（Maud Gonne）所激發，這位繆思女神也為詩人的成就下了一個再巧妙不過的註解：「世人應該感謝我沒嫁給你。」

一唱萬夫歎，再唱梁塵飛

名句的誕生

京洛[1]多妖麗[2]，玉顏[3]侔[4]瓊蕤[5]。閑夜[6]撫[7]鳴琴[8]，惠音[9]清[10]且悲。長歌[11]赴[12]促節[13]，哀響[14]逐[15]高徽[16]。一唱萬夫[17]歎，再[18]唱梁塵飛[19]。

～西晉．陸機．擬東城一何高

完全讀懂名句

1. 京洛：指東漢都城洛陽。
2. 妖麗：豔麗的女子。
3. 玉顏：如玉一樣美麗的容顏。
4. 侔：音ㄇㄡˊ，mou，等、齊。
5. 瓊蕤：玉花。瓊：美好的、精美的；一種美玉。蕤：音ㄖㄨㄟˊ，rui，指草木所垂結的花朵。
6. 閑夜：靜夜。
7. 撫：按，即彈奏。
8. 鳴琴：彈琴。
9. 惠音：和諧的聲音。柔美的琴聲。
10. 清：清越。
11. 長歌：引吭高歌。
12. 赴：追隨、附和，和著樂曲唱歌的意思。
13. 促節：節奏急促的曲子。
14. 哀響：哀怨悲淒的聲音。
15. 逐：跟隨、附和，和著樂曲唱歌的意思。
16. 高徽：高亢的樂曲。徽：琴節，這裡代指樂曲。
17. 萬夫：形容聽者之眾。

18. 再：第二次。
19. 梁塵飛：聲音繞梁柱而使梁柱上灰塵飛動。

語譯：京都洛陽多俏豔女子，容顏如玉花一般姣麗。靜謐的夜晚把琴弦撥響，柔美的琴聲清越而淒涼。隨著急促的旋律放聲歌唱，哀怨悲傷的歌聲和著高亢的琴音。女子一唱眾人齊聲唱和，再唱震得梁上塵土飛揚。

文章背景小常識

西晉文人特別喜歡寫「擬古詩」，何謂擬古詩？就是借用《詩經》、兩漢的古詩，包括題意、格式，然後換上新的衣服，即披上新的字詞，重新出場。相較於古詩的舊衣以樸素自然為特色，西晉的新衣走的是華麗繁複的路線。

西晉詩人陸機曾替十二首古詩穿上了新衣，他所縫製的新詩衣，件件描龍繡鳳、玉纍珠繁，織工精細。不喜歡的人批評為形式主義，脫離現實，缺乏真情實感，清代陳祚明就稱他：「束身奉古，亦步亦趨。」典雅的詞藻則被視為刻煉太過，傷害自然之美。清代李重華嫌棄陸機的擬古詩過於呆板（「病其呆板」），清人黃子雲在《野鴻詩的》中說得更難聽：「踵前人步伐，不能流露性情，皆無足觀。」（追隨前人的步伐，沒有自己的想法與情感，實在沒有可稱讚的地方。）

喜歡的人，如陸機自己，認為好詩就應該「緣情而綺靡」（抒發情感且文詞精妙）、「炳若縟繡，淒若繁弦」（燦爛光彩如錦繡般繁麗，悲傷哀淒如繁密而緊促的弦樂）。

有人認為擬古詩其實是一種訓練文學技巧的過程，陸機的努力讓他與潘岳並列為西晉優秀的文學家，魏晉文人孫綽曾稱讚他：「陸文若排沙簡金，往往見寶。」（陸機的文章就像是沙金一樣，去掉沙子之後，往往可以見到珍寶。）南朝齊、梁的批評家鍾嶸則形容：「陸才如海，潘才如江。」而唐朝詩人王勃在著名的滕王閣宴會上對著文人雅士們說：「請灑潘江，各傾陸海。」

名句的故事

學習書法的第一項基本工就是臨帖，那麼學習詩詞的過程，是否也可以透過「擬古詩」來增進詩藝精華，磨練修辭技巧呢？陸機便是此觀點的擁護者，主張學習先賢哲人的遺文古詩。他有一系列的擬古詩作，模仿「古詩十九首」的形式與題意，套上新的字詞，而有不同的呈現。

這種不同主要是表現在陸機精雕細琢的文字煉金術，例如「佳人」成「妖麗」，「顏如玉」變「侔瓊蕤」，相較於古詩的質樸，陸機的擬古詩更顯華美。

古詩原本的題意為落拓失意的遊子來到繁華的京洛大城，對於寂寞苦悶感到手足無措。這種無以自遣的悵惘心情，更被佳人引起萬夫嘆與梁塵飛的悲歌哀響，深深觸動，而不自覺地產生遐想綺思。

歷久彌新說名句

「一唱萬夫歎」，一人引吭就有萬人隨著唱和，在古代或許只是個形容詞，但是在現代社會卻是個名詞，如亞洲小天王周杰倫演唱會，動輒上萬人隨著他的歌聲，又唱又跳，熱情忘我。音樂撼動人心的沸點，從古到今未曾變過。

音樂是聽覺，愛樂者如何用具象的文字來形容抽象的音樂，各有各的風情與巧思。不知何緣故，古人的音樂似乎常與梁柱聯想在一起，如陸機所說的「再唱梁塵飛」，有可能木造結構的房子共鳴點就在柱子，也有可能只是一種形容。在古代，好的音樂甚至可以纏繞梁柱整整三日不斷絕（「餘音繞梁，三日不絕」）。

這繞梁三日不絕的歌唱家是戰國時期一位名叫韓娥的女子，她在前往齊國的途中，乾糧吃完了，於是想到用歌聲換取食物。而韓娥的美妙歌聲，據說在她離開小鎮後，仍然持續在房子的屋梁上縈繞、鳴響，整整三天，讓當地人

以為她還沒離開呢！（《列子．湯問》）

除了柱子之外，古人還喜歡用動物來形容音樂。例如，春秋時期的著名音樂家俞伯牙，他的琴音之絕妙，除了得到鍾子期這位知音外，傳說他的音樂甚至能讓馬兒停止吃草，禁不住抬起頭來出神傾聽（「六馬仰秣」）。此外，古人也記載，善於鼓瑟的瓠巴，能令水中的魚兒都紛紛浮出水面，以便清楚聆聽他的天籟演奏（「流魚出聽」）。

如果讀者覺得這些音樂的讚美語都太過超自然了，聽聽孔子曾這麼形容：〈韶〉音樂之美妙，可以讓人「三月不知肉味」。以日常食物來描述音樂，是否覺得親切得多了呢！當你聽到感動人心的樂音時，不妨也動腦發想，創造屬於自己的音樂語言。

物無微而不存，體無惠而不亡

名句的誕生

物無微[1]而不存[2]，體無惠[3]而不亡[4]。庶[5]聖靈之響像[6]，想幽神[7]之復光。苟形聲[8]之翳[9]沒，雖音景[10]其必藏。徽[11]清弦[12]而獨奏，進脯[13]糒[14]而誰嘗？

～西晉．陸機．弔魏武帝文

完全讀懂名句

1. 微：細小。
2. 存：長存。
3. 惠：智慧，惠同「慧」。
4. 亡：消失，死亡。
5. 庶：希望。
6. 響像：聲音形貌。
7. 幽神：幽暗的神靈。
8. 形聲：形體與聲音。
9. 翳：音ㄧˋ，yì，遮蔽，掩沒。
10. 音景：聲音影像。
11. 徽：調弄，彈奏。
12. 清弦：指箏瑟之類的弦樂器。
13. 脯：音ㄈㄨˇ，fǔ，乾肉。
14. 糒：音ㄅㄟˋ，bèi，乾飯。

語譯：再細小的器物都仍然留存著，但身體卻不會因為慧高福多，而能永生不死。期望能夠再見聞聖靈的聲音、影像，企想幽神能重現容光。假如形體與聲音都已掩沒消逝，音響與身影也必定隱藏。樂女調弄著清亮的弦聲，獨自奏起樂章，供上肉脯乾飯，可是又有誰能夠品嚐呢？

文章背景小常識

最早的哀祭文，一般認為是漢代賈誼〈弔屈原賦〉。此文創作於賈誼被貶長沙途中，經過屈原自沉之處，有感於屈原忠不見察，而以屈原自喻，抒發自己受貶的憤懣之情。

後世哀祭文多類似賈文。陸機〈弔魏武帝文〉也被認為是承續此傳統，借魏武帝曹操的〈遺令〉（遺書）為題，抒發傷今懷古、盛衰存亡之感。此文主要由序文和弔文兩部分組成，序文敘述哀悼的緣起、曹操遺書的內容和所引發的感慨。弔文則寫及魏武帝生平功業、臨終遺言、作者對曹操的評價，以及人生體悟。

序文採用駢散相間的句式，散句居多，而弔文則全篇六言駢偶，句式整齊。劉勰《文心雕龍》認為序文優於弔文，因為「序巧而文繁」（序寫得精巧別致，弔詞卻過於繁雜）。

名句的故事

陸機在擔任著作郎掌管國史時，無意間於晉朝王室的藏書閣中看到了從未曝光的曹操〈遺令〉，因而寫下〈弔魏武帝文〉。面對一代梟雄的形消影滅，歷經亡國滄桑的陸機不禁感嘆生命肉體之渺小脆弱——「體無惠而不亡」。

曹操曾經豪氣干雲地說：「設使天下無孤，當不知幾人稱王，幾人稱帝。」（如果天下沒有我，將不知道需要多少人才能撐起這一片天。）然而他的臨終遺言，不但出乎眾人意料之外，甚至還遭到後世的奚落與質疑。

原來曹操在遺囑上吩咐如何處置餘香，並要妻子與婢妾學習織製鞋子，以有所寄託，這些碎碎念被認為是英雄氣短到「留連妾婦，分香賣履」。一般以為英雄之死該像蘇東坡在〈孔北海讚〉所言：「臨難不懼，笑談就死。」（大限臨頭，毫無懼色，在言談笑語間嚥下最後一口氣。）陸機〈弔魏武帝文〉也提及這一點：「繫情累於外物，留曲念於閨房。」對曹操臨死時仍然眷戀閨房瑣事表示遺憾。

但換個角度來看，曹操遺囑可說是古今帝王中最具人性的一篇告白，不怕呈現「凡夫俗子」

的一面，也是另一種真情流露的英雄本色。

歷久彌新說名句

人生非金石，誰能無死。死亡留給活著的人的哀痛，化做文字成為哀祭文學，韓愈〈祭十二郎文〉、歐陽脩〈瀧岡阡表〉、袁枚〈祭妹文〉，公認為哀祭文的三絕。

特別的是，哀祭文的對象也可以是生者，甚至是自己，如漢朝才女班婕妤〈自悼賦〉傷悼自身命運，描述她從入宮到失寵，遭另一寵妃趙飛燕排擠，以及退居長信宮後的悽苦心情。班婕妤這篇作品成為日後自祭文的濫觴。

豁達的田園詩人陶淵明也曾拿自己的死亡為題，在臨終前寫了〈自祭文〉與〈輓歌詩〉。他想像自己死後的情景、送葬時的氣氛，還諷刺地描繪了送葬者的神態。「向來相送人，各自還其家。親戚或餘悲，他人亦已歌。」（埋葬的儀式完畢後，送葬者各自回家，親友或許還有餘情為我悲傷，至於其他人早已忘掉一切做作的情緒，而放聲高歌了。）這種黑色幽默恐怕不是中國文學中常見的。

另外，哀祭的對象也不一定是人，隨著哀祭文的發展，弔文範圍也逐步擴大，它不僅可以憑弔死者，也可以憑弔可悲的事物，如唐朝韓愈的〈祭鱷魚文〉堪稱一絕。韓愈在潮州當官時，百姓上訴鱷魚搶食人民的物產，於是韓愈就寫了一篇獵殺鱷魚前的祭拜文章。

文中韓愈半恐嚇半威脅地對鱷魚說道：「現在我與你們約定：三天之內，你們鱷魚要全部遷徙到海裡去，以迴避天子派遣的大臣。如果三天不行，那就五天，五天不行，那就七天。如果七天還沒有遷徙……那刺史我就將挑選善於射箭的民眾，帶上毒箭，一定將你們趕盡殺絕。」（今與鱷魚約：盡三日，其率醜類南徙於海，以避天子之命吏！三日不能，至五日；五日不能，至七日；七日不能……刺史則選材技吏民，操強弓毒矢，以與鱷魚從事，必盡殺乃止。其無悔！）如果鱷魚真能看懂這一篇哀祭文章，恐怕也會哭笑不得吧！

知音苟不存，已矣何所悲

名句的誕生

萬族[1]各有託[2]，孤雲獨無依。曖曖[3]虛中[4]滅，何時見餘輝？朝霞開[5]宿霧，眾鳥相與飛。遲遲出林翮[6]，未夕復來歸。量力守故轍[7]，豈不寒與飢。知音苟不存，已矣[8]何所悲。

～東晉・陶淵明・詠貧士

完全讀懂名句

1. 萬族：猶言宇宙萬物。
2. 託：託付。
3. 曖曖：昏暗不明狀。
4. 虛中：天空。
5. 開：驅散。
6. 翮：音ㄏㄜˊ，hé，鳥翼。
7. 故轍：舊有的路徑，代指前人形跡。
8. 已矣：感嘆詞，猶言算了。

語譯：世上萬物皆各有所託，獨有天空白雲孤獨無依。它在天空黯然消逝，何時還能看見它的餘暉？晨霞驅散了夜霧，百鳥也結伴飛翔。孤鳥遲遲地飛出林子，天還沒暗又飛了回來。自我量力堅持著過去的生活道路，怎能不飢寒交迫。知音如果已經不在，一切又何必傷悲呢。

文章背景小常識

陶淵明詩文中多次言貧，共撰有七首〈詠貧士〉，本篇名句即是其開頭首章。這篇開章明義「萬族各有託，孤雲獨無依」，點出自己目前貧苦無依的狀態，且追溯之所以如此，乃因「朝霞開宿霧，眾鳥相與飛」，清晨一早鳥兒們爭相恐後離巢覓食，自己卻「遲遲出林翮，未夕復來歸」，不僅慢大家半拍，且天還沒暗就已經回巢休息了。淵明此處是隱指自身出仕較晚，也比別人提早退休。

第二首則揭露歸隱之後，「南圃無遺秀，枯條盈北園」，生活窘困的樣子，家人也因此「竊有慍見言」而有所微詞，淵明在得不到家人後盾支持下，「何以慰吾懷？賴古多此賢」，轉而尋求古代隱逸賢士事跡聊以自慰。於是後五首即分別吟詠幾位貧士，如榮啟期、原憲、黔婁等人，讚嘆他們屹立不搖的精神，也希冀自身能夠與他們比擬，超越時空以古代賢人撫慰自己當前苦無知音之心。

名句的故事

陶學研究者認為陶淵明〈詠貧士〉七首詩，應繫年於晚年，且可能是過世前幾年所撰寫的。原因在於淵明的隱居生活是越來越刻苦，若是早年所寫，貧窮之狀或許無如此嚴重。詩中並提到「知音苟不存，已矣何所悲」，知音者何人也？

翻閱陶淵明全集，〈祭從弟敬遠文〉中有：「斂策歸來，爾知我意。常願攜手，寘彼眾意。」（辭官收拾行李回家，你知道我的心意。願意與我攜手並進，在家中對抗其他人反對的意見。）由此清楚可知，淵明辭官歸隱的決定並無得到家族親人的認同，只有堂弟敬遠因為從小與淵明一同長大，兩人志趣相投，並支持兄長的選擇。而敬遠早在淵明歸隱後幾年就去世了，讓他失去了生命中最重要的知音，也失去可以互相鼓勵、訴苦的對象，故詩人沉重哀嘆：「知音苟不存，已矣何所悲。」

陶淵明在其作品裡從不諱言家中貧苦、不能溫飽的情況，〈有會而作〉自嘆：「弱年逢家乏，老至更長飢。」但是生活的窘困並無讓他改變想法，反而不斷引據古代隱士砥礪自我，說服也提醒自己不能輕易忘卻固窮之志。

不過陶淵明歸隱之舉不僅對自己影響重大，

對家人生活也造成衝擊，貧困的日子，不能帶給妻小安定的生活，家人是否諒解？在〈詠貧士〉第七首言：「丈夫雖有志，固為兒女憂」（先生您雖然有所志向，但也要顧慮到兒女生活），足見陶妻發自內心的吶喊。對於家人無法體諒，而深知為人夫、為人父應盡之責的淵明，對此雖有感應，但實在無法改變志趣，也只能不斷在詩文中自我詮解，表達對家人的歉疚，並希望家人包容。

歷久彌新說名句

「知音苟不存，已矣何所悲。」在茫茫人海中，若能巧遇知音，不知是幾輩子積來的福澤。

漢代劉向《戰國策》有一則「士為知己者死」的故事。話說戰國時期的晉國人豫讓，曾佐仕於范氏、中行氏兩家貴族，但都不受到重用。後來他跑到晉國另一個大夫智瑤家做事，總算遇到伯樂，受到主人極大的重用。但不久趙襄子來攻，智瑤戰敗，其頭顱被砍下作為酒碗，死後還在眾人面前遭受污辱。

豫讓逃到山裡，立下誓言，「士為知己者死」，有朝一日定要為主公報仇。於是豫讓改名換姓，拿著匕首來到朝廷欲刺殺趙襄子。結果行動失敗，於是豫讓坦率對趙襄子說：「我是為智瑤來報仇的。」趙襄子十分欣賞豫讓的忠義與勇氣，因此放走了他。豫讓並不死心，之後又變裝再來行刺，但還是失敗。這次趙襄子已不打算寬恕他的謀殺罪刑，豫讓臨死時，請求趙襄子以衣服代人，讓他拔劍擊斬其衣，以示為主復仇。趙襄子應允之後，豫讓在其衣裳刺了三劍，然後伏劍自殺。豫讓對於主上知遇之恩，以生命殉節，雖不能成功，其事蹟卻被司馬遷、劉向記錄於史籍，流芳後世。

黯然銷魂者，唯別而已矣

名句的誕生

黯然銷魂[1]者，唯別而已矣！況秦、吳兮絕國[2]，復燕、宋兮千里。或春苔兮始生，乍秋風兮暫起。是以行子腸斷，百感悽惻。

～南朝梁・江淹・別賦

完全讀懂名句

1. 黯然銷魂：心神沮喪好像失去了魂魄。
2. 絕國：絕：極遠。國：國土。

語譯：會令人心神沮喪到好像失去了魂魄，就是「離別」這件事了！更何況秦國和吳國之間的距離那麼遙遠，燕國和宋國之間的路程應有千里。不管是植物始生的春季或是開始吹起涼風的秋季，這時空的阻隔，都讓離人肝腸寸斷、百感交集、悽惻不已。

文章背景小常識

中國歷史在魏晉之後，分裂為南北兩方。北方由胡人建立政權，南方則經歷了宋、齊、梁、陳四個朝代，南朝的各個政權主要都是寒門獲得世族的重用而掌握軍權，進而篡位所建立的。因而南朝內亂頻仍，又有北方強大的外患。在這樣的社會中，人民生活自然是顛沛流離，苦不堪言。

江淹的這篇〈別賦〉就是以「離別」為主題，藉由抒寫富人傷神、俠士慷慨、從軍悽慘、去國悲苦、少婦嗚咽、戀人哀怨等離別典型，並且集中表現了離別令人「黯然銷魂」的共性。

名句的故事

〈別賦〉作者江淹本是北方人，從祖父輩就開始在南朝為官，江淹十三歲喪父，家境貧寒，少年時仕途不順，輾轉流離。這段時間，他卻在文學創作上有較大的突破，大部分流傳至今的作品都寫於此時。之後，江淹歷仕齊、梁，官位節節高升，但其文學創作卻停滯了，甚至有所謂「江郎才盡」的傳說。《詩品．齊光祿江淹》記載了一個故事：「初，淹罷宣城郡，遂宿冶亭，夢一美丈夫，自稱郭璞，謂淹曰：『我有筆在卿處多年矣，可以見還。』淹探懷中，得五色筆以授之。爾後為詩，不復成語，故世傳江淹才盡。」

另一個版本的傳說見於《南史．江淹傳》，據說江淹在宣城太守卸任回來的路上，一天晚上夢見有個自稱張景陽（西晉文學家張協，字景陽）的人對他說：「從前我把一匹錦寄存在你那裡，現在可以還給我了。」江淹從懷中拿出幾尺錦給他，結果這個人很生氣地說：「怎麼只剩這麼一點？」然後回頭看見丘遲（南朝文學家），就對他說：「剩下的幾尺沒什麼用，送給你。」於是從此江淹的辭賦文章就不行了。《梁書．江淹傳》說他「晚節才思微退，時人皆謂之才盡」。

江淹真的才盡了嗎？有人認為他是因為位處高官，因此無心於創作，也有人認為不再寫作是他避免觸怒當權者、自我保護的一種方法，也有人就認為他真的是才盡了。不過今日「江郎才盡」都是用於才思枯竭，真的「才盡」了，不管是什麼原因。

歷久彌新說名句

金庸小說《神鵰俠侶》中，小龍女身中奇毒，自知無藥可醫，她不想讓楊過以死相殉，因此在斷腸崖刻下十六個字：「十六年後，在此相會，夫妻情深，勿失信約。」就縱身躍下。而楊過堅守信約，在斷腸崖苦守，他在思念愛妻、形銷骨立之時，創出「黯然銷魂掌」。這套「黯然銷魂掌」就是取名自江淹

〈別賦〉第一句「黯然銷魂者，唯別而已矣」。

因此，「黯然銷魂掌」之所以威力強大，原因就在於之中蘊含著與至愛生死離別的心情。同樣一個以「用心」創作出來的經典，是周星馳《食神》中的「黯然銷魂飯」。所謂的「黯然銷魂飯」，其實就是一顆荷包蛋、幾片叉燒、幾根蔥，再加上一碗大白飯，但卻能讓嚴苛的評審說出：「叉燒肉的酥化和糖心荷包蛋的鮮美，把一碗白飯襯托得如簡約美人，這就不單是形式的問題了，還有感覺和感情。素面朝天之於濃妝豔抹，這是境界的分野。」因為感覺和感情，使得本來平淡無奇的東西有了境界。

除了金庸的「黯然銷魂掌」外，另一位武俠小說名家古龍也寫過一本《七種武器之離別鉤》，「離別鉤」是一件無論鉤住任何東西都會造成離別的武器。主角楊錚對他的情人說：「我要用這柄離別鉤，只不過為了要跟你相聚，生生世世都永遠相聚在一起，永遠不再離別。」甚至在與敵人對決時，楊錚的手臂被敵人制住，他也以離別鉤讓自己的手臂離開了身體，使身體得到自由，離別鉤進而讓敵人永遠離開了這個世界。

古龍對離別的詮釋，是為了要相聚，只要能相聚，無論多痛苦的離別都可以忍受。這也許是對江淹〈別賦〉的另一個註解吧！

送君南浦，傷如之何

名句的誕生

下有芍藥之詩[1]，佳人之歌[2]，桑中衛女，上宮陳娥[3]。春草碧色，春水淥波，送君南浦[4]，傷如之何！至乃秋露如珠，秋月如珪，明月白露，光陰往來。與子之別，思心徘徊。

～南朝梁．江淹．別賦

完全讀懂名句

1. 芍藥之詩：《詩經．鄭風．溱洧》：「維士與女，伊其相謔，贈之以勺藥。」「勺藥」即「芍藥」，古代人們離別時，常以芍藥贈欲遠行者，故亦稱為可離、將離。
2. 佳人之歌：指李延年為漢武帝進李夫人時唱的歌：「北方有佳人，絕世而獨立。」
3. 桑中衛女，上宮陳娥：桑中：衛國地名；上宮：陳國地名；衛女、陳娥：泛指戀愛中的少女。
4. 南浦：南邊的水岸，後泛指送別之地。

語譯：又有描述男女相悅的芍藥詩篇、歌頌佳人美貌的詩句，那些衛國和陳國沉浸在戀愛中的少女，這時的春草是那麼碧綠，春水是那麼清澈、波光蕩漾。然而一旦在南浦別離後，心中是多麼感傷！秋天的露水就像珍珠一般，秋夜的月如玉珪高掛天上。春去秋來，時間無聲無息地消逝了。跟你別離之後，思念之心未曾稍減。

名句的故事

「南浦」在中國古代詩詞中是一個很常見的詞語，首次出現是在屈原的《楚辭．九歌．河伯》中：「子交手兮東行，送美人兮南浦。」先秦的楚國地處南方，人民想像力豐富、情感熾熱，信鬼而好祀，經常舉行各種祭祀，祭祀必作歌舞，〈九歌〉可能就是古代巫覡的祭歌形式。

「河伯」是黃河之神，原名馮夷。傳說中，河伯與洛水女神宓妃相戀並結為夫妻，但是久而久之，感情變淡了，河伯經常受到其他漂亮的女神吸引，宓妃也有了外遇——風流倜儻的大羿。河伯知道後非常生氣，向大羿挑釁，大羿便拿出神弓射到了河伯的左眼。河伯心裡留下傷痛，脾氣更加暴躁，從此黃河也就水患不斷。

「子交手兮東行，送美人兮南浦。」有人認為是祭祀者最後送河神遠去，「子」和「美人」都是指河伯。也有人認為〈九歌．河伯〉是描述河伯和女神相戀前期的故事，楚國人以此來作為娛神的祭詞，那麼這兩句話就是河伯與女神別離的情況。後來在江淹〈別賦〉的引用之下，「南浦」成了一個與朋友、情人離別的象徵，至於南浦實際的地點也就不那麼重要了。

歷久彌新說名句

離別總是令人傷感，從江淹的「送君南浦，傷如之何」，到今日周杰倫的「我送你離開千里之外」，歷來的騷人墨客對送別這個題材的吟詠可說是不絕如縷。

在詩詞中送別的意象可分陸路和水路兩端，陸路送別的意象主要是「亭」、「驛站」，水路送別的意象就是「南浦」。

「亭」原是古代建在路旁的公家房舍，以便旅客投宿休息的，唐宋以下兼為餞別送行之地。一般來說，五里的距離設一「短亭」，十里的距離設一「長亭」。北周庾信〈哀江南賦〉便有：「十里五里，長亭短亭。」李白〈菩薩蠻〉：「玉階空佇立，宿鳥歸飛急。何處是歸程？長亭更短亭。」柳永〈雨霖鈴〉：「寒蟬淒切，對長亭晚，驟雨初歇。都門帳飲無緒，方留戀處，蘭舟催發。」在這裡，「寒蟬」、「長亭」、「驟雨」、「帳飲」、「蘭舟」幾個離別的意象結合起來，把愁緒凝聚到了最高點。

「驛站」是古代公家傳遞公文或往來人員途中休息的地方，也常作為送別之所。如李白〈流夜郎至西塞驛寄裴隱〉：「揚帆借天風，水驛若不緩。」陸游〈卜算子．詠梅〉：「驛外斷橋邊，寂寞開無主。」柳永〈傾杯〉：「暮雨乍歇，小楫夜泊，宿葦村山驛。」

「南浦」更是承載了許多的離情別意，如王維〈送別〉：「送君南浦淚如絲，君向東州使我悲。」李白〈贈漢陽輔錄事二首〉其二：「南浦登樓不見君，君今罷官在何處。」白居易更有以南浦為詩題的〈南浦別〉：「南浦淒淒別，西風嫋嫋秋，一看腸一斷，好去莫回頭。」多麼的白話易解！

除了以上幾個場所作為送別的意象之外，古人別離時的儀式活動也形成特殊的符號，如「灞橋折柳贈別」。灞橋橫跨灞水，在今天的西安市灞陵縣，古代時，灞橋是聯繫關中與關東地區的重要樞紐。

據說秦漢時，灞河兩岸築堤植柳，陽春時節，柳絮隨風飄舞。漢人送客到灞橋，便折下橋頭柳枝相贈。柳者，留也。也許因為這一諧音，使得柳樹成為離別文學中出現最頻繁的意象。如隋朝時的〈送別〉詩云：「楊柳青青著地垂，楊花漫漫攪天飛，柳條折盡花飛盡，借問行人歸不歸。」又如宋代詞人柴望〈摸魚兒〉：「何人折盡絲絲柳，此日送君南浦。」

唐代有贈別鄉思名曲〈折楊柳詞〉，李白〈春夜洛城聞笛〉：「誰家玉笛暗飛聲，散入春風滿洛城。此夜曲中聞折柳，何人不起故園情？」在外夜晚無眠的遊子，聽到贈別名曲，想必會流下兩行清淚吧！只是，柳樹可要抗議喊疼了，敦煌曲子詞有以柳樹為第一人稱的〈望江南〉：「莫攀我，攀我太心偏。我是曲江臨池柳，這人折了那人攀，恩愛一時間。」

夢中不識路，何以慰相思

名句的誕生

生平[1]少年日，分手易[2]前期[3]。及爾[4]同衰暮，非復[5]別離時。勿言一樽酒，明日難重持。夢中不識路，何以慰相思。

～南朝梁・沈約・別范安成

完全讀懂名句

1. 生平：同平生。
2. 易：輕易。
3. 前期：重會相逢之期。
4. 及爾：與你。
5. 非復：不再是。

語譯：回首生平少年時期，輕易與人分手相約未來。我與你如今共相衰老，不再能輕言別離。莫說眼前離別酒輕，明日恐難再對舉相酌。夢中尋你找不到路，如何慰藉相思之情！

文章背景小常識

這首〈別范安成〉詩作者沈約，是南朝重要的文學家。他曾經仕任宋、齊、梁三朝，因幫助梁武帝蕭衍登基有功，封為建昌縣侯，是當時南方文壇領袖。沈約與謝朓、王融共同創有「永明體詩」，講究聲律，注重對偶，是格律詩成形的奠基者，其針對詩體弊病所提出的「四聲八病說」，成為格律詩的基本要求，是中國詩歌史上畫時代之標的。

在沈約這首〈別范安成〉詩中，別離的對象是范岫。范岫與沈約是官場中的老朋友，他比沈約大一歲，一同經歷改朝換代。這一次分離兩人都已經五十多歲了，在古人的生命歷程來說皆已是衰暮之年。范岫這次將出任安成內史，所以沈約詩題稱他為范安成。古人稱呼對方，最常見的是以字號相表，此外尚有以官銜、郡望、行第、身分等。范岫這次遠行，是南齊末年政治不安定之際，因此兩人惜別之情，特為深切。

名句的故事

南朝沈約是中國文學史上的重要人物，也是唐代格律詩的祖師爺。這首〈別范安成〉文字古樸，詞義易解，然其中流露的豐富情意，感人至深。在這短短八句中，音韻和諧，對仗工整，呈現由古詩轉向格律詩的軌跡，其藝術價值向來受到重視。

沈約這次送別范岫，兩人都已年邁，回想過去少年輕離別，如今年歲已高，唯恐再無相會之期，所以心中惆悵感慨特別深。沈約運用的詞彙簡潔，卻將典故暗藏其中。他援引了後人附會假託蘇武送李陵的漢代古詩：「我有一樽酒，欲以贈遠人。願子留斟酌，敘此平生親。」

蘇武與李陵因為同處匈奴地，惺惺相惜，結為好友。當蘇武晚年得以返回漢土時，李陵寫下了三首詩贈給蘇武，蘇武便以此詩回贈李陵。不過根據考證，這段佳話軼事純屬虛構，但不論作者是誰，詩文所傳達的友情，令人動容。

本篇名句「夢中不識路，何以慰相思」，引用李善注《韓非子》中提到的故事。其言戰國時期，張敏與高惠兩人結交為友，情義至深，每每分別之後相思再三，但卻難以相見。張敏企圖透過做夢來找高惠，但每次夢中才走到一半，就迷路不知方向，只好轉身作罷，這樣反覆一共夢了三次。沈約便是以這個故事為本，加以揣摩改寫為「夢中不識路，何以慰相思」，較之原典更為細緻動人。

歷久彌新說名句

在中國詩歌對於友誼的描述中，最常出現的

情景便是送別，唐代詩人杜甫，與他一生非常崇拜的偶像李白就有類似的詩文。杜甫與李白結識，也曾一同遊歷，但相比之下，杜甫重視李白的程度遠較對方來得深刻。別離之後，即便歷經多年，李白瀟灑天仙般的姿態仍清晰留在杜甫的腦海中。

十三年之後，杜甫聽聞李白因長官叛亂而連坐入獄，對此感到憂心忡忡，夜不能寢，於是寫下〈夢李白〉，其言：「故人入我夢，明我長相憶。君今在羅網，何以有羽翼。恐非平生魂，路遠不可測。」

杜甫夢到身處囹圄的李白來看他，心知故人是因為了解他的掛念所以入夢，但念頭一轉，李白不是被關在牢裡，怎有辦法來呢？是日有所思夜有所夢，還是李白的魂魄真的遠渡千里而來呢？由此詩可以看出杜甫相當擔憂李白的安危，還好李白這次幸運地逃過一劫。

宋代著名的詞家晏幾道，在〈鷓鴣天〉中寫道：「從別後，憶相逢，幾回魂夢與君同。今宵賸把銀釭照，猶恐相逢是夢中。」（從別離之後，每每追憶相逢，幾回透過魂夢與君相見。今夜我把燈燭照了又照，還猶恐相逢是在夢裡。）晏幾道與其父晏殊都是宋代著名的詞人，晏殊官作得很大，讓兒子晏幾道從小過著優渥生活，在晏幾道身上便充分展現了貴公子溫柔多情的形象。

這闋詞的情境雖然雷同於沈約送別范岫、杜甫夢李白，但晏幾道寫的完全是戀愛相思之情，其內心糾結、反覆，與沈約、杜甫的不捨迥然不同，進入另一番有情天地。

採菊東籬下，悠然見南山

——詠史、詠物、詠山水篇

100

生時等榮樂，既沒同憂患

名句的誕生

功名不可為，忠義我所安[1]。秦穆先下世[2]，三臣皆自殘。生時等榮樂，既沒[3]同憂患。誰言捐軀易？殺身誠獨難。攬涕[4]登君墓，臨穴仰天歎。長夜何冥冥[5]？一往不復還。黃鳥為悲鳴，哀哉傷肺肝！

～三國魏・曹植・三良詩

完全讀懂名句

1. 安：安有、保有。
2. 下世：猶言去世。
3. 沒：通「歿」，死去。
4. 攬涕：揮淚。
5. 冥冥：昏暗不明的樣子。

語譯：功名是不能強求的，忠義則是我可以保有的。秦穆公過世時，三位臣子以身殉葬。活著時共享榮華，死去時也同當憂患。誰說捐軀容易啊？自我犧牲著實困難。揮著淚水登上君王的墳墓，面對著墓穴仰天長嘆。墓中長夜多麼昏暗，漫漫無盡頭啊。黃鳥發出了悲鳴的聲音，哀傷之情摧人心肝！

文章背景小常識

中國文學史的詠史傳統中，詠三良是其中重要的支脈。曹植筆下這首〈三良詩〉，以三良與秦穆公「生時等榮樂，既沒同憂患」的休戚關係為核心，環繞著三良殉節之掙扎，黃泉幽冥的情景，讓三良的形象為之鮮明，是歷來詠三良詩文中的佳作。

魏晉時期出現「情」的解放運動，解放被儒家教條壓抑的情感，詩人吟詠抒懷之作大增，詠史一類的詩歌遂屢而不絕。當時以三良為題的詠史詩不少，陶淵明、王粲等皆有作品留下，應與當時政治紛亂、戰爭頻繁有關。尤其對曹植來說，三良因主政者一句話決定生死，與曹植屢受兄長皇帝曹丕的迫害實有相近之處，故亦作詩為之慨然落涕。

名句的故事

三良是春秋時期秦穆公手下重要臣僚。春秋五霸之一的秦穆公，崛起於西壤，風土習慣皆與中土甚為不同，勇武善戰是當地固有民情風俗，春秋後期便以其武力稱霸天下。秦穆公麾下重用的幕僚有三位大臣，分別為子車氏三子奄息、仲行、鍼虎。

子車氏是秦國大夫，他三個兒子也在朝廷任職，能規勸秦王、安守節操，當時人讚美其為「三良」，秦穆公也相當依賴這三位臣僚。一次在酒酣耳熱之際，穆公與當場的群臣把酒歡言，要眾臣「生共此樂，死共此哀」。儘管只是一句虛實兼之的話，可以想見在場群臣畏於上位，不論願意與否定會欣表同赴苦樂。其中有三個人信以為真，他們就是三良子車奄息、子車仲行與子車鍼虎。這三位兄弟在秦穆公過世之後，毫不猶豫殉葬從死，不是沒有人勸他們，而是重信忠義對他們來說更為重要，時人也不禁為之嘆息落淚。

太史公司馬遷將這一段君臣事蹟翔實記載下來，他認為秦穆公雖然有擴張國家的功業，卻在為君王之蹟略有可議，原因即在於他死後「收其良臣而從死」，以殉葬不合人道的殘酷作法，逞一己之私欲，實要不得。

三良雖然自願壯烈成仁，但是否也囿於王權、輿論不得已而殺身殉節呢？這是曹植提出的質疑，故說道：「誰言捐軀易？殺身誠獨難。」曹植推想三良意志深處或許有著對生存的眷戀，所以臨死之際難免悵然淚流、仰天而嘆。曹植的沉吟合乎常理，但是否真的觸及三良內心，實難以得知。這就是歷史，真假虛實早已灰飛煙滅，後世難以探求，只能在心中烙印下三良殉節的忠烈情狀。

歷久彌新說名句

名句「生時等榮樂，既沒同憂患」，改寫自《史記．秦本紀．正義》引應劭《漢書注》的記載。故事內容大致相同，秦穆公於酒酣之際，對著群臣暢言：「生共此樂，死共此哀」，在座三良欣然允諾，願意從死。「生共此樂，死共此哀」的慷慨平常之語，被曹植吸收精華後，蛻變為「生時等榮樂，既沒同憂患」，益發地美文化，含義也更加深刻。

以三良為題的詠史詩，於魏晉時期特別流行，今日所見有王粲〈詠史詩〉、阮瑀〈詠史詩二首〉其二、陶淵明〈詠三良〉及曹植〈三良詩〉。這四首皆承繼詠史傳統，將關於秦穆公、三良的事蹟、殉葬時的哀婉，以及時人不捨而創作〈黃鳥〉的心情，無一遺漏地納入詩文。

不過其中也有些許差異，前兩首王粲與阮瑀的作品基本上沿襲《詩經．秦風．黃鳥》的精神，斥責秦穆公的殘暴不仁；後兩首，曹植與陶淵明的作品則偏向三良與秦穆公君臣之義，身殉知己的忠義行為。

若再細看，曹植與陶淵明作品亦略有差異。曹植於首句開宗明義闡述「功名不可為，忠義我所安」，三良為安於心、堅其志，捨功名而求忠義，然而「誰言捐軀易？殺身誠獨難」，可以看出面對生死大關，他們仍是有所惶惶、畏懼不安。

相對於曹植書寫的三良形象，陶淵明筆下的三良，意志似乎更加堅定，他們「臨穴罔惟疑，投義志攸希」，不僅是堅定地踏入墓穴，投身赴義亦無所遲疑。陶淵明所塑造的形象實是四首當中最為不同，最站在君臣相知相惜、知己的角度來看這件事，似乎多少與詩人自身功業不成的潛在反射有關，因此認為三良「得以」殉君，也是機會難得。

生爲百夫雄，死爲壯士規

名句的誕生

自古無殉死，達人[1]共所知。秦穆殺三良，惜哉空爾為[2]。結髮[3]事明君，受恩良不訾[4]。臨歿要之死，焉得不相隨？妻子當門泣，兄弟哭路垂。臨穴呼蒼天，涕下如綆縻[5]。人生各有志，終不為此移。同知埋身劇，心亦有所施[6]。生為百夫雄，死為壯士規[7]。黃鳥作悲詩，至今聲不虧。

～三國魏・王粲・詠史詩

完全讀懂名句

1. 達人：通達多識之人。
2. 空爾為：白白做了這件事，比喻事情不值得。
3. 結髮：古代男子成年後將頭髮束起。
4. 訾：ㄗˇ，zǐ，通貲，計量。
5. 綆縻：繩索。綆：ㄍㄥˇ，gěng，汲水用的繩子。縻：ㄇㄧˊ，mí，牽引牛用的繩子。
6. 施：音ㄧˋ，yì，延及。
7. 規：楷模、典範。

語譯：自古以來沒有殉葬之事，是賢達之人都知道的。然而秦穆公卻因此殺害三良，這是多麼不值得的事。三良從年輕就開始侍奉穆公，受到王公的恩惠也不可勝數。穆公臨終前要脅他們陪葬，三良哪敢不追隨？三良的妻子倚著房門哭泣，兄弟們也哭倒路旁。逼近墓穴痛哭呼喊上天，淚涕不斷流下。每個人都有自己堅守的志向，終究不會因為這些俗情干擾而改變。明知埋身土穴是多麼地痛苦，內心也同有深感。三良活著的時候是百中選一的英雄，死後也成為壯士們的典範。秦人所作的〈黃鳥〉詩篇，悲痛的聲響至今仍不停歇。

文章背景小常識

王粲這首〈詠史詩〉是「詠史」詩的代表。他根據史籍裡三良與秦穆公的故事，按照情節順序轉寫成詩，文中不僅表述主人翁事蹟，也吟詠揣測周遭人的心情，不論就文字或紀實而言，都屬成功之作。秦穆公與三良是春秋時候的人，關於他們的事蹟最早記錄於《詩經》、《左傳》，漢代太史公司馬遷根據兩書再加以文學化、英雄化，記載於《史記．秦本紀》，三良典故正式定型，為後人所知。

王粲〈詠史詩〉思緒摹本即援引〈秦本紀〉的原型，加以闡發，添入「妻子當門泣，兄弟哭路垂」，栩栩如生的親友悲痛與三良「同知埋身劇，心亦有所施」（曹植〈三良詩〉）的心情模擬，讓三良殉葬的故事更加扣人心弦。

名句的故事

事實上這次的殉葬事件，不僅子車氏的奄息、仲行、鍼虎三良罹難，其他陪葬者高達一百七十多人，足見此並非三良殉節的單一情事，而是舉國皆蒙受苦難的事件。如果說三良是懷著「生為百夫雄，死為壯士規」的心情壯烈成仁，那剩餘的一百多人究竟是抱著什麼感受赴難的呢？歷史大多只記錄大人物的事蹟，而難見下層百姓的心聲。

《詩經．秦風．黃鳥》是秦國人為哀悼三良與其他殉葬者的歌謠，其首章言：「交交黃鳥，止於棘。誰從穆公，子車奄息。維此奄息，百夫之特。臨其穴，揣揣其慄。彼蒼者天，殲我良人。如可贖兮，人百其身。」〈黃鳥〉共有三章，這是其中第一章，其詩多迴繞，每章詩只改其中幾個字，其餘皆重複不變。〈黃鳥〉後兩章只是將奄息的名字改為仲行、鍼虎，「百夫之特」改為「百夫之防」、「百夫之御」。

此詩以黃鳥處於荊棘來比喻三良危急的處境，他們天賦異稟有著百夫之雄的榜樣，卻因秦穆公一己之私，殲滅其生命，如果可以挽回，人們都願意以身代之。從這首〈黃鳥〉，不難看出當時秦國人對於三良殉節的不捨之情，也凸顯秦穆公此舉的荒唐與不仁。故王粲言：「生為百夫雄，死為壯士規。」所謂百夫即是援引〈黃鳥〉「百夫之特」一詞。

歷久彌新說名句

盤古開天以來，人類對於死亡有著未可名之的恐懼，企圖藉由巫師祝禱、宗教儀式等舒緩害怕心情，生者陪葬也是方法之一。從目前出土的考古發現生者陪葬的風俗在中國歷史上有鮮明的痕跡。經過現代科學檢驗，證實陪葬者通常都有明顯外傷，因外力而亡，他們的身分大多是奴隸，正處於壯年、童孩之際，因為統治者的亡逝被迫殉葬。

漢代王充在《論衡》中提到：「殺人以殉葬，以快生意。」認為殉葬可以讓死者加快復活。所以，王粲這句「自古無殉死」，實不可信。但王粲為何會說出這種話呢？以他的博學難道不曉得古代是否有殉葬之事嗎？王粲並非不知，早在《禮記》就曾記載一則關於殉葬的討論，話說陳乾昔病重時，特別囑咐其兄弟與兒子：「將來我若是死了，你要讓兩個奴婢來陪我。」等到陳乾昔過世之後，他的兒子認為「殉葬非禮也」，因此不打算履行父親遺言，後人稱讚他有「達人大觀」、過人識見。

王粲之所以寫下「自古無殉死，達人共所知」，重點應在後面的「達人共所知」，刻意用達人來嘲諷秦穆公昏庸無道。後代在儒墨兩家思想的規勸影響下，以活人殉葬的例子漸漸減少，取而代之的是以木偶、陶偶陪葬。

「生為百夫雄，死為壯士規」是對赴義英雄的最高讚揚。到唐代，陳子昂於一次送友人出塞的詩中亦云：「平生聞高義，書劍百夫雄。」用以稱讚友人善武勇猛的氣度。不論是百夫雄或壯士規，都是難得的壯舉，但往往也是悲劇英雄的命運。

世胄躡高位，英俊沉下僚

名句的誕生

鬱鬱[1]澗底松，離離[2]山上苗。以彼徑寸莖[3]，蔭此百尺條。世胄[4]躡[5]高位，英俊沉[6]下僚[7]。地勢使之然，由來非一朝。金張[8]籍[9]舊業，七葉[10]珥[11]漢貂[12]。馮公[13]豈不偉？白首不見招。

～西晉・左思・詠史・其二

完全讀懂名句

1. 鬱鬱：茂盛的樣子。
2. 離離：下垂的樣子。
3. 徑寸莖：直徑僅一寸的莖幹。此指「山上苗」。
4. 世胄：世族子弟。胄，卿大夫子弟。
5. 躡：登。
6. 沉：埋沒、淪落。
7. 下僚：職位低微的官吏。
8. 金張：指漢朝金日磾（音ㄉㄧ，dī）和張湯兩大家族。
9. 籍：通「藉」字，憑藉。
10. 七葉：七代。葉：世代、時期。
11. 珥：音ㄦˇ，ěr，插。
12. 漢貂：漢朝侍中、常侍在冠旁插上貂鼠尾作裝飾。
13. 馮公：馮唐，漢文帝時為中郎署長；武帝時舉賢良，馮唐已九十餘歲而不能復官。

語譯：山澗有棵松樹長得非常茂盛，山上有棵樹苗才剛剛初長成，以它區區一寸的莖幹，竟然遮蔭住百尺長的松樹。世家子弟（像樹苗）登上高位，英才俊傑卻做低層官吏。這是地勢如此，由來已久並非一天所能造成的！金日磾和張湯兩大家族，七代在漢朝做官；馮唐的才能難道不傑出嗎？到老還是不被重用。

文章背景小常識

左思，字太沖，西晉文學家。《晉書．左思傳》描述他「貌寢口訥，而辭藻壯麗」，意指他的長相醜陋，口才木訥，但其筆下的辭章文藻卻是雄偉華麗。

〈詠史〉八首堪稱左思詩歌的代表作，他藉由歌詠古人的事蹟，如堯帝時的賢士許由，戰國時的荊軻、魯仲連，西漢的賈誼、司馬相如、馮唐、揚雄等人，寄寓自己矢志效法先賢的心志懷抱，以諷刺當時不合理的門閥制度，導致多少像他一樣的寒門之士遭到埋沒，有志難伸。

左思的妹妹左棻是一位才女，擅長文章辭賦，晉武帝司馬炎慕其名，將其選入後宮為貴嬪。有了這層裙帶關係，左思的仕途理應更加平步青雲，何以還有懷才不遇的憤慨呢？

事實上，左棻雖貴為武帝的嬪妃，但她的容貌也和其兄長一樣醜陋，根本不獲武帝的寵愛，只有在武帝看到各地獻上的奇珍異寶時，才會詔她前來作賦頌之，以應場面，也因此左思僅在武帝時做過祕書郎的小官；等到惠帝即位之後便發生「八王之亂」，左思眼見司馬氏各諸侯自相殘殺，他還擇退居不仕，專心著述而終。

南朝詩評家鍾嶸，其《詩品》將左思置於「上品」，評其「文典以怨，頗為精切，得諷諭之致」，正因左思的詩作多援引史實典故，借古事以諷今，具有諷諫時弊的作用，故歷來皆予以極高的評價。

名句的故事

左思〈詠史．其二〉以「世胄躡高位，英俊沉下僚」之語，大力抨擊自魏、晉以來的門閥制度，使世族子弟不分智愚優劣，都可累世擁有特權，輕易登上高爵；至於出身寒門的傑出人士，縱使有心為國盡一己之力，永遠只能擔任微不足道的小官吏。

詩的一開頭，作者運用比興技巧，借自然地勢為喻，把處於卑下的鬱鬱松木比成才高志士，將位居山頭的幼小樹苗比為世族子弟。試想，從山澗聳立而上的蒼翠松木，高度長達百尺，如何被高踞在山上、直徑僅一寸的小樹苗給遮蔽住呢？

為了凸顯這種不平等現象由來已久，扼殺古今多少優秀的人才，左思還援引漢朝金日磾和張湯兩大顯赫世族，與一生屈居卑位的馮唐作對比。

金日磾本是匈奴休屠王太子，後被漢所擄，武帝命為馬監，因立下大功進拜車騎將軍，其七世子孫都源於先人的功業，得以在朝廷擔任內侍一職。張湯為武帝時期的御史大夫，其後代有十餘人被任命為侍中、中常侍。反觀賢士馮唐，只有在文帝時當過中郎署長的小官，直到武帝舉賢良時，馮唐已是九十餘歲的垂垂老人，早已無法再有什麼作為了！

前後相較，馮唐的際遇顯然相當不幸，但馮唐的才能有比「金張」兩世族的後人還要不如嗎？可見左思對歷來舉才只看家世背景的高下，而非視其真才實學的歪風，深感痛切不平。

歷久彌新說名句

西晉之初，大臣劉毅曾上疏晉武帝，認為自曹魏延續到晉朝的「九品中正」制度，已失去舉拔賢才的功能，儼然成為士族玩弄權力的工具。

《晉書．劉毅傳》記載劉毅對武帝上疏時言道：「今之中正，不精才實，務依黨利；不均稱尺，務隨愛憎。所欲與者，獲虛以成譽；所欲下者，吹毛以求疵。高下逐強弱，是非由愛憎。」意思是說，當時的九品中正，不在乎人的才學，只在乎個人的私利與愛憎，毫無公平準則；居上位者，想給誰上品的高官，隨意用個名目稱許對方即可，想給誰下品的階級，便對其表現吹毛求疵，如此利用地位的高下評判能力的強弱，是非對錯全憑個人的喜惡。

疏中劉毅更直指九品中正造成「上品無寒門，下品無勢族」的局面，是國家的亂源，他建議武帝必須將其廢除，再新創一種適當的選才制度；但武帝最終並沒有採納劉毅的建言，九品中正一直到了隋朝才被廢止，改以「科舉制度」考選人才。其中劉毅所言「勢族」，亦稱「士族」或「世族」，都是指魏、晉時享有特權的高官貴族。

清朝文人龔自珍也作過一首〈詠史〉詩，前四句為：「金粉東南十五州，萬重恩怨屬名流。牢盆狎客操全算，團扇才人踞上游。」詩中描寫魏晉南北朝時期，東南一帶的達官顯貴，他們手攬大權，卻不學無術，終日談玄說理、流連聲色，手上還得意洋洋地揮灑著團扇，故作風雅，最後終是誤國。

向來有「六朝金粉」之稱的東南一帶，曾是三國吳、東晉、南朝宋、齊、梁、陳六個朝代的活動所在，因都建都在建康（今南京市），史稱「六朝」，又當時崇尚一股靡麗奢華的風氣，滿朝紙醉金迷，故稱「金粉」。其中「牢盆」一詞，原是熬煮製鹽的器具，在古代鹽業屬於官營，可用來代稱達官貴人。

詩人同樣運用借古諷今的手法，藉由前人淫靡亂國的舊事，表達對清朝高踞上位者，只圖一己的享樂，完全不知替百姓謀福的不滿。

振衣千仞崗，濯足萬里流

名句的誕生

皓天舒[1]白日，靈景[2]耀神州[3]。列宅紫宮[4]裡，飛宇[5]若雲浮。峨峨[6]高門內，藹藹[7]皆王侯。自非攀龍客[8]，何為欻[9]來遊？被褐[10]出閶闔[11]，高步追許由[12]。振衣[13]千仞[14]崗，濯足[15]萬里流。

～西晉．左思．詠史．其五

完全讀懂名句

1. 舒：舒展。
2. 靈景：日光。
3. 神州：古代對中國的稱呼。
4. 紫宮：紫微宮。此指皇宮。
5. 飛宇：飛簷。古時屋簷像飛翔的鳥翼。
6. 峨峨：高聳的樣子。
7. 藹藹：盛大眾多的樣子。
8. 攀龍客：跟隨君主以求仕進的人。龍是古代帝王的象徵。
9. 欻：音ㄏㄨ，hū，忽然。
10. 被褐：穿粗布衣服，比喻貧賤的人。被：音ㄆㄧ，pī，通「披」字，加衣於身而不束帶。
11. 閶闔：指天門或皇宮的正門。
12. 許由：人名，古代賢士。相傳堯帝欲以天下讓之，許由不願接受，隱居箕山。
13. 振衣：抖落衣服上的塵土。比喻不希望清白之身，受到世俗的汙染。
14. 千仞：形容非常高。仞：古代計算長度的單位，八尺（一說七尺）為一仞。

15. 濯足：洗腳。比喻除去世間的塵埃，以保持高潔的品格。

語譯：明亮的太陽出現在天空，日光照耀著神州。皇宮裡一排排整齊的宮殿，飛簷像雲彩浮移。高聳的宮門內，住著眾多的王侯。既然不是有心謀取仕途的人，又為什麼要來這裡走動呢？我穿著粗布衣走出皇宮的正門，高步遠走，一心追隨賢士許由過隱居的生活。到高山上抖動我衣服上的灰塵，到綿長的河流中清洗我腳下的汙垢。

名句的故事

左思〈詠史．其五〉以「振衣千仞崗，濯足萬里流」一語，言其站在千丈高崗，抖落衣服上的塵埃，又涉足萬里溪流，洗淨腳下的汙穢，表明自己隱居遁世的決心，不願與朝中攀龍附鳳的小人為伍。後來人們也用「振衣濯足」比喻心志高潔的歸隱之士。

詩中先描繪京都洛陽景色的壯麗，宮殿的華美，侯門貴族也都聚集於此。其後筆鋒一轉，將自己與一般趨炎附勢的「攀龍客」畫分開來，認為朝政既為世族門閥壟斷，像他這樣出身卑微、又不願攀附權貴的寒士，空有崇高的理想，終是無法實現報國的願望，那又何必苦苦滯留呢？此乃詩人於京都等待一段時間之後，深覺不可能受到重用，在心灰意冷之餘，興起效法先賢隱士「不如歸去」的念頭。

最末「振衣千仞崗，濯足萬里流」兩句，表現其豪氣干雲，胸懷磊落，不與人同流合汙的勁拔形象，與詩的前半段著力宮廷權貴的描繪，正好形成強烈的對比。故明朝學者胡應麟，其《詩藪》評論左思〈詠史〉：「造語奇偉，創格新特，錯綜震盪，逸氣干雲，遂為古今絕唱。」予以相當程度的好評。

歷久彌新說名句

《孟子．離婁上》：「不仁者可與言哉？安其危而利其菑，樂其所以亡者。不仁而可與言，則何亡國敗家之有？有〈孺子歌〉曰：『滄浪之水清兮，可以濯我纓；滄浪之水濁兮，可以濯我足。』孔子曰：『小子聽之：清斯濯纓，濁斯濯足矣。自取之也。』」

孟子認為不仁之人，安於危險又樂在災害之中，所以跟這種人實在沒什麼好說，如果他們肯接受勸諫的話，怎麼會把天下國家給敗亡呢？其後又舉前人孔子聽到童謠〈孺子歌〉唱道：「滄浪的水若是清的，可以用來洗頭上的帽帶，滄浪的水若是濁的，可以用來洗腳下的汙垢。」孔子便以此童謠訓示門下弟子，所謂「清濁」之用，只在於自己如何取捨，不應受外物拘束限制。

《楚辭‧漁父》同樣也引用了這首〈孺子歌〉。在江邊捕魚的漁父，見到形貌枯槁的前楚大夫屈原，勸其與世推移，不必對外在的是非對錯過於執著，然而屈原回答漁父：「吾聞之，新沐者必彈冠，新浴者必振衣。安能以身之察察，受物之汶汶者乎？寧赴湘流，葬於江魚之腹中。安能以皓皓之白，而蒙世俗之塵埃乎？」

意思是說，剛洗好頭髮的人，一定會彈彈衣冠，剛洗好身體的人，一定會抖抖衣服，怎麼可以讓我潔白的身子受到汙染呢？寧可投身湘水，葬身魚腹之中，也要讓身子保持清白，不沾染任何的灰塵。漁父聽了屈原的話後莞爾而笑，口中唱著〈孺子歌〉鼓枻離開。其中「彈冠振衣」一語，意指剛洗淨的人，必會彈去衣帽上的灰塵，喻其清白之身，不容受到世俗的汙染。

唐人詩仙李白，其樂府詩〈沐浴子〉：「沐芳莫彈冠，浴蘭莫振衣。處世忌太潔，至人貴藏暉。滄浪有釣叟，吾與爾同歸。」李白所言「莫彈冠」、「莫振衣」的處世哲學，正好與屈原完全相反，他深深體會做人切忌太過潔白無瑕，才不致成為眾人嫉妒與攻擊的目標，招惹無窮的禍患。詩人希望學習江上與世無爭的釣叟，無論舉世是清或濁，都能抱持悠然之心，瀟灑自在地生活。

何世無奇才？遺之在草澤

名句的誕生

主父[1]宦不達，骨肉還相薄。買臣[2]困采樵，伉儷不安宅。陳平[3]無產業，歸來翳負郭[4]。長卿[5]還成都，壁立何寥廓[6]。四賢豈不偉，遺烈[7]光篇籍[8]。當其未遇時，憂在填溝壑[9]。英雄有屯邅[10]，由來自古昔。何世無奇才？遺之在草澤[11]。

～西晉・左思・詠史・其七

完全讀懂名句

1. 主父：指主父偃，漢武帝時擔任中大夫；早年困頓時，父母不認他是兒子，兄弟也都不肯收留。
2. 買臣：指朱買臣，漢武帝時擔任會稽太守，擊破東越，官拜主爵都尉。早年家貧以打柴為生，他的妻子覺得很羞恥，決定離他而去。
3. 陳平：人名，助漢高祖劉邦建立漢朝的功臣，惠帝時官拜丞相。年少時居住在負郭的巷子，以破席為門。
4. 翳負郭：以背靠城牆的房屋蔽身。翳：掩蔽。
5. 長卿：司馬相如的字，成都人，西漢辭賦家。司馬相如與臨邛富人卓王孫之女卓文君私奔，兩人返回成都時，家徒四壁。
6. 寥廓：冷清、空洞。
7. 遺烈：前人遺留的功業。
8. 篇籍：史籍、典籍。

9. 填溝壑：原指人死後無人將其屍體埋葬，而扔在山溝裡。後用來稱自己死亡的客氣語。

10. 屯邅：音ㄓㄨㄣ ㄓㄢ，zhūn zhān，處境險惡，前進困難。亦作「迍邅」。

11. 草澤：荒野、窮僻之地。亦指鄉野民間。

語譯：主父偃仕途不順時，甚至連親骨肉都輕視他。朱買臣窮到打柴為生，妻子羞於貧窮決心離他而去。陳平沒有任何的家產，以背靠城牆的房屋蔽身。司馬相如返回成都時，家裡空蕩蕩的只剩四面牆壁。這四位賢人難道不偉大嗎？他們遺留在人世的功業，光輝照亮史籍。可是當他們窮困的時候，憂心死後屍骨被扔到山溝或溪谷。自古英雄必會遭遇磨難，一直以來都是如此。哪一時代沒有傑出的人才呢？只是人才被遺棄在荒野之中。

名句的故事

左思〈詠史・其七〉以「何世無奇才？遺之在草澤」之語，發洩他對古今才智出眾的人卻慘遭埋沒的憤慨。詩中並援引古人早年窘困的事蹟，如西漢的主父偃、朱買臣、陳平和司馬相如等，像他們這四位賢士在尚未發達之前，生活貧困坎坷，甚至連周遭的至親好友都瞧不起，可是當他們功成名就之時，大家才發現原來他們具備卓越不凡的才幹。

作者刻意借古寓今，一方面感嘆自己同主父偃等人一樣懷才不遇，另一方面希望藉由前人曾遭逢的逆境以自勉；畢竟，綜觀古來英才志士，大抵都是經過一番考驗與磨難，方能淬鍊成就日後不朽之功業。這也正如《孟子・告子下》所言：「天將降大任於是人也，必先苦其心志，勞其筋骨，餓其體膚，空乏其身，行拂亂其所為；所以動心忍性，增益其所不能。」

意為上天要將重責大任加到這個人身上，一定先使他的心志受到磨練，筋骨受到勞累，身軀感到飢餓，身家窮困匱乏，使他的作為受到阻撓；用這樣來激勵他的心志，堅忍他的性情，增加他原本欠缺的才能。

出身寒微，仕途始終不得志的左思，在傾訴不平憤慨之餘，內心仍對官宦之路懷抱憧憬，期待自己有朝一日，得以從「草澤」振翅高飛，讓天下人看見他耀眼的政事「奇才」。

雖然，左思在政治上的抱負終是未能實現，但他在文學上所展露的傑出才華，亦足以使他名垂青史。

歷久彌新說名句

據《漢書．武帝紀》記載，漢武帝曾公開招賢，其言「蓋有非常之功，必待非常之人」，他命令各州郡吏留心「有茂才異等，可為將相及使絕國者」，希望選拔出深具不凡才能的人，擔任將軍、宰相或是出使他國等重要職務，建立非比尋常的功勳偉業。不過，武帝雖然求才若渴，但底下的臣子做事若不符合其心意，也會遭致殺身之禍。

《資治通鑑．漢紀．武帝元狩三年》記錄當時敢於直言上諫武帝的忠臣汲黯，對此向武帝發出抱怨之詞。汲黯認為好不容易才招來的賢士，還沒有好好發揮便被殺了，以天下有限的人才，哪裡追得上武帝無止盡的誅殺呢？武帝笑著回答汲黯說：「何世無才？患人不能識之耳！苟能識之，何患無才？夫所謂才者，猶有用之器也，有才而不肯盡用，與無才同，不殺何施！」

意思是說，哪一時代沒有人才？只怕人們沒有賞識的眼光罷了！如果能夠識才，哪怕找不到優秀的人才？人才如同有用的器物，有才能而不去充分施展，等同沒有才能，不殺他還留著做什麼呢？

武帝此話充滿一股不仁霸氣，視人命與一般器物無異，只是後人多取其「何世無才？患人不能識之耳」，把武帝當成一位識才、愛才的君主，卻忽略其後「不殺何施」這句可怕的話語，殊不知在武帝的一聲令下，含冤而死的賢人才士又有多少？

對於人才的舉拔與任用，歷來文人提出不同見解。東晉孫綽著有《孫子》十二卷（與春秋兵法家孫武《孫子》同一書名），其中有言：

「何世之無才？何才之無施？」孫綽認為人才在每一時代都有，只要真是人才，又何必擔心沒有施展長才的機會？

唐人詩聖杜甫〈古柏行〉最末兩句：「志士幽人莫怨嗟，古來材大難為用。」道出古來賢才志士不為所用的悲哀。韓愈散文名篇〈雜說〉云：「世有伯樂，然後有千里馬。千里馬常有，而伯樂不常有。」說明善於識才的人，遠比具有才能的人更為難得。北宋蘇軾在〈策別〉中寫道：「天下未嘗無才，患所以求才之道不至。」意指天下並不是沒有人才，只怕求才的管道不夠周全完備。

綜括以上各家之言，可知如何發掘人才，如何判斷此人為良才或駑鈍之才，以及如何善用人才，不讓人才有「不遇」之嘆，實是古來居上位者的一門大學問呢！

抽簪解朝衣，散髮歸海隅

名句的誕生

昔在西京[1]時，朝野多歡娛。藹藹[2]東都門[3]，群公祖[4]二疏[5]。朱軒曜[6]金城，供帳臨長衢[7]。達人知止足[8]，遺榮忽如無。抽簪解朝衣，散髮歸海隅。行人為隕涕，賢哉此丈夫。揮金樂當年，歲暮[9]不留儲。顧謂四坐[10]賓，多財為累愚。清風激萬代，名與天壤俱。咄[11]此蟬冕客[12]，君紳宜見書。

～西晉・張協・詠史詩

完全讀懂名句

1. 西京：西漢首都長安。
2. 藹藹：形容人群眾多的模樣。
3. 東都門：指長安東郭門。
4. 祖：祖餞、餞行。
5. 二疏：疏廣與其姪子疏受。
6. 曜：通「耀」，光耀、閃耀。
7. 長衢：長街、長道。
8. 止足：休止與滿足。
9. 歲暮：晚年。
10. 四坐：同「四座」。
11. 咄：嗟嘆聲。
12. 蟬冕客：漢代官員頭上的帽飾，代指高官。

語譯：過去西漢宣帝時期的長安，朝廷上下一片歡樂。人們聚集在東郭門下，達官貴人們為疏廣、疏受來餞行。朱漆的車輪閃耀金城，臨著長街擺置帷帳。通達的人知道休止與滿足，拋棄榮華毫不吝惜。拿下簪子脫下朝服，披散著頭髮到遠方。送行的人為之傷心落淚，賢明啊這兩位大夫。揮灑金錢樂說當年，晚年也不留積蓄給子孫。環顧著在座賓客，笑嘆錢財太多只是累贅。清風亮節激勵萬代，名聲可與天地相齊。嘆息著這兩位偉大高官，我們實應將其事蹟著錄下來。

文章背景小常識

西晉張協與文豪陸機、左思約同時代，他曾擔任黃門侍郎，但因個性與官場不合，後來託疾辭官，終身不仕，以吟詠詩賦自娛。張協與兄弟張載、張亢都是著名文士，善詩文，當時人以「三張」來稱呼他們。張協詩文多已亡佚，一直到明朝才有人收集輯成《張景陽集》。而《昭明文選》收入的〈詠史詩〉，是後人對張協詩文較為熟悉的作品之一。

《昭明文選》對所收錄詩文曾作分類，其中有「詠史」一類。何謂詠史？簡單來說，就是以歷史人物、事蹟、傳說為對象歌詠的詩文。張協〈詠史詩〉即是取西漢著名的二疏典故為題，歌頌讚詠。

名句的故事

張協這首〈詠史詩〉主要描寫西漢著名功成身退、不好名利的「二疏」，通篇脈絡皆沿《漢書．疏廣傳》而來。二疏也者，指疏廣與其姪子疏受。這兩位英雄人物不僅在西漢知名度高，後代人也頗熟悉。疏廣是西漢宣帝時候的人，他與姪子疏受同時在朝廷擔任高官，深受皇帝賞賜。但任官幾載之後，叔叔疏廣對疏受說：「吾聞『知足不辱，知止不殆』，『功遂身退，天之道』也。今仕官至二千石，宦成名立，如此不去，懼有後悔。豈如父子相隨出關，歸老故鄉，以壽命終，不亦善乎？」

疏廣本意在功成身退、知足不辱，官場畢竟風雲難測，能夠懂得見好就收、衣錦還鄉的能有多少？因此疏廣希望趁現在告老歸鄉，頤養天年。姪子疏受也同意叔叔的主張，因此兩人同時「抽簪解朝衣」，向宣帝表達辭官心願，宣帝幾番慰留不成，也只能贈送二疏一大筆賞賜，讓他們風光歸還故里。

二疏離開京城時，官員百姓夾道歡送，行人為之隕涕，皆嘆道：「賢哉二大夫。」疏廣、疏受的事蹟不限於此，他們回到家鄉後依然有著「豐功偉業」。話說兩人帶著大筆退休金返鄉後，購置了大片土地建設家園，並天天開酒席宴請鄉人、親友。如此的生活過了一年多，疏廣的子孫對其作風有些怨言，但又不敢對掌家大老疏廣直接講。他們拜託疏廣的老朋友幫忙勸誡，要疏廣將錢留下來多買些田宅。

疏廣一聽非常不以為然：「吾豈老悖不念子孫哉！顧自有就田廬，令子孫勤力其中，足以共衣食，與凡人齊。今赴增益之以為贏餘，但教子孫怠惰耳。賢而多財，則損其志；愚而多財，則益其過。」疏廣認為自己並非不顧子孫，而是該有的都有了，已提供他們遮風避雨的屋舍，只要他們努力耕種、讀書，是餓不死的；若給太多，反而只會讓他們心生怠惰之心。「賢而多財，則損其志；愚而多財，則益其過。」疏廣言之有理，與其給孩子魚吃，還不如教他如何捕魚。

歷久彌新說名句

在張協〈詠史詩〉中，意象突出於班固《漢書．疏廣傳》記載的，莫過於「抽簪解朝衣，散髮歸海隅」兩句，雖是詩人自我想像，讀來似乎平淡，但平淡中帶有棄絕人世的灑脫，不僅讓二疏辭官之舉更為栩栩如生，也讓張協這首〈詠史詩〉點亮龍睛，寫出獨到味道來。

張協以「抽簪」替代辭官，乃取用古人束簪比喻任官，抽簪則是將頭髮上的簪拔下，換句話說等於辭官。解朝衣也是相同的意思，朝衣是指上朝的正式官服，解朝衣即是換掉官服，穿上一般平民的服裝。東晉時期的思想家郭璞也有類似用法，他處於西晉滅亡，永嘉南渡的時代氛圍裡，面對當前百姓疾苦、北方淪陷的混亂現象，郭樸嘆道：「未若遺榮，必情丘壑。逍遙永年，抽簪收髮。」意思就是，不如卸下官服重擔，歸隱山林，逍遙度日。

此獨大王之風耳，庶人安得而共之

名句的誕生

有風颯然[1]而至，王乃披襟[2]而當[3]之，曰：「快哉此風！寡人所與庶人共者邪[4]？」宋玉對曰：「此獨大王之風耳，庶人安得[5]而共之。」

～戰國楚・宋玉・風賦

完全讀懂名句

1. 颯然：形容風聲。颯：ㄙㄚˋ，sa。
2. 披襟：敞開衣襟，袒露胸膛。
3. 當：音ㄉㄤˇ，dǎng，通「擋」，阻擋、迎向。
4. 邪：音ㄧㄝˊ，ye，通「耶」，疑問的語氣。
5. 安得：如何能夠，含有「不可得」的意思。

語譯：有風颯颯地吹來，楚襄王便敞開衣襟，迎著風說：「這陣風吹來多爽快啊！這是我與平民百姓共同享有的風嗎？」宋玉回答：「這是大王獨自享有的風罷了，一般人哪能與大王共享呢？」

文章背景小常識

宋玉是戰國後期的楚國人，同時也是著名的辭賦作家。王逸在《楚辭章句》中指出他是屈原的弟子，但關於他的生平，史傳上記載得相當簡略，只知道他生於屈原之後，與屈原並稱為「屈宋」。宋玉留下的作品，最早據《漢書・藝文志》載，共有十六篇。但這些作品真偽相雜，確信出於宋玉之手而無異議的只有〈九辯〉一篇，其他的作品，如《昭明文選》

中收錄幾篇著名的賦，也有人認為不是宋玉所作。

《昭明文選》將這篇〈風賦〉放在「物色」類當中。李善注曰：「四時所觀之物色而為之賦。」物色在此指的是景物或景色，描寫四時所見的景物，就是物色一類。又說風雖然沒有色彩，但是會發出聲音。李善引用《詩經》的注，說：「風行水上曰漪。」又《易經》說：「風行水上，渙。」李善認為，渙然即是大地的文章。因為風是這樣自然界煥發出來的文采，因此《昭明文選》將這篇〈風賦〉置於「物色」類。

名句的故事

宋玉幾篇有名的賦，都寫於與楚襄王出遊時。襄王與宋玉在雲夢臺遊賞，看見高處的雲氣變幻，想起先王楚懷王曾在此遇到一位「願薦枕席」的高唐神女；而後來襄王也同父親一樣，在夢中遇到了神女，有了一場雲雨之歡。宋玉因此以這兩件事為題材，分別寫了有名的〈高唐賦〉與〈神女賦〉。這次楚襄王在楚國的蘭臺宮遊賞風景，楚國的大夫宋玉與景差跟著隨侍在側。突然有陣風吹來，楚襄王有感於這陣風的清涼爽快，於是與宋玉展開一場對「風」的討論。

〈風賦〉描寫了風的起源，與經過的地方，其中「翱翔於激水之上」的「翱翔」二字，便是風的形象化，對於無色無味無狀的風，賦予清楚鮮明的形象，使讀者更能感受風的力量。

歷來詠物之作，詠風有名的作品也不少，如唐代詩人王勃便有一首〈詠風〉詩：「肅肅涼風生，加我林壑清。驅煙尋澗戶，卷霧出山楹。去來固無跡，動息如有情。日落山水靜，為君起松聲。」

這首詩著重在風的「有情」上，將風擬人化，以肅肅涼風吹散濁熱，使林壑清爽，並驅散山澗林間的煙雲霧靄，使詩人尋到山中的人家。就在讚嘆風的來去無跡之時，它又為人揚起了松濤之聲，在萬籟俱寂的山野間，彷彿驚喜。同樣也是唐代詩人的賀知章，也有「二月春風似剪刀」的名句，都是為風賦予形象的高妙手法。

歷久彌新說名句

宋神宗元豐二年（西元一〇七九年）八月，蘇軾因烏臺詩案被貶黃州，過了一年，張懷民也遭貶，來到了黃州。蘇、張兩人惺惺相惜，志趣相投，成為了好朋友。蘇軾有一篇〈記承天寺夜遊〉，寫的就是夜訪張懷民，兩人一同賞月，體會生活的情趣。

張懷民在黃州寓所臨長江處建造了一座亭，蘇軾為它命名為「快哉」；「快哉」一詞，即出自宋玉〈風賦〉中的「快哉此風」。至於弟弟蘇轍，則為這座亭子的建造及命名過程，寫了一篇〈黃州快哉亭記〉，文中對蘇軾為亭命名的出處作了解釋，同時更深入地發現了宋玉的諷諫。

「快哉」不一定要依靠外物，從內心出發的「快」，才是真正的舒適暢達。〈黃州快哉亭記〉說：「風無雄雌之異，而人有遇不遇之變。楚王之所以為樂，與庶人之所以為憂，此則人之變也，而風何與焉？」

蘇轍以為，風沒有雄雌，是人的「遇」與「不遇」造成了心中的樂憂；一切都是人心的變異，與風無干。文中又說：「士生於世，使其中不自得，將何往而非病？使其中坦然不以物傷性，將何適而非快？」人生在世，如果心中不能自我調適，那麼到何處去而不感覺到傷懷呢？如果心中坦蕩蕩，不因外物傷害自己的本性，那麼到何處去而不覺得快意呢？蘇轍這篇文章一方面讚揚張懷民的達觀，一方面安慰哥哥及懷民，同時也藉此自勉。只要心中安定，何風不快，何處不怡然自得？

夫風者，天地之氣，溥暢而至，不擇貴賤高下而加焉

名句的誕生

夫風者，天地之氣，溥[1]暢[2]而至，不擇貴賤高下[3]而加[4]焉。

～戰國楚・宋玉・風賦

完全讀懂名句

1. 溥：音ㄆㄨˇ，pǔ，廣大普遍的。
2. 暢：通達而沒有阻礙的。
3. 貴賤高下：身分地位有尊貴卑賤的差別。
4. 加：加諸身上。

語譯：風是一種天地間的氣流，廣大普遍、流通無阻吹送而來，不分人的貴賤高低，平均地吹拂著每一個人。

名句的故事

在〈風賦〉中，楚襄王問宋玉：「此刻吹拂到身上涼爽暢快的風，是我與全天下百姓所共有的嗎？」宋玉回答：「那是大王自己一人獨享的風，其他的平民怎麼可與大王共享呢？」

根據古籍，《河圖帝通紀》說風是天地的使者。《五經通義》說風沒有根，是陰陽之氣散逸所成。《莊子》有：「大塊噫氣，其名為風。」風是天地的吐氣；不發則已，一發則大地上所有的孔竅都會發出聲音。《管子》：「風，漂物者也；風之所漂，不避貴賤美惡。」風能使物體漂動，不分貴賤美惡，一視同仁。

襄王同《管子》有一樣的看法，因此他又問：「風不是廣大普遍而無礙地流動著，平均

吹拂在每個人身上嗎？說是我自己獨享，難道有什麼原因嗎？」宋玉回答：「因為風所起的環境條件不同，風的氣勢也就隨之不同。」他將風分為「大王之雄風」及「庶人之雌風」。雄風在宮廷間穿梭，猛烈而清涼，可使人耳聰目明，舒暢無比；雌風在陋巷之間揚起，不但混濁腐臭，還會令人生病，不死不活。

風怎麼會有香臭、清濁的分別呢？為什麼平民的風是卑惡污濁，君王的風就是強勁、威武出眾呢？蘇轍〈黃州快哉亭記〉點出：「(宋)玉之言，蓋有諷焉。」風的雌雄善惡，全是人心作祟；宋玉其實想提醒襄王，不要因為自身的富貴顯達，忘了身處窮困的黎民百姓。

歷久彌新說名句

《莊子．知北遊》中，東郭子問莊子：「道在何處？」莊子回答：「無所不在。」東郭子對這個答案不滿意，繼續追問。莊子說，道在螻蛄及螞蟻間。東郭子感到驚訝極了，道為什麼會在低下的地方呢？莊子又回答，道在稊稗、瓦甓，甚至在屎溺之間。最後東郭子不應。莊子所要表達的便是「無處不是道」，任何地方都能體會到它的存在；也如同風的「溥暢而至」，隨意便充滿於世間萬物之中。

然而宋玉卻在〈風賦〉中將風分雌雄，也畫分人的等級。蘇軾〈水調歌頭．黃州快哉亭贈張偓佺〉提到：「堪笑蘭臺公子，未解莊生天籟，剛道有雌雄。」又〈舶趠風〉詩：「欲作蘭臺快哉賦，卻嫌分別問雌雄。」蘭臺公子便是曾任蘭臺令的宋玉。顯然可見蘇軾同意莊子所說，風是自然發出、非人為的天籟之聲，對於宋玉將風分雌雄的說法感到不以為然。

蘇軾在〈前赤壁賦〉提出一種想法：大地間的萬物都有它的主人，不是該擁有的，就算一絲一毫也不能占有。其中「惟江上之清風，與山間之明月，耳得之而為聲，目遇之而成色。取之無盡，用之不竭。」蘇軾以為，這些是無窮盡的寶藏，因為造物者的無私，「不擇貴賤高下而加焉」，上至帝王將相，下至販夫走卒，人人都享有公平而均等的自然恩賜。

天地爲鑪兮，造化爲工；陰陽爲炭兮，萬物爲銅

名句的誕生

且夫天地為鑪[1]兮，造化[2]為工；陰陽[3]為炭兮，萬物為銅。合散消息[4]兮，安有常則。千變萬化兮，未始有極[5]。忽然為人兮，何足控摶[6]；化為異物[7]兮，又何足患。

～西漢・賈誼・鵩[8]鳥賦

完全讀懂名句

1. 鑪：通「爐」字，火爐，可供燃燒以盛火的器具。
2. 造化：化育萬物的大自然。
3. 陰陽：化生萬物的兩種元素，即陰氣、陽氣，也可稱是自然運作的力量。
4. 消息：生滅。消：滅；息：生。
5. 極：終極。
6. 控摶：此引申有貪戀之意。摶，音ㄊㄨㄢˊ，tuán，持有。
7. 異物：指人死之後所化成的東西。
8. 鵩：ㄈㄨˊ，fú，鳥名，外形似鴞。

語譯：天地是一個大熔爐啊，自然造化是一個大鐵匠；陰陽是炭火啊，萬物是炭火所鑄成的銅。萬物的聚散生滅，哪有一定的常理規律？千變萬化啊，沒有終極。偶然之間，生而為人，又有什麼好貪戀珍惜的呢？死了之後，化成其他的東西，又有什麼好擔心的呢？

文章背景小常識

〈鵩鳥賦〉作者是西漢政治家兼文學家賈誼，人稱「洛陽才子」，曾是漢文帝身邊的紅

人，力主改革政治弊端，削弱諸侯政權，卻因此遭來朝廷權貴的中傷，文帝逐漸失去對他的信任；其後被貶出朝廷，擔任「長沙王太傅」，此篇〈鵩鳥賦〉便是賈誼謫居長沙時所作。

〈鵩鳥賦〉採取主客問答的方式書寫，文中藉由一隻鵩鳥飛入室內，引發作者興起一股不祥預兆。古人一向將「野鳥入室」視為惡兆，原已心情低落的賈誼，見到此一情景，深感自己來日可能無多，於是假託鵩鳥的心意作賦，一方面傳達他對人事變化難以預測的感嘆，一方面闡述禍福相倚、成敗相隨的道理，表達人面對生死之事，理應抱持順其自然的態度，不必過於戀棧人間美好事物，語氣充滿道家隨遇而安、無為而為的思想。

事實上，賈誼並未真如自己的讖語，命喪他眼中那塊地處卑濕、不適人居的長沙，甚至還被朝廷召回擔任「梁懷王太傅」。只是，梁懷王發生墮馬而死的意外，賈誼對此相當自責，歸咎於自己沒有善盡太傅職責，不久便抑鬱以終，年僅三十三歲。英年早逝的賈誼，終究還是正中〈鵩鳥賦〉的預言，其人生壽命果然非常地短暫。

名句的故事

西漢才子賈誼在〈鵩鳥賦〉以「天地為鑪兮，造化為工；陰陽為炭兮，萬物為銅」之語，說明天地萬物變化莫測之理。此典故源出《莊子．大宗師》：「以天地為大鑪，以造化為大冶，惡乎往而不可哉！」其意為，把天地當成大熔爐，把造化當作人鐵匠，又有哪裡是不能去的呢！

莊子為證明萬物皆由造物者運作生成，文中並舉例說明，如果一個鐵匠在熔爐旁煉鐵時，爐子裡的鐵塊突然跳出來說：「我要做寶劍！我要做寶劍！」鐵匠一定會認為這是不吉祥的鐵；同樣的道理，人在偶然的機會下，從造物者那裡獲得人的形貌，便大聲嚷道：「我是人！我是人！」造物者也會認為這是不吉祥之人，很快地又不知將他變成何物。

莊子使用這段巧喻，強調自然造化的力量，任誰也無法掌控和預料，因為這股神奇的力量，想把萬物變成什麼東西，或是送往何處，誰都必須聽從其安排。

人稱「列子」的列禦寇，相傳是戰國時人，也是道家思想的代表人物之一。魏、晉時期，有人假借列子名義，彙集道家相關文獻編成《列子》一書。其中〈湯問篇〉裡記錄周穆王西遊，路上巧遇一名工匠，周穆王發現工匠製造的木偶，竟然與真人毫無差異，甚至在巧匠的控制下，還能做出千變萬化的動作。

周穆王嘆道：「人之巧，乃可與造化者同功乎？」意思是說，人工的神奇，怎麼可以和天然生成的一樣巧妙呢？穆王意在稱許這名工匠鬼斧神工的技藝，媲美造物者創造萬物的本事！後有「巧奪天工」一詞是相同的意思。

歷久彌新說名句

古人以冶煉鋼鐵的熔爐比喻「天地」，就是孕育萬物的場所，「造化」除指大自然外，也可視為造就萬物的力量；兩語前後相合之「天地造化」，指人自然孕育萬物的過程。

唐人詩聖杜甫，其五言古詩〈望嶽〉前四句：「岱宗大如何？齊魯青未了。造化鍾神秀，陰陽割昏曉。」意思是說，五嶽之首的泰山是怎樣的形勢呢？它和齊魯兩地相接，青色連綿不絕、一望無際。大自然在此積聚一切的神奇秀麗，山前與山後分割成黃昏與白晝。

此詩是正值壯年的杜甫，遊至山東齊魯時所作，前四句主要在歌詠泰山的雄偉神奇。其中「造化」指大自然，「陰陽」中的「陰」，指的是日光照不到泰山的那一面，「陽」指的是日光照得到泰山的那一面。「陰陽」向來是化育萬物的陰陽兩氣之代稱，作者在此將泰山前後天色的一昏一明，界分成「陰陽」兩面，用來形容泰山的巍峨高壯。

德人無累，知命不憂

名句的誕生

其生兮若浮，其死兮若休；澹[1]乎若深淵之靜，泛[2]乎若不繫之舟。不以生故自寶兮，養空[3]而浮；德人[4]無累，知命[5]不憂。細故蔕芥[6]，何足以疑。

～西漢·賈誼·鵩鳥賦

完全讀懂名句

1. 澹：安定。
2. 泛：浮遊。
3. 養空：涵養空虛的本性。
4. 德人：一般泛指有修養的人。但道家莊子所指的德人，為體悟天道、安然自得之人。
5. 知命：知天命。
6. 蔕芥：細小的梗塞物。蔕，音ㄉㄧˋ，dì，通「蒂」字。

語譯：活著好像寄託在人世，死去好像得到休息；心情安定，宛若沒有波瀾的深淵，生活猶如一條不受繫絆的小舟。不因為活著就寶貴自己的生命，涵養空虛本性，浮遊於世間。有修養的人，不受外物的牽累，洞悉天命，不會感到憂傷。所以像鵩鳥飛入室內這樣的小事，哪裡值得疑慮呢？

名句的故事

賈誼〈鵩鳥賦〉最末一段道出「德人無累，知命不憂」這番頗富哲理的話，主要是為了勸慰自己，不要在意鵩鳥飛入房舍這樣不吉祥的事，導致日子過得惶恐不安，內心若能保持安然自得的狀態，面對世俗外物，必能無所牽絆，不會覺得自己總是缺乏什麼，渴望多擁有什麼，如此又怎會在乎壽命是長還是短呢？

早在《莊子・天地》已清楚勾畫「德人」的行事風格，其言：「德人者，居無思，行無慮，不藏是非美惡。四海之內共利之之謂悅，共給之之為安。」意指德人居住時沒有任何意念，行動時沒有龐雜思慮，心中不存藏是非、好壞的標準；來自四面八方的人都能獲得利益，他就喜悅，人人皆能共享，他就安心。

一般人講到「德」，泛指德性、道德層面；但莊子筆下的「德」，指體悟天道自然運行之理，內心無所欠缺，心性安處自得，這種人就是所謂的「德人」！

《易經・繫辭》相傳是孔子所作，主要在闡釋《易經》卦辭之義理，其中有云：「樂天知命，故不憂。」在古人的心目中，「天」有至高無上的地位，人們深信，若能順應天意的變化，固守本分，安於處境，根本就不會心生煩憂。

又《論語・為政》中，孔子曾言：「吾十有五而志於學，三十而立，四十而不惑，五十而知天命，六十而耳順，七十而從心所欲不踰矩。」可見孔子一生致力學習，直到他五十歲時，始參透天地萬物自然的法則，後人也將五十歲稱作「知命之年」。

歷久彌新說名句

三國魏國文人曹植，其樂府詩〈箜篌引〉最末寫道：「盛時不可再，百年忽我遒。生存華屋處，零落歸山丘。先民誰不死，知命亦何憂？」此詩寫於東漢建安年間的一席酒宴上，當年意氣風發的曹植，貴為丞相之子，以其不凡的文學辭章，備受父親曹操的寵愛。

〈箜篌引〉流露曹植欲趁早建立一番功業的心願，認為盛年轉眼即過，一生很快就走到盡頭，縱使活著居住華屋，死後也得歸葬山丘，從來沒有人可以逃避死亡，懂得生死的道理後，對死又有什麼憂愁的呢？

「初唐四傑」之一的王勃，其散文名篇〈滕王閣序〉：「所賴君子安貧，達人知命，老當益壯，寧移白首之心；窮且益堅，不墜青雲之志。」王勃早年雖被封為神童，長大後的仕途卻一直不順，文中他舉出幾位時運不濟的名人，如西漢賢士馮唐到老都不得志，名將李廣驍勇善戰，一生也難以封侯。

其後話鋒一轉，想到歷來君子不是都安於貧困嗎？心胸闊達的人，不是都順應天命的安排嗎？像東漢馬援的老當益壯，頭髮白了也不改其志；殷人伯夷至死依然風骨高潔。經過反、正事例的相互對比，才稍稍寬慰王勃的沮喪情緒。可惜，在寫完〈滕王閣序〉後的兩個月，他不幸溺水而死，年僅二十六歲。

唐朝詩人白居易，其字「樂天」便是出自《易經．繫辭》之「樂天知命，故不憂」，其七言古詩〈病中詩．枕上作〉最末兩句：「若問樂天憂病否？樂天知命了無憂。」前面「樂天」指的是自己，後面「樂天」指的是樂觀的生活態度。白居易晚年專心修習佛、道之學，此詩寫於他六十八歲，當時他的健康每況愈下，身軀飽受病痛折磨，但詩人仍然抱持「樂天知命」無所憂愁，直到七十五歲才離開人世，在古代活到超過七十歲可是相當長壽的！

〈鵩鳥賦〉之「德人無累，知命不憂」前後兩句，皆源出先秦聖賢之言，「德人」一詞，日後也成為了悟自然生滅演變，對外物無欲無求之人的代稱，如宋朝文人黃庭堅詩〈贈別李次翁〉「德人天游，秋月寒江」，即以皎潔的秋月與寒冷清澈的江水，比喻有德之人內心的清淨明亮，無欲無求。

裁爲合歡扇，團團似明月

名句的誕生

新裂[1]齊紈素[2]，皎潔如霜雪。裁為合歡扇[3]，團團似明月。出入君懷袖，動搖微風發。常恐秋節至，涼飆[4]奪炎熱。棄捐[5]篋笥[6]中，恩情中道絕。

～西漢・班婕妤・怨歌行

完全讀懂名句

1. 裂：裁斷。
2. 齊紈素：出於齊國精細的白絹。
3. 合歡扇：扇面有對稱圖案，象徵男女相會歡樂的團扇。
4. 飆：大風。
5. 棄捐：丟棄。
6. 篋笥：在此泛指箱籠。篋：小箱；笥：方形竹簍。

語譯：新裁剪的齊國精細白絹，就好像霜雪那樣的潔白。將這布料做成合歡扇，圓圓的扇子就像天上的月亮一般。作為一個扇子，在您的懷中衣袖出入，只要輕輕搖動，就送上微風。最怕的是秋天的到來，涼爽的風取代了夏天的炎熱。到那時，只怕您會將我毫不留情地丟進箱子裡，恩情也從此畫上句號。

文章背景小常識

這首漢樂府詩，有人認為是出自西漢班婕妤之手，也有人認為是東漢時的文人所作。在樂府中屬「相和歌的楚調曲」，相和歌的特點是由歌者自擊節鼓，與伴奏的管弦樂器相應和，所以稱為「相和歌」。

名句的故事

班家在漢代是個赫赫有名的家族，西漢的班婕妤、東漢的班彪、班固、班超都是歷史上有名的人物。班婕妤的父親是班況，班況在漢武帝征討匈奴時，曾立下許多功勞。班婕妤在成帝時被選入後宮，受到寵幸，冊封為「婕妤」（嬪妃的官職名）。

據歷史記載，班婕妤不但貌美而且有才華、有德行。當漢成帝迷戀她時，天天想跟她膩在一起，便叫人訂作了可以同坐兩人的車輦，想跟她同輦出遊。班婕妤不敢奉命，她說：「賢聖之君皆有名臣在側，三代末主乃有嬖女。」也就是說，古代凡是英明的君主陪伴在身邊的都是名臣，只有夏桀、商紂、周幽王這種昏君身邊才是受寵的女人。

班婕妤這般識大體的行為，很得當時王太后的讚賞，王太后說：「古有樊姬，今有班婕妤。」樊姬是春秋時期楚莊王的妃子，楚莊王在未稱霸前，喜歡打獵，樊姬擔心楚莊王玩物喪志，苦苦相勸，後來甚至不進肉食，楚莊王終於被感動，改過自新。後來又在樊姬的幫助下，親賢臣、遠小人，成為春秋五霸之一。

但是後來漢成帝轉而寵幸趙飛燕姊妹，當時的許皇后在寢宮設置神壇，晨昏誦經禮拜，這件事被別人知道後，趙飛燕姊妹便跟成帝說，許皇后不但詛咒她們，也詛咒皇帝，漢成帝一怒之下，把許皇后廢居昭台宮。

趙飛燕姊妹還想趁此機會打擊班婕妤，班婕妤說：「生死有命，富貴在天。」她說鬼神如果有知，跟鬼神說一些讒言，他們怎麼會相信？如果鬼神無知，那向鬼神祈求又有什麼用處？這樣的事情，她不但不敢為，也不屑為。漢成帝覺得班婕妤說的有理，又念在過去的情分，不但沒怪罪她，還賞賜了她。

後來班婕妤為了不再與趙飛燕姊妹爭鬥，便自請到長信宮侍奉王太后，從此深宮寂寂、歲月悠悠，於是她寫下了這首〈怨歌行〉。最後，漢成帝崩逝後，王太后讓班婕妤守護陵園，班婕妤便這樣冷冷清清地度過她寂寞孤單的晚年。

歷久彌新說名句

南朝梁簡文帝有詩云：「秋風與白團，本自不相安。新人及故愛，意氣豈能寬。」再怎麼美麗的扇子，到了秋天，終究無用武之地，這首〈怨歌行〉就是成語「秋扇見捐」的由來。

唐代愛情小說的代表作《霍小玉傳》描述到，霍小玉在初識李益時，便說出心中的憂慮：「但慮一旦色衰，恩移情替，使女蘿無托，秋扇見捐。」女蘿是一種地衣類植物，多依附於松樹等。色衰愛弛，無依無靠，如秋天的扇子被棄之如敝屣，恐怕是古代女人心中普遍的恐懼。霍小玉自知長久幸福之不可期，只敢提出短暫相守的請求，沒想到連這樣卑微的心願也無法達成。

班婕妤貌、德、才兼具，卻仍落得「秋扇見捐」的命運，這樣的故事引起許多文人的詠歎，唐代詩人王昌齡作〈長信怨〉：「奉帚平明金殿開，暫將團扇共徘徊。玉顏不及寒鴉色，猶帶昭陽日影來。」清朝詩論家王士禎在《唐人萬首絕句選》中，選出四首作為唐人絕句的壓卷，這首就是其中之一。首句王昌齡化用了南朝梁代詩中的「奉帚長信宮，誰知獨不見」（柳惲〈獨不見〉）、「班姬失寵顏不開，奉帚供養長信臺」（吳均〈行路難〉之五），意思是班婕妤在長信宮每天清晨就要起身充作灑掃之役，只能與被棄的團扇為伴。

團扇原本是象徵圓滿、團圓的，現在卻成了一種反諷的意象。美麗的容顏還不如寒鴉，寒鴉尚能從昭陽殿的日色中飛過，自己卻只能在這漫漫深宮中度過。

唐玄宗時，楊玉環的受寵，「後宮佳麗三千人，三千寵愛在一身」，「春宵苦短日高起，從此君王不早朝」（白居易〈長恨歌〉），與每天「奉帚平明金殿開」的怨婦形成對比，王昌齡可能是藉漢代班婕妤之事，為深宮裡許許多多「秋扇見捐」的女子發出不平之鳴。

秋蜩不食，抱樸而長吟兮；玄猿悲嘯，搜索乎其間

名句的誕生

孤雌寡鶴娛優[1]乎其下兮，春禽群嬉翱翔乎其顛。秋蜩[2]不食，抱朴[3]而長吟兮；玄[4]猿悲嘯，搜索乎其間。處幽隱而奧屏[5]兮，密漠泊[6]以獑猭[7]。惟詳察其素體兮，宜清靜而弗諠。

～西漢・王褒・洞簫賦

完全讀懂名句

1. 娛優：娛樂遊戲。
2. 蜩：蟬。
3. 抱朴：清心寡欲。朴：同「樸」。
4. 玄：黑。
5. 奧屏：隱蔽。
6. 漠泊：茂密的樣子。
7. 獑猭：音ㄔㄣ ㄔㄨㄢˊ，chēn chuan，連續延綿。

語譯：孤單的雌鶴遊樂在竹林之下，成群的禽鳥嬉戲飛翔在竹林之上。秋蟬不思飲食，清心無欲且長鳴不已；黑猿悲傷吟嘯，搜尋在竹林之間。青竹隱藏在幽深僻遠的山區，在叢山密林的深處方能見到它的身影。仔細端詳它潔淨無瑕的軀幹，就可知道它是喜愛清閑而厭棄喧囂。

文章背景小常識

所謂「詠物賦」就是敷寫個別具體物件的賦體。舉凡自然景物如日月星辰、花木禽鳥，或各種人造物件如亭台樓閣、絲竹簫管均可寫入賦篇，文士以此物件為直觀的審美對象，而力

求「體物」、「狀物」，盡心刻畫其外貌形態，即為詠物賦。

詠物賦的表現手法，一種是以客觀的立場對物體加以描述，不加入作者的主觀情感，另一種則是以移情作用將主觀情志融入所吟詠的物體之中，藉以表達詠物寄意的效果。

早期的詠物賦如屈原〈橘賦〉、《荀子》的〈蠶〉、〈雲〉二賦，漢賈誼〈鵬鳥賦〉等均帶有詠物以寓意的性質。漢代詠物賦大量興起後，對物體本身的狀貌聲色或屬性特質的描述更加細膩，魏晉之際，詠物賦更是觸目皆是，惟至齊梁以降，詠物賦已為詠物詩所取代，詠物寄意的方式也逐漸演變為藉物抒情，唐宋是為詠物詩詞的全盛時期。

名句的故事

〈洞簫賦〉是一篇描寫洞簫的詠物賦。

全文首先從簫管的前身，即竹子的生長環境寫起，生動地描寫了江南山川對竹的孕育，承天地山川之精，秉陰陽雨露之氣，賦予竹特殊的氣質。第二段寫由於盲樂師演奏時的專注，使簫聲迸發強烈的情感。接續的主要部分便是對洞簫演奏時藝術效果的生動描繪，並將感官難以掌握的東西，使用具體的人倫事物，以多種譬喻方式表現出來，具有獨特之處。

本文所引是在描述竹林美景，有優遊的孤鶴、翱翔的春禽、秋蜩長吟、玄猿悲鳴，這些物群營造出靜謐清幽的意境，加以「處幽隱而奧屛、密漠泊以獭猭」，如此叢山密林幽深僻遠的生長環境，使竹擁有高超的特質。

句中孤鶴、春禽、秋蜩、玄猿生活在竹的四周，便是作者精心的安排。

一、孤鶴：鶴的羽毛素樸純潔，體態飄逸閑雅，在神話和藝術作品中向被譽為「仙鶴」，其鳴聲超凡不俗，《詩經．小雅．鶴鳴》就有「鶴鳴于九皋，聲聞于野」的描述。

二、春禽：禽鳥只有在大地春回的季節才會開始啼鳴，此處指春天的鳴禽。

三、秋蜩：指秋天出現的蟬。蟬聲響亮而高遠，潘岳〈河陽縣作〉中有詩句：「鳴蟬厲寒音，時菊耀秋華。」即描寫秋蟬的鳴叫。古人誤以為蟬是靠餐風飲露為生，所以蟬也被視為高潔的象徵。

四、玄猿：鳴聲甚哀，詩人常以之入詩。杜甫〈登高〉有「風急天高猿嘯哀，渚清沙白鳥飛回」之句，酈道元《水經注．三峽》引巴東民謠：「巴東三峽巫峽長，猿鳴三聲淚沾裳。」

作者在竹的周遭安排四種善鳴的動物，象徵它們的音聲情感，鎔鑄成竹「善於音」的先天特質；而鶴與蟬的高潔象徵，更以具體的外在事物，塑造竹超然如君子的形象。這樣精巧細密的描寫，表現作者敏銳的觀察和豐富的聯想，駢偶句的連用，讀之更覺清麗可喜。

〈洞簫賦〉為漢賦的重要作品，它以楚辭的調子寫成，辭藻華麗，筆觸細膩，文中使用大量的駢偶儷句，為開啟魏晉六朝駢體文學的先河。〈洞簫賦〉也是現存第一篇專門以樂器及音樂本身為敘寫對象的長篇賦作，具有開拓性的意義，對後世的詠物賦和描寫音樂題材的作品有一定的影響。

歷久彌新說名句

《漢書．王褒傳》記載：王褒生逢漢宣帝倡導文學之時，奉召入宮後，常與一批文學侍從之臣跟隨宣帝四處打獵，所到之處，宣帝便命眾臣創作詩賦，然後品評高下，分別予以賞賜。很多朝中大臣認為賦乃是「淫靡不急」之事，不贊同宣帝這種獎勵的做法。

然而宣帝認為，大賦和古詩同義，小賦綺麗可喜。就像女紅有豔麗的織物，音樂則有俗樂，世俗之人都以此來愉悅耳目。辭賦與之相比，還有仁義、諷喻的功用，可以多識鳥獸、草木之名，比沉溺於娼優、賭博之事好多了。

宣帝對以娛樂為旨歸的文學藝術給予必要的肯定，這對漢賦以後漸漸脫離堆砌辭藻，誇張美飾的大賦形式，應有相當的影響，尤其南北朝以後純文學的建立，唯美文學的發展，正是以此種觀點為開端。

在此期間，正逢太子身體欠安，經常神情恍

惚，善忘不樂。宣帝命王褒等人赴太子宮，朝夕誦讀奇文及所自作的詩賦，以陪侍太子。太子特別喜愛王褒所寫的〈洞簫賦〉，特命後宮貴人左右都要誦讀。可見此賦在當時已廣為流傳了。

漢代詠物賦蔚為大觀，王褒〈洞簫賦〉之外，有枚乘〈笙賦〉、劉玄〈簀賦〉、傅毅〈琴賦〉、馬融〈長笛賦〉等，但均不及王褒〈洞簫賦〉之雄肆生動。魏晉為詠物賦的全盛時期，其中被視為「詠物諸賦之冠」的，是嵇康〈琴賦〉。

嵇康在〈琴賦〉序中對於只是追求詞藻華麗，而「不解音聲」、「未盡其理」的音樂詩賦提出了抨擊。接著以其音樂才華，對琴的材料、起源、製作、曲目、彈琴技法等加以生動細膩的描繪，並「寄言以廣意」，提出他對玄學意境的嚮往和追求。

文末說：「心懷悲戚的人聽了〈琴音〉，莫不慘悽哀傷不能自已；快樂的人聽了，則歡喜跳躍噱然而笑；心性平和的人聽了，可以養愉悅之志和無為之道，擗棄俗事於一時。」他認為音樂本身是自然之和，所謂悲喜主要在於聆聽音樂者的心境，正是他「聲無哀樂論」思想的印證。

王褒與嵇康都是妙解音律之人，所以他們的音樂賦作，特別能將音樂中美的意境具體呈現，足以感動人心，這是其他賦作家所難以企及的。

行無轍迹，居無室廬，幕天席地，縱意所如

名句的誕生

有大人先生[1]，以天地為一朝，萬期[2]為須臾，日月為扃牖[3]，八荒為庭衢[4]。行無轍迹[5]，居無室廬，幕天席地，縱意所如。止則操卮執觚[6]，動則挈榼提壺[7]，唯酒是務，焉知其餘？

～西晉・劉伶・酒德頌

完全讀懂名句

1. 大人先生：泛指有學識、道德的前輩。此為作者劉伶自喻。
2. 期：周年。
3. 扃牖：音ㄐㄩㄥ ㄧㄡˇ，jūng yǒu，門窗。
4. 庭衢：庭院和走道。衢：音ㄑㄩˊ，qú，四通八達的大路。
5. 轍迹：車輪輾過所留下的痕跡，可引申留下的痕跡。迹：通「跡」字。
6. 操卮執觚：手裡提著酒器。卮：音ㄓ，zhī，古代盛酒的器具。觚：音ㄍㄨ，gū，古代盛酒的器具。
7. 挈榼提壺：手提著酒器和酒壺，形容人酷愛飲酒。挈：音ㄑㄧㄝˋ，qiè，提。榼：音ㄎㄜˋ，kè，有蓋的酒器。

語譯：有一位大人先生，把開天闢地以來當作一日，把萬年當成一剎那，把日月視為門窗，把天下看成庭院和大道。他的來去行蹤沒有痕跡，居住沒有一定的處所，以天作為帳幕，以地作為墊席，一切任隨他的心意。無論靜止或行動的時候，手上一直提著酒壺，只有喝酒是他的事務，哪裡知道其他的事呢？

文章背景小常識

劉伶為「竹林七賢」之一，字伯倫。三國魏時擔任建威參軍，魏亡後被晉武帝司馬炎召為對策，因力主道家無為而治的理念遭到罷免。

劉伶的心志曠放，鄙夷當時的士紳名流，表面總是道貌岸然地述說禮教之義，背地裡做的卻是極盡虛偽醜陋之事，於是便縱意嗜酒，終日放情狂飲，少與人往來。

《晉書．劉伶傳》描述有：「陶兀昏放，而機應不差，未嘗厝（措）意文翰。」意指他喝醉後常自得其樂，但對事情的應變能力並不差，只是沒有把心思花在創作上，故其生平留下的作品很少，除了這篇〈酒德頌〉之外，僅存詩〈北芒客舍〉一首。

「酒德」指飲酒的德性，「頌」是一種文體名，以讚美表揚為主要內容，顧名思義〈酒德頌〉乃作者對飲酒的一篇讚美文。全文描寫一位嗜酒如命的「大人先生」，其放縱任性的行為，遭來社會上流階層的「貴介公子」、「搢紳處士」非議與怒斥，這些人還氣沖沖地跑來向「大人先生」陳說禮法，對其曉以大義。但「大人先生」對他們的話充耳不聞，甚至無視於他們的存在，只顧著喝酒一事，醉倒了便睡，睡醒了又喝，過著無憂無慮、逍遙寫意的人生。

文中的「大人先生」，其實就是一生縱酒狂放，從不在意別人眼光的劉伶，用來比喻自己的代稱。

名句的故事

劉伶〈酒德頌〉以「行無轍迹，居無室廬，幕天席地，縱意所如」，形容自己來去不拘行跡，居住沒有一定的處所，天地便是他的家，縱使宇宙雖大，在他看來也不過爾爾。足見劉伶開闊高曠的胸襟，特立獨行的舉止，與魏、晉時期名流雅士的作風迥異。

《世說新語．任誕》記錄一則有關劉伶的趣事。話說總是喝得爛醉的劉伶，在家裡經常脫掉全身衣服，裸露著身體，有人看到後就譏笑他。劉伶聽了也不生氣，還反問對方說：「我以天地為棟宇，屋室為褌衣，諸君何為入我褌中？」意思是說，我把天地當作房屋，把房屋當成衣服和褲子，你們為何要鑽進我的褲子裡來呢？

劉伶的這番巧喻，不但反脣相譏那些嘲笑他的人，也展露其崇尚自然、視天地與萬物無異的道家思維，正與他在〈酒德頌〉所言「幕天席地，縱意所如」的精神一致。

據《晉書．劉伶傳》記載，劉伶嗜酒的瘋狂程度，連他的妻子都受不了，她曾經氣得把家裡的酒灑掉，酒器也全部拋毀，哭著勸劉伶為了身體健康著想，一定要戒酒才行。劉伶也覺得妻子的話很有道理，但他實在無法控制酒癮，所以決定在神明面前發誓，昭示他戒酒的決心。

妻子以為劉伶真有悔意，趕忙去準備酒肉祭品，然後請劉伶到神前上香禱告；豈知劉伶一跪下便對神明說道：「天生劉伶，以酒為名，一飲一斛，五斗解酲，婦人之言，慎不可聽。」自謂天生以酒為名，一次要喝上一斛，也就是喝了五斗才能解除酒病，他希望神明千萬不要聽信婦道人家的話。說完又拿起供桌上的酒豪飲如初，飲罷又醉倒不支。這也是成語「五斗解酲」、「劉伶病酒」的典故由來。

歷久彌新說名句

歷史上以縱酒而聞名的劉伶，其〈酒德頌〉之「行無轍迹」一語，源出《老子．第二十七章》：「善行無轍迹，善言無瑕讁，善數不用籌策，善閉無關楗而不可開，善結無繩約而不可解。」意思是：善於行走的不會留下痕跡，善於說話的沒有任何瑕疵，善於計算的不必使用籌碼，善於關閉的不用鎖住也開不了，善於捆綁的不需繩子也解不開。

老子認為真正善於在某一領域有作為的，都是出自其無所用心之故，在順其自然、沒有執著心念的情況下，反而意外地成就其「善」，表面看似無為，實際上卻是大有所為。老子所言「行無轍迹」便被後人劉伶取來形容〈酒德頌〉裡那位行蹤不受外物拘束、身心無所罣礙的「大人先生」。

劉伶的好友，同為「竹林七賢」之一的阮籍，也寫過一篇〈大人先生傳〉，文中寫道：「細行不足以為毀，聖賢不足以為譽，變化移易，與神明扶。廓無外以為宅，周宇宙以為廬。」阮籍筆下的大人先生，細小枝節都不足以毀謗，聖賢之名也不足以稱譽，精神隨著自然變化而推移，依循天上神明的行為而處事，把廣闊無邊的宇宙當成他的住家。

阮籍所指「大人先生」為三國著名隱士孫登，相傳阮籍曾登上河南蘇門山求教孫登，返家後即寫下〈大人先生傳〉，以表對當時這位得道高人的仰慕敬意。

「幕天席地」除可比喻胸襟開闊、行跡不拘之外，還可指沒有帳幕、房屋作為遮蔽的露天活動。如元曲大家馬致遠，其雜劇《陳摶高臥》一段唱道：「貧道呵！愛穿的蔀落衣，愛吃的藜藿食，睡時節幕天席地，黑嘍嘍鼻息如雷，二三年喚不起。」

陳摶是五代末、北宋初的隱士奇人，深得宋太祖的敬重。太祖一直希望延攬陳摶在朝為官，可是陳摶只想過著粗衣淡食的生活，就算露天而睡也可讓他鼾聲如雷，兩三年都叫喚不醒，何苦為了官爵祿位，增添無謂的煩憂呢！最後，陳摶仍執意隱居修行，不願出仕。後來的雜劇家馬致遠，便依其生平事蹟編寫成《陳摶高臥》這齣精采好戲。

靜聽不聞雷霆之聲，孰視不覩泰山之形

名句的誕生

有貴介[1]公子，搢紳[2]處士，聞吾風聲，議其所以。乃奮袂攘襟，怒目切齒，陳說禮法，是非鋒起。先生[3]於是方捧罌承槽[4]，銜杯漱醪[5]，奮髯[6]踑踞[7]，枕麴[8]藉糟，無思無慮，其樂陶陶。兀然[9]而醉，豁爾而醒，靜聽不聞雷霆之聲，孰視不覩泰山之形，不覺寒暑之切肌，利欲之感情。俯觀萬物，擾擾焉如江漢之載浮萍，二豪[10]侍側，焉如蜾蠃[11]之與螟蛉[12]。

～西晉・劉伶・酒德頌

完全讀懂名句

1. 貴介：顯貴的人。
2. 搢紳：做官的人。古時官吏插笏版於紳帶間，故稱搢紳。搢，音ㄐㄧㄣˋ，jìn，插。
3. 先生：即大人先生。此為作者劉伶自喻。
4. 捧罌承槽：手提盛酒的瓦器在酒槽接酒。罌，音ㄧㄥ，yīng，盛水酒的瓦器。
5. 銜杯漱醪：口銜酒杯，含飲濁酒。醪，音ㄌㄠˊ，láo，混含渣滓的濁酒。
6. 奮髯：擺動著鬍子。髯，音ㄖㄢˊ，rán，兩頰上的鬍鬚。
7. 踑踞：音ㄑㄧˊ ㄐㄩˋ，qí jù，臀部著地，伸開兩隻腳，雙膝弓起坐著。這種坐勢帶有倨傲不恭、旁若無人之意。
8. 麴：音ㄑㄩˊ，qú，把麥子或白米蒸過，使它發酵後再曬乾，可用來釀酒。
9. 兀然：渾然無知的樣子。兀，音ㄨˋ，

wu。

10. 二豪：此指貴介公子與搢紳處士。

11. 蜾蠃：音ㄍㄨㄛˇ ㄌㄨㄛˇ，guǒ luǒ，一種昆蟲，體形似蜂，色青黑，腰細，用泥土在樹枝上築巢。

12. 螟蛉：音ㄇㄧㄥˊ ㄌㄧㄥˊ，míng líng，一種害蟲；蜾蠃常捕捉螟蛉來飼養其幼蟲，古人誤以為蜾蠃養螟蛉為己子。此借蜾蠃、螟蛉比喻二豪。

語譯：有顯貴公子、士大夫聽聞我（即大人先生）的消息，開始議論紛紛，於是捲起袖子，撩起衣袍，怒目相視，咬牙切齒，不斷陳述禮義法制，各種指責就像刀鋒一樣銳利。這時大人先生手提酒壺在酒槽接酒，口裡含著酒杯飲濁酒，擺動鬍鬚，枕著酒麴、墊著酒槽，腦中沒有任何思慮，心情快樂不已。一下子醉到沒有知覺，一下子又豁然酒醒，就算有隆隆的雷聲也充耳不聞，巍巍的泰山也視而不見，肌膚沒有寒冷酷熱的感覺，功名欲望不能打動心房。俯視世間萬物，紛亂得好像江漢上承載的浮萍，陪伴在大人先生身旁的顯貴公子、士大夫，如同蜾蠃、螟蛉似的小蟲。

名句的故事

劉伶在〈酒德頌〉以「靜聽不聞雷霆之聲，孰視不覩泰山之形」，比喻大人先生對於貴介公子、搢紳處士在一旁陳述禮教義理時，他的耳朵雖然聽著，眼睛雖然看著，但因心神不在此，即使那些人偌大的身軀挺立眼前，話又說得震耳欲聾，但大人先生彷彿無視於他們的存在。這也表示大人先生的修行，已超乎一般常人之境，面對蜂擁而來的紛擾與責難，他完全不受任何的干擾。

劉伶深受老、莊思想的薰陶，一生崇尚自然無為，其「不聞」、「不覩」之說，早在《老子．第十四章》便已出現，其云：「視之不見，名曰夷；聽之不聞，名曰希；搏之不得，名曰微。此三者不可致詰，故混而為一。」意指看著它卻什麼都看不見，聽著它卻什麼都聽不到，摸著它卻什麼也摸不著，人們無法窮究這三種似有若無的恍惚感覺，只好說它是混然一體。

老子此章以「視之不見」、「聽之不聞」、「搏之不得」，形容「道」體的若隱若現，難以捉摸，讓人無法清楚表述其外觀、聲音與觸感究竟為何？

兩人雖同樣談論「視之不見」、「聽之不聞」的境界，但不同的是，劉伶以此強調自己不關注、也不在乎外界的言語行為，以及世俗制訂的禮教規範，依然順應本心過他的快活日子；老子則是藉此描述「道」的深邃神妙，感覺虛無縹緲，卻又如實存在，沒有任何言語可以具體形容！

歷久彌新說名句

〈酒德頌〉中「靜聽不聞雷霆之聲」之「雷霆」，意指洪大而急發的雷聲，也可用來比喻聲威或怒氣，如「雷霆萬鈞」、「雷霆之怒」等語。又其後一句「熟視不覩泰山之形」之「泰山」，為中國五嶽之首，位在山東省，別稱「岱宗」、「岱嶽」、「太山」等，後人常借泰山的高聳挺拔，比喻行事穩重、力量強大，或代稱地位不凡的權貴人物，如「穩如泰山」、「泰山壓卵」、「有眼不識泰山」、「死有重於泰山，輕於鴻毛」等語。

《三國志．吳書．陸遜傳》記載一段史事。曾殺袁紹之子而被曹操封侯的遼東太守公孫康，其子公孫淵長大後，從叔父公孫恭手中奪權繼位，對魏國逐漸萌生反意，想找吳國密商共同抗魏之事，於是吳主孫權派遣使者到遼東，欲封公孫淵為燕王。可是等吳國使者一到，公孫淵卻又臨陣退縮，他害怕引發魏國的攻擊，決定斬殺吳國使者，並把吳使的首級送交魏主曹叡，以示忠誠。

當孫權得知公孫淵背盟，憤怒不已，準備出兵征討。當時吳國底下有一熟讀兵法的大將陸遜（即西晉文學家陸機的祖父），急忙上書勸諫孫權不宜出兵，其言：「今不忍小忿，而發雷霆之怒，違垂堂之戒，輕萬乘之重，此臣之所惑也。」

陸遜認為公孫淵的行為固然可恨，但吳國若在盛怒之下，為了這點小事便出兵蠻荒的遼東之地，全然忘記四周強敵正在蠢蠢欲動，如此輕率之舉，實犯了兵家大忌，也令人感到相當疑惑。孫權聽了陸遜的勸阻，才取消出兵遼東的念頭。

陸遜在其上書中以「雷霆之怒」比喻極度的憤怒，有一成語「大發雷霆」也是由此演變而來，形容發極大的脾氣或大聲責罵的樣子。

大約在東周春秋戰國之際，相傳楚國有一隱士，常居深山，喜以鶡（音ㄏㄜˊ，hé）鳥羽為冠，人稱其鶡冠子，其著作也命名為《鶡冠子》，內容以老子道家之說為主，其中又摻雜法家刑名之說。在《鶡冠子．天則》中寫道：「夫耳之主聽，目之主明。一葉蔽目，不見太山（即泰山）；兩豆塞耳，不聞雷霆。」意指耳朵主聽覺，眼睛主視覺，但眼睛若被一片樹葉遮住，就看不見泰山的高大，若被兩顆豆子塞住耳朵，就聽不見如雷的聲響。

鶡冠子借「一葉」、「兩豆」遮蔽耳目之喻，形容人被局部或暫時的現象所迷惑，以致於無法認清全局或看見問題的根本，如同泰山聳立在眼前，雷霆巨響在耳旁，人們還是沒有辦法看見或聽見的。

美人邁兮音塵闕，隔千里兮共明月

名句的誕生

歌曰：美人[1]邁[2]兮音塵闕[3]，隔千里兮共明月。臨風歎兮將焉歇，川路[4]長兮不可越。歌響未終，餘景[5]就畢。滿堂變容，迴遑如失。又稱歌曰：月既沒兮露欲晞[6]，歲方晏[7]兮無與歸。佳期可以還，微霜霑人衣！陳王[8]曰：「善。」迺命執事，獻壽羞璧[9]。敬佩[10]玉音[11]，復之無斁[12]。

～南朝宋・謝莊・月賦

完全讀懂名句

1. 美人：美好的人。此指曹植懷念剛剛去世的應瑒、劉楨。
2. 邁：遙遠。
3. 音塵闕：音訊隔絕。闕，音ㄑㄩㄝ，què，通「缺」字。
4. 川路：水上和陸地的路程。
5. 景：通「影」字，指月影。
6. 晞：乾。
7. 歲方晏：年歲將晚。
8. 陳王：諸侯的封號。此指曹植。
9. 獻壽羞璧：進獻玉璧作為禮品。
10. 佩：牢記。
11. 玉音：美好的言辭。
12. 斁：音ㄧˋ，yì，厭倦。

語譯：王粲唱著：「美好的人多麼遙遠啊！音訊斷絕，彼此相隔千里，共對明月。臨風嘆息，怎麼能夠停止！川河水深、路途遙遠，無法超越。歌聲還未退去，月影已將要隱沒。」

滿堂賓客都面容憂傷，惶惶然好像失去什麼一樣。王粲又接著唱著：「月已隱沒，露水將乾，歲時將暮，沒有人和我一同歸去。佳人可以回來了，微微的秋霜，已沾濕人的衣服。」陳王曹植聽完之後說：「好啊！」遂命令侍從，進獻玉璧作為王粲的禮物。陳王說他將牢記王粲的美言，時常反覆吟誦，永遠不會厭倦。

文章背景小常識

〈月賦〉作者謝莊，字希逸，是南朝宋時的文人，深受宋孝武帝劉駿的重用，擔任吏部尚書，宋明帝時官拜金紫光祿大夫，享年四十六。相傳謝莊聰明早慧，七歲已寫得一手好文章，年紀輕輕的他，文名遠播北魏。

〈月賦〉中雖多用典故，但文字清新自然，堪稱南朝詠物寫景的代表作。文中作者假託歷史人物曹植，言其極思念已故友人應瑒、劉楨，於是延請文思敏捷的王粲作賦，以解其思念亡友之苦。

話說東漢獻帝建安年間，曹操擔任丞相，其子曹丕、曹植經常與「建安七子」一起切磋文學，當時感情相當友好。謝莊便是基於這樣的歷史背景寫下〈月賦〉，其中曹植貴為王侯，王粲、應瑒和劉楨三人皆屬「建安七子」的成員。〈月賦〉藉由陳王曹植在秋月下吟詩，懷想故友拉開賦之序幕。其後寫王粲接到陳王曹植之旨，隨即作出一篇情文並茂的美辭，深深打動曹植的心扉。最末曹植命令侍從，饋贈王粲璧玉，作為請其寫賦的謝禮。

名句的故事

南朝宋人謝莊〈月賦〉雖名為詠月之賦，然其內容主在抒發月夜之情，可說是一篇藉物抒情、情景交融的駢體文。其中「美人邁兮音塵闕，隔千里兮共明月」，意指與好友天人永隔，音訊斷絕，只能各在天上人間，共望一輪明月，想念對方。

自戰國楚大夫屈原，在《楚辭．九歌》以「望美人兮未來」比喻賢明的臣子，等待君王回心轉意，不再被身邊小人所迷惑，「美人」一詞便具有象徵君王或思慕之人的意義。謝莊〈月賦〉中的「美人」，是指曹植思念的故友應瑒、劉楨兩人，意在稱許他們兩人美好的品德，猶如容貌美麗的女子般。

在〈月賦〉首段中，作者提到愁眉不展的曹植漫步庭園，口中不止地「沉吟〈齊〉章，殷勤〈陳〉篇」，其所低吟的〈齊〉章，正是《詩經．齊風．東方之日》末章：「東方之月兮，彼姝者子，在我闥兮。在我闥兮，履我發兮。」意為美麗的女子，有如東方的月亮啊！在我的門內。在我的門內，踩著我席子啊！

又其所殷勤反覆的〈陳〉篇，即是《詩經．陳風．月出》首章：「月出皎兮，佼人僚兮。舒窈糾兮，勞心悄兮。」意為月亮出來多麼明亮啊！月下的人兒多麼漂亮啊！舉止從容，姿態多麼輕柔美妙啊！想得我心裡好憂愁啊！此乃〈月賦〉作者謝莊，刻意借前人曹植之口，吟誦《詩經》中有關月亮的詩篇，以深化月與人之間，一份亙古流傳的微妙情愫。

歷久彌新說名句

雖知天下無不散的筵席，但不管是生離或是死別，還是不免讓人心生惆悵，此時高掛在天上的一輪明月，成了世人情感的寄託，也因此留下許多「見月懷人」的佳作名篇。

唐朝詩人王昌齡〈同從弟南齋翫月憶山陰崔少府〉最末四句：「美人清江畔，是夜越吟苦。千里其（共）如何，微風吹蘭杜。」其中「美人」是指詩人的好友崔少府。這是詩人與其堂弟在月夜下，思念遠在清江畔的好友崔少府，想著他們雖距離迢迢千里，仍能共賞明月思念對方；甚至連微風中傳來的陣陣芳香，作者也想像成是崔少府聞名遐邇的美好品德。

北宋豪放詩人的代表蘇軾，其〈水調歌頭〉下片最末寫道：「人有悲歡離合，月有陰晴圓缺，此事古難全。但願人長久，千里共嬋娟。」誰不渴望與在乎的人圓滿長久地聚在一起呢？然而這樣的期待，在現實生活裡卻是難以實現，如同月亮也有其圓缺變化一樣。

蘇軾當年來到山東密州，其弟蘇轍雖也在山東，卻是在濟南任官，兩人因都有公職在身，所以無法見面。詩人意在寬慰自己，即使不能和親人在中秋佳節相聚，但只要知道彼此人事平安，就算各在天涯一隅，共看同一明月，何嘗不是一件美好的事呢？其中「千里共嬋娟」亦是脫化謝莊〈月賦〉之「隔千里兮共明月」，不同的是，蘇軾將原本思人的感傷情懷，轉化成樂觀溫暖的人生態度。

北宋文人晏殊，其〈滴滴金〉下片寫道：「蘭堂把酒留嘉客，對離筵，駐行色。千里音塵便疏隔，合有人相憶。」作者在廳堂為好友設筵餞別，主客對飲，想著即將到來的別離，日後路遙千里，該如何傳遞音訊呢？在詞人心中，唯一憑恃的就是深深思念而已！其中「千里音塵」一語，便是取自謝莊〈月賦〉之「美人邁兮音塵闕，隔千里兮共明月」前後兩句，意指人的聲音和蹤影距離極遠，根本無法見面。

採菊東籬下，悠然見南山

名句的誕生

結廬[1]在人境，而無車馬喧[2]。問君何能爾[3]，心遠地自偏。採菊東籬下，悠然見南山[4]。山氣[5]日夕佳，飛鳥相與還。此中有真意，欲辯[6]已忘言。

～東晉・陶淵明・雜詩

完全讀懂名句

1. 結廬：建造房室。
2. 車馬喧：車馬喧嘩聲，用以比喻世俗交往。
3. 爾：如此。
4. 南山：後人以為此或許是廬山。
5. 山氣：山中雲霧。
6. 辯：說明、詮解。

語譯：築屋居住於塵世，卻好像沒有車馬來往的喧嘩聲。問我為什麼如此安適？內心幽靜，自然遠離塵囂。採菊於東邊的籬笆下，悠閑地見到南山與我相對。傍晚的山色多麼美麗，飛鳥也相伴著返回家園。此中蘊含著生命真意，欲說卻難以形諸文字。

文章背景小常識

翻開中國文學史，最著名的田園詩人莫過於陶淵明。陶淵明身處魏晉南北朝，是歷史上戰亂不定的年代，也是多民族、多元文化混合的時期。魏晉時期文壇崇尚玄學、玄風，社會上則是瀰漫著一股濃厚的階級色彩，高門士族不僅在地方有深厚基礎、名望，也把持著高層官位。陶淵明在當時只是落魄的名族後代，仕途不甚順暢，詭譎政壇也不甚符合其灑脫個性，因此寫下著名的〈歸去來兮辭〉後，毅然決然地退出官場，歸園田居，也為其田園作品揭開序幕。本篇名句即是陶淵明隱居後，對其生活滿意的代表作。

此詩在《昭明文選》中題為〈雜詩〉，而在後代集錄陶淵明詩文的本子中，往往收於〈飲酒〉二十首的詩組中。

名句的故事

《昭明文選》共收錄陶淵明兩首〈雜詩〉，本篇名句擷取首章，著眼於其樸實自然的風味。

過去評論家多以為陶淵明的「隱」，是不問世事、清心寡欲的高潔隱士。而後來的研究指出，從首句「結廬在人境，而無車馬喧」，清楚可以看出陶淵明獨特的「隱」，他並非與紅塵決離，而是「心遠地自偏」，其身為隱逸詩人祖師爺的與眾不同之處即在此。

根據陶學的研究認為，陶淵明這首詩應創作於剛歸隱不久，因此通篇充滿著「採菊東籬下，悠然見南山」的閑適自得，人與自然和諧交融，達到王國維所言「不知何者為我，何者為物」的無我之境。在最後兩句「此中有真意，欲辯已忘言」，「真意」、「忘言」正是當時玄學風潮善用的詞彙，足見陶淵明也受其影響。

後人對陶淵明最深刻的印象，莫過於此詩的意像，是洗淨鉛華、樂於當下的模樣。這種瀟灑自適向來為後代文人豔羨不已，卻學也學不到，為什麼呢？最大原因在於陶淵明是真的放下身段，立志於耕讀，古來史籍中有不少隱逸高士，他們實際生活讓人無法探知，而陶淵明不同，他將生活點點滴滴融入於詩歌，讓讀者可以親密貼近，知道他的喜樂與愁苦。

宋代理學大師朱熹曾在《朱子語類》中提到：「淵明詩平淡，出於自然。後人學他平淡，便相去遠矣！」因為自然而真、而平淡，所以後人學陶淵明不成。但陶淵明並非只有這一面，他亦有剛強之處。魯迅說道：「被論客讚賞著『採菊東籬下，悠然見南山』的陶潛先生，在後人的心目中，實在飄逸得太久了」，卻忽略「除論客所佩服的『悠然見南山』之外，也還有『精衛銜微木，將以填滄海，刑天舞干戚，猛志固常在』之類的『金剛怒目式』，在在證明他並非整天整夜的飄飄然。」魯迅這一番話實點出陶淵明作為歷久不衰隱逸詩人的特殊性。

歷久彌新說名句

陶淵明對於「菊」有著特別的賞愛，常常於詩文中以秋菊來點綴，如言：「秋菊有佳色，裛露奪其英」（秋天的菊花真漂亮，趁著露水濕潤時採下它），希望藉由「汎此忘憂物，遠我達世情」（將花瓣浸泡於酒中，幫助我遠離世俗牽累）。以秋菊入酒在當時似乎是一種習慣，陶淵明也言：「酒能怯百慮，菊解制頹齡」，酒能解憂消慮，菊則能滋補延年。

此外菊花不畏嚴霜寒冷，也成為品格高潔堅貞的象徵，唐代元稹於〈菊花〉言「此花開盡更無花」，一年也到了尾端。比陶淵明稍早的袁山松就曾在〈菊詩〉提到：「靈菊植幽崖，擢穎凌寒飆。春露不改色，秋霜不改條。」菊花能生長在刻苦環境，不怕春露、秋霜，宛如松柏冷冬不凋，就像君子不移其志般令人讚賞，所以梅、蘭、竹、菊，又稱為「四君子」。

由於陶淵明對菊花的喜好，後世也多將菊花與君子的意象，甚至是與陶淵明相加結合。在晚明曹臣編纂的《舌華錄》，記載著明代奸相嚴嵩過生日時，朝廷百官、翰林學士到府祝壽，爭相打躬作揖，以求宰相提拔重用。當時嚴府廳堂以菊花來裝飾，也是客人的陸平泉看到這一幕不禁退到後面去。同僚問他為何如此，陸平泉正色回答：「此處怕見陶淵明。」陸平泉巧妙地回覆朋友，指桑罵槐嚴嵩根本不配以菊花佐襯。足見以菊來象徵陶淵明的精神，對歷代文人而言已是共識，實不容其他庸俗之人的破壞！

眾鳥欣有託，吾亦愛吾廬

名句的誕生

孟夏[1]草木長，繞屋樹扶疏[2]。眾鳥欣有託[3]，吾亦愛吾廬。既耕亦已種，時還讀我書。窮巷隔深轍[4]，頗迴故人車。歡言酌春酒，摘我園中蔬。微雨從東來，好風與之俱。汎覽周王傳[5]，流觀山海圖。俛仰終宇宙，不樂復何如。

～東晉．陶淵明．讀山海經

完全讀懂名句

1. 孟夏：初夏。
2. 扶疏：繁茂的樣子。
3. 託：寄託。
4. 深轍：大車所壓下的車馬痕跡。
5. 周王傳：即《穆天子傳》，記述周穆王駕八駿遊行四海的故事。

語譯：初夏的季節草木生長，繞著屋舍枝葉繁茂。眾鳥欣喜有樹可以依託，我也愛上我這茅屋。耕種的事已經完成，暫且回家讀我的書。陋巷狹窄隔絕了大車往來，也讓不少朋友的車子迴轉不來。高興地喝著春日好酒，摘採園子裡新鮮蔬菜。微微小雨從東面飄來，涼風也迎面吹來。我瀏覽著《穆天子傳》，翻開《山海經》的插圖。頃刻之間神遊宇宙，這樣的生活怎能不快活呢！

文章背景小常識

陶淵明筆下的〈讀山海經〉是一套組詩，共十三首，本篇是第一首，《昭明文選》僅收錄此首。其特殊性何在？這部現存最早的詩文總集，其選錄的標準為「事出於沉思，義歸乎翰藻」，作品必須兼具情義與辭采，純粹敘事、玄想而無辭章之美者並不收入。〈讀山海經〉除首篇蘊含吟詠抒發、辭采之美外，多被評為是陶詩上乘之作，其餘十二首以《山海經》中出現的傳說人物為主，描述性質較強，因此沒有選入。

名句的故事

根據此詩滿足與快樂的語調，可推測是歸隱早期之作。

陶淵明善用固定事物來比喻特殊意象，最常出現的莫過於秋菊、酒與鳥，成為研究陶淵明詩文、心靈世界，不可忽略的重要線索。秋菊與酒通常是詩人心靈的慰藉，至於鳥，往往是陶淵明的化身，代言自己的歸隱心聲。在本篇名句「眾鳥欣有託，吾亦愛吾廬」中，詩人用鳥有巢、我有屋相對比，內含寄託與欣慰。

在〈歸園田居〉中也見作者以「羈鳥戀舊林，池魚思故淵」，比喻自己過去就像陷入網羅的鳥兒戀舊故園，多麼地想要歸園田居。而〈歸鳥〉一詩以四言詩的體例撰寫，其言：「翼翼歸鳥，循林徘徊。豈思天路，欣反舊棲。」來歸的鳥兒循著樹林徘徊飛翔。牠們豈是要尋找登上天的路？而是欣喜要返回舊棲。歸鳥意象說明陶淵明對於園林田居的渴望。

歷久彌新說名句

自從陶淵明寫出「吾亦愛吾廬」，「吾廬」儼然成為後人心中甜蜜家園的象徵。元代散曲家張可久於〈人月圓．三衢道中有懷會稽〉中言：「不如歸去，香爐峰下，吾愛吾廬。」似乎與陶淵明有著不謀而合的默契。但仔細梳理就可知兩人心態不同。張可久處於蒙古統治的元朝，為了生存委身於異族政權，不免掙扎地發出不如歸去的心願。相較於不得不為的勉強，陶淵明著實幸運許多，雖然亦身處亂世，但畢竟如願歸田，遠離政治上的爭奪，故能發出「眾鳥欣有託，吾亦愛吾廬」的滿足口吻。

故山日已遠，風波豈還時

名句的誕生

出宿薄[1]京畿，晨裝摶[2]魯颸[3]。重經平生別，再與朋知辭[4]。故山日已遠，風波豈還時？苕苕[5]萬里帆，茫茫終何之[6]？

～南朝宋・謝靈運・初發石首城

完全讀懂名句

1. 薄：靠近。
2. 摶：音ㄊㄨㄢˊ，tuan，憑藉。
3. 魯颸：一作「曾颸」，形容風吹得甚疾。颸：ㄙ，sī，疾風。
4. 辭：辭別。
5. 苕苕：通「迢迢」，遙遠的樣子。
6. 之：往。

語譯：出了京城借住在城邊的地方，隔天一早乘著疾風整裝而行。再次經歷人生又一次的分別，再度與朋友告辭。故鄉的山巒離我一天天地遠了，世途風波何時才會平定，我才能歸返？踏上萬里迢迢的航程，前程茫茫最終要到哪呢？

文章背景小常識

這首〈初發石首城〉是山水詩人謝靈運的作品。謝靈運出身富貴，是當時家世顯赫的大族之後，他的祖父謝玄因淝水之戰而聲名大噪，也讓謝家襲封康樂公。然身處於政治詭譎、改朝換代迅速的南朝，謝靈運雖身世不凡，卻也因此累遭政敵的迫害，屢次遷貶，最後被告發參與謀反而處死於異鄉。

〈初發石首城〉是謝靈運最後在被貶謫的途中所寫下的晚年作品，通篇闡述自己遭受誣陷的憤慨與內心灑落如光風霽月之志，開首的「白珪尚可磨，斯言易為緇」，引用《詩經》「白珪之玷，尚可磨也；斯言之玷，不可為也」典故，述說人言可畏，懇請上位者不可盡信謠言。

名句的故事

〈初發石首城〉寫的時間在永嘉八年，謝靈運這次被驅逐出京，已經是他第三度遭權臣排擠。謝靈運官宦最得意之時，即在擁護南朝宋劉裕登基成功，他也因此深受皇帝重用。然而好景不長，三年後劉裕就過世了，少帝即位後，朝廷大權被徐羨之、傅亮所把持，他們挾怨報復，排擠謝靈運出京。這次靈運來到永嘉擔任太守，他只任一年就藉故託病隱居故里。

三年後，文帝繼位，誅殺權臣徐羨之、傅亮，將謝靈運召回朝廷擔任官職，由於還是不受重用，靈運心生不平，屢次稱疾不朝，且遊宴覽玩，引人非議，最後文帝諷旨令他解職，詩人於是再度返回故鄉隱居。之後的官運更是滿路荊棘，屢次遭受誣告、彈劾免官，雖說謝靈運官途不順、得罪人多，但他肆意而為，不知收斂的態度實也是招惹禍端的主因。

〈初發石首城〉詩的背景就是，靈運遭受長官告發誣陷，他上表朝廷申辯，文帝雖未予追究，但仍是將他貶放江西臨川，並且不准他返回家鄉會稽。詩人於是在詩中言：「重經平生別，再與朋知辭。」短短幾年間，他不斷被遷職、免官、調任，屢次與親友別離。

而這次事態重大，不僅皇帝也不同情，還下令不准他任意辭官返回故鄉，詩人不禁涕淚悲吟：「故山日已遠，風波豈還時。」懷疑自己還有回家的一天嗎？果然一語成讖，這次調任謝靈運還是沒有記取教訓，依然放縱遨遊山水，不理政事，再次被有司糾舉，他又反抗拒捕，最後遭流放廣州，隔年被告發在當地謀反，遭棄市身亡，永遠回不到他思思念念的故園。

歷久彌新說名句

謝靈運是典型的公子哥性格，雖有才學但恃才傲物，不懂得收斂言行，因此惹來接連不斷的禍端。他仗著父祖家族功勳偉業，若有不順遂便埋怨懷才不遇，反骨抗衡，也或許是時運不濟，讓他屢屢受挫，最後身首異處。

《南史．謝靈運傳》即寫道：「靈運才名，江左獨振；而猖獗不已，自致覆亡。」不知收斂或許就是他一輩子的致命傷。謝靈運才學不容置疑，在當時文壇中有著「元嘉三大家」的美名。他最擅長的是山水詩，能於詠物傳統下開闢新路，將敘事、寫景與抒情三者合併，既描摹細緻景觀，亦能體物抒懷，而將物我融合為一。

鍾嶸《詩品》讚其詩：「名章迴句，處處間起；麗曲新聲，絡繹奔發。」駢偶對仗工整迴旋，雕章琢句，發出奇麗之新曲，體現新時代的風氣。

歷來官場多是雲譎波詭，唐人韓愈曾憤慨嘆言：「一封朝奏九重天，夕貶潮州路八千。」距離皇帝、當權者過近，榮辱往往就在一夕之間，可能早上還在朝，下午就遭到貶謫。有時甚至事出突然，完全沒有心理準備，唐代宰相韋執誼於永貞元年被貶，白居易就曾為其抱不平，憤慨地寫到：「昨日延英對，今日崖州去。由來君臣間，榮辱在朝暮。」昨天韋執誼還在朝廷百官前朝奏論談，隔天即被貶到遙遠的海南島去，白居易只能默默哀歎，君臣間的關係朝不保夕。

他們的氣憤怨言都與謝靈運的感受相互呼應，「故山日已遠，風波豈還時」，確切觸及逐客內心深處的想望，風波何時才能平定，逐客何時才能返回故土啊！

池塘生春草，園柳變鳴禽

名句的誕生

傾耳聆波瀾，舉目眺嶇嶔[1]。初景[2]革[3]緒風[4]，新陽[5]改故陰[6]。池塘生春草，園柳變鳴禽[7]。

～南朝宋．謝靈運．登池上樓

完全讀懂名句

1. 嶇嶔：山勢高峻奇險。
2. 初景：初春的陽光。
3. 革：改變、驅除之意。
4. 緒風：指秋冬的北風。
5. 新陽：新春。陽：春夏為陽。
6. 故陰：殘冬。故：舊。陰：秋冬為陰。
7. 變鳴禽：鳥雀變換了不同的叫聲。

語譯：側耳傾聽池水的波瀾，舉目眺望高峻的遠山。初春的陽光驅除了冬季的寒風，新春的溫煦改變了殘冬的陰冷。池塘春草油然生長，鳥兒在園中的柳樹間婉轉悅耳地歌唱。

文章背景小常識

中國詩歌的發展，到了劉宋之際，有一個很重要的變化，就是山水詩的興起。在此之前，雖然詩歌中也有描寫山水的詩句，但都是作為抒情詠物的襯托背景，絕少有通篇吟詠山水的詩作。

山水詩的直接源流，應是魏晉以後的玄言詩與游仙詩，因為當時政局多變，文士困頓，往往託意玄遠以排遣苦悶，由於山水與道家崇尚自然的玄理有其契合之處，所以在玄言詩與游仙詩中往往夾雜許多山林泉石的清音雅貌。然而，將此種帶有玄學色彩的山水景物，轉化成自覺的山水審美，並讓山水詩取得別樹一幟獨立地位的人，當首推元嘉時期的大詩人謝靈運。

謝靈運為東晉名將謝玄之孫，以顯赫的家世入仕新朝，因屢遭貶抑心生鬱憤，便寄情於山水，並將大自然美景發為吟詠。以其「富豔難蹤」（鍾嶸《詩品》）的才華，將瀏覽體會的山水情貌，用精心雕琢的文字加以客觀的細緻描繪，而達到清新自然、生動鮮明的畫境，展現出山水詩獨創的特色，使詩壇面目一新。

由於謝靈運的出身與才能，他的詩風對當時影響很大，《宋書·謝靈運傳》說他在始寧山居時，「每有一詩至都邑，貴賤莫不競寫，宿昔之間，士庶皆遍，遠近欽慕，名動京師。」《文心雕龍·明詩篇》也說：「宋初文運，體有因革，老莊告退，而山水方滋。儷采百字之偶，爭價一句之奇，情必極貌以寫物，辭必窮力而追新。」所指劉宋詩風的特徵，正是謝靈運詩風的影響。

謝靈運開闢了詩歌的新領域，使山山水水的大自然風光，成為後世文人取之不盡的素材，他那刻意追新的藝術理想也對後世詩人產生極大的影響，自南朝的謝朓、何遜而後唐朝的孟浩然、王維、韋應物、柳宗元等，都不斷有山水佳作源源湧現，謝靈運成為開啟山水詩派的第一人。

名句的故事

這首詩寫於謝靈運被貶為永嘉太守的第二年（西元四二三年），他剛度過一個久病在床的冬天，直至隔年的春天方始病癒，於是登樓觀景，寫下〈登池上樓〉這首詩。池，即謝公池。在永嘉郡，今浙江溫州西北，積谷山之東。

全詩意境分為三層，首段描述官場失意的詩人在病榻上度過寂寞的冬天，第二段寫登樓一望，發現春天來臨了，陽光和煦，鳥兒在樹梢婉轉地歌唱。結尾表示：離群索居，保持高尚節操豈為古人獨有，我今日也照樣可以做到，以「遁世無悶」來勸勉自己。

「池塘生春草，園柳變鳴禽」是第二段中描寫春景的名句，鍾嶸《詩品》引《謝氏家錄》記載了關於這句詩的故事：謝靈運每常見到謝惠連（靈運的族弟，有文名），就能得到佳句。後來謝靈運出仕永嘉，寫詩時構思終日而無所得，及至睡夢間突然見到謝惠連，就寫出「池塘生春草」的詩句。謝靈運曾說：「此語有神助，非我語也。」認為寫出這句詩如有神助，不是自己的語詞。可見作者也深以此句為得意之作。

「池塘」這兩句詩曾引起許多人的讚賞，但也有人認為語意平常並無奇特之處。其實這一聯詩句的佳處正在清新自然，毫無斧鑿錘鍊的痕跡；它的好處要從對整首詩所發生的效用來欣賞。

這幾句是全詩意境的轉捩點，詩人剛經歷一個久病的寒冬，在登樓推窗後發現已是冬去春來，池塘春草蔓生，油然滋長，鳥兒跳躍在柳樹間婉轉悅耳地歌唱。用最平凡的文字，寫初春最尋常的景物，恰好構成一幅生趣盎然的春天意象，給全詩鬱悶的情緒灑下一道陽光，讓人耳目一新。

不求工而自工，正是藝術的極致。

歷久彌新說名句

「池塘生春草，園柳變鳴禽」在中國詩歌史上有很高的評價。李白推崇謝靈運，並直接引用靈運之語入詩，〈贈從弟南平太守之遙〉云：「夢得池塘生春草，使我長價登詩樓」，〈酬殷明佐見贈五雲裘歌〉：「故人贈我我不違，著令山水含清暉。頓驚謝康樂，詩興生我衣。襟前林壑斂暝色，袖上雲霞收夕霏。」其中「池塘生春草」、「林壑斂暝色」、「雲霞收夕霏」都是謝靈運垂範後世的佳句。

元好問對此的評價更高，稱「池塘春草謝家春，萬古千秋五字新」，宋人吳可也說「池塘春草一句子，驚天動地至今傳」，主要因為當人們讀膩了「淡乎寡味」的玄言詩，與味追求佳句而顯得「雕繢滿眼」的詩作，一旦接觸到謝靈運詩中那些山水風光的典麗新聲，自然覺得清新可愛，鮮活而富有韻味。

春天景氣和暢，風光明媚，最能打動人心，所以歷來描寫春景的詩句所在多有。早自《詩經．小雅．出車》的「春日遲遲，卉木萋萋，倉庚喈喈，采蘩祁祁」，已有聲有色地描繪出一幅春晴日暖，黃鸝飛鳴，草木生長的繁榮景象。至晉代樂府古辭「陽春二三月，草與水色同」、唐孟浩然〈春中喜王九相尋〉的「二月湖水清，家家春鳥鳴」、「林花掃更落，徑草踏還生」，均清新可愛，與謝靈運的「池塘生春草」有異曲同工之妙。

在人生的不同階段，對春天的感受也不相同。宋代詩人朱淑真少女時期曾經寫過輕快歡樂的〈春景〉詩：「鬥草尋花正及時，不為容易見芳菲。誰能更覷閑針線，且滯春光伴酒卮。」她要趁春光明媚停了針線，與女伴們尋花鬥草，及時戲耍去了，讓人感覺青春爛漫得可喜。

至於宋代大儒朱熹的〈偶成〉就老成地說：「少年易老學難成，一寸光陰不可輕。未覺池塘春草夢，階前梧葉已秋聲。」勸勉學子：少年時光容易消逝，學問卻不容易有所成就，必須珍惜每一寸光陰，不要輕易浪費，當人們還沉湎於池塘生春草的綺麗春景，階前的梧桐落葉已昭告秋天的到來了。真是苦口婆心啊！

大江流日夜，客心悲未央

名句的誕生

大江流日夜，客心悲未央[1]。徒念關山近，終知反路[2]長。秋河[3]曙耿耿[4]，寒渚[5]夜蒼蒼。引領[6]見京室，宮雉[7]正相望。金波[8]麗鳷鵲[9]，玉繩[10]低建章[11]。驅車鼎門[12]外，思見昭丘[13]陽。馳暉[14]不可接，何況隔兩鄉。風雲有鳥路，江漢限無梁。常恐鷹隼擊，時菊委嚴霜。寄言罻羅[15]者，寥廓[16]已高翔。

～南朝齊・謝朓・暫使下都夜發新林至京邑贈西府同僚

完全讀懂名句

1. 未央：未已。
2. 反路：回返的路程。
3. 秋河：銀河。
4. 耿耿：明淨的樣子。
5. 渚：水洲。
6. 引領：伸頸張望。
7. 宮雉：宮牆。
8. 金波：月光。
9. 鳷鵲：指鳷鵲觀，宮殿名。
10. 玉繩：星名。
11. 建章：指建章宮。
12. 鼎門：指建康城南門。
13. 昭丘：指楚昭王之墓，位在荊州。
14. 馳暉：太陽。
15. 罻羅：設網捕鳥。罻，音ㄨㄟˋ，wei，捕鳥的小網。
16. 寥廓：寬廣高遠之意。

語譯：浩浩江水日夜長流，行旅者的心情卻悲傷不已。一直想著家鄉健康城越來越近，如今才知回返荊州之路更加遙長。秋天的銀河明淨，寒冷的沙洲夜色蒼茫。抬頭已見京城，宮牆與我遙遙相對。明月照耀著鳷鵲觀，玉繩星低垂於建章宮上。車行到建康城南門，卻想起遠在荊州楚昭王的墓塚。此時想在建康城中，迎接荊州西落的太陽都不可能，何況兩地相隔甚遠。風上的雲端尚有鳥飛之路，長江漢水阻隔卻無橋梁可通。常常恐懼鷹隼攻擊，秋菊最怕寒霜摧殘。請傳話給那設網捕鳥人，我已在遼闊的天空翱翔。

文章背景小常識

詩題「暫使下都夜發新林至京邑贈西府同僚」，其意是：在荊州短暫為官，今夜從新林（浦）出發返京城有感，詩贈與荊州隨王府同僚。一般而言，大地方為都，小地方為邑，謝朓為何稱當時的「京都」建康為「京邑」，而不稱「京都」或「京城」呢？因謝朓家在京城建康，就是他在其他詩作（如〈晚登三山還望京邑〉）中，經常稱為「鄉」的所在。

這首詩交融景致與個人際遇，每每有神來之筆，清人何焯的《義門讀書記》因而將此詩喻為「壓卷之作」。

名句的故事

「大江流日夜，客心悲未央」，江水不捨晝夜奔流，羈旅者的悲情卻也同樣無止無盡。此千古絕唱隱含著謝朓對自身仕途坎坷的悲歎。

謝朓曾任隨王蕭子隆之文學（官名），根據《南齊書．謝朓傳》的記載：隨王蕭子隆「好辭賦，數集僚友，朓以文才，尤被賞愛，流連晤對，不捨日夕。」由此可見隨王對謝朓的激賞，但這也導致長史王秀之嫉妒，因而讒言陷害謝朓。永明十一年（西元四九三），齊武帝敕令謝朓返京。正是這樣的遭逢，謝朓在返京途中，寫下〈暫使下都夜發新林至京邑贈西府同僚〉一詩。

在「徒念關山近，終知反路長」，或者「驅

車鼎門外，思見昭丘陽」這些詩句中，謝朓流露出對荊州的不捨，而對隨王府中同僚摯友的思慕之情，旅程中更是不斷浮現。只是，政爭的恐懼如影隨形。最後以「常恐鷹隼擊，時菊委嚴霜。寄言罻羅者，寥廓已高翔」終結，來表明內心對政治敵者讒害的畏懼，今日君王徵召而遠離荊州是非之地，心中縱有千般不捨，也僅能暗自期盼，此後生命更加遼闊。然而，此時的謝朓如何能夠知道，未來等待他的，其實是更艱困的人生道路。

歷久彌新說名句

鍾嶸評謝朓詩：「一章之中，自有玉石。然奇章秀句，往往警遒……善自發詩端，而末篇多躓，此意銳而才弱也。」這段評論之意，指謝朓詩多半瑕瑜互見。然而，謝朓詩「奇章秀句」，往往遒勁有力，擅長創造詩篇開端起句，但篇末卻見阻礙停滯，這是因謝朓思緒精銳，才能卻不足所致。但歷來詩評，並非全循鍾嶸之說，如明朝王世貞，便於《藝苑卮言》中言：「玄暉不唯工發端，撰造精麗，風華映人，一時之傑。」

〈暫使下都〉起句的「大江流日夜，客心悲未央」，正是個雄渾有力的發端語。以江流不盡，象徵著行旅者傷悲未已，加上詩眼「流」字安置絕妙，使其成為名句。

此外，「金波麗鳷鵲，玉繩低建章」同樣勾畫生動，「麗」與「低」原屬形容詞，但轉為動詞活用後，京城的景象，因為星與月的波動照耀，而顯得歷歷在目。蘇軾〈洞仙歌〉對於三更天的描寫，也有類似的靈感來源：「試問夜如何？夜已三更，金波淡，玉繩低轉。」

至於結語「常恐鷹隼擊，時菊委嚴霜。寄言罻羅者，寥廓已高翔」，謝朓從景物與內心的悲歎抽離，回到題意「贈西府同僚」，既是控訴讒言者，也呈現個人歸隱與出仕的矛盾，正如謝朓〈酬德賦〉中所言：「雖魚鳥之欲安，駭風川而迴薄」，頗有「人在江湖，身不由己」之意。至於謝朓詩究竟是「意銳而才弱」或者是「一時之傑」，就全憑讀者各自心證了。

天際識歸舟，雲中辨江樹

名句的誕生

江路西南永[1]，歸流東北騖[2]。天際識歸舟，雲中辨江樹。旅思倦搖搖，孤遊昔已屢。既懽[3]懷祿情，復協滄洲[4]趣。囂塵自茲隔，賞心於此遇。雖無玄豹[5]姿，終隱南山霧。

～南朝齊．謝朓．之宣城郡出新林浦向板橋

完全讀懂名句

1. 永：長。
2. 騖：奔馳。
3. 懽：同「歡」。
4. 滄洲：偏僻之地，喻隱居。
5. 玄豹：比喻德行美好。此處典故援引自《列女傳》：「南山有玄豹隱霧而七日不食，欲以澤其衣毛。成其文章。」

語譯：江舟朝西南水路漫漫長行，江水卻從東北歸流入海。遙望天邊可以看見無數歸去的舟船，濃雲中依然能夠辨識江邊的樹木。旅途疲憊不安的心思，獨自遠遊的經歷早就習以為常。我歡喜此行既能為官，又能符合隱居的志趣。從今得以隔離塵囂，欣喜此番際遇。我縱然沒有玄豹的資質，終究能夠隱身於終南山霧裡修養心性。

文章背景小常識

謝朓，名玄暉，因他曾任宣城太守，世人因此喜稱他為「謝宣城」。本詩是謝朓赴宣城任太守時，途中有感而作。宣城郡，即今日安徽省宣城縣。謝朓從當時的京城建康（今南京市）

出發前往宣城，逆江水向而行，途經南京新林浦而向板橋浦行去。

本詩道出謝朓赴宣城任職時，心境徘徊於出仕與歸隱的矛盾。

名句的故事

永明十一年（西元四九三年），謝朓調離荊州隨王府返京任職，齊明帝建武二年（西元四九五年）夏，謝朓出任宣城太守。此行對謝朓而言，表面上如本詩所言：「既懽懷祿情，復協滄州趣。」既能為官，又有隱居之閑適，可是謝朓內心的矛盾與不安，卻是昭然若揭。

若從謝朓同一時期的作品〈京路夜發〉（前人題注「此詩自丹陽之宣城郡」，而丹陽即是京城的代稱）來看，更能理解箇中端倪。謝朓赴宣城任太守一行匆促，含藏著難以言說的隱情，因而〈京路夜發〉開端便言：「擾擾整夜裝，肅肅戒徂兩。」從「擾擾」兩字，明白顯出此行的匆忙與混亂；而「肅肅」兩字則道出此行的恐懼謹慎，足見周遭氣氛緊繃。

西元四九四年，也就是謝朓出任宣城太守的前一年，南齊政治上出現巨大的動盪，一年之中連改三個年號，更替三個皇帝。而齊明帝蕭鸞為奪帝權，大肆整肅異己。以謝朓的敏銳善感，又怎能不憂懼自身的安危？也因此，離開京城赴宣城任職，謝朓只能自我安慰，這未嘗不是仕人遠離政爭、明哲保身之途。於是以逸塵絕俗之姿、以玄豹隱於南山之喻，來表明自身德行高潔：「囂塵自茲隔，賞心於此遇。雖無玄豹姿，終隱南山霧。」

不過謝朓心繫仕途，欲在京城一展長才，卻是不爭的事實。明帝建武三年，謝朓在病中寫下〈在郡臥病呈沈尚書〉一詩，請求時任五兵尚書的好友沈約能在政治上予以提攜，讓他早日回返京城的政治中心。謝朓明知宦海沉浮不易，卻又不能超拔，身陷在政治泥沼中，也讓他的未來充滿著危機。

歷久彌新說名句

清人沈德潛說謝朓詩：「筆墨之中，筆墨之

外，別有一段深情妙理。」想來這等「深情妙理」似乎正如中國潑墨山水意境幽遠，總有無限深意穿畫奔騰而來，而「天際識歸舟，雲中辨江樹」，正是這樣一幅渲染著迷茫之感，繼而牽動讀者心緒的圖像。

謝朓勾畫山水，在他眾多知名的「奇章秀句」中，鎔鑄玄遠的意境，別開生面，如〈宣城郡內登望〉：「切切陰風起，桑柘起寒煙。」急急切切涼風蕭瑟，桑樹柘木之上寒煙渺渺的景象，蒼茫之感油然而生，短短兩句詩便營造出淒寒之境。

又如〈敬亭山〉：「茲山亙百里，合沓與雲齊。隱淪既已託，靈異俱然棲。」寫山之氣象，以「亙」寫山之橫亙，以「與雲齊」寫山之高聳，足見敬亭山之氣勢磅礴。而山之靈氣，恰恰在「隱士」與「仙人」的出沒中呈現。正是這種若隱若現，既雄偉又復隱逸的氛圍，使得謝朓詩，表現出一種秀奇峻美的風格。

中國山水詩史，自謝靈運開風氣之盛，到謝朓時更加蓬勃。尤其兩人時代及身家背景相去不遠，經常被相提並論，並以「大謝」、「小謝」區分兩人。然而，謝朓的詩作，受到眾多詩評家矚目，不只因為他在山水文學上戮力行之，而且因為他的詩作已然是唐朝絕律的先聲。宋朝詩人趙師秀曾說：「玄暉詩變而唐風。」足見謝朓對唐詩發展具有重要的影響。

餘霞散成綺，澄江靜如練

名句的誕生

灞涘望長安[1]，河陽視京縣[2]。白日麗[3]飛甍[4]，參差皆可見。餘霞散成綺，澄江靜如練。喧鳥覆春洲，雜英[5]滿芳甸[6]。去矣方滯淫[7]，懷哉罷歡宴。佳期[8]悵何許，淚下如流霰[9]。有情知望鄉，誰能縝[10]不變。

～南朝齊・謝朓・晚登三山還望京邑

完全讀懂名句

1. 灞涘望長安：此句詩運用王粲〈七哀詩〉中「南登灞陵岸，回首望長安」的含義。灞：灞水，位在長安西南方。涘：音ㄙˋ，si，岸邊。
2. 河陽視京縣：此句應是採潘岳〈河陽縣詩〉中，「引領望京室，南路在伐柯」的含義。河陽：今河南孟縣。京縣：指建康。
3. 麗：照耀。原為形容詞，此處動詞。
4. 飛甍：高聳如飛的屋簷。甍：音ㄇㄥˊ，meng，屋簷。
5. 英：花。
6. 甸：郊野。
7. 滯淫：停留不前。
8. 佳期：此處指歸期。
9. 霰：音ㄙㄢˋ，san，雪珠。
10. 縝：音ㄓㄣˇ，zhěn，同「鬒」，黑髮。

語譯：在灞水的岸邊眺望長安，在河陽凝視洛城。白亮的陽光照耀在如飛似的屋脊，高低錯落明顯可見。天邊散布的晚霞好似錦繡，澄澈的江水平靜有如白綢緞。喧鬧的鳥兒遍布在春日的沙洲上，雜花開滿郊野。心欲歸去，卻仍停滯在異鄉，多麼思念故鄉那些歡樂的酒宴，那些友伴。歸鄉遙遙無期，令人惆悵，淚水不止好似雪珠滴落。有情人皆會思懷、顧望家鄉，誰又能不因此而白髮蒼蒼呢？

文章背景小常識

這首詩，是謝朓出任宣城太守，途經三山的作品。三山位在現今江蘇省江寧縣，《輿地志》：「其山積石森鬱，濱於大江，三峰排列，南北相通，故號三山。」

此詩開端藉王粲與潘岳兩人的詩句，來襯托自己思京的心境。清人方東樹稱此法為「借賓陪起」。王粲曾遠謫荊州，在〈七哀詩〉中感慨問道：「荊蠻非我鄉，何為久滯淫。」而潘岳在〈河陽縣作〉詩中言：「引領望京室，南路在伐柯。」顯現潘岳對於自己必須離開京城任河陽縣令，充滿無奈，思念京城不已。因此，從謝朓〈晚登三山還望京邑〉開端的兩個典故，不難了解此詩的基調。

名句的故事

歷來詩人吟誦夕照之美，佳句成林，如李義山〈登樂遊原〉：「夕陽無限好，只是近黃昏。」一語道破夕陽美景縱然絕美，然而短促即止。這兩句詩呈現出夕照與生命苦短兩相呼應下的情感，但對於夕陽的美景並未有實景的描寫。而謝朓的「餘霞散成綺，澄江靜如練」，充分將黃昏美景透過色彩，以及天空與水面亦動亦靜的畫面渲染出來，謝朓之為「山水詩人」寫景的奇佳手法由此可見一斑。

儘管謝朓寫景華美瑰麗，但其多半的詩作中，總藏著一種悵然哀嘆之感，與其說是性格使然，毋寧說是源於他與政治的糾纏不清。謝朓的母親貴為宋文帝之女——長城公主。其父謝緯，縱然曾官至散騎侍郎，但早年卻曾因謝朓的舅公范曄及伯父謝綜、謝約等人謀反被誅，因此連坐被流放至廣州。受到父親的影響，才華洋溢的謝朓，對政治一直是又愛又恨。

永泰元年（西元四九八年），他害怕被連累，不惜密告岳父王敬則有意謀反，王敬則因事跡敗露而死，謝朓必須面對經常懷刀想刺殺他的妻子。隔年，齊東昏侯永元元年（西元四九九年），當時昏君當道，謝朓因自許受恩於齊明帝，且為了明哲保身，不惜告發左僕射江祏等人意圖謀反，欲立始安王遙光為君。不料卻反遭遙光、江祏等人反控，為他加諸多項罪名，入獄處死，結束三十六年的短暫生命。

政治的殘酷使謝朓面對遼闊的山光水色，思憶的仍是自身的鬱鬱不得志，在〈晚登三山還望京邑〉中，不難理解這種悲憤的心境。

歷久彌新說名句

詩仙李白，生性灑脫，不羈之天才，對於「詩聖」杜甫可說少有讚賞，卻單單情有獨鍾於詩人謝朓，而且不止一回讚嘆、憶念謝朓。

且看李白在〈金陵城西樓月下吟〉中，如何言之：「月下沉吟久不歸，古來相接眼中稀。解道澄江靜如練，令人長憶謝玄暉。」只有這位創造「澄江靜如練」絕美詩句的謝朓，才能讓天才詩人李白如此常憶不忘。

〈送儲邕之武昌〉詩中，李白認為古詩從謝朓方有清麗脫俗之句：「諾為楚人真，詩傳謝朓清。」而〈宣州謝朓樓餞別校書叔雲〉中，李白更是自喻為「謝朓」：「蓬萊文章建安骨，中間小謝又清發。俱懷逸興壯思飛，欲上青天攬明月。」

李白寫景自然不落於謝朓之下，不過，當李白登九華山時，竟發此語：「此山最高，呼吸之氣，想通天座矣，恨不攜謝朓驚人詩句來，搔首一問青天耳。」對李白而言，謝朓的詩句渾然天成，是其低首稱服的對象。清朝詩評家王士禛在《論詩絕句》中說李白：「白紵青山魂魄在，一生低首謝宣城。」此言不虛也！

魚戲新荷動，鳥散餘花落

名句的誕生

慼慼[1]苦無悰[2]，攜手共行樂。尋雲陟[3]累榭[4]，隨山望菌閣[5]。遠樹曖[6]仟仟[7]，生煙紛漠漠。魚戲新荷動，鳥散餘花落。不對芳春酒，還望青山郭。

～南朝齊・謝朓・游東田

完全讀懂名句

1. 慼慼：音ㄑㄧ，qī，憂傷。
2. 悰：音ㄘㄨㄥˊ，cong，樂趣。
3. 陟：音ㄓˋ，zhì，登高。
4. 榭：有覆蓋遮蔽的木臺。
5. 菌閣：形容華美的閣樓。
6. 曖：昏暗不明。
7. 仟仟：草木茂密。

語譯：心中憂煩悶悶不樂，與友朋攜手共遊尋樂。為了觀賞浮雲登上重重高臺，順著山勢瞭望菌狀的華美樓閣。遠方的樹林茂密鬱鬱蒼蒼，雲霧如煙般紛亂散布。魚兒戲水，輕搖新開的荷花；鳥兒飛散，使得殘存在樹上的花兒紛紛掉落。不想面對春日芬芳只是飲酒，還要遠望城外的青山美景。

文章背景小常識

根據日本學者網佑次的考證，本詩是謝朓晚期之作。

東田，建康（南京）城外鍾山東北山麓一帶，南齊文惠太子曾於此建有園林樓閣，並經常造訪。據李善《文選注》所言，謝朓在此置有莊園，此詩正是他遊後所作。

名句的故事

大自然能治療傷痛的生命，歷經多次政治風暴的謝朓，在山水中多少有了慰藉。〈游東田〉寫的正是詩人因內心愁悶，於是偕伴共遊的情境。

一開始以「慼慼苦無悰，攜手共行樂」，平實描述因鬱悶而結伴出遊，不過下兩句「尋雲陟累榭，隨山望菌閣」，謝朓寫景的真功夫呼之欲出——為觀賞浮雲而登上重重的高臺，順隨山勢瞭望遠方華美的樓閣，視野頓時間拓展開來。再以「遠樹曖阡阡，生煙紛漠漠。魚戲新荷動，鳥散餘花落」形容自然景致之美，整首詩因此進入栩栩如生的動態意境。

清朝詩評家方東樹在《昭昧詹言》中，便言謝朓此四句「寫景華妙，千古如新」。「遠樹曖阡阡，生煙紛漠漠」描寫遠方叢林茂密，蒼蒼鬱鬱之姿，煙靄迷濛一片。寫畢遠景，視線拉回近處的景象：「魚戲新荷動，鳥散餘花落。」魚戲、荷動、鳥散、花落，充滿大自然生意盎然的動感。最後回應本詩起句因鬱悶出遊，「不對芳春酒，還望青山郭」，終於渾然忘憂，沉醉在自然間。

《南史．王筠傳》記載，謝朓曾對好友沈約說：「好詩圓美流轉如彈丸。」〈游東田〉詩語流暢生動，正是「圓美流轉如彈丸」的化身吧！

歷久彌新說名句

「魚戲新荷動，鳥散餘花落」，令人聯想到漢代樂府〈江南〉。這首樂府詩描寫江南採蓮、游魚戲水的情景，同樣生動自然。採蓮人唱和著：「江南可採蓮，蓮葉何田田。魚戲蓮葉間，魚戲蓮葉東，魚戲蓮葉西……。」如此簡易的歌謠，傳神地描繪江南採蓮時，蓮葉鮮碧青綠，江中游魚穿梭的情境。

謝朓另一首樂府詩〈江上曲〉，採蓮的情境與男女情愛相互交融，言語美妙，將民歌的樸直率真與文人的含蓄共治於一境：「易陽春草出，踟躕日已暮。蓮葉尚田田，淇水不可渡。願子淹桂舟，時同千里路。千里既相許，桂舟復容與。江上可采菱，清歌共南楚。」

此詩從春日明媚，愛情滋發寫起，到了夏日，這對男女濃情密意恰恰如蓮葉田田，但是橫亙的淇水難以涉過，讓兩人常常不得相見。但男子說：「希望你能和我一同留在桂木舟上，時時千里同行。」情意如此動人，千里同行不離不棄的許諾，再度使這對男女同船共渡，江上採菱，共唱清歌。

方東樹說謝朓詩：「如花之初放，月之初盈，駘蕩之情，圓滿之輝，令人魂醉。」細讀謝朓詩，不難發現這種舒放、圓滿的情感在詩篇中洋溢。

昭明文選

生年不滿百，常懷千歲憂

——詠懷篇

汨余若將不及兮，恐年歲之不吾與

名句的誕生

紛[1]吾既有此內美兮，又重之以脩能。扈[2]江離與辟[3]芷[4]兮，紉秋蘭以為佩。汨[5]余若將不及兮，恐年歲之不吾與。

～戰國楚．屈原．離騷

完全讀懂名句

1. 紛：盛多的樣子。
2. 扈：楚國方言，披著之意。
3. 辟：幽僻。
4. 江離、芷：皆為香草名。
5. 汨：音ㄍㄨˇ，gǔ，水流急速，這裡指時光消失快速。

語譯：我既有許多美好的內在特質，還有著卓越的才能。披上江離草和幽香的芷草作成的外衣，編紉秋天的蘭花作為佩帶。光陰如流水般急速，我追趕不及，害怕年歲不待我啊。

文章背景小常識

〈離騷〉是中國文學史上最長的詩篇，全長共三百七十三句，兩千四百七十六字。

有關〈離騷〉的題意，一直有不同見解。司馬遷《史記．屈原列傳》言：「屈平疾王聽之不聰也，讒諂之蔽明也，邪曲之害公也，方正之不容也，故憂愁幽思而作〈離騷〉。離騷者，猶離憂也……信而見疑，忠而被謗，能無怨乎？屈平之作〈離騷〉，蓋自怨生也。」從上述引文中可見，司馬遷應是將「離騷」作為心有憂愁之意，因而〈離騷〉乃是屈原因忠心被讒，怨恨之作。這與東漢班固〈離騷贊序〉中對〈離騷〉的解釋大致相同：「離，遭也；騷，憂也。明己遭憂作辭。」

至於編纂《楚辭章句》的東漢王逸則說：「離，別也；騷，愁也。」換言之，離騷乃是離別的愁緒。這離別之愁所指，當然是離楚國君王之愁緒。

至於〈離騷〉的寫作年代，一般認為應寫於楚懷王時代，至於是哪一個時期則有爭議。

無論題意、寫作年代為何，〈離騷〉絕對是楚辭中的重要作品，這首詩彰顯早期南方文學，以當地地理山川、繁華瑰麗奇景為寫作素材。屈原在〈離騷〉中表明己志，執著於理想，復陷於矛盾之中，卻在去國之際，見故國情景，遂有不忍之心。熱情澎湃，寓意神話的奇幻色彩於詩中。並大量引用「香草美人」的比喻，來表達理想的所在。此詩充分呈現屈原追尋理想的熱情，以及面對現實世界的殘酷不仁時，自我失落的悲憤之情，堪稱是屈原的代表作。

名句的故事

紛亂的戰國時代，群雄割據一方，但如秦、晉、楚等三國，勢力強大，亟欲一統天下。秦國地理位置佳，加上商鞅變法成功，因而躍升為勢力最強大的國家。反觀楚國在戰國初期，原據有位於長江南北一帶地區，幅員廣闊，本應稱霸有望，但楚懷王在位時，國勢卻日趨衰亡。當屈原在楚懷王下任左徒一職後，當然一心一意想振興楚國，在內政上，希望舉賢授能，進行改革。只是這一計畫損害舊有官吏的利益，以至於上官大夫想要搶奪屈原起草的憲令稿，此後衝突不斷。而楚懷王聽信寵妾鄭袖及其子子蘭、上官大夫等人讒言，更使屈原飽受排擠。

在外交上，屈原主張聯合齊國，來對付秦國，這點原為楚懷王所採納。但楚懷王十五年時，秦國派出張儀來瓦解齊楚聯盟。誘騙楚王如親秦絕齊，將可得秦國於商的六百里地。屈原識破張儀詭計，苦勸懷王，但懷王鬼迷心竅，非但不聽，反將屈原放逐到漢北。

理所當然，當楚懷王向秦要求那六百里地時，張儀的真面目也就顯現了。他假裝吃驚地說，哪裡是六百里，約定的是六里之地。楚懷王大怒，決定出兵攻秦，先是在丹陽之戰大敗，折兵損將八萬人，並丟失漢中地。而後楚懷王又再次發兵擊秦，再敗於藍田。兩次大敗後，懷王似乎略有清醒，遂將屈原召回，任命他為三閭大夫，希望與齊國重修舊好。

秦得知齊楚即將結盟，又重施故技，說願意歸還漢中地與楚言和。只是楚懷王率性言之，不願得地，願得張儀而甘心。張儀到楚國後，收買鄭袖，要鄭袖請懷王放過張儀，因為秦是大國不容得罪。就這樣張儀安然離開楚國，等屈原出使齊國歸來，勸懷王殺掉張儀，為時已晚。可想而知，齊楚聯盟再次破滅。此後，楚國附庸於秦國之下，離屈原的強大楚國的理想更加遙遠了。

楚懷王三十年時，秦昭王約懷王在武關相會，屈原認為秦國居心叵測，實在不應赴會，但因子蘭等人認為不應得罪秦國，而強迫懷王赴約。但秦早有埋伏，懷王因此被挾持，三年後客死於秦國。

在懷王為秦所俘後，長子頃襄王繼位，任用子蘭為令尹，繼續親秦的策略。此後屈原與子蘭，嫌隙加深，水火不容。而子蘭等人在頃襄王前極盡讒言，使得屈原於頃襄王再度被流放到江南。長達數年放逐的日子裡，屈原所想的還是如何在有生之年為楚國盡力，憂心的正是「汩余若將不及兮，恐年歲之不吾與」。而楚國積弱不振，瀕臨滅亡，更是讓屈原痛心不已。頃襄王二十二年，屈原悲憤楚國的命運已如風中殘燭，投汨羅江自盡，徒留後人的無限追思。

歷久彌新說名句

屈原悲憤自己無法為楚懷王所用，放逐在外，憂心國家安危，心有鬱結。他見到那些汲汲營營者追逐官位，深知這並非是他要達到的目的，他見到自己年紀老去，害怕美好的聲名無法建立——「忽馳騖以追逐兮，非余心之所急。老冉冉其將至兮，恐修名之不立」（〈離騷〉）。這種心境，正是延伸「汨余若將不及兮，恐年歲之不吾與」的悲愁。

不同於屈原熱切憤慨之心，孔子儘管也極力想在亂世中，使君王依正道而行，但孔子所採取的態度，絕非如屈原這般強烈悲壯地吶喊：「舉世皆濁我獨清，眾人皆醉我獨醒」（〈漁夫〉），而是以一種「中道」之心，來面對外在的紛亂。

《論語．陽貨》中，可見孔子處世的態度較為平和，不易與人樹敵——「陽貨欲見孔子，孔子不見。歸孔子豚。孔子時其亡也，而往拜之，遇諸塗。謂孔子曰：『來，予與爾言。』曰：『懷其寶而迷其邦，可謂仁乎？』曰：『不可。』『好從事而亟失時，可謂知乎？』曰：『不可。』『日月逝矣，歲不我與！』孔子曰：『諾，吾將仕矣！』」

話說孔子回到魯國，季氏的家臣陽貨想見孔子，好遊說孔子出仕。陽貨惡名昭彰，專權恣意，希望孔子出仕，只是希望孔子也能同流合污，為他背黑鍋。所以孔子不想見他。陽貨於是送來一隻豬，希望孔子能因此主動來拜訪他。孔子於是找了陽貨不在家時，前往致謝。可巧，在回程時狹路相逢。陽貨就用一種滿不在乎的神情跟孔子說：「來啊！我有話要跟你說。」這陽貨顯然早已沙盤推演過如何遊說孔子，以至於每一問都讓孔子只能順著陽貨設定的方向走。

陽貨問孔子：「一個人具有道德才能而讓國家限於迷亂中，可以說是仁愛嗎？」孔子答：「不可以。」陽貨再問：「喜歡出來做事，卻多次失去機會，可以算明智嗎？」孔子當然也只能回答說不可以。這下子，陽貨搬出光陰似箭這個千古不變的道理來：「光陰易逝，歲月是不等人的！」孔子只好說：「好的，我就快出來做事了。」

其實孔子不是不想出仕，而是不願意在陽貨底下為官。綜觀孔子直而婉的作為，不至讓自己陷於絕境，應是另一種仁與智的表現吧！

惟草木之零落兮，恐美人之遲暮

名句的誕生

朝搴[1]阰[2]之木蘭兮，夕攬洲之宿莽[3]。日月忽其不淹[4]兮，春與秋其代序。惟草木之零落兮，恐美人之遲暮。

～戰國楚・屈原・離騷

完全讀懂名句

1. 搴：音ㄑㄧㄢ，qiān，拔取。
2. 阰：音ㄆㄧˊ，pí，山名，約在楚國南部。
3. 宿莽：一種香草。
4. 淹：久留。

語譯：早上拔取阰山的木蘭花，晚上採水洲上的宿莽草，日月飛逝不能久留，春去秋來四季更迭。憂慮這花草凋零，就像憂慮美人紅顏不再年輕。

名句的故事

中國歷史上，君王陷溺在美色中絕非少數，為了博得美人一笑，不少君王傾盡全力，甚至於將大好江山拱手讓人。

且看漢武帝宮廷樂師李延年的〈佳人歌〉：「北方有佳人，絕世而獨立，一顧傾人城，再顧傾人國。寧不知傾城與傾國，佳人難再得。」這首歌是李延年為了推薦自己妹妹給漢武帝而作。從詞義來看，儘管我們無法得知有關她外表的細節，但是她的美是足以傾城傾國的，她能使妻天下美女的君王，覺得原來擁有的美人相形之下全無華彩，她的出現將使君王疏離朝政，終致亡國，從這些後果看來，不難想見這樣的佳人是何等的美貌了。

李延年的妹妹，也就是李夫人，當她到宮中後，馬上獲得漢武帝的寵愛，並為漢武帝生下一子，不過這孩子後來夭折，令她傷心欲絕，以致大病一場。在她病重期間，漢武帝一直想看她，不過漢武帝來探望她時，她卻轉向牆壁，遮住她的臉，不肯讓漢武帝見到她生病的樣子。她告訴宮女：「以色事人者，色衰則愛弛，愛弛則恩絕。」她寧可在漢武帝心中留下美好的倩影，這樣或許能讓她的家人還享有一點庇蔭，也不至於因為她憔悴的容顏，使得漢武帝忘了她，而恩斷義絕。

李夫人非常明白自己的立場，深知一國之君愛的只是她華美的外貌，一旦年老色衰，也就不復有榮景了。這正是「以色事人者」的悲哀，「恐美人之遲暮」的憂悽感啊！

歷久彌新說名句

無論是引領風騷的英雄，或是統領天下的皇帝，當他們歷經過最美好的事物後，面對生命榮枯的無常變化，往往難以釋懷。

李夫人的美貌深深吸引著漢武帝，李夫人過世後，漢武帝對她思念依舊，在他的〈秋風辭〉中便道盡他對佳人的思懷：「秋風起兮白雲飛，草木黃落兮雁南歸。蘭有秀兮菊有芳，懷佳人兮不能忘。泛樓船兮濟汾河，橫中流兮揚素波。簫鼓鳴兮發棹歌，歡樂極兮哀情多。少壯幾時兮奈老何！」在秋風颯颯之際，草木凋零。卻有那秋天茂盛生長的蘭花與菊花，令漢武帝思念起他的美人。當他乘船渡過汾河時，見白色的波濤四起，心有感嘆，一旁卻是簫鼓聲震耳欲聾，兩相對照下，升起「樂極生悲」之感，也驚覺到生命少壯已逝。

當然，「惟草木之凋零，恐美人之遲暮」真正的寓意還在於，屈原將自己比喻為香草，將楚懷王比喻為美人，希望楚王能夠善用他的才能，他憂心歲月消逝，已無力一展長才，同時也是對生命興衰發之感嘆。這句詩正是〈離騷〉首段「汨余若將不及兮，恐年歲之不吾與」的擴大與延伸。

舉賢而授能兮，循繩墨而不陂

名句的誕生

湯禹儼而祇敬[1]兮，周論道而莫差[2]，舉賢而授能兮，循繩墨[3]而不陂[4]。皇天無私阿[5]兮，覽人德[6]焉錯[7]輔。夫維聖哲以茂行兮，苟得[8]用此下土[9]。

～戰國楚．屈原．離騷

完全讀懂名句

1. 祇敬：恭敬。
2. 差：過錯。
3. 繩墨：法度標準。
4. 陂：偏頗。
5. 私阿：私心偏袒。
6. 覽人德：觀察人們的道德。
7. 錯：同「措」，安定，安置之意。
8. 苟得：才能夠。
9. 下土：天下之意。

語譯：商湯夏禹恭敬地敬畏天命，周文王講求正道而無過失，選賢才而重用能臣，遵循標準法度而沒有偏頗。皇天公正無私，考察有德者與以輔佐。只有聖賢才能得天下為君王。

名句的故事

屈原希望楚懷王廣納賢才，重用能臣，絕對是讓國家圖強的重要策略。歷史上不乏任用賢能而強國的君王，如唐太宗「貞觀之治」的太平盛世，即是任用賢臣、知人善任的結果。尤其太宗大量採納良臣諫言，更是政治清明的重要原因。

《貞觀政要》及《魏徵傳》記載許多魏徵勸諫太宗的史實。太宗對魏徵在眾臣面前告誡自己，有時儘管覺得有失君王顏面，但為了國家社稷，太宗多半採納魏徵的建言，並慶幸自己有這樣的大臣。魏徵過世時，太宗痛哭，下令停止上朝五日哀悼。礙於天子不能為臣子送葬的禮儀，只能登御苑西樓望著送葬的隊伍。

太宗常常懷念起魏徵，曾對群臣說：「夫以銅為鏡，可以正衣冠；以古為鏡，可以知興替；以人為鏡，可以明得失。朕寶此三鏡，以防己過。今魏徵殂逝，遂亡一鏡矣！」這段話充分顯現魏徵在太宗心中的地位。

《韓非子．說疑》提及聖明的君王會拔擢人才，「內舉不避親，外舉不避仇」，太宗也有同樣的選才準則。

長孫無忌是太宗年輕時的知交，他也是皇后長孫氏的哥哥，由於他的智謀與才能過人，太宗便任他為宰相。這事被長孫皇后得知，希望太宗能改變主意，因為擔心有人認為外戚當權，非國家之福。不過，太宗卻說，他之所以任用長孫無忌，完全是因為他的才能，而不是因為他是國舅。太宗堅持讓長孫無忌擔任宰相。不過，長孫皇后一直認為外戚擔任宰相實在不妥，只好要自己的兄長向太宗請辭。太宗無奈下，只好同意。不過從太宗拔擢人才的準則來看，太宗的確有賢君的氣勢。

歷久彌新說名句

《戰國策．秦策．文信侯出走》，敘述司空馬預言趙國滅亡的過程。文信侯呂不韋被驅逐離開秦國後，親信司空馬也離開秦國投奔趙國，趙國讓他當擔任「守相」（代理相國，但也有學者認為是個假官，無權無位）。此時，秦國已經發兵，準備攻打趙國。司空馬說呂不韋在秦任宰相時，他正擔任尚書，對秦的狀況相當了解，他於是請求趙王讓他分析秦趙之戰的狀況。秦大趙小，趙無論是國力、財力、安定度，沒有一項勝過秦國，這種狀況下趙國就只能等著滅國了。趙王趕緊請司空馬獻策。

司空馬認為應該割讓半個趙國賄賂秦國。秦

本來就憂心趙國內部的防備，又怕其他諸侯來援助，一定會接受土地，盡快退兵。趙保有一半國土，而秦強大，但山東其他國家會有憂患意識，因而聯合起來抵抗秦國，趙國不至於亡國。但趙王認為，之前秦發兵攻趙，已經用河間十二縣賄賂秦，但還是免不了秦患，如今再割地，國家不等同於亡了，趙王於是要司空馬再獻他策。司空馬說，他年輕時曾為秦國尚書，以長官的身分管理小官，卻還不曾率兵衝鋒陷陣，請趙王讓他率所有的趙軍與秦國一戰，但趙王沒有任他為將領。司空馬說自己所提的計謀拙劣，難以採用，所以請求離開趙國。

司空馬離趙，渡過平原津，平原津縣令郭遺前去迎接。郭遺尋問趙國的狀況，司空馬說他的計策趙王不採納，趙國必亡。郭遺再問，那麼他估計趙國何時會亡？司空馬說，如果趙國以武安君李牧為將領，一年才亡。如果殺死武安君，那麼不超過半年就亡。趙臣韓倉，經常迎合趙王，兩人往來甚密。這人忌妒賢才功臣，現在趙國危急，趙王一定會聽信韓倉的說法，武安君必死無疑。

韓倉果然厭惡武安君，趙王於是命他人任武安君之職。武安君到朝廷後，便命韓倉數落他，說他有一回戰勝歸朝時，趙王賜酒給他，他卻在晉爵時，在趙王面前，手裡藏著匕首，應當死罪。武安君解釋說自己身大臂短，不能及地，如此拜見趙王不敬，先前怕因此犯死罪，所以就請工人用木材為他銜接在手上。然後他露出手臂，就像一塊豎直的木樁，纏著布。韓倉說他授命於趙王，賜死不赦。於是武安君就向北面拜謝王賜死。臨死前還說，作臣子的人不能在宮中自殺，就快跑離開宮前的戢門。他右手舉劍自刎，但手臂太短，就銜著劍走到柱子前刺向自己。武安君死後五個月趙也就亡國了。

平原津縣令見到人就說，司空馬離秦並非不智，離趙也非不義，但趙國因司空馬離去而亡國。這正是「國亡者，非無賢人，不能用也」啊！

瞻前而顧後兮，相觀民之計極

名句的誕生

瞻前而顧後兮，相觀人之計[1]極，夫孰非義而可用兮，孰非善而可服。阽[2]余身而危死兮，覽余初[3]其猶未悔，不量鑿而正枘[4]兮，固前修以菹醢[5]。

～戰國楚·屈原·離騷

完全讀懂名句

1. 計：謀慮。
2. 阽：音ㄉㄧㄢˋ，diàn，面臨危險。
3. 初：指當初的心志。
4. 不量鑿而正枘：比喻不會迎合君王之意，膽敢直言。鑿：木孔。枘：音ㄖㄨㄟˋ，ruì，榫頭。
5. 菹醢：肉醬，古代的極刑。菹：音ㄐㄩ，jū；醢：音ㄏㄞˇ，hǎi。

語譯：瞻顧古往今來，看人的謀慮，有誰能行不義而被重用，又有誰能行不善而使人臣服。儘管我身處險境，瀕臨死亡，但回顧當初的志向，我仍不悔改。不迎合君意，膽敢直言，多少前人遭到極刑。

名句的故事

瞻前顧後，說的是對事物周全的看法。舉凡聖賢都能從歷史中領略到一種寬廣的視域。

《呂氏春秋·仲冬紀·長見》記載子夏弟子吳起的遠見。吳起治理西河，卻遭王錯向魏武侯讒言誣陷，而被召回。吳起在岸門時，停車望著西河，一直流淚。他的僕人說，他私下觀察吳起，認為他應是個棄天下如敝屣者，如今為何會因離開西河而流淚？吳起答道，如果君王信任他能治理好西河，就可以王天下。但君王聽信讒言而不信任他，西河不久會被秦國取得，魏國國力就要削弱了。

吳起離開魏國，前往楚國。四十三年後，秦孝公伐魏，魏王（梁惠王）不得不遷都大梁，並獻西河給秦。西河為秦所有，秦國日益壯大。吳起的遠見使他離開西河而淚下，而他離魏至楚，楚悼王任他為相，楚國因此國富兵強，這是楚悼王能尚賢所致。

另有魏公叔一例，同樣令人讚嘆有識者的卓見。魏公叔癱瘓重病在身，惠王前去探望，並問起此後國事如何處理。公叔就說他的御庶子商鞅可用，希望惠王任用他，如果不能任用，也不要讓商鞅離開魏國。惠王沒有應允。出來後，他對左右侍者說，實在是悲哀，公叔這麼賢能的人，卻要我以商鞅主政，實在是謬論。

公叔死後，商鞅前往秦國，秦孝公重用他，秦國商鞅變法成功，國家強盛，而魏國衰敗。

因此，不是公叔謬論，是魏王謬論。呂不韋最後終結道：「夫悖者之患，固以不悖為悖。」悖謬者的禍患，就是常常把不悖謬的事當作荒謬之事來看待。這個論斷真是一針見血。

歷久彌新說名句

春秋吳國宰相伍子胥，在吳王夫差戰勝越國後，反對太宰伯嚭的言和之見，力勸吳王斬草除根，一舉滅亡吳國。他以少康中興為鑑，認為不滅越國，將使越國壯大，世世為仇敵。他表示既然已經打敗越國，卻又言和使越國存在，有違天意而寇讎壯大，將來一定會後悔，等到那時就為時已晚了，但吳王不聽。伍子胥私下對人說出那句名言：「越十年生聚，而十年教訓，二十年之外，吳其為沼乎！」這樣的有識之士，面對夫差一心想成為春秋霸主，卻沉溺在美色與讒言中，怎能不痛心呢？據說，吳子胥被夫差賜死前，後悔擁立他為王。

吳子胥有悔，但兩度慘遭放逐的屈原，對楚王的忠誠之心，卻是未曾有悔。

悲莫悲兮生別離，樂莫樂兮新相知

名句的誕生

秋蘭兮青青，綠葉兮紫莖。滿堂兮美人，忽獨與余兮目成。入不言兮出不辭，乘回風[1]兮載[2]雲旗。悲莫悲兮生別離，樂莫樂兮新相知。

～戰國楚・屈原・少司令

完全讀懂名句

1. 回風：旋風。
2. 載：插。

語譯：秋天的蘭花長得多麼茂盛，碧綠的葉子，紫色的根莖。滿堂美人，你卻獨獨與我眉目傳情。你來時一語不發，離去也不辭別，乘著旋風插著雲旗飄飄而去。人生最大的哀痛莫過於活生生的分離，最歡樂之事莫過於新結識知己。

文章背景小常識

〈少司令〉是屈原《九歌》中的一篇。《九歌》雖名為「九歌」，但非九篇，而是十一篇，除〈少司令〉外，尚有：〈東皇太一〉、〈雲中君〉、〈湘君〉、〈湘夫人〉、〈大司令〉、〈東君〉、〈河伯〉、〈山鬼〉、〈國殤〉、〈禮魂〉等十篇。有人將《九歌》視為一種宮廷樂曲，與楚國民間流傳的祭歌《九歌》有一定的關聯。朱熹甚至認為《九歌》是屈原改寫所成，並非原創。

一般學者常將〈大司令〉與〈少司令〉相提並論。

有人認為兩首都是祭祀命運之神的歌曲。〈大司令〉乃是掌管成人命運的神祇，而〈少司令〉顧名思義，就是掌嬰幼年少者的命運之神。但也有一說，認為〈少司令〉所掌管的是人類愛情，也就是「司愛之神」，因為此篇詠頌的是男女之愛，洋溢著溫柔之情，是求愛之歌。

名句的故事

李白與杜甫這兩位中國詩史上的代表性人物，一個是被譽為「謫仙」的飄逸型詩人，另一個則是沉鬱雄渾、苦心孤詣的詩人。這兩個風格迥異的詩人，在天寶三年至四年時曾有短暫的交會，不過兩人自天寶四年魯郡東石門匆匆一別後，就因戰亂各奔東西，從此無緣再會。

或許是天性使然，李白慣於飄逸，對杜甫的一番情誼，僅留有數語：「秋波落泗水，海色明徂徠，飛蓬各自遠，且盡手中盃」（〈魯郡東石門送杜二甫〉），以及〈沙丘城下寄杜甫〉：「魯酒不可醉，齊歌空復情，思君若汶水，浩蕩寄南征。」

然而，杜甫對李白卻非常激賞，將其視為知己般，對於李白離去有著悵然若失的深切感受。杜甫詩作有〈天末懷李白〉、〈夢李白〉、〈寄李十二白〉、〈贈李白〉……等多篇思懷李白、讚譽李白之作。而他思念李白，情深悲切，在〈夢李白．其一〉充分顯現：「死別已吞聲，生別長惻惻。江南瘴癘地，逐客無消息。故人入我夢，明我常相憶……。」充分表現出悲莫悲兮別離的感情。

世人曾有李杜相輕之說，不過就杜甫多首懷李白之作看來，杜甫是同以詩人之心來看待才華洋溢的李白。據清人趙翼《甌北詩話》所言，李白當時並未受到高度推崇，杜甫因而對李白困頓的苦境有所感觸。在〈夢李白．其二〉中，杜甫說李白：「冠蓋滿京華，斯人獨憔悴。孰云網恢恢，將老身反累。千秋萬歲名，寂寞身後事。」

杜甫在李白未聞達之前，就預言李白「千秋

萬歲名」，恐怕也只有同屬翹楚、自許為「丈夫垂名動萬年」的杜甫，能夠理解李白漂泊不羈面貌下的寂寞感吧！也充分表現出樂莫樂兮相知的珍惜。

歷久彌新說名句

〈少司令〉之所以被認為是祭祀司愛之神的樂歌，詩中當然不乏情感澎湃的濃烈詩句。除「悲莫悲兮生別離，樂莫樂兮新相知」外，「與汝遊兮九河，衝飆兮水揚波。與汝沐兮咸池，晞汝發兮陽之阿。望美人兮未來，臨風怳兮浩歌」，對戀人心情的描述同樣栩栩如生。那種希望與所愛者共遊共在的強烈慾望，而當美人未至，一切落空的惆悵心緒，道盡情感世界的起伏，戀人們未定的心緒。

屈原《九歌》中，不止〈少司令〉與愛情有關，〈湘君〉與〈湘夫人〉也被認為是描寫愛情之作。

湘君與湘夫人為湘江水神，前者為男神，後者為女神。〈湘君〉一篇寫湘君苦等湘夫人未至，遂駕龍舟橫渡大江尋找湘夫人，只尋得湘夫人縹緲的倩影而已，因此更加惆悵，尤其是湘君橫大江而渡，雖見湘夫人倩影卻不可及，其哀嘆尤見深情：「揚靈兮未極，女嬋媛兮為余太息，橫流涕兮潺湲，隱思君兮悱惻。」此四句寫湘夫人縱然已現芳蹤，卻未走向湘君，這使得湘君身旁的侍女也為他嘆息，他淚流如水洩，因思念她而痛楚不已。

至於〈湘夫人〉一篇，則是轉換角色——寫湘夫人如何思懷湘君卻不敢言，因而心神不寧，只能遠望，看流水潺潺：「沅有芷兮澧有蘭，思公子兮未敢言，荒忽兮遠望，觀流水兮潺湲。」不過此篇最有名當屬起首的佳句：「帝子降兮北渚，目眇眇兮愁予。嫋嫋兮秋風，洞庭湖兮木葉下」——天帝的女兒降臨在北渚水邊，眼睛裡含情脈脈，帶著淡淡哀愁。秋風飄揚，揚起洞庭湖邊的樹葉。這樣歷歷在目的景象，的確令人思之再三。

悲哉！秋之爲氣也，蕭瑟兮，草木搖落而變衰

名句的誕生

悲哉！秋之為氣[1]也。蕭瑟[2]兮，草木搖落[3]而變衰。憭慄[4]兮，若在遠行；登山臨水兮，送將歸。

～戰國楚・宋玉・九辯

完全讀懂名句

1. 氣：氣氛、景象。
2. 蕭瑟：秋風吹拂草木的聲音。
3. 搖落：動搖脫落。
4. 憭慄：ㄌㄠˇ ㄌㄧˋ，liǎo lì，淒涼貌。

語譯：真是悲哀啊！秋天景象所形成的氣氛。秋風吹起，草木枯黃飄零。這種淒涼的樣子，就好像是在遠方作客，又好像是登山臨水，送他人回故鄉。

文章背景小常識

先秦時代，除了北方以四言為主的《詩經》以外，南方楚國出現了一種吸收南方民歌精華、融合上古神話傳說的一種新文體，名為「楚辭」。楚辭在形式上採取三言至八言參差不齊的句式，篇幅和容量可根據需要而任意擴充。活潑的形式使楚辭更適於抒寫複雜的社會生活和表達豐富的思想感情。至於楚辭的內容，多是「書楚語，作楚聲，記楚地，名楚物」（宋・黃伯思〈校定楚辭序〉）。

楚辭的作家，最著名的是屈原，其次有宋玉、唐勒、景差。唐勒和景差的文章都沒能流傳下來，宋玉的作品大部分在作者方面還有疑

義，只有這篇〈九辯〉公認是宋玉的文章。

篇名〈九辯〉是流傳在當時楚地的古樂曲名稱，乃是音樂意義上的曲調名，而不是概括作品思想內容的文章標題。「辯」相當於「遍」，一闋謂之一遍。傳說中，「九辯」是夏啟從天上取回的樂章，不過大約是楚國古代民歌，由於樂聲美妙，所以被當成是天上之樂。〈九辯〉是可以配合樂器演奏的，其詞激宕淋漓，跟北方〈風〉、〈雅〉的含蓄蘊藉大異其趣，這也是南方楚國文學的特點。

名句的故事

宋玉的〈九辯〉是跟屈原的〈離騷〉性質相似的自敘性長篇抒情詩。全篇借秋景、秋容、秋聲、秋物的描寫，以情景交融的手法發抒「貧士失職而志不平」的悲嘆及不滿現實、嘆老嗟卑、懷才不遇的哀傷。

宋玉的生平史籍記載很少。據最可靠的《史記・屈原賈生列傳》可知：他是楚國人，與唐勒、景差等人都是「屈原既死之後」，直接受屈原影響的楚辭作家，即所謂「皆祖屈原之從容辭令」，「好辭而以賦見稱」。現在研究一般認為，宋玉主要活動在頃襄王時期，雖曾入仕，但官位不高，很不得意。

詩人杜甫曾在四川夔州宋玉古宅作〈詠懷古蹟〉，云：「搖落深知宋玉悲，風流儒雅亦吾師。悵望千秋一灑淚，蕭條異代不同時。江山故宅空文藻，雲雨荒台豈夢思？最是楚宮俱泯滅，舟人指點到今疑。」首句「搖落深知宋玉悲」便是化用〈九辯〉開頭的「悲哉！秋之為氣也。蕭瑟兮，草木搖落而變衰。」

而同為宋玉所作的〈高唐賦〉，其中虛構出巫山雲雨的故事，本來是用來勸諫楚懷王的，沒想到後人不解，還附會出「雲雨荒台」這個古蹟來。值得安慰的是，詩人的故宅還在，總比那楚國的昏君宮室都已湮滅不存，只能任由船夫指指點點而無法確定具體位置。

歷久彌新說名句

悲秋是中國文學作品中一個重要的主題，而

其始作俑者就是失意的宋玉。明代畫家陳繼儒指出：「秋氣可悲，想古悶如，自玉一為指破，遂開千古怨端。」

秋以其在四季遞嬗中的特定位置，為人展示了一個自然界由生機勃勃、一片繁盛到蕭索凋敝、滿目蒼涼演變的連續過程。當代學者葉嘉瑩指出：「是黃落草木驀然顯示了自然的變幻與天地的廣遠，是似水的新寒驀然喚起了人們自我的反省與內心的寂寞。」而早期社會生活的週期性活動，亦構成了集體的悲秋心理。

農業生產方式決定了秋冬為農閑時節，較常舉行征戍、徭役、刑殺，特別是戰爭活動。於是掌管刑罰的官自然被稱為「秋官」。可見悲秋，不僅具審美的、生命意識的因素，還有著深刻的社會原因和廣闊的民俗背景。

宋玉之前，悲秋僅僅是以秋景起興，宋玉之後，中國文人開始自覺地吟起悲秋詠歎調。漢樂府雜曲裡的一首鄉愁詩〈古歌〉：「秋風蕭蕭愁殺人，出亦愁，入亦愁，座中何人，誰不懷憂？令我白頭。胡地多飆風，樹木何修修。離家日趨遠，衣帶日趨緩。心思不能言，腸中車輪轉。」用白話的方式說出了秋的愁苦。

西晉潘岳在滯官不前、滿腹牢騷時，作〈秋興賦〉，由「嗟秋日之可哀兮，諒無愁而不盡」以下，寫自然景物之葉落風勁，又將蟬、雁、月、蟋蟀等，結合夜晚情調，幻想擺脫塵世羈絆，「逍遙乎山川之阿，放曠乎人間之世」。

唐代文人在悲秋主題上側重詠歎宇宙人生，如陳子昂〈感遇〉：「歲華盡搖落，芳意竟何成。」杜甫〈登高〉：「萬里悲秋長作客，百年多病獨登台。」晚唐悲秋更趨愁苦，李後主〈浪淘沙〉：「寂寞梧桐，深院鎖清秋。剪不斷，理還亂，是離愁……。」

悲秋主題不僅影響詩歌，在中國的敘事文學也能找到蹤影，如《紅樓夢》四十五回林黛玉的〈秋風秋雨夕〉：「秋花慘澹秋草黃，耿耿秋燈秋夜長。已覺秋窗秋不盡，那堪風雨助淒涼。」直到近代革命先烈秋瑾在被處決前也留下了「秋風秋雨愁煞人」的名言，為悲秋主題更添一樁。一段悲秋，千古絕唱，信非偶然。

懸明月以自照兮，徂清夜於洞房

名句的誕生

日黃昏而望絕兮，悵[1]獨託于空堂。懸明月以自照兮，徂[2]清夜於洞房[3]。援[4]雅琴以變調兮，奏愁思之不可長。

～西漢．司馬相如．長門賦

完全讀懂名句

1. 悵：失意、懊惱。
2. 徂：ㄘㄨˊ，cu，消逝。
3. 洞房：深邃的內室。
4. 援：引、取。

語譯：每天從早到晚盼望著您的到來，可是只能失望地獨自在這深宮永巷。夜晚把明月當作是鏡子來顧影，多少個夜晚就在這深邃的幽室消逝無蹤了。拿起雅琴以變調來奏出我綿長的愁思。

文章背景小常識

漢武帝的皇后陳阿嬌被廢後，住在長門宮。陳皇后聽聞司馬相如的文才，便以黃金百斤，請司馬相如為她作了這篇〈長門賦〉，希望能感動漢武帝。《昭明文選》記載這篇賦使陳皇后恢復了寵幸，但史實記載與此相反，陳阿嬌最終就在冷清的長門宮直至老死。

名句的故事

說起漢武帝的風流韻事，可真是一籮筐！其中陳阿嬌是他的青梅竹馬，是他的表姊（或表妹），也是他的第一位皇后。

陳阿嬌與漢武帝的結合，其實是有政治背景的。漢武帝名劉徹，母親是王夫人，原來並不是太子。原來的太子是栗姬所生的劉榮，阿嬌的母親館陶公主為了鞏固自己的勢力，原本希望把阿嬌許配給當時的太子劉榮，但栗姬對於公主時常獻美人入宮給景帝之事頗為懷恨，因此就強硬地拒絕了。

館陶公主被拒絕後，便把目標轉向王夫人的兒子劉徹。有一天，公主為了和王夫人商議婚事，把阿嬌帶到宮裡，當時劉徹年紀還很小，公主問他：「讓你娶阿嬌可好？」劉徹回答：「如果阿嬌成為我的妻子，我會蓋一間黃金宮殿讓她住。」這就是「金屋藏嬌」的由來。後人常用「金屋藏嬌」來比喻私藏小老婆之事，其實最初的金屋可是給大老婆住的呢！

在王夫人與公主的聯手下，劉榮被貶為臨江王，栗姬也抑鬱以終。王夫人正式成為皇后，劉徹也順利成為太子，並迎娶阿嬌為太子妃。等到劉徹即位，阿嬌也成為皇后，武帝也依照諾言，蓋了黃金屋給阿嬌居住。起初，他們過了幾年恩愛的日子，但由於阿嬌一直沒有生育，且漢武帝的風流也使金枝玉葉的阿嬌醋勁大發。後來漢武帝喜歡上歌女衛子夫，阿嬌極為憤怒，殺害了很多人，最後她還請來巫女楚服作法，東窗事發後，阿嬌因此被廢去皇后之位，移居長門宮。

歷久彌新說名句

中國古代在政治上不順利的文人，常喜歡以愛情為隱喻，例如曹植的〈七哀詩〉：「君若清路塵，妾若濁水泥。浮沉各異勢，會合何時諧？願為西南風，長逝入君懷。君懷良不開，賤妾當何依？」便是向他的哥哥魏文帝曹丕表明自己希望報國的心意。

又如〈節婦吟〉：「還君明珠雙淚垂，恨不相逢未嫁時。」表面上看來是哀怨淒美的情詩，事實上是張籍因為不想接受唐朝藩鎮李師道的徵聘，故以此詩來明志。

因此司馬相如為陳皇后寫〈長門賦〉一事，常為後代文人引用，作為不為君用的比喻。例如南宋辛棄疾〈摸魚兒〉：「長門事，準擬佳期又誤。蛾眉曾有人妒。千金縱買相如賦，脈脈此情誰訴？」辛棄疾運用這個典故並加上自己的想像：被冷落的陳皇后，本已有了與漢武帝重聚的希望，但是由於遭到武帝身邊爭寵人的妒恨，致使佳期無望。這個時候，縱使陳皇后千金買得相如的生花妙筆，也難將自己的脈脈真情傳遞過去。

事實上，辛棄疾是恨南宋時權奸當道、蒙蔽君主，不思恢復失地，反而排擠抗金志士，辛棄疾在未獲重用的情況下，以長門陳皇后自喻，表示自己的憤怒。

司馬相如的長門賦，沒有達到為陳皇后挽回漢武帝的目的。不過他與卓文君的戀情，也是歷代傳誦的佳話。據說卓文君在司馬相如一窮二白時，與之共患難，賣酒當壚。但是後來司馬相如受重用之後，便想另外納妾，卓文君因此寫了〈白頭吟〉：「皚如山上雪，皎若雲間月。聞君有兩意，故來相決絕。今日斗酒會，明旦溝水頭。躞蹀御溝上，溝水東西流。淒淒復淒淒，嫁娶不須啼。願得一心人，白頭不相離。竹竿何嫋嫋，魚尾何簁簁。男兒重意氣，何用錢刀為。」司馬相如收到這首詩後很是羞愧，便打消了納妾的念頭。

唐代詩人李白便將這兩件事結合在一起，寫了這樣的詩句：「此時阿嬌正嬌妒，獨坐長門愁日暮。但願君恩顧妾深，豈惜黃金買詞賦。相如作賦得黃金，丈夫好新多異心。一朝將聘茂陵女，文君因贈白頭吟。」

看來「丈夫好新多異心」自古皆然，豈獨今日之「天下男人都會犯的錯」？不過今日的女性大可不必像陳皇后還要以千金請司馬相如寫〈長門賦〉，而只要寫一張離婚證書便可以重獲自由了。

少壯不努力，老大乃傷悲

名句的誕生

青青園中葵[1]，朝露待日晞[2]。陽春[3]布德澤，萬物生光暉。常恐秋節[4]至，焜黃[5]華葉衰。百川東到海，何時復西歸。少壯不努力，老大乃傷悲。

～漢・無名氏・長歌行

完全讀懂名句

1. 葵：冬葵，古人食用的一種蔬菜。
2. 晞：曬乾。
3. 陽春：溫暖的春天。
4. 秋節：秋季。
5. 焜黃：發黃的樣子。焜：音ㄎㄨㄣ，kūn。

語譯：園圃中的冬葵鬱鬱青青，葵葉上的露水等太陽一出來就被曬乾了。溫暖的春天廣布其德澤賞賜，大地萬物因此發出燦爛光輝。常常憂心著秋天的到來，枯黃了花草綠葉。看那滔滔江水向東流至大海，何時才會回來呢？如果年少青壯時不發憤圖強，等到年老體衰時，只能徒然悲傷後悔了。

文章背景小常識

這篇〈長歌行〉是樂府古辭，由於年代久遠，已不知作者姓名。由其詞彙與結構簡單，約可知是當時民間流行的歌謠。

樂府，是漢代官署中主管音樂的部門，負責宮廷祭祀、巡行、飲宴時的樂音。樂府署內的官員除自行創作外，也到民間採集歌謠配樂，漢武帝時的李延年即是署內官員。所以樂府一詞，最初是指宮中樂府所採製的樂歌，後來也變成文體的一種，可用以配樂，也可抽離出來純為吟詠歌頌。從魏晉到隋唐，樂府詩體都相當盛行。

樂府古詩，由於配樂、詞句簡單，流傳甚廣，往往朝廷創作會流入民間，百姓流行的歌詞亦會回傳至宮中，刺激署臣更改新調、新詞。

名句的故事

本篇名句通過對植物盛衰景象的描寫，表達作者對時光流逝的惋惜。作者以冬末初春為開端，描繪園圃中鬱鬱青青的葵菜，葉上露水隨著朝陽出現漸漸蒸發、消散。春天的陽光總是惹人喜愛，在它煦煦照射下，宛如回到溫暖的家，萬物生機也於是展開光澤。然而四季輪轉是自然之道，颯涼秋風一到，草木也隨之變色、凋零，徒留枯枝。此處「常恐」兩字運用得巧妙，一方面表達詩人惜春、戀春，另一方面也提醒世人時光無情。

在淒涼的秋黃景色下，不禁嘆息時光流逝就好比百川滔滔不絕地奔向大海，哪裡還會回來呢？而人啊，就好像這水一般，「少壯不努力，老大乃傷悲」，青春易逝，一旦錯過就沒有重新再來的機會。

這首〈長歌行〉取材雖古，但通篇樸素明快，吟詠著四季之歌，無論是詞藻之美，曲韻、節奏的安排，都讓人耳目一新，隨著詩句進行，眼前似乎也流轉著四季景色。尤其是作者最後的勉勵，「少壯不努力，老大乃傷悲」，已成為歷史上重要的座右銘，迄今人們仍經常掛在嘴上。

清人吳淇在《選詩定論》中評論此詩：「一日之時在朝，一年之時在春，一生之時在少壯。之三時者，以為甚長而玩愒來年，乃日復一日，年復 年，冉冉老至，恰如逝水赴海，豈有復西之日哉！」吳淇在少壯之時外，又將早晨、春天分別置入合稱三時，若要掌握這三個佳時，就須及早努力，不蹉跎光陰，這段話可謂是本詩內容最佳的詮釋。

在清朝的《大清會典》，專門收錄朝廷官方文書的典籍中，有一篇軍令的敕文，是皇帝下詔軍兵的文書。其中除諄諄訓勉將士們出兵黑龍江必須注意的事情外，也特別叮囑他們：「此行道路遙遠，務奮力直前，慎勿憚勞而稍怠也……語云：『少壯不努力，老大徒傷悲。』誠哉是言！若此時不力圖建樹，異日雖悔何益耶！」連一篇理應端正肅然的諭喻，也能出現「少壯不努力，老大徒傷悲」的勉勵詞句，不難看出這名句流傳之久，運用之普及。

歷久彌新說名句

以詩歌吟詠時光稍縱即逝有許多手法。魏晉時期的陶淵明在其〈雜詩〉中言：「盛年不重來，一日難再晨。及時當勉勵，歲月不待人。」也是對人生無常，盛年難再的慨嘆。陶淵明寫下此詩時，尚在仕途上踽踽而行，當時也是他行役宦遊最苦累的時候，對於「人生無根蒂，飄如陌上塵」的感觸自然最為深刻。

南宋抗金名將岳飛，雖為武夫但對少壯蹉跎、老大自傷者亦同感徒然，故高亢豪氣地唱道：「莫等閑，白了少年頭，空悲切！」要人們好好把握少年時光，積極追求美好事物，莫待無花空折枝。

南宋大儒朱熹於〈偶成〉中同樣告誡著：「少年易老學難成，一寸光陰不可輕。未覺池塘春草夢，階前梧葉已秋聲。」光陰如梭，若持著「明日復明日，明日何其多」的想法，最後只會「萬事成蹉跎」！因此朱熹要年輕學子孜孜於學，勤勉努力，最後才有豐碩成果。

徒臨川以羨魚，俟河清乎未期

名句的誕生

遊都邑以永久，無明略以佐時。徒[1]臨川以羨[2]魚，俟[3]河清乎未期[4]。感蔡子[5]之慷慨[6]，從唐生[7]以決疑[8]。

～東漢．張衡．歸田賦

完全讀懂名句

1. 徒：只是。
2. 羨：渴望。
3. 俟：等待。
4. 未期：「未有期」、「不知道什麼時候」的意思。
5. 蔡子：蔡澤，戰國時代燕國人。
6. 慷慨：形容壯士不得志的樣子。
7. 唐生：唐舉，善於看相。
8. 決疑：解決疑惑。

語譯：滯留在京城長久的時間，卻沒有高明的策略可以輔佐君王。只是在江邊想著水中肥美的魚兒，卻不知道何時黃河水清。想到蔡澤抑鬱不得志，要找唐舉看相解惑。

文章背景小常識

東漢末年，外戚與宦官專權干政，國勢日衰。張衡有　度被升遷為侍中，隨侍皇帝左右，並諷議朝政，但他卻招致宦官們的猜忌與排擠，在永和初年（西元一三六）被罷黜為河間相。永和三年（西元一三八），張衡六十一歲，他上書辭官，同時寫下〈歸田賦〉。這篇賦代表了張衡由仕途走向歸隱，同時也代表了漢代大賦轉向小賦的文學走向。

漢代的賦追求氣勢的鋪排，辭藻的堆砌，長於敘事，如司馬相如的〈子虛〉、〈上林〉等賦，便是典型的漢賦。到了後來，賦家為了表現自己的學問和辭章，大量使用奇文僻字，使得外表華麗而內在空洞，沒有生氣，也沒有深刻含義。

〈歸田賦〉體制短小，清麗精簡，運用抒情的文句，真誠吐露自己的懷抱與感情，與已往的虛誇手法截然不同。當中雖仍用典，但選用較為人所熟知的故實，避免晦澀難懂，而且運用裁剪得當，更賦予新意，不見堆砌；所使用的四六句型近似駢文，更下開駢賦先河，在文學史上占有重要的地位。

名句的故事

周人辛鈃所寫的《文子・卷上・上德》說：「跬步不休，跛鱉千里；累塊不止，丘山從成。臨河欲魚，不若歸而織網。」跬（音ㄎㄨㄟˇ，kuǐ），走路時一腳向前踏下稱為「跬」，只有半步，另一腳再向前踏才稱為「步」。這句話的意思是：雖然只走半步，但不休息的話，跛鱉也能走千里；累積土塊，也能夠堆成山丘；在河邊想要捕魚，還不如快點回家織網。到了西漢淮南王劉安的《淮南子・說林訓》裡也提到：「臨河而羨魚，不如歸家織網。」「臨河羨魚」用來比喻雖然懷抱願望、志向，若沒有實際的行動，也無濟於事。

黃河的水挾帶大量泥沙，總是混濁不堪，《左傳・襄公八年》提到：「俟河之清，人壽幾何？」傳說黃河千年會澄清一次，但人的壽命有多久，能見到河清的一刻呢？用來比喻等待時間的漫長，時機難遇。同時，因為河清難得，古人於是以此為太平盛世即將來臨，或者明主出世的祥兆。

《周易乾鑿度》當中也記載著，天將降下嘉瑞時，河水會清三日，青四日，然後青變為赤，赤變為黑，黑變為黃各三日。

「徒臨川以羨魚，俟河清乎未期」兩句，分別用了兩個典故，張衡所要表達的，偏重在

「歸家」及「河清」上。歸家不是為了織網，而是從此不管政事；而政治也如同混濁的河水，實在令人期待能得見澄清的那一天。只是寫完這篇文章不久，張衡便去世了，「河清難俟」，確實如此。

歷久彌新說名句

「感蔡子之慷慨，從唐生以決疑」，引用了《史記・范雎蔡澤列傳》中的一則故事。

戰國時代燕國人蔡澤曾經在各國諸侯間遊說，卻一直未獲重用，於是前去找以看相聞名的唐舉看面相，希望能得到指點。唐舉仔細看了看蔡澤，說：「你鼻子形狀像蝕木的蛀蟲，肩膀比頭還要高，臉長得像赤熊，眉毛快要跟鼻梁連在一起，兩膝還抽搐彎曲不能伸直。我聽說聖人通常長得不好看，大概就是你這樣的人吧？」

蔡澤知道唐舉在戲弄自己，於是說：「富貴是我一定會擁有的，所不知道的，是自己的壽命還有多久而已。」唐舉回答：「從現在算起，還有四十三歲。」蔡澤離去後，告訴駕車的人：「吃香喝辣，剔牙縫間的肥肉，策馬奔馳，受國君重用，並享受高官厚祿。這樣富貴的日子，四十三年足夠了！」

等到蔡澤到了秦國，受秦昭王賞識而成了客卿，後來還取代范雎，成為秦國的宰相。

蔡澤在尚未功成名立時，仍自信「富貴吾所自有」，受到唐舉譏諷後立志奮發向上，果然得到了豐碩的成果，發揮了「臨河欲魚，不若歸而織網」的精神。

英國戲劇家莎士比亞的《安東尼與克莉歐佩特拉》中有一句名言：「因循觀望的人，最善於驚嘆他人的敏捷。」成功者不會停在原地等待機會，而是主動尋找並創造機會。《荀子・性惡》中說：「故坐而言之，起而可設，張而可施行。」意思等同於「坐而言不如起而行」，勇於實行、立即實行、不斷實行，所以成功者總是能讓人驚嘆於他的敏捷。

苟縱心於物外，安知榮辱之所如

名句的誕生

彈五弦之妙指，詠周、孔[1]之圖書。揮翰墨[2]以奮藻[3]，陳三皇[4]之軌模[5]。苟縱心[6]於物外[7]，安知榮辱之所如[8]。

～東漢・張衡・歸田賦

完全讀懂名句

1. 周、孔：周公、孔子，指古代聖人。
2. 翰墨：筆墨，比喻文章或書法。翰：製筆的鳥毛，代稱筆。
3. 藻：文采辭藻。
4. 三皇：傳說中上古的三個帝王。三皇或指伏羲、神農與女媧；或指伏羲、神農與黃帝等，說法不一。
5. 軌模：法度、模式。
6. 縱心：恣意盡情，隨心所欲。
7. 物外：逸塵脫俗以外的世界。
8. 如：往。

語譯：彈奏五弦琴，指法高妙；讀聖人的著作，滋味無窮。提筆為文，發揮文采，述寫古代聖王的教化規範。若超脫於世俗之外，哪裡還把榮耀與恥辱放在心上呢？

名句的故事

張衡在〈歸田賦〉中，書寫了他離開污濁的塵世，在大自然裡優遊自得的生活。詩人徜徉在晴朗的春光之中，看魚鷹低飛，黃鶯歌唱，鴛鴦交頸，群鳥飛翔；於是在湖邊高唱，丘畔吟詩，射鳥釣魚，一派悠閑。然後天黑了，皓月當空，返回住處繼續彈琴讀書，提筆為文，享受著超然於物外的「樂活」。

「苟縱心於物外，安知榮辱之所如」是〈歸田賦〉最後提出的自我開解，也是學習道家「全身遠禍，歸隱田園」的表現。從仕宦生活到隱居歲月，所有官場上的榮耀或恥辱，在山林之中沒有任何判別意義。

《莊子．齊物論》中提到聖人「不從事於務，不就利，不違害……而遊乎塵埃之外。」不從事事務，也不去追求利益，不去迴避災難，單純遨遊於俗世之外，是張衡想要表達的意思。

歷久彌新說名句

晉代張華有一篇〈鷦鷯賦〉，內容是以鷦鷯這樣微小而不起眼的鳥來自我比喻。他認為鷦鷯不因身懷長才而招致災禍，也不因外表華美而受到無謂牽累，不與外物爭鋒，反而保全身體。

〈鷦鷯賦〉也提及許多鳥禽，有大鵬鳥，也有鷦螟。前者張開雙翅能夠遮蔽天的一角，後者卻能夠在蚊子的睫毛之下築巢。然而「普天壤以遐觀，吾又安知大小之所如？」遙望普天之下，鷦鷯與這些鳥類相比，比上不足，比下有餘，又怎麼能夠知道牠是大或小呢？

《莊子．秋水》中有相對的比喻，並以物體的大小、有無、功用來比較，說明天地萬物各有其價值：「以差觀之，因其所大而大之，則萬物莫不大；因其所小而小之，則萬物莫不小。」以大小的差別而言，從大的角度來看，則沒有不是大的；由小的角度來看，則沒有不是小的。因此粗壯的棟梁之材，可以在戰爭時用來攻擊敵軍的城門，卻不能堵塞容器的漏洞；騏驥、驊騮是名馬，可日行千里，但論起抓老鼠，卻遠不及野貓。這都是事物本身的特質與不可取代性。

張華套用「安知榮辱之所如」，並化用莊子的思想，另造新句，表達不起眼的事物反而能夠「翩翩然有以自樂」，也是因拋開了一切榮辱，所以能夠自在逍遙。

不惜歌者苦，但傷知音稀

名句的誕生

西北有高樓，上與浮雲齊。交疏[1]結綺[2]窗，阿閣[3]三重階。上有絃歌聲，音響一何悲。誰能為此曲？無乃[4]杞梁妻[5]。清商[6]隨風發，中曲正徘徊[7]。一彈再三歎，慷慨[8]有餘哀。不惜歌者苦，但傷知音稀。願為雙鴻鵠[9]，奮翅起高飛。

～漢．無名氏．古詩十九首．西北有高樓

完全讀懂名句

1. 交疏：交錯。
2. 綺：華麗。
3. 阿閣：指屋頂四邊有簷霤的閣樓，即古代宮殿式的建築。
4. 無乃：大概、莫非之意。
5. 杞梁妻：春秋齊國人杞梁的妻子。據《列女傳》記載，杞梁戰死，其妻痛不欲生，枕著丈夫的屍體痛哭，十天後，城牆因而哭倒，投水自盡。相傳〈杞梁妻歎〉是她所作。
6. 清商：樂曲名，聲調清遠，適合表現幽怨的情感。
7. 徘徊：這裡指樂曲反覆縈繞。
8. 慷慨：心中激盪不已的感情。
9. 雙鴻鵠：這裡指聽者與歌者。

語譯：在西北處，有棟高樓，樓頂幾乎與浮雲同高。交錯刻鏤的華美窗子，巨大的樓閣有著重重高大台階。樓台上飄出琴絃歌聲，聲音多麼地悲傷啊！誰能作出這樣的曲子？莫非是杞梁的妻子。悲傷的曲調隨風飄揚，曲中憂傷的旋律不斷地循環。彈奏僅僅一回卻餘音繚繞，生出太多感嘆，慷慨激昂中帶著無盡的哀傷。我並非不憐惜歌者的苦情，而是更加感慨知音稀少。多麼希望與你化作一雙鳴唱的鶴鳥，一起展翅高飛，遠離塵俗。

文章背景小常識

歷來對《古詩十九首》的創作年代、作者和詩中意涵爭議眾多。但今之學者多半認為，《古詩十九首》應是西漢初年至東漢末年間，由無名文人仿造民歌形式所作。詩中的題材之所以惹人爭議，在於許多《古詩十九首》的譯注者，好將詩中意涵環繞在「臣不得於君」、「士不遇知己」之上，以至於在賞析《古詩十九首》時，說法眾多。

清人沈德潛《說詩晬語》，曾言：「《古詩十九首》不必一人之辭，一時之作。大率逐臣、棄婦、朋友闊絕、遊子他鄉、死生新故之感。或寓言，或顯言，或反覆言。初無奇闢之思，驚險之句，而西京古詩皆在其下，是為〈國風〉之遺。」換言之，我們無須拘泥於《古詩十九首》為何人、何時所作，這些被放逐的臣子，被遺棄的婦人……等等題材，用寓言、直述或者反覆的形式來表現，一開始並不會令人覺得有何奇特之處，但是讀來卻可以肯定自西漢以來的古詩，都在十九首之下，有著仿如《詩經・國風》般的感人之聲。

《古詩十九首》受到的讚譽不計其數，《文心雕龍・明詩》評論《古詩十九首》：「觀其結體散文，直而不野，婉轉附物，怊悵切情，實五言之冠冕。」換言之，這些詩的結構，文辭鋪陳，直接卻不野俗，且婉轉敦厚適當表達情感，實在是五言詩中的上上品之作。

鍾嶸《詩品》甚至說《古詩十九首》是「文溫以麗，意悲而遠，驚心動魄，可謂幾乎一字千金」。鍾嶸這「一字千金」的美譽，說明《古詩十九首》在中國文學史上的重要地位，以及為何歷代不斷地研究賞析《古詩十九首》了。

名句的故事

這首〈西北有高樓〉中的歌者渾然不知有知音的存在。這名深處華宅高樓的歌者，當她哀怨地唱著悲歌時，並不知道，有個過客駐足樓前，深感她的悲情，因而發出「不惜歌者苦，但傷知音稀」的感慨。聆賞者縱然深知歌者心中的苦楚，卻不認為這是歌者哀淒的真正原因，而是「知音難尋」才是讓歌者悲憤不已的所在。

宋朝詞人晏殊〈山亭柳．贈歌者〉：「若有知音見採，不辭遍唱陽春。」說的恰恰是歌伎的強烈心聲——如有那知音人，她不會推辭，願意為他一次又一次唱那高難度的陽春白雪。

無論是〈西北有高樓〉或者是〈山亭柳．贈歌者〉，都帶著「曲高和寡」的意味。然而，音樂仍有「雅俗共賞」的那一面。《老殘遊記》第二回〈歷山山下古帝遺蹤，明湖湖邊美人絕調〉，那王小玉說書其實就是「吟唱」。而她歌聲間的穿透力，那種把高音發揮得淋漓盡致的功力，則是「雅俗共賞」的呈現，劉鶚形容那聲音猶如登頂之姿，又能「遊刃有餘」：「漸漸地越唱越高，忽然拔了一個尖兒，像一線鋼絲拋入天際……她於那極高的地方，尚能迴環轉折……節節高起。恍如由傲來峰西面，攀登泰山的景象：初看傲來峰削壁千仞，以為上與天通；及至翻到傲來峰頂，才見扇子崖更在傲來峰上；及至翻到扇子崖，又見南天門更在扇子崖上。越翻越險，越險越奇。」這樣的歌聲，撼動滿園聽書人，在那一片叫好聲中，王小玉絕不會讓人有「不惜歌者苦，但傷知音稀」的哀歎吧。

歷久彌新說名句

這首〈西北有高樓〉，從一開始就給人一種悲寒的感覺——西北方加上樓高至雲端的景象，帶有隔絕、冷肅之感，充滿著傷感的氣氛。

古詩十九首中，還有一首同樣是聆聽歌唱有感的作品〈今日良宴會〉，這首詩中的主角對自己的境遇，充滿著忿忿不平，與〈西北有高樓〉大異其趣——「今日良宴會，歡樂難具陳。彈箏奮逸響，新聲妙入神。令德唱高言，識曲聽其真。齊心同所願，含意俱未申。人生寄一世，奄乎若飆塵。何不策高足，先據要津路？無為守貧賤，轗軻長苦辛。」

這首詩一開始呈現宴會中眾人歡樂的場面，然而聽曲的人，深知歌聲中的真意，因而發出感慨：人生在世不過似塵土飄浮，不如就快快占據要職，不要再窮困潦倒一生。詩中的忿慨不平，除了對於自己窮苦不能官居要職大發牢騷外，也是對於時政黑暗的強烈反應。反觀〈西北有高樓〉，則是採取一種低沉哀歎的聲音，來陳述心中的鬱結，因而說「不惜歌者苦，但傷知音稀」。

提到知音，不免聯想到春秋時期伯牙與鍾子期。據說伯牙曾與成連學琴，但三年無所成。直到隨成連到蓬萊山，聽海水澎湃，群鳥哀鳴，感觸頗深，撫琴而歌，因而琴藝大進。鍾子期則是伯牙的知音，擅長聆賞音樂。《列子．湯問》記載著兩人相知甚深的故事。

有一回，伯牙彈琴時，心中想傳達出高山峻壑的景象，鍾子期一聽也就了然於心，說道：「善哉，峨峨兮若泰山。」又有一回，伯牙彈琴時，想呈現出流水奔騰的情景。鍾子期一聽，立刻了解伯牙想表現的情境，說道：「善哉！洋洋兮若江河。」直指伯牙琴聲中浩蕩如江河奔流的場景。總之，伯牙每回彈琴，鍾子期總能了解其中的含義。

又有一回，伯牙在泰山北邊遊覽，恰逢暴雨，受困於山岩下，頗感憂心，因而拿起琴來彈奏。起初彈的是大雨不止，後又彈山崩的聲音，鍾子期馬上就能領略其中的意趣。伯牙放下琴後不禁感嘆：「善哉善哉！子之聽夫志，想像猶吾心也！吾於何逃聲哉？」鍾子期之了解伯牙琴聲中的寓意，又有什麼樣的聲音能逃過他的耳朵呢？

因此鍾子期過世後，伯牙也就不再彈琴。對伯牙而言，知音不復尋，彈琴又有何樂呢！

白楊何蕭蕭，松柏夾廣路

名句的誕生

驅車上東門[1]，遙望郭北墓[2]。白楊何蕭蕭，松柏夾廣路。下有陳死人，杳杳[3]即長暮，潛寐黃泉下，千載永不寤。浩浩陰陽[4]移，年命如朝露。人生忽如寄，壽無金石固，萬歲更相送，聖賢莫能度。服食求神仙，多為藥所誤。不如飲美酒，被服紈與素。

～漢・無名氏・古詩十九首・驅車上東門

完全讀懂名句

1. 東門：洛陽東城三門中，最接近北邊的城門。
2. 郭北墓：指洛陽城北的北邙山的墳墓。
3. 杳杳：深遠幽暗。
4. 陰陽：指時間。

語譯：坐車到東門，遠遠就見到北邙山的墓地。白楊樹多麼蕭瑟，松樹與柏樹夾著寬廣的墓道生長。下方掩埋著死亡已久的人，深遠幽暗如居留在長長的暗夜。沉睡在黃泉中，千年永不醒來。春夏秋冬不斷變化，人的壽命就像清早的露水一樣短暫。人生短暫匆忙就像寄居在世間，人的壽命不如金石那樣堅固。萬年的時間也如此流轉逝去，聖賢也無法超越這種限度。煉丹服藥以求成神仙，大多為藥所害，不如飲用美酒，穿綢緞和絲絹的華服。

名句的故事

透過漢朝輓歌〈薤露歌〉和〈蒿里曲〉，不難想見當時人們對生命消亡的強烈感傷。根據崔豹的《古今注》，〈薤露歌〉、〈蒿里曲〉本是田橫（秦末狄人）的門人為了悼念田橫自殺所作的悲歌。自漢武帝後，李延年將其分為兩曲：〈薤露歌〉是王公貴族亡故的葬歌，〈蒿里曲〉是大夫或一般庶民死去時奏的輓歌。

〈薤露歌〉短短數句，道盡人生苦短無常。薤是可食的野菜，葉極細，無法集聚太多朝露，太陽一出現馬上就乾。汪曾祺〈葵．薤〉一文說：「薤葉極細，我捏著一把薤，不僅想到漢代的輓歌〈薤露〉：『薤上露，何易晞，露晞明朝還復落，人死一去何時歸？』不說蔥上露、韭上露，是很有道理的。薤葉上實在掛不住多少露水，太易『晞』掉了。用此來比喻人命的短促，非常貼切。同時我又想到漢代的人一定是常常食薤的，故能近取譬。」

〈蒿里歌〉同樣表達一旦死神催促，無論賢愚皆難久留。蒿里是位在高處的「死人之里」，收留眾亡魂，此歌唱道：「蒿里誰家地？聚斂魂魄無賢愚。鬼伯一何相催促？人命不得少踟躕。」人死後不復感知，同歸黃泉。

歷久彌新說名句

唐朝詩人王建〈北邙行〉詩：「北邙山頭少閑土，盡是洛陽人舊墓；舊墓人家歸葬多，堆著黃金無置處……。」富貴人家在喪葬中不忘排場，只是生者迷戀名利，死者卻不能復生。張籍同題〈北邙行〉一詩，道出另一種感嘆：「洛陽北門北邙道，喪車轔轔入秋草……，人居朝市未解愁，請君暫向北邙遊。」北邙山喪車往來，悽慘之景或許能令人看淡人世吧！

古詩十九首中：「去者日以疏，生者日以親。出郭門直視，但見丘與墳。古墓犁為田，松柏摧為薪。白楊多悲風，蕭蕭愁煞人。思還故里閭，欲歸道無因。」死者日漸疏遠，活著的人益發親愛。出洛陽城東北門，放眼看到的都是墳墓。走近發現古代墓地已犁為田地，墓道前的松柏也砍伐成為柴火。只有白楊樹林招致秋風颯颯，猶如哭泣。多麼想要回到故里，歸鄉路卻是不通。無論「白楊何蕭蕭」或「白楊多悲風，蕭蕭愁殺人」，引人愁思。

人生非金石，豈能長壽考

名句的誕生

迴車駕言邁[1]，悠悠涉長道。四顧何茫茫，東風搖百草。所遇無故物，焉得不速老。盛衰各有時，立身苦不早。人生非金石，豈能長壽考？奄忽[2]隨物化，榮名以為寶。

～漢・無名氏・古詩十九首・迴車駕言邁

完全讀懂名句

1. 言：語助詞。邁：遠行。
2. 奄忽：急遽。

語譯：掉轉車頭駕車到遠方，道路漫長好像沒有盡頭。環顧四周一片茫然，東風搖晃著草兒。所遇的都不是熟悉的舊事物，怎麼會不快速衰老呢？萬物消長都有一定的時間，建立功業卻苦於時間太晚。人生在世不像金石一樣，哪能長生於世呢？一轉眼就得面對死亡，榮祿和名聲才是最重要的。

名句的故事

如果說，〈迴車駕言邁〉的主角是個鬱鬱不得志、對現狀無可奈何的哀鳴者，那麼《紅樓夢》裡的賈寶玉恰恰是他的反例——大大看輕人生功名。他不愛讀一本正經的典章高論，偏偏喜歡藝術文學。他不愛能輔佐他擁有世俗功名的薛寶釵，偏偏喜歡弱不禁風的林黛玉。

《紅樓夢》第一回藉著跛足道人瘋言瘋語吟出的〈好了歌〉，道盡人生在世，恰恰如紅樓一夢，功名利祿轉成空：「世人都曉神仙好，唯有功名忘不了。古今將相在何方？荒塚一堆草沒了！世人都曉神仙好，只有金銀忘不了。終朝只恨聚無多，及到多時眼閉了……！」一語道破，芸芸眾生心所思念，全是功名錢財，要不便是人生情愛，滿堂子孫延續香火。殊不知，一切世俗的「好」，最後都是「空了」。

高鶚續《紅樓夢》，胡適認為，他不採中國小說慣有的大團圓結局，讓《紅樓夢》以悲劇收場，算是一大突破。但最為人所詬病的恐怕是，他把賈寶玉從一個厭惡功名的人，轉變成肯寫作八股文，參加科舉考試，還高中舉人。胡適甚至嘲諷，高鶚補續《紅樓夢》時，當時只中舉人而已，如果他續《紅樓夢》是在乾隆六十年後，那寶玉非得中進士不可了呢！

歷久彌新說名句

〈迴車駕言邁〉中的主角駕車時四顧茫茫，感到人生無常，深知生命不能如金石般堅固，因而認為只有功名能永垂萬世，一定要早早有成就。古詩十九首中的另一首：「青青陵上柏，磊磊澗中石。人生天地間，忽如遠行客。斗酒相娛樂，聊厚不為薄。驅車策駑馬，遊戲宛與洛。洛中何鬱鬱？冠帶自相索。長衢羅夾巷，王侯多第宅。兩宮遙相望，雙闕百餘尺。極宴娛心意，戚戚何所迫？」

這首詩的主角，縱然深感生命無常，卻採取與〈迴車駕言邁〉不同態度，他要趕赴京城洛陽，到那裡好好行樂，看看繁華奇景。然而，見到那些達官貴人的奢靡，卻令他感到困惑。這首詩開頭，以「陵墓上的柏樹」、「水澗中的石頭」這種長青、常存之物，對照短暫遊歷世間的「人」，只是天地之間的過客。因此，主角縱然無錢飲用好酒，就把薄酒視為醇厚的酒來飲，娛樂一番。還駕著劣馬前往南陽、洛陽熱鬧的城市一遊。看見京城中的達官貴人相互往來，大街兩旁的小巷，王公貴族豪宅氣勢非凡，宮殿宏偉就更不在話下了。

這些人享盡榮華富貴，縱然沒有現實上的憂慮，但卻悶悶不樂，應該是有著什麼悲戚在壓迫著他們吧！而這種壓迫感，或許就是一開始所說的那種「人生過客」的不安吧。

生年不滿百，常懷千歲憂

名句的誕生

生年不滿百，常懷千歲憂。晝短苦夜長，何不秉燭遊？為樂當及時，何能待來茲？愚者愛惜費[1]，但為後世嗤。仙人王子喬[2]，難可與等期[3]。

～漢．無名氏．古詩十九首．生年不滿百

完全讀懂名句

1. 費：錢財。
2. 王子喬：傳說中的仙人。
3. 等期：同樣期待。

語譯：人的壽命不滿百歲，卻常常懷著千年的憂慮。白天太短，黑夜卻太長，覺得痛苦，為什麼不掌燈夜遊呢？人生應當及時行樂，又怎能等待將來呢？愚昧的人愛惜錢財，只能讓後世恥笑。像仙人王子喬那樣的人物，實在很難期待與他同樣成為神仙。

名句的故事

〈生年不滿百〉一般認為是以民歌〈西門行〉為藍本，重新創造出來的。〈西門行〉句子較為鬆散混亂：「出西門，步念之，今日不作樂，當待何時？夫為樂，為樂當及時。何能作愁怫鬱，當復待來茲。飲醇酒，炙肥牛。請呼心所歡，可用解愁憂。人生不滿百，常懷千歲憂，晝短而夜長，何不秉燭遊？自非仙人王子喬，計會壽命難與期。人壽非金石，年命安可期？貪財愛惜費，但為後世嗤。」

然而，不管是民歌的〈西門行〉或者是〈生

年不滿百〉，都反映當時百姓生在亂世，深知年歲有限，而懷著無盡的憂慮。因此不免羡慕王子喬那樣的神仙人物，然而美夢實在不可及，只好及時行樂。

據劉向〈列仙傳〉所言，王子喬是周靈王的太子晉，由於他非常會吹笙，於是道人浮丘公就將他接到嵩山去，教他成仙的方法。三十年後，他又出現在緱山，乘著白鶴成仙離去。正是因為王子喬成仙的過程極為輕鬆，不像歷來希望成為仙人者，總是不停煉丹、服藥，因此王子喬被視為神仙中的重要代表人物了。

歷久彌新說名句

〈生年不滿百〉與〈驅車上東門〉都是有感於人生苦短，於是生起及時行樂、享樂人間的念頭。王國維《人間詞話》說：「『生年不滿百，常懷千歲憂，晝短苦夜長，何不秉燭遊？』『服食求神仙，多為藥所誤，不如飲美酒，被服紈與素。』寫情如此，方為不隔。」王國維所謂的「不隔」，究竟是何意？「不隔」指的是直言其心、直感之作，而非極力用典、人工雕琢。清人方東樹在《昭昧詹言》中也說，讀古詩十九首須識其「天衣無縫」處。可見十九首詩篇的直樸特質，簡直「渾然天成」。

至於〈生年不滿百〉開頭兩句「生年不滿百，常懷千歲憂」，把生命的短暫與無盡的憂愁對比，這種「千歲憂」的誇飾手法，熟讀李白詩的人必然不陌生。例如〈秋浦歌〉中「白髮三千丈，愁兒似個長」，便把白髮與愁苦的感受結合，或者是〈將進酒〉中「朝如青絲暮成雪」，誇飾人生短暫，都是千古佳句。

對於「晝短苦夜長，何不秉燭遊？為樂當及時，何能待來茲」這幾句詩，李白〈春夜宴桃李園序〉作了極佳的詮釋：「而浮生若夢，為歡幾何？古人秉燭夜遊，良有以也。況陽春召我以煙景，大塊假我以文章。」生命短暫，歡樂時刻又能有幾回？古人秉燭夜遊確實有它的道理，溫暖春日如煙霧迷離的景致召喚眾人，大自然提供無盡的瑰麗風光。及時行樂，才不枉此生吧！

燕趙多佳人，美者顏如玉

名句的誕生

東城[1]高且長，逶迤[2]自相屬[3]。迴風動地起，秋草萋已綠。四時更變化，歲暮一何速。晨風[4]懷苦心，蟋蟀[5]傷局促。蕩滌放情志，何為自結束[6]。燕趙[7]多佳人，美者顏如玉[8]。被[9]服羅裳衣[10]，當戶理[11]清曲。音響一何悲，絃急知柱促。馳情整中帶[12]，沉吟聊躑躅[13]。思為雙飛燕，銜泥巢君屋。

～漢．無名氏．古詩十九首．東城高且長

完全讀懂名句

1. 東城：洛陽東城。
2. 逶迤：音ㄨㄟ ㄧˊ，wēi yí，曲折而綿延漫長。
3. 相屬：相連接。
4. 晨風：《詩經．秦風．晨風》：「鴥彼晨風，鬱彼北林，未見君子，憂心欽欽。」晨風是一種鳥名。四句詩的意思是：晨風鳥快速飛到林木茂密的北邊樹林，我見不到君子，心中憂愁不已。
5. 蟋蟀：《詩經．唐風．蟋蟀》：「蟋蟀在堂，歲聿其莫。今我不樂，歲聿其除。無以大康，職思其居。好樂無荒，良士瞿瞿。」意思是：蟋蟀在屋中鳴叫，已是十月天了，一年到了尾聲，我如不快些行樂，一年就要過去了。不能過度的作樂，必須想著自己是身居官職者。行樂可以，但不能荒淫過度，讀書人必須謹慎。
6. 結束：拘束之意。

7. 燕趙：戰國時燕國與趙國，即今河北、山西一帶。
8. 顏如玉：面貌姣好的女子。顏：容顏。如玉：形容皮膚白皙。
9. 被：披著。
10. 羅裳衣：輕薄的絲織衣物。
11. 理：練習音樂歌曲。
12. 整中帶：整理衣中的帶子。
13. 躑躅：徘徊。

語譯：洛陽東城的城牆高又長，曲折綿延彼此相連。寒風旋迴地吹捲著大地，茂盛的秋草已經轉為黃綠。四季更迭變化，歲末來得匆促。像〈晨風〉詩一樣地懷著苦心，而〈蟋蟀〉詩令人感傷時光的匆促。應該要展開胸襟，放縱自我的心思情感，何必自我拘束。燕趙地方美人眾多，面貌姣好如玉白皙，身穿輕薄羅衫，對著門口彈琴練唱，那聲音多麼悲傷，絃急柱促，彈奏者內心多麼激動。情意奔馳，而整理起衣中的帶子，卻沉吟著徘徊不前。真想和妳成為一對齊飛的燕子，為你銜泥為你築巢。

名句的故事

「燕趙多佳人，美者顏如玉」，說的是眾多佳麗間，最美的美人，容顏如白玉一般。這個「美者顏如玉」，在白居易〈長恨歌〉就轉換成楊貴妃了。她美得「回眸一笑百媚生，六宮粉黛無顏色」，令所有的佳人相形失色，以至於唐玄宗把所有的關注都集中在貴妃身上——「後宮佳麗三千人，三千寵愛在一身」。

這首〈東城高且長〉的主角，不同於玄宗的縱情，他眼見美人竟然「怯場」。這名「安分守己」的男子，在感到生命無常之際，突然決定敞開心胸來到花街柳巷尋歡，只是面對美女如雲，一時間受縛於禮教而遲疑不前了。

有人認為〈東城高且長〉的主角是個懷才不遇的人，因為這「銜泥巢君屋」，指的是銜泥為君王築巢之意。歷來解說古詩十九首的一些注，往往將詩作以「君臣大義」來解，當然，詩無達詁，這是繼承毛詩微言諷諫的一種解法。

當代學者方瑜演講錄《不隨時光消逝的美》中，解析〈東城高且長〉時，將此詩描述的場景，推測為是個規規矩矩一輩子的小公務員，在秋日蕭瑟之際，感到時光消逝四季更迭，於是想作點壞事——到花街柳巷尋芳一下，不過抵達紅燈區後，在眾美女間卻又沒有膽量，終究是個「行動的侏儒」，只在心中幻想和自己心儀的美人雙飛。這種別開生面的解析，旁徵博引，引經據典，教人嘖嘖稱奇，也令這首詩充滿著新意。

歷久彌新說名句

李白的〈古風〉靈感明顯來自〈東城高且長〉，甚至可說是擬寫其下半部意境：「燕趙有秀色，綺樓青雲端。眉目豔皎月，一笑傾城歡。常恐碧草晚，坐泣秋風寒。纖手怨玉琴，清晨起常歎。焉得偶君子，共成雙飛鸞。」

在古詩十九首多篇詩作中，當主角期許與心上人共同廝守時，用的總是雙飛鳥的意象。例如這首〈東城高且長〉，結尾兩句「思為雙飛燕，銜泥巢君屋」，或者是「願為雙鴻鵠，奮翅起高飛」(〈西北有高樓〉)、「文綵雙鴛鴦，裁為合歡被」(〈客從遠方來〉)，都是相同的意象。而剛剛提及李白〈古風〉一詩的結尾「焉得偶君子，共成雙飛鸞」，也有異曲同工之妙。

這幾首詩多半認為自己無從突破現狀，來與有情人同在，因而有著淡淡的哀愁。無法共相廝守的悲傷，在〈長恨歌〉中，更是化成深沉的長恨了：「在天願作比翼鳥，在地願為連理枝。天長地久有時盡，此恨綿綿無絕期。」唐玄宗與楊貴妃情愛纏綿，同心同在，恰恰如「比翼鳥」、「連理枝」不離不分。因而更顯得馬嵬坡前死別之「恨」，痛徹心扉。

至於無法結合的戀情，卻能夠「深知身在情長在」，超越現實的障礙，在精神中高度依存，非李義山〈無題〉「身無彩鳳雙飛翼，心有靈犀一點通」莫屬，儘管沒有雙飛翼，但戀人間心心相印，早已創造心靈上相知相許的永恆世界了。

悲彼東山詩，悠悠使我哀

名句的誕生

北上太行山，艱哉何巍巍[1]。羊腸坂[2]詰屈[3]，車輪為之摧[4]。樹木何蕭瑟，北風聲正悲。熊羆[5]對我蹲，虎豹夾路啼。谿谷[6]少人民，雪落何霏霏[7]。延頸[8]常歎息，遠行多所懷。我心何怫鬱[9]，思欲一東歸。水深橋梁絕，中路正徘徊。迷惑失故路，薄暮無宿栖[10]。行行日已遠，人馬同時饑。擔囊行取薪[11]，斧[12]冰持作糜[13]。悲彼東山[14]詩，悠悠使我哀。

～東漢．曹操．苦寒行

完全讀懂名句

1. 巍巍：高大的樣子。
2. 羊腸坂：地名。在今山西長治縣東。坂：斜坡。
3. 詰屈：彎曲。
4. 摧：折斷。
5. 羆：一種形狀像熊的動物，俗稱「人熊」。羆：音ㄆㄧˊ，pí。
6. 谿谷：溪谷。
7. 霏霏：雨雪紛飛的樣子。
8. 延頸：本為伸長脖子之意，這裡有抬頭遠望的意思。
9. 怫鬱：鬱悶不安。
10. 栖：同「棲」。
11. 薪：薪火，柴火。
12. 斧：這裡當動詞用，砍削之意。
13. 糜：粥糜，稀飯。
14. 東山：《詩經．豳風》篇名。此詩相傳為周公所作，全詩分為四章，章首皆為：「我徂東山，慆慆不歸。」（徂：前往。慆慆：久久。）

語譯：北上行軍途經太行山，道路艱難山峰高聳。羊腸坂的小路蜿蜒曲折，車輪都折斷了。樹木凋零蕭瑟，北風呼嘯的聲音悲淒。熊羆向著軍隊蹲坐，虎豹在路旁吼叫。溪谷山間幾乎不見人蹤，大雪紛飛。常常抬頭嘆息，遠行令人多有掛記。我的心多麼鬱悶，真想東歸家園。水深橋斷，在半途中徘徊難行。迷惑中找不到原先的路徑，黃昏時還找不到安歇宿營之處。軍隊日日前行離鄉已遠，人與馬匹都已飢餓不堪，擔起囊袋去揀拾柴火，削砍凍結的冰塊來燒水煮粥糜。想起周公〈東山〉詩，使我心中哀戚不已。

文章背景小常識

東漢建安十年，趁曹操領軍東征烏桓之際，袁紹的外甥高幹在降軍曹操之後，又意圖背叛，大肆屯兵壺關口。次年正月，曹操率軍平息。這首詩描寫軍隊在寒天中遠征的艱辛。

名句的故事

這首〈苦寒行〉是曹操領軍平息內亂的寫照。在大雪紛飛之際，軍隊登上太行山，勉強行軍在野獸出沒、杳無人煙的山徑中。那種疲乏險阻，實不難想見。然而，寒天征戰的艱困任務，難道只是曹操這個急欲建立自我功業的領袖，以剝削他人，來完成夢想的手段——正如《三國演義》羅貫中筆下的曹操，是個權謀的奸雄，完全以個人霸業作為考量的標準？還是那個在文學上悲憫蒼生的曹操，為了盡快讓百姓安居樂業，而不得不然的作為？

根據陳壽《三國志》的描述，曹操稱得上是憂國憂民的賢君。他一心統一天下，讓生民百姓得以安居，希望能如周公一般，賢才皆歸屬旗下，共創太平盛世。不過當美好的理想面對現實時，往往困難重重。從曹操的文學作品中，可以看到他身為亂世一方霸主，心思氣度的恢弘。例如組詩〈步出夏門行．龜雖壽〉便表現激昂壯志：「神龜雖壽，猶有竟時。騰蛇乘霧，終為土灰。老驥伏櫪，志在千里。烈士暮年，壯心不已。盈縮之期，不但在天，養怡之福，可得永年。幸甚至哉，歌以詠志。」

歷久彌新說名句

曹操這首〈苦寒行〉對於征人心境的描述尤其真切。而他另一首〈卻東西門行〉描寫戰士思鄉的心情，同樣刻畫深刻：「鴻雁出塞北，乃在無人鄉。舉翅萬餘里，行止自成行。冬節食南稻，春日赴北翔。田中有轉蓬，隨風遠飄揚。長與故根絕，萬歲不相當。奈何此征夫，安得去四方。戎馬不解鞍，鎧甲不離傍。冉冉老將至，何時反故鄉。神龍藏深泉，猛獸步高岡。狐死歸首丘，故鄉安可忘。」

這首詩可以分為三個層次，一開始寫鴻雁南北飛行，離鄉萬里。再寫蓬草離根亂飛，就算萬年時光逝去，都無法與根相合。最後則是詩人真正寓意所在——征人戎馬一生，四處行軍，逐漸老去，卻往往不知何時得以歸鄉。當神龍野獸都有棲居所，死時亦能回歸故土，那麼征人又怎能不思懷故鄉呢？

鍾嶸《詩品》將曹操詩列在下品之列，評以「曹公古直，甚有悲涼之句」。的確，曹操的詩句古樸不求華麗，但情真意切，對生命的傷逝深感於心。這種古直或許不符合鍾嶸的品評標準，但鍾嶸之後的詩評家，不乏激賞曹操者。如清人陳祚明，在《采菽堂古詩選》中說：「孟德所傳諸篇，雖並屬擬古，然皆以寫己懷，始而憂貧，繼而憫亂。蓋地勢之須擇，思解脫而未能。……本無泛語，根在性情。故其跌宕悲涼，獨臻超越。」這段評論的最後幾句除了突顯曹操詩中特有的悲涼蕭瑟之感外，同時也重新審視曹操，將其詩賦予高度的評價。

慨當以慷，憂思難忘。何以解憂，唯有杜康

名句的誕生

對酒當歌，人生幾何？譬如朝露，去日苦多。慨當以慷[1]，憂思難忘。何以解憂，唯有杜康[2]。青青子衿，悠悠我心[3]，但為君故，沉吟至今。呦呦鹿鳴，食野之苹。我有嘉賓，鼓瑟吹笙[4]。明明如月，何時可掇[5]？憂從中來，不可斷絕。越陌度阡，枉用相存[6]。契闊[7]談讌[8]，心念舊恩。月明星稀，烏鵲南飛。繞樹三匝，何枝可依。山不厭高，海不厭深。周公吐哺[9]，天下歸心。

～東漢・曹操・短歌行

完全讀懂名句

1. 慨當以慷：當以慷慨。
2. 杜康：人名，相傳最初造酒者為杜康。在此當作「酒」的代稱。
3. 青青子衿，悠悠我心：這兩句詩，直接引用《詩經・鄭風・子衿》。在此意指對賢才的思念。
4. 呦呦鹿鳴：這四句詩也是直接取自《詩經・小雅・鹿鳴》的成句。原意是熱切款待嘉賓，這裡引申為熱切希望引進賢能。呦呦：鹿的鳴叫聲。苹：艾蒿草。
5. 掇：取得。
6. 枉用相存：委屈請賓客來探望我。枉：委屈，勞駕。用：以。存：探望，問候。
7. 契闊：久別重逢之意。
8. 讌：同「宴」。

9.周公吐哺：據《史記》記載，周公自稱「一沐三握髮，一飯三吐哺」來禮賢下士。

語譯：對著美酒高聲歌唱，這樣能有幾回呢！人生就像朝露一樣，逝去的日子太多了。心中本想慷慨激昂，卻有憂愁難解。如何解憂呢？只有飲酒吧！想起你這才俊，一直縈繞在我心。一直想著您，到現在仍然依舊。鹿在鳴叫，享受著艾蒿草。我有貴賓來訪，奏樂相迎。明亮的月，何時可以為您摘取呢？憂愁生起，無法斷絕。您翻山越嶺而來，勞駕您來探望我了。久別重逢酒宴談心，心中惦記著舊有的恩情。月光明亮星星稀疏，烏鵲南飛，繞樹盤旋不已，哪個枝頭可以棲息呢？山不厭土壤而高大，海不厭水而深，我將像周公那樣禮賢下士，天下歸附於我。

文章背景小常識

題名為〈短歌行〉，也就是漢代樂府的舊題。換言之，此詩在當時是可歌的。

一般認為，這首〈短歌行〉應是創作於赤壁之戰前，詩中充分顯現曹操渴求賢才之心，字裡行間展露無遺。事實上曹操寫有兩首〈短歌行〉，但由於這首「對酒當歌」堪稱是魏晉文學的重要代表作，以至於另一首讚頌周公、管仲等歷史人物，起首為「周西伯昌，懷此聖德」的〈短歌行〉，幾乎為人所遺忘。

名句的故事

詩仙李白說：「抽刀斷水水更流，舉杯澆愁愁更愁。」而一世梟雄曹操卻說：「慨當以慷，憂思難忘。何以解憂，唯有杜康。」不管酒是令人愁更愁的杯中物，還是解憂的妙靈丹，不變的是文學上的諸多佳句，可都是拜酒神催化所致。

而這首〈短歌行〉本是表明曹操英雄氣度，求賢若渴的心境，不料在小說家羅貫中的生花妙筆之下，不僅大大與酒扯上關聯，而且還讓曹操禮賢下士的形象慘遭破局，反倒勾畫成霸氣的王者面貌。

話說建安十二年冬（赤壁之戰前），曹操巡視江邊水寨後，一時興起要在船上宴請文武百官，理所當然氣勢浩大。

當晚，曹操在百官圍繞之下，環顧四周山光水色，心甚喜，只是想到江南尚未平定，心中不免有所掛慮，於是吟出這首〈短歌行〉，一則感嘆生命苦短，急須奮力而為，又表明自己希望得賢能輔佐，平定天下，詩一吟罷，氣氛也就帶到高潮。

正當賓主盡歡之際，卻有那揚州刺史劉馥，此人縱然久事曹操，也頗有功績，卻偏偏不識時務，在這等場面下，竟向曹操直言，「月明星稀，烏鵲南飛。繞樹三匝，無枝可依」乃是不吉之言。這一說，惹得曹操大怒：「安敢敗吾興。」於是手持矛槊刺死劉馥，鴻宴終以驚駭收場。隔天曹操酒醒，自然懊惱不已，遂以三公厚禮葬之。《三國演義》第四十八回〈宴長江曹操賦詩，鎖戰船北軍用武〉，正是藉著這個故事，讓這首〈短歌行〉在羅貫中筆下，非但沒有呈現曹操的詩人特質，反倒是蒙上「奸雄」的陰影。

其實無論是從曹操留下的文字，或者按照《三國志》的描寫，都可以發現曹操體恤民間疾苦，懷抱淑世的理想。他的〈蒿里行〉：「鎧甲生蟣虱，萬姓以死亡，白骨露於野，千里無雞鳴。生民百遺一，念之斷人腸。」這等情懷豈不是與杜甫「朱門酒肉臭，路有凍死骨」中，詩人感傷政治動盪、民不聊生的心情相同？

當代學人如葉嘉瑩、方瑜等人，在講解這首〈短歌行〉時，都用大篇幅來說明曹操本人的真實面貌，以作為理解此詩意涵的重要背景。而這正是我們在讀這首〈短歌行〉時，趨近作者本意斷不可免的線索吧！

歷久彌新說名句

曹操〈短歌行〉中，直接引用詩經「青青子衿」等句，卻不因此而減損它的美感與原創性，也因為這首詩，曹操奠定他個人在建安文學上的重要地位。

而蘇軾在〈前赤壁賦〉，巧藉客言：「『月明星稀，烏鵲南飛』，此非曹孟德之詩乎？西望夏口，東望武昌，山川相繚，鬱乎蒼蒼，此非孟德之困於周郎？方其破荊州，下江陵，順流而東，舳艫千里，旌旗蔽空，釃酒臨江，橫槊賦詩，固一世之雄也，而今安在？」

此處延伸蘇軾個人對生命流變的感觸。想那曹操留下〈短歌行〉，讓人每每在月明星稀，鴉鵲滿天亂飛之際，想起這千古名句。在「赤壁」之地，遙想曹操雖為一代梟雄，但英雄難免氣短，赤壁之戰曹操為周瑜所困是史實。儘管如此，曹操曾立下無數功業，銳不可當，如今順隨自然的節奏，進入興盛消亡的必然節奏中，凡人皆有死，英雄亦同。人間自有其常與無常、變與不變之理。

這篇〈赤壁賦〉在文學上留下的印記，開創出散賦的新局，至於蘇軾是否不查，而將「黃岡赤壁」誤為「三國赤壁」，也就顯得不重要了。

回到曹操〈短歌行〉上，最後的「山不厭高，海不厭深，周公吐哺，天下歸心」，曹操此句援引《管子》：「海不厭水，故能成其大。山不辭土，故能成其高。明主不厭人，故能成其眾。」曹操希望如海如山，成就高深廣博，而成為如周公一般，得萬民之心，才是〈短歌行〉的真正寓意所在。

被褐懷珠玉，顏閔相與期

名句的誕生

昔年十四五，志尚[1]好書詩[2]。被褐[3]懷珠玉[4]，顏閔[5]相與期[6]。開軒[7]臨四野，登高望所思[8]。丘墓[9]蔽山岡，萬代同一時。千秋萬歲後，榮名安所之？乃悟羨門子[10]，噭噭[11]今自蚩[12]。

～三國魏・阮籍・詠懷詩（其十一）

完全讀懂名句

1. 尚：崇尚。
2. 書詩：《尚書》與《詩經》，指儒家學說。
3. 被褐：穿著粗布衣。被：同「披」。
4. 珠玉：比喻高尚的情操。
5. 顏閔：顏回與閔子騫。
6. 期：期許。
7. 開軒：打開窗子。
8. 所思：所仰慕的人。指顏、閔。
9. 丘墓：墳墓。
10. 羨門子：古仙人。
11. 噭噭：音ㄐㄧㄠˋ，jiao，狀聲詞。此處表笑聲。
12. 自蚩：自笑。蚩，通「嗤」。

語譯：早年十四、五歲的時候，立意崇尚詩書經典。身穿粗布衣裳，內心卻懷藏著珠玉般的才學理想，以顏回、閔子騫般高尚的情操相期許。打開窗子望向四周的原野，登高遠眺懷念古聖賢。墳墓累累遮蔽了山崗，生時時代各異，死後全都相同。長眠地下之後，生前榮耀的虛名又有何意義。方始了悟羨門子修煉長生的道理，不禁展顏呵呵自笑了。

文章背景小常識

阮籍是三國魏正始時期最重要的詩人，主要的文學成就表現在五言〈詠懷詩〉八十二首，以及四言〈詠懷詩〉十三首。這些詩並不是同一時期的系列之作，而是包括了平生不同階段的作品，詩的內容或抒感慨，或發議論，或寫理想，或刺時政，總題為「詠懷」。詠懷，即「言志」或「述懷」，是詩人發抒個人的情懷。

阮籍身處魏、晉交替之際，因見司馬氏與曹魏的殘酷鬥爭中「名士少有全者」，常擔心自己遭謗罹禍，所以他的詩在內容上以感嘆人生、表達心志為主，充滿苦悶、孤獨的情緒，雖然也有譏刺時政的部分，但不敢直接明白地表露出來，大多使用比興的手法，運用自然界的事物作比喻、象徵，或用歷史、神話的典故來暗示。以曲折隱晦的語句表達情感，寄託懷抱，往往言在此而意在彼，如《詩品》所稱「言在耳目之內，情寄八荒之表」，詩中頗多感慨之辭，寄託深遠。

阮籍是建安以來第一個全力創作五言詩的人，以其獨特的風格，在五言詩的發展中占有重要地位。這種以詠懷為題的抒情組詩對當時及後世詩家都有很大影響，如左思〈詠史〉八首、郭璞〈遊仙〉十四首、陶淵明〈飲酒〉二十首、庾信〈擬詠懷〉二十七首、陳子昂〈感遇〉三十八首、李白〈古風〉五十九首等，這些組詩的形成，都是承襲阮籍〈詠懷詩〉此一傳統而來。

名句的故事

這是一首自述生平志向及感嘆人生的詠懷詩。在阮籍大量使用比興手法的詠懷組詩中，本首是意義比較明顯的作品。

此詩自述「昔年十四五，志尚好詩書」，崇尚儒學、仰慕先賢的志趣，曾以顏回、閔子騫自我期許，但後來體悟「萬代同一時，榮名皆空物」，最終也只能付之呵呵一笑，看似豁達卻又充滿著無可奈何。

阮籍早年「好書詩」，有「濟世志」，但身處亂世之中，不僅抱負無由施展，自身安危也經常朝夕難保，於是轉而崇尚老莊思想，以酣飲和故作曠達來逃避現實，在詩中他讚美神仙、隱逸，其實只是苦悶心情的精神出路。

「被褐懷珠玉」，是指身穿粗布衣，而內懷寶玉。比喻賢能之士，隱藏其才能，不為人知。語見《老子》及《孔子家語》。

《老子．第七十章》云：「知我者希，則我者貴。是以聖人被褐懷玉。」老子說：了解我的人太少，因而效法我的人就如同鳳毛麟角了。大道不行，所以聖人只好穿著粗布衣裳合同於世俗，內心懷著珠玉般的情操。

《孔子家語．卷二．三恕》記載，子路問孔子說：「有人在此，被褐而懷玉，該如何呢?」孔子說：「國家無道的時候，隱居是可以的；國家有道的時候，就該出來任官職了。」

「顏閔相與期」，指以顏回、閔子騫的高尚情操自我期許。顏、閔都是孔門德行科的佼佼者；孔子稱讚顏回「聞一而知十」、「不遷怒，不貳過」，是一位安貧樂道、德術兼修的弟子，閔子騫以德行和顏回並稱，孝行尤著稱於世。《論語．雍也》記載：閔子騫不願意做季氏的邑宰，就對來人說：「好好地替我辭掉吧！假如他再來召我的話，那我必然已避開於汶水之上了。」太史公稱許他「不仕大夫，不食汙君之祿」(《史記．孔子世家》)，有伯夷之風。

阮籍以此二賢自我期許，固然因為兩人都擁有視富貴如浮雲的高尚情操，一方面也表示阮籍自許清高的胸襟與抱負。

歷久彌新說名句

有感於「萬代同一時」的生命侷限，阮籍體悟出榮名的虛假和道家修煉長生之理，感嘆道：「千秋萬歲後，榮名安所之?」顯現對立功、立德、立言三不朽傳統儒學思想的反思。

〈古詩十九首．迴車駕言邁〉表現了一般世俗對「榮名」的執著：「所遇無故物，焉得不速老。盛衰各有時，立身苦不早。人生非金石，豈能長壽考？奄忽隨物化，榮名以為寶。」詩人久客還鄉，從一路景物今昔變化之快速，想到人轉眼衰老，警惕自己也勉勵自己：建功立業要及早，人的形體很快就化為異物，只有榮名可以傳到身後，所以是寶貴的。因為體認到生命無法長壽考，所以要用不朽的榮名達成另一種形式的「永生」，這是漢代士人對人生意義的省思與追求。

有人汲汲於名利，想要「學成一身文武藝，賣予權貴帝王家」，以求「榮名」傳世；有人獨善其身，超然於物外；也有人為一群擁有真才實學而身處寒微的「被褐懷金玉者」發出不平之鳴，東漢趙壹的〈刺世疾邪賦〉說：「勢家多所宜，咳唾自成珠。被褐懷金玉，蘭蕙化為芻。賢者雖獨悟，所困在群愚。且各守爾分，勿復空馳驅。」

他認為在一個賢愚不分，是非不明的社會裡，權勢之家怎麼做、怎麼說別人都認為是對的，就連唾沫也被當成珠寶。貧賤之人即使品德再高尚，也像乾草般被遺棄。賢明的人雖然自己清醒，卻遭到那群愚人所困擾。在這樣的環境下，只能無奈地勸戒世人：「各自守著你們的本分吧，不要再為了功名白白地奔波勞苦了。」

趙壹在〈刺世疾邪賦〉中以直率犀利的筆鋒，大膽揭露了靈帝時社會的污濁黑暗，並義正辭嚴地說：「乘理雖死而匪亡，違義雖生而匪存。」這種強烈參與現實、為社會伸張正義的入世精神，千年以後依然令人動容。

明月皎皎照我床，星漢西流夜未央

名句的誕生

援[1]琴鳴弦[2]發[3]清商[4]，短歌[5]微吟[6]不能長。明月皎皎[7]照我床，星漢西流[8]夜未央[9]。牽牛織女遙相望，爾[10]獨何辜[11]限河梁[12]？

～三國魏・曹丕・燕歌行

完全讀懂名句

1. 援：取、拿。
2. 鳴弦：使琴鳴響，意指撥動琴弦。
3. 發：演奏。
4. 清商：樂府曲調名。清商音節短促，古人每當表達悲怨情調的時候，常常歌以「清商」曲。
5. 短歌：調類名。漢樂府有長歌行、短歌行，根據歌聲長短來區分，長歌多表現慷慨激昂的情懷，短歌多表現低迴哀傷的思緒。
6. 微吟：淺吟，輕輕吟唱。
7. 皎皎：疊音詞，月光皎潔明亮的樣子。
8. 星漢西流：銀河轉向西邊，表示夜已經很深了。星漢：天河，銀河。
9. 夜未央：夜深而未盡時。央：盡。
10. 爾：你們，指牽牛、織女。
11. 何辜：何罪。
12. 限河梁：為銀河阻隔，不能相會。河梁：河上橋梁，指天河。限：阻隔。

語譯：拿過古琴，撥弄琴弦卻發出哀怨的清商曲調，輕輕吟唱急促憂傷的短歌，總無法唱成完整柔情動聽的長歌。皎潔的月光照耀在我的空床，星河沉沉向西流，憂心無眠的夜太過漫長。牽牛織女只能遠遠地空自互相對望，你們究竟犯了什麼錯，而被天河分隔阻擋。

文章背景小常識

曹丕的〈燕歌行〉一般認為是中國現存最早、最完整，由文人創作的七言詩（全詩每句七字）。《詩經》基本上是四言體，《楚辭》雖然有七言句，但多帶有「兮」字，格式與韻式都不算真正的七言詩，直到曹丕兩首〈燕歌行〉出現，正式確立了七言詩的體裁。

〈燕歌行〉是樂府詩，樂府詩題冠上地名表示一種地方特色的樂曲。燕是春秋戰國時期的諸侯國名，轄地約是今天中國北京市以及河北北部、遼寧西南一帶，是漢族和北部少數民族的交界地區。唐人韓愈曾言：「燕趙多慷慨悲歌之士。」形容這地區征戍不斷，屬古戰場。「燕歌行」此曲調名創於曹丕，以男子出門征戰為背景，描繪妻子獨守空閨、望穿秋水的心情，後代多用來描寫征戰之事。

這首最古老的七言詩，句句押韻，語言清麗婉轉，音節和諧流暢，體現了曹丕「詩賦欲麗」的主張。七言詩到唐代發展至顛峰，可分為七言律詩和七言絕句。七言詩的出現，為詩歌提供了一個嶄新、容量更大的形式，也豐富了中國古典詩歌的藝術表現力。

名句的故事

允文允武的魏文帝曹丕在《典論．自敘》中曾提及，他從少年時就常常跟隨父親曹操各地征戰。〈燕歌行〉一詩的背景雖然與征戰有關，但描寫的卻不是上戰場的威武士兵，而是從女子的角度去描寫丈夫因征戰而遠離家門，自己空閨獨守、空床獨睡的悲愁與不滿。

這樣的悲愁發生在秋天，〈燕歌行〉的布景與道具有枯樹、落葉、飛燕和大風：「秋風蕭瑟天氣涼，草木搖落露為霜。群燕辭歸鵠南翔，念君客遊多思腸。」在「秋風催佳句，霜葉織華章」的詩歌傳統中，「月夜」也是詩人的最愛，「秋風」加上「月夜」就構成了〈燕歌行〉的抒情基調。除此之外，月夜天空裡還有兩顆催淚的牛郎織女星，於是曹丕寫下了名句：「明月皎皎照我床，星漢西流夜未央。牽牛織女遙相望，爾獨何辜限河梁？」

這一幅秋風秋月夜的孤單女子圖，其背景音樂是「清商」（「援琴鳴弦發清商，短歌微吟不能長」）。「清商」（清曲）可說是古代的療傷系情歌，其特色是音節短促、聲調低弱。

在〈燕歌行〉中，曹丕心思之細膩，彷若真女子，難怪清代陳祚明《采菽堂古詩選》評為：「如西子捧心，俯首不言，而回眸動盼無非可憐之緒。」（好像春秋時越國美女西施，心痛病發時捧胸皺眉，她雖然只是低著頭沒喊一句痛，但其眼神姿態已讓人覺得楚楚可憐。）沈德潛的《古詩源》也說：「子桓詩有文士氣，一變乃父悲壯之習矣。要其便娟婉約，能移人情。」（曹丕的詩有文人的優雅氣質，與他父親曹操的悲壯風格不同，他的詩柔約婉轉，最能觸動幽微的情緒。）

歷久彌新說名句

閨怨詩中的主角是女性，男主角長期不在家，不管是外出打仗還是經商，讓閨怨女主角有了等待的對象。

古代婦女的生活範圍狹小，長期處於封閉的空間中，能不得憂鬱症恐怕已是奇蹟。鄭愁予的〈錯誤〉可說是白話版的閨怨詩：「東風不來，三月的柳絮不飛，你的心如小小的寂寞的城」，「跫音不響，三月的春帷不揭，你的心是小小的窗扉緊掩。」

多為男性詩人代寫的閨怨詩，總是期望女性以一生的等待，守候不知何去的浪子。現代社會女性意識抬頭，這種獨守空房的閨怨，轉變成流行歌曲裡鼓勵女性自主的〈姊姊妹妹站起來〉：「誰要週末待在家，對著電視爆米花」，「找個人來戀愛吧，才能把你忘了呀」，「從今以後別害怕，外面太陽那麼大」……，女人的房間不再充滿寂寞怨恨，可以像英國才女吳爾芙的房間一樣，是充滿創造力的寫作房間。

出門無所見，白骨蔽平原

名句的誕生

西京[1]亂無象，豺虎[2]方遘患[3]。復棄中國去。遠身適荊蠻。親戚對我悲，朋友相追攀[4]。出門無所見，白骨蔽平原。路有飢婦人，抱子棄草間。顧聞號泣聲，揮涕獨不還。未知身死處，何能兩相完[5]。驅馬棄之去，不忍聽此言。南登霸陵[6]岸，回首望長安。悟彼下泉[7]人，喟然傷心肝。

～三國魏・王粲・七哀詩

完全讀懂名句

1. 西京：長安。
2. 豺虎：豺狼虎豹。
3. 遘患：製造禍害。遘：音ㄍㄡˋ，gou，通「構」，造成。
4. 追攀：追著攀住車不忍讓對方離去。
5. 相完：保全、平安。
6. 霸陵：漢文帝的陵寢，在今天陝西長安東邊。
7. 下泉：是《詩經・曹風》裡的篇名之一，內容談思明王賢伯也。

語譯：西京混亂無正道，豺狼虎豹相繼為患。我離棄中原，來到了蠻荒的荊州。親人對著我悲泣，朋友也攀著車緣不忍離去。走出長安門一無所見，只有綿綿白骨遮蔽平野。路旁有著飢餓婦人，將稚幼的嬰孩丟棄草叢。婦人回頭聽著孩子的哭叫聲，抹著淚水獨自離去。不知道自己將身死何處，哪裡還能保全孩子呢？我趕著馬匹急忙離去，不忍心聽她說這種話。朝著南面登上霸陵，回頭望著長安。領悟到《詩經．下泉》的深意，慨然嘆息痛徹心腑。

文章背景小常識

這首王粲的〈七哀詩〉收於《昭明文選》的哀傷類，或哀國傷民，或悲情詠懷，大至國家社會，小至個人悼亡。至於〈七哀詩〉並非王粲特立之名，詩題來源不明，起於漢末，可能是當時新創的樂府名稱。以〈七哀詩〉為題撰寫詩篇除王粲外，尚有曹植、張載等人，足見〈七哀詩〉是樂府調名。

至於何謂七哀?呂向注曹植詩時提到：「七哀，謂痛而哀，義而哀，感而哀，怨而哀，耳目聞見而哀，口嘆而哀，鼻酸而哀也。」已經將人之七情盡哀憐其中，亦是「哀」之極端。

名句的故事

王粲〈七哀詩〉今存三首，《昭明文選》錄有其中兩首，也是最著名的兩首。本詩王粲寫於東漢獻帝初平四年，當時地方割據勢力已經危害到中央，長安也因動亂而群眾逃散。王粲為了避此災禍，離開家鄉，逃往荊州，打算依附劉表。本詩即是王粲避難荊州，一路上所見所聞，具體反映當時軍閥混戰造成的亂離景象。不論就體裁形塑、發語悲惻都讓整篇詩歌具有強烈的情感悸動，不忍卒讀。

首兩句王粲以「西京亂無象，豺虎方遘患」，描繪了當時各方豪強興兵作亂的情形，並以豺狼虎豹為喻說明其貪婪暴行。詩人鑑於京城已不能確保安全，於是在「親戚對我悲，朋友相追攀」的不捨下，離開長安遠適荊蠻。

根據《三國志．董卓傳》的記載，由於戰久民疲，糧食缺乏，當時賊兵「攻剽城邑，人民飢困，二年間相啖食略盡」，故作者才踏離家門，就見「白骨蔽平原」。詩人以短短五個字道盡了多少動亂時代的悲哀，也讓這篇詩文哀傷氣息更加深沉。

在逃往荊州路上，詩人親身體驗到更多的生離死別，婦人棄子是鮮明一例。要一位母親將歷經辛苦懷胎，好不容易生下的孩子拋棄，其內心悲惋，可想而知。之所以取母子為例，《文選纂注》解釋：「蓋人當亂離之際，一切皆輕，最難割者骨肉，而慈母與幼子尤甚。寫其重也，他可知矣。」王粲想凸顯戰爭分裂對生民造成的衝擊，故舉最為人慨嘆的例子，在虎毒不食子的原則下，逼使一位母親聲容悽慘地拋棄小孩，其艱苦環境可想而知。

歷久彌新說名句

王粲這次離京避難，原本是希望暫時避開禍亂根源，渴望天下早日平定。但這個願望遙遙無期，剛寫下〈七哀詩〉時的他，絕對沒想到要「遠身適荊蠻」十餘年，大時代的悲哀，凡人即便想力挽狂瀾也徒然。而王粲對於戰爭引起百姓離散的觀察與描寫，對於後世文壇影響甚大。

與王粲同時的曹操同感於紛亂戰事對人民所造成的衝擊，於〈蒿里行〉慨言：「白骨露於野，千里無雞鳴。生民百遺一，念之斷人腸。」死人的骨頭暴露於荒野，無人收葬，千里之內也毫無雞鳴狗吠聲，百姓罹難者多，讓人聞之斷腸。

後世與王粲類似，同處於紛亂時代的唐代詩人杜甫，亦有相似的作品。杜甫處於唐朝由盛轉衰的關鍵期，歷經安史之亂，目睹當時民生疾苦、朝廷敗壞，寫下著名的「三吏三別」，確立其詩史地位。杜子美在〈新安吏〉中描繪朝廷收復長安後，強制徵兵打仗戍守，負責的官吏到處點召壯丁，於是「白水暮東流，青山猶哭聲。莫自使眼枯，收汝淚縱橫。眼枯即見骨，天地終無情。」男丁紛紛與家人哭別，眼前一片哭聲震天，收住眼淚，看清路旁滿是因為戰亂死亡的骸骨，淚水不禁再度潰堤。

登茲樓以四望，聊暇日以銷憂

名句的誕生

登茲樓[1]以四望，聊[2]暇日以銷憂。覽斯宇[3]之所處兮，實顯敞而寡仇[4]。挾清漳[5]之通浦[6]兮，倚曲沮[7]之長洲。背墳衍[8]之廣陸兮，臨皋隰[9]之沃流[10]。

～三國魏．王粲．登樓賦

完全讀懂名句

1. 茲樓：古荊州當陽城樓，位於湖北省。
2. 聊：姑且、暫且。
3. 斯宇：此樓。
4. 寡仇：很少有比得上的。仇：通「儔」，匹。
5. 清漳：清澈的漳水，源於湖北省南漳縣，流經當陽。
6. 浦：小河匯入大河處。
7. 曲沮：曲折的沮水。沮水為河名，於當陽與漳水合，南流入長江。
8. 墳衍：水邊地勢高起為墳，廣平為衍。
9. 皋隰：水邊低窪的地方。
10. 沃流：美好的河流。

語譯：我登上當陽城樓窮目眺望啊，暫且藉此閑暇時光解消憂愁。縱覽此樓所處位置啊，地勢實在寬敞，很少有地方比得上它的。它挾帶著清澄的漳水匯入他流，倚著沮水曲折的河畔長洲。背對著水邊高平陸地，南面臨著流水窪地。

文章背景小常識

〈登樓賦〉作者是漢末三國初的文學家王粲，也是建安七子之一。王粲拒絕在董卓掌控的政權下服務，離鄉背井來到荊州，留在荊蠻之地長達十五年，思鄉懷土屢屢出現於詩文裡，沉重的鄉愁幾乎成為王粲文章特色。本篇〈登樓賦〉即是王粲身在異鄉，登上高樓，企圖遠望故鄉時的佳作，宋代朱熹讚美此篇：「蓋魏之賦極此矣！」

〈登樓賦〉收於《昭明文選》的遊覽類，表面似登樓遊覽，實是思鄉戀土的遊子心聲，更是感時傷懷，懷才不遇的蒼涼慨然。〈登樓賦〉通篇大致可分為三個部分，首章描述所登之樓的位置、地理形勢；其次以「雖信美而非吾土兮，曾何足以少留」，轉入懷鄉思情；最後以「俟河清其未極」，嘆息太平盛世何時才會降臨？全文即在此反側、悵然、憤懣的情緒下暫告段落。

名句的故事

王粲字仲宣，曾祖、祖父皆官至朝廷三公，他從小就發揮優異的才學，深受當時文學家蔡邕的欣賞。可惜生不逢時，十七歲時因董卓挾持獻帝掌政之亂，而離開長安南下荊州，依附劉表。劉表對於王粲並不看重，王粲無法一展長才，鬱鬱不樂。雖然劉表也給予他官職，但王粲內心抱負無法施展，讓他備感痛苦，此時的北方正處於兵戈擾攘，他也無法返回京城。

本篇名賦即王粲滯留荊州十多年後，來到當陽城樓「登茲樓以四望，聊暇日以銷憂」，遠望抒懷遙想時，鄉愁漸漸襲來，家仇國恨、懷才不遇都讓他惆悵縈思，氣憤於胸臆。也或許是這種鬱鬱不得志，讓王粲在劉表死後，力勸少主劉琮歸降曹操，他藉機返回長安，且受到曹操重用，任命他為丞相掾，賜爵關內侯，但這都已是後話。

然而就文學創作而言，王粲客居荊州時期正是其文學創作高峰，其著名作品如〈七哀詩〉、〈登樓賦〉、〈贈蔡子篤〉等都是這個時候寫的。身經喪亂、流寓荊州，王粲內心的傷感、愁思都使其文學內涵更加精鍊，隨筆拈來皆動人肺腑。

回到長安之後的王粲，宦途一路順暢，應酬詩文也逐漸取代真摯情感的表現，他對曹氏政權的歌功頌德，讓他爬升高位，卻也讓作品少了深刻意涵，空洞無味。王粲巧妙地周旋於曹丕、曹植兄弟間，不得罪任何一方，後來還受到曹丕青睞。據說王粲生前善於學驢子叫，曹丕在他死後臨喪弔唁時，還要身旁的臣僚學叫驢聲，用以送亡者之靈。

歷久彌新說名句

登高賦詩是中國文學的傳統，而以登樓眺望隱喻思鄉情愁，也是傳統詩歌表達手法之一，王粲這首〈登樓賦〉以「登茲樓以四望」破題，便屬於此一傳統。

登望，成為鄉愁詩歌的重要場景。登高遠望開擴了視野，也帶動思緒的綿延，懷古、思鄉、悼念之情紛至沓來。

唐代詩人白居易年幼時因為戰亂避居南方浙江，他也曾登樓遠望，寫下〈江樓望歸〉：「滿眼江雲色，月明樓上人。旅愁春入越，相思夜歸秦。」白居易夜登江樓，身染月色，客旅愁緒於春天來到浙江，相思之情卻趁夜夢奔回中原。

宋朝初年隱逸詩人魏野，也曾在作客甘肅時，登上當地原州城樓，而想起了家鄉、舊友，寫下〈登原州城呈張貴從事〉一詩，其中有：「異鄉何處最牽愁？獨上邊城城上樓。」在這首詩裡，魏野自問自答，最讓異鄉遊子勾起鄉愁的地方是哪呢？答案就是臨高望遠的城樓了。著名散曲家金人元好問，在〈鄧州城樓〉詩中，同樣吟詠：「自古江山感遊子，今人誰解賦登樓。」元好問登上異鄉城樓，眺望遠方，想著自己客寓他鄉，同時也遙想起王粲的〈登樓賦〉，遊子的苦楚辛酸油然而生。

人情同於懷土兮，豈窮達而異心？

名句的誕生

悲舊鄉之壅隔[1]兮，涕橫墜而弗禁。昔尼父之在陳兮，有歸歟之歎音。鍾儀幽[2]而楚奏兮，莊舄顯[3]而越吟。人情同於懷土兮，豈窮達[4]而異心？

～三國魏・王粲・登樓賦

完全讀懂名句

1. 壅隔：阻塞隔絕。
2. 幽：幽禁。
3. 顯：顯達。
4. 窮達：窮阨、顯達。

語譯：悲傷被阻隔遠離的故鄉啊，淚涕止不住零亂墜落。昔日孔子在陳絕糧，曾感慨發出不如歸去之嘆息；春秋時期被囚禁的鍾儀，依然奏著故鄉楚國的音樂；越人莊舄在楚國發達後，病中呻吟也發出故鄉口音。思念故鄉是人情所相同的，哪裡會因為窮阨或顯達而有所不同呢！

名句的故事

本篇名句擷取的是王粲〈登樓賦〉第二部分，描繪詩人強烈的思鄉情緒，並說明人們對故鄉的思念，豈會因窮達而異心！王粲藉由對「人情同於懷土兮」一詞，表達他客寓荊州十餘年依然思慕故土一草一木的鄉愁。本篇名句是〈登樓賦〉最感人處，之後王粲以「惟日月之逾邁兮，俟河清其未極。冀王道之一平兮，假高衢而騁力」（想到光陰飛逝，等不到太平盛世。盼望王道一統天下，讓賢德之士施展抱負），述說他壯志未酬，並冀望太平盛世早日降臨。

從《詩經．小雅．小弁》「維桑與梓，必恭敬止」詠出鄉愁的文學基調，此後故鄉召喚的感人之作源源不絕。

鄉愁襲人不分窮達，王粲懷才不遇，寄寓荊蠻是「窮」例，唐代退休宰相賀知章，即是「達」例。賀知章於證聖元年（西元六九五年）進士及第，到天寶三年（西元七四四年）致仕，幾乎將近五十年未曾踏入故鄉一步。他老年上書乞骸歸鄉時已高達八十六歲，置身於故鄉熟悉又陌生的環境裡，「兒童相見不相識，笑問客從何處來」（〈回鄉偶書〉），反主為客的哀婉之情盡在其中。

歷久彌新說名句

本篇名句引了三個典故，分別為仲尼在陳絕糧、鍾儀幽而楚奏、莊舄顯而越吟。孔子周遊列國並不順遂，各國君主未能採用其建議，最後返回魯國有教無類，以師道傳承志業。根據《論語．衛靈公》記載，仲尼來到陳國時，處境窘困，不僅絕糧無食物，跟隨徒眾也生病，孔子不禁發出嘆息：「歸歟！歸歟！」

鍾儀是楚國的樂官，善於鼓樂，曾經被鄭國俘虜，後來又獻給晉國。鍾儀每次奏樂時都操以楚國音樂，並不因為是階下囚而迎合晉侯，晉侯詢問出身時，也誠實回答「伶人」（伎人）。晉國大臣范文子得知後讚嘆：「君子也，言稱其先職，不背本也；樂操土風，不忘舊也。」後世以鍾儀為懷土思歸的典範。

莊舄是戰國時越人，他來到異國楚地任官，飛黃騰達後仍不忘故國，生病時吟唱越國鄉歌，以撫慰鄉愁。後來秦國的陳軫引用此典，向秦惠王說道：「凡人之思故，在其病也。彼思越則越聲，不思越則且楚聲。」生病的人總是較為脆弱、自然，容易洩露內心想望。王粲引這三個例子，分別說明不論是像孔子、鍾儀處境艱難的窮，或是莊舄執珪富貴之達，都難以跳脫人情對於「懷土」思鄉的天性。

川閱水以成川，水滔滔而日度；世閱人而爲世，人冉冉而行暮

名句的誕生

悲夫！川閱[1]水以成川，水滔滔而日度；世[2]閱人而為世，人冉冉[3]而行暮[4]。人何世而弗新，世何人之能故[5]！野[6]每春其必華[7]，草無朝而遺露。經終古而常然，率[8]品物[9]其如素[10]。

～西晉・陸機・歎逝賦

完全讀懂名句

1. 閱：總匯。
2. 世：一代人；自古三十年稱一世。
3. 冉冉：緩慢行進的樣子。
4. 行暮：步入晚年。
5. 能故：能夠老而不死。
6. 野：原野。
7. 華：通「花」字。
8. 率：大抵，通常。
9. 品物：物類。
10. 素：舊。

語譯：可悲啊！河川總匯了眾水成為河川，日復一日水流滾滾不止。世代總匯了眾人而成為世代，一代代的人逐漸步入了暮年。哪一代的人不是新人？又哪有人可以老而不死？原野每到春天必定開花，草上的露珠，過了清晨便不會繼續留在草上。自古一直如此，萬物通常像以前一樣不曾改變。

文章背景小常識

〈歎逝賦〉作者陸機，字士衡，原是三國孫

吳人，出身吳國世族，祖父陸遜曾是吳國丞相，父親陸抗為大司馬，陸機擔任牙門將職務。其後孫吳為西晉所滅，長達有十年的時間，陸機潛居鄉里，不願做官，直到晉武帝太康末年，與其弟陸雲來到京城洛陽，以詩賦文章聞名遐邇，得到太常張華、太傅楊駿的賞識，才重新展開仕途生涯。

可惜，緊接著是長達十六年的「八王之亂」，諸侯為了爭權，舉兵相互殺戮，百姓死傷不計其數，房舍田園嚴重毀壞，民生經濟停擺。置身紛亂政局的陸機也難逃浩劫，他在擔任成都王司馬穎幕僚期間，奉命討伐長沙王司馬乂，不幸兵敗；司馬穎的宦官趁勢誣陷陸機通敵，陸機因而被誅滅三族，年僅四十三。

〈歎逝賦〉的寫作時間，正值「八王之亂」第十個年頭。時年四十的陸機，想到祖國孫吳早已亡滅，周遭親朋也多死於戰亂，不禁悲從中來，藉由這篇賦作，抒發家國殘破、親故凋零的沉鬱傷痛，亦不知自己尚能在亂世中存活多久？他一方面嘆逝歲月年華稍縱即逝，憂心離大去之期不遠；一方面不免又自我寬慰，既知人終將一死，何不卸下官職，篤行養生之道，安詳度過餘生。陸機最後並未能如願脫離政治風暴，終成為西晉司馬家族骨肉相殘、血腥戰亂下的犧牲者。

名句的故事

陸機〈歎逝賦〉之「川閱水以成川，水滔滔而日度」，以水滾滾不絕的流動，比喻人生的青春年華，其實就像滔滔流水般一去不復返。《論語．子罕》中記載孔子曾在河川邊，感嘆地說道：「逝者如斯夫！不舍晝夜。」孔子見川水奔流，進而有感於世間的興衰來去，不正如川上之水，不分晝夜地流著，人生歲月，也和流過的水一樣，都是無法追回的。

〈歎逝賦〉之「世閱人而為世，人冉冉而行暮」，以人慢慢地走向暮年，傳遞一代代人皆始於新生，然後進入盛年、衰老，最後走向死亡的過程；陸機在感傷之餘，心中也了然生命有其消長與代謝，方能生生不息地傳承下去。

戰國楚大夫屈原，其〈離騷〉：「老冉冉其將至兮，恐脩名之不立。」屈原眼見年紀逐漸衰老，唯恐自己美善的名聲還沒建立便離開人世，語氣充滿對時間倏忽即逝的焦慮。

屈原曾位居楚國要職，人稱「三閭大夫」，一生懷抱對國家的忠貞，對政治理想的堅持，無奈卻遭來小人的離間，使他從楚懷王的心腹大臣，淪為被放逐江南的悲憤遊子；後來楚懷王客死秦國，其子頃襄王即位，卻還是沒有召回屈原的意思。詩人決定不再等待祖國的召喚，選擇投江自盡。從此，冉冉催人老的人生限度，不會再讓屈原心急如焚了！而他的美好名聲，歷經了數千年，仍然伴隨著他的詩歌作品，代代相傳延續至今。

歷久彌新說名句

唐朝詩人白居易，其詩〈潯陽歲晚，寄元八郎中、庾三十二員外〉前四句為：「閱水年將暮，燒金道未成。丹砂不肯死，白髮自須生。」逐漸步入暮年的白居易，四十四歲從京城長安被貶謫到江西潯陽，任職一份有名無實的閑差「江州司馬」，眼見好友的仕途個個平步青雲，自己卻是顛沛流離、諸事未成，望著悠悠江水，不禁感慨萬千；早已生出一頭白髮的他，明知歲月從不饒人，卻仍然渴望壽命更長久些，期盼未來還能有一番作為。

自古傳言丹砂為煉金藥方，許多道教外丹術的信徒，更深信以此可以提煉出長生不老的妙方，故後人常以丹砂作為「長壽」的比喻。其中「閱水年將暮」可說與古人望川時，湧上一股「時不我與」的心情相同！

與白居易並稱「劉白」的劉禹錫，其〈送春詞．其二〉中寫道：「春已暮，冉冉如人老。映葉見殘花，連天是青草。」時序已進入春天的尾聲，詩人觸目所及的景象是殘敗的春花，連天的青草，於是提筆寫下他對春天逝去的追悼；其中「春已暮，冉冉如人老」象徵生命的行進，有如自然時序的變化，人在時間不知不覺地推演下，從活力充沛的青年，轉身已成了垂垂衰頹的老人。

親落落而日稀，友靡靡而愈索

名句的誕生

觸萬類[1]以生悲，歎同節[2]而異時。年彌往[3]而念廣，塗薄暮[4]而意迮[5]。親落落[6]而日稀，友靡靡[7]而愈索。故舊要[8]於遺存[9]，得十一於千百。樂隤[10]心其如忘，哀緣情而來宅[11]。託末契[12]於後生，余將老而為客。

～西晉．陸機．歎逝賦

完全讀懂名句

1. 萬類：萬物。
2. 同節：相同季節。
3. 年彌往：指年紀越來越大。彌，更加。
4. 塗薄暮：行路到了黃昏。比喻暮年。
5. 意迮：感到急迫。迮，音ㄗㄜˊ，ze，迫也。
6. 落落：形容稀少的樣子。
7. 靡靡：形容散盡也。
8. 舊要：舊友。
9. 遺存：餘留在世間的人。
10. 隤：音ㄊㄨㄟˊ，tui，遺也。
11. 宅：居留，盤踞。
12. 末契：長者對後生晚輩的情誼。

語譯：接觸萬物不禁悲從中來，感嘆每年季節雖然相同，昔日還活著的人，如今卻已經離開人世了！年紀越大，思念的人越多，步入暮年，內心感到急迫。親人日漸稀少，朋友零落散盡。尋找還活在世間的舊友，千百人中只剩下十分之一。快樂在我心中遺失，哀傷在我心中盤踞。只能與後生晚輩結交，在他鄉終老一生了！

名句的故事

陸機〈歎逝賦〉之「親落落而日稀，友靡靡而愈索」一語，道出其周遭親友的凋零散盡，他雖掩不住內心的落寞，還是把希望寄託在與年輕一輩的交遊，同時預料自己將終老異鄉。

原是三國吳國人的陸機，家鄉在吳縣（今江蘇省上海市），吳國被西晉所滅的十餘年後，他離開家鄉，來到西晉京都洛陽，因一手好文章受到王公貴族的重視。原以為有嶄新的政治前途在等著他，孰料踏入西晉政局的這一步，竟成了他壯年亡命的禍端。

在〈歎逝賦〉的序文中，陸機提及周遭親友「十年之外，索然已盡」，年方四十的他，何以十年之間，親人好友幾乎都離開人世呢？原因便出在動亂西晉十六年的「八王之亂」。晉武帝去世後，其子惠帝即位的第二年，各方諸侯為了爭奪權力，開始互相殘殺，處在干戈不止、生靈塗炭的時局下，陸機的親友大多相繼死亡，留在人世的已不到十分之一。其樂府詩〈門有車馬客行〉云：「親友多零落，舊齒皆凋喪。」歷經一次又一次與至親好友的死別，每當思憶故人時，陸機滿懷的沉鬱悲痛，只能藉由文字抒發出來。

其實，稍早於〈歎逝賦〉的前四年，陸機曾寫過一篇〈思歸賦〉，內容提及對戰亂不休的恐懼，使他興起歸鄉的念頭，其中寫道：「羨歸鴻以矯首，挹谷風而如蘭。歲靡靡而薄暮，心悠悠而增楚。」他羨慕鴻鳥在天上昂首飛翔，蘭花在深谷隨風飄散幽香，想到自己的生命有如日薄西山，隨時將盡，心中的憂愁痛楚，怎麼會不與日俱增呢？

由此可知，陸機已然察覺置身於諸王的紛爭裡，極有可能危及自身安全，不如盡速遠離風暴。可惜，他終究未能及時做出歸鄉的抉擇，在四十三歲那年，遭到成都王司馬穎的宦官誣陷，最後也和他的已故親友一樣，命喪這場殘酷無情的亂事。

歷久彌新說名句

西晉文學家陸機〈歎逝賦〉中，以「落落」形容親戚稀疏，家道中落；以「靡靡」形容好友零散亡故，無人可語，感嘆其身旁的冷清與內心的寂寞。在中文語彙裡，相同語詞可依循前後文字，產生不同的詞義，如「靡靡」一詞，在陸機語出「友靡靡而愈索」之前，已出現數種不同的解釋。

《詩經．王風．黍離》寫道：「彼黍離離，彼稷之苗。行邁靡靡，中心搖搖。知我者，謂我心憂，不知我者，謂我何求。」東周初期，詩人行至西周首都鎬京，目睹昔日壯麗宮廷，因戰亂之故，如今已成了遍地農田，對照往昔與今日的景象，一股興衰起落之感，深深撥動詩人善感的心弦。又想到周王朝自東遷之後，國力日漸衰微，各諸侯的勢力卻是日益壯大，不禁對國家的未來憂心忡忡，行走的步履，也不知不覺地遲緩下來。「靡靡」在此形容行走緩慢的樣子。

韓非是戰國末期人，也是集法家之大成者，其《韓非子．十過》闡述君王如犯下十項重大過失，便足以亡國，其中一項叫作「靡靡之樂」。文中提到君王若沉溺頹廢淫蕩的音樂，很容易怠忽國家大事，喪失君王該有的禮儀，最後落得和商紂一樣亡國的下場。韓非所言「靡靡」意指柔弱、委靡不振，「靡靡之樂」也正是其所謂的亡國之音！

唐代僧人寒山，自號「寒山子」，擅長吟詩作偈，其詩〈杳杳寒山道〉云：「杳杳寒山道，落落冷澗濱。啾啾常有鳥，寂寂更無人。淅淅風吹面，紛紛雪積身。朝朝不見日，歲歲不知春。」全詩共八句，句首皆運用形容不同情狀、聲音、時間的疊字，摹寫其長年獨居天台山寒岩的景致。詩中「落落」是形容山澗溪流幽冷寂寥之貌，語意隱含有作者僻居山林，不喜過問世事的性情。

何巧智之不足，而拙艱之有餘也

名句的誕生

雖吾顏[1]之雲厚，猶內媿[2]於甯[3]蘧[4]。有道[5]吾不仕[6]，無道[7]吾不愚，何巧智之不足，而拙艱[8]之有餘[9]也。於是退而閑居[10]于洛[11]之涘[12]。

～西晉．潘岳．閑居賦

完全讀懂名句

1. 顏：顏面，臉皮。
2. 媿：羞愧之意，同「愧」。
3. 甯：指甯武子，春秋時衛國大夫。
4. 蘧：蘧伯玉，春秋時衛國大夫。
5. 有道：政治清明。
6. 仕：做官、任職。
7. 無道：國政不修、社會混亂。
8. 拙艱：頭腦笨拙，舉止呆板。
9. 有餘：有剩餘。
10. 閑居：不問世事，安逸自處。
11. 洛：洛水。
12. 涘：ㄙˋ，si，水邊。

語譯：我雖然臉皮很厚很少覺得慚愧，但面對先賢甯武子、蘧伯玉的進退得宜，還是讓我自嘆不如而羞愧不已。世道清明時我沒有大顯才能，居高位要職，世道昏暗時我也沒有裝出糊塗模樣、隱居不出。靈巧智謀實在不足，笨拙呆板卻在他人之上。所以我辭官退隱，閑居在洛水旁。

文章背景小常識

「賦」是中國古典文學一重要文體。漢賦的

內容多為歌功頌德，描繪帝王天子的氣派豪奢、國勢的富強、宮室苑囿的宏麗。讀起來雖然堂皇富麗，但詞藻堆砌、艱澀難懂。

到了魏晉時期，賦的內容與形式產生變化，兩漢盛行的國家京都大賦，逐漸為抒情小賦所取代。在內容上，題材更為廣闊，包括有登臨、憑弔、悼亡、傷別、遊仙、招隱等。在當時，賦被認為是最能展現文學技巧的文體，同時也可為文人帶來聲譽。例如，左思的〈三都賦〉一完成，人人排隊搶讀，甚至造成「洛陽紙貴」，讓左思一舉成名。

才氣被讚譽像江河一般的潘岳（「潘才如江」），屬於天才型的文人，寫起賦來，不像嚴肅的陸機般下筆躊躇，而是舉重若輕，靈活生動。他辭了官在家寫〈閑居賦〉，從此後世有了「賦閑」的概念，「賦閑」一詞即源自潘岳的〈閑居賦〉。

名句的故事

文采橫溢、容美貌俊的潘岳，除了對妻子的深情讓世人感動外，他對母親的至孝還名列二十四孝。二十四孝記載潘岳「棄官奉親」的故事：「棄官從母孝誠虔，歸里牧羊兼種田。藉以承歡滋養母，復元歡樂享天年。」潘岳因為母病而辭去官職，陪母回家鄉養病。就在這段賦閑、清靜的期間，潘岳寫下了〈閑居賦〉，對自己的半百人生進行了一番回顧與反省。

反省了半天，潘岳得出的結論是自己精明不足、駑鈍有餘（「何巧智之不足，而拙艱之有餘也」）。潘岳讀到書籍記載司馬安很會做官，才跳了四次槽就做到了九卿。反觀自己，都已經年過半百了，還在六七品的小官上徘徊，由此可證明自己的拙艱。

雖說是「棄官奉親」，回歸鄉野閑居，但是潘岳心裡縈繞不去的仍是紅塵俗世的種種。後來事實也證明，當潘岳找出自己仕途失敗的原因是「拙」之後，他決定棄「拙」取「巧」。

這個「巧」指的是「賈謐」，賈謐是賈后外甥，因賈后當權而得勢，附庸風雅召集了一幫騷人墨客，稱為「二十四友」，潘岳也是其中之一。據《晉書》記載，潘岳為了討好逢迎賈謐，每每守候在賈謐行經的大路上，遠遠地看到高車駟馬揚起漫天塵土時，馬上低首垂目、長拜不起。這個「拜路塵」作為，為潘岳烙下了揮之不去的污點，金代詩人元好問就曾批評說：「高情千古閑居賦，爭信安仁拜路塵。」（〈論詩絕句三十首〉之六）認為潘岳文品與人品嚴重不一致。

悲哀的是，「拜路塵」若能讓潘岳如願以償升官顯達，也就罷了；但事實上拜路塵的下場卻是，賈謐集團垮台，潘岳被判誅三族，連累母親遭到殺害。當潘岳赴刑場時，留下一句遺言：「負阿母！」（我對不起母親。）不勝欷噓地結束了他「守拙不成，取巧也失敗」的一生。

歷久彌新說名句

潘岳分析自己官運不亨通的原因是自己太愚笨——「巧智不足，拙艱有餘」，然而這裡的愚笨與春秋時期衛國大臣甯武子的「愚不可及」卻是差之毫釐，失之千里，發展完全不同。

甯武子經歷了衛文公和衛成公兩代君主。衛文公是一個有道的君主，把國家治理得很好；衛成公治理國家的能力較差，內政外交都出現了危機。特別的是，甯武子在英明的文公當政時，並沒有任何出色的表現，反而是當衛成公失去了國君之位，流亡在外時，甯武子三番兩次不避艱險、不顧利害，將衛成公從鬼門關前救了回來，最後甚至助其復國。

孔子評價甯武子，曾稱讚說：「其知可及也，其愚不可及也。」（《論語．公冶長》）國家有道時，要表現聰明才智不算什麼難事，常人只要努力也可以達到；但是國家無道時，能夠不顧私利、不管自身安危，為國家犧牲奉獻，這種一般人都不願意做的傻事，才是困難的。因此，「愚不可及」實際上是對甯武子的極力稱讚。

潘岳的「愚笨」導致株連三族，而甯武子的「愚笨」讓他成為挽救衛國的大功臣。兩種愚笨結局之大不同，實不可混為一談。

鬼神莫能要，聖智弗能豫

名句的誕生

唯生[1]與位[2]，謂之大寶[3]。生有脩[4]短之命，位有通塞之遇[5]。鬼神莫[6]能要[7]，聖智弗[8]能豫[9]。

～西晉・潘岳・西征賦

完全讀懂名句

1. 生：生命，壽命。
2. 位：祿位。
3. 大寶：極貴重的寶物。
4. 脩：同「修」，長。
5. 通塞之遇：人生的通達與窘困，際遇不同。遇：遇逢。
6. 莫：不。
7. 要：音ㄧㄠ，yāo，制約，控制。
8. 弗：不。
9. 豫：預知，預料。

語譯：唯有生命與祿位，人們視之為一生當中最珍貴的事物。生命有長有短，事業官位也有通顯和困窘的不同際遇，這是鬼神所不能控制，聖人智者也無法事先預知的。

文章背景小常識

「賦」是介於散文與詩之間的一種古代文體。賦的特色強調文采、韻律和節奏，其似詩似文的特徵，與現代文學中的散文詩有些類似。賦曾經非常流行，有一種說法是，在漢代有只作賦而不寫詩的文人，卻幾乎沒有只作詩而不寫賦的才子。

左思一首三千字的〈三都賦〉寫了十年，陸機則是遲遲寫不出來，一輩子只寫了一篇大賦〈文賦〉，由此就可以了解寫賦不容易。而潘岳寫起大賦來，卻從容不迫，「鋒發而韻流」（《文心雕龍》），十分順暢。

潘岳的〈西征賦〉共六千多字，是整個晉代篇幅最長的作品，比起左思造成「洛陽紙貴」效應的〈三都賦〉還多上一倍。潘岳賦的成就很高，蕭統《昭明文選》收錄潘岳的賦共八篇，是賦類入選作品最多的一人。

東漢班彪曾寫過〈北征賦〉，女兒班昭則有〈東征賦〉（「征」都是「行」的意思），因此有人認為潘岳的〈西征賦〉應該是受其影響。

寫賦必須注意排比、對偶的整齊句法，還有用典、誇飾與冷僻的字眼，這些特點也變成缺點，過於注意形式的文體，使得文人在創作時處處受限。但是潘岳的賦，用字華美明暢，用典也比較淺近，不似陸機那樣深奧凝重。因此東晉的孫綽評論說：「潘文淺而淨，陸文深而蕪。」（潘岳的文章意淺而簡淨，陸機的文章深奧而繁雜。」）

名句的故事

才貌兼備的潘岳，生在尚美與愛好文學的西晉，眾星拱月的經驗讓他相信，如果連自己都無法有一番作為，那麼天底下還有誰做得到呢？天才兒童榜上有名的潘岳，十歲左右就能行文賦詩，二十出頭寫了〈藉田賦〉，讓下過幾次田的晉武帝大為讚賞，但也招致一旁小人的嫉妒，讓他的仕途一波三折。

寫了〈藉田賦〉之後，潘岳反而被冷落了十年。後來擔任一些小官，雖頗有政績，卻因上位者的你爭我奪（楊駿與賈后的鬥爭），而被牽連丟了官。鬼門關走一遭，僥倖撿回一命的他，被派遣到西邊的長安當長安令，在赴職的路上，潘岳寫下了著名的〈西征賦〉，即本篇名句的出處。

雖然〈西征賦〉名為一篇遊記，但是這一趟並不是普通的旅遊。在文章的開頭，潘岳就寫下：「壽命長短在命運，官位通塞在機緣，就算問鬼神也不能事先得知，即使聖賢也無法提早預測。」透露他對於仕途充滿不確定與害怕受傷害的心情。

魏晉六朝在藝術文化的發展上是中國歷來自由解放的時期，但在政治社會方面，卻也是最混亂、痛苦的年代，皇室王朝不斷更迭，政治鬥爭異常殘酷。這個時期孕育了傑出的文人，但下場大都悲慘，由於經常被迫選邊站，淪落為政爭的祭品。才色兼備的潘岳也無法逃脫這種命運，最後竟以滿門抄斬結束人生。

歷久彌新說名句

當一般人對生命感到不可掌握，對未來覺得徬徨時，往往會求助於鬼神命理，無論是紫微、塔羅或媽祖娘娘。然而潘岳的徬徨無助，卻到了連鬼神命理都安慰不了的地步——「鬼神莫能要，神智弗能豫」。

俗諺云：「伴君如伴虎。」中國文人常像潘岳一樣，對自己的生命與地位感到極大的不安。看看那一長串的貶謫名單：屈原、賈誼、韓愈、劉禹錫、白居易、蘇軾……，文人的被害妄想症可不是沒有來由根據的。但這種危機意識不全然是負面之物，有時也能變成一股正面的力量。因此古代文士遇到壓力挫折時，最常見的抒發管道莫過於寫詩填詞，形成獨樹一幟的「貶謫文學」。

這些憂鬱詩人的創作倒不全然是憤世嫉俗的作品。例如詩人劉禹錫，以巴山楚水二十三年的時間，刷新了中國文人遭貶期限的最高紀錄。好友白居易看不過去而寫下：「亦知合被才名折，二十三年折太多。」（你也真該遭一點不幸，誰叫你的才華和名聲那麼高呢？可是二十三年的不幸也未免太過分了！）但劉禹錫作詩回答：「沉舟側畔千帆過，病樹前頭萬木春。」（我自己雖如病樹、沉舟，但畢竟還能看到萬木逢春、千帆竟發的景象啊！）不但不為自己的厄運而悲，反而能為他人成功而喜，面對世事變遷和宦海沉浮展露了十足的豁達。

懷夫蕭曹魏邴之相，辛李衛霍之將

名句的誕生

懷[1]夫蕭、曹[2]、魏、邴[3]之相，辛、李、衛、霍[4]之將。銜使[5]則蘇屬國[6]，震遠[7]則張博望[8]。教敷[9]而彝倫敘[10]，兵舉[11]而皇威暢[12]。臨危[13]而智勇奮，投命[14]而高節[15]亮。

~西晉・潘岳・西征賦

完全讀懂名句

1. 懷：懷念。
2. 蕭、曹：蕭何、曹參，漢高祖時代的宰相。
3. 魏、邴：魏相、邴吉，漢宣帝時的宰相。
4. 辛、李、衛、霍：辛慶忌、李廣、衛青、霍去病，皆為漢朝對匈奴作戰的名將。
5. 銜使：奉有使命。
6. 蘇屬國：指蘇武。蘇武出使匈奴，被扣留十九年，不肯歸順，回國後被任為典屬國，主管屬國事務。
7. 震遠：使遠方之國害怕、懾服。
8. 張博望：指張騫。為漢朝通西域的第一人，對開闢絲綢之路有卓越貢獻，曾因從征匈奴有功，封博望侯。
9. 教敷：教化普及。此指宰相之功。
10. 彝倫敘：天下倫常有次序。彝倫：人與人之間的倫常關係。彝：ㄧˊ，yí，常道。敘：有次序。
11. 兵舉：將帥率兵出征。

12. 皇威暢：皇威遠揚。
13. 臨危：指張騫出使絕域，身臨險境。
14. 投命：捐棄生命。此指蘇武不惜生命保持操節。
15. 高節：高尚的節操。

語譯：我緬懷蕭何、曹參、魏相、邴吉這些賢相，遙想辛慶忌、李廣、衛青、霍去病這幾位名將。奉命出使異域邊疆的蘇子卿，使遠域震懾順服的張騫。他們或者施行教化，使天下倫常有次序；或者率兵出征讓漢朝軍威遠揚；又或者身臨險境而智勇奮發；甚至捨身取義而風骨高尚、節操清亮。

名句的故事

潘岳五十歲時在〈閑居賦〉中曾經總結自己做官經歷：從二十歲到四十多歲，曾八次調換工作崗位，一次提升官階，兩次被撤職，一次被除名，一次是自己沒有就任，三次是被外放。坎坷的仕途與他的才華完全不成比例。

一直在六七品的小官位上徘徊的潘岳，志氣可不只有六七品，他期許自己若不是賢能的宰相（蕭何、曹參、魏相、邴吉），也要是威武的名將（辛慶忌、李廣、衛青、霍去病），能夠：「教敷而彝倫敘，兵舉而皇威暢。臨危而智勇奮，投命而高節亮。」

然而事情的發展卻與願違，潘岳真正所做的不是什麼開疆闢土、高風亮節等偉大的事，反而是不怎麼光明正大的小人糊塗事。他曾經協助處心積慮要廢掉湣懷太子以保持權位的賈后、賈謐，假湣懷太子之名，偽造了一篇「陛下宜自了，不自了，吾當入了之」（皇上您應該自己結束生命，您如果不自己了結，那麼我將入宮幫您結束自己）的信給晉惠帝。惠帝看了自然怒不可抑，立刻將湣懷太子廢為庶人。潘岳就是這封偽造叛逆信的真正作者。

「湣懷太子事件」與「拜路塵事件」都成了潘岳一輩子的汙點，雖然寫〈西征賦〉時的他並無法預見自己後來所做的蠢事，而他也未能判斷，太子一廢，天下反而躁動不安，成為日後賈后垮台、自己被株連三族的導火線。「懷夫蕭曹魏邴之相，辛李衛霍之將」，胸懷鴻鵠大志的潘岳恐怕是錯在不正義的手段，以及對於亂七八糟的西晉政治仍有所期待。

歷久彌新說名句

中國的詩人，往往像潘岳一樣嚮往著能如蘇武、張騫，或是邊疆名將，征戰沙場、開疆闢土、建立功名。有多嚮往？看看下面這幾句就知道，「寧為百夫長，不作一書生」（楊炯〈從軍行〉），「功名只向馬上取，真是英雄一丈夫」（岑參〈送李副使赴磧西官軍〉），「萬里不惜死，一朝得成功」（高適〈塞下曲〉）。

唐代與外族互動頻繁，有很多機會可以讓詩人一圓英雄夢。著名詩人如杜甫、李白、王維都曾在邊塞待過，或佐戎幕，或鎮邊邑。之後王昌齡、王之渙、高適、岑參等人，形成了所謂的邊塞詩派。當國力強盛時，勝仗多於敗仗，詩人的邊塞詩慷慨激昂，例如高適（一作王昌齡）的〈淇上酬薛三據兼寄郭少府微〉：「倚劍對風塵，慨然思衛霍。」（倚著利劍嘯傲風塵，心裡想念名將衛青和霍去病的英勇事蹟。）或是王維的〈少年行〉：「孰知不向邊庭苦，縱死猶聞俠骨香。」（不是不知防守邊境的辛苦，但是為了報效國家，俠士即使奉獻了身軀也應當在所不惜。）

如果國力衰微，敗仗多於勝仗時，邊塞詩裡的慷慨激昂、愛國情操就逐漸被閨怨詩或反戰的批評聲音所取代。王翰〈涼州詞〉裡就曾自我解嘲地說道：「醉臥沙場君莫笑，古來征戰幾人回。」詩人對於打勝仗的信心指數幾乎降到零。唐人李頎更是挑明質疑戰爭的意義，只是為了滿足上位者的一己之私，〈古從軍行〉中有：「年年戰骨埋荒外，空見葡萄入漢家。」（每年無數的士兵埋屍荒野塞外，這些犧牲換來的只是上位者庭園中一株株胡人的葡萄。）而將士們擔心受怕的妻子只能虛弱無助地哀嘆道：「悔教夫婿覓封侯。」（王昌齡〈閨怨〉）總之，這時「英雄夢」背後殘酷的社會真相，很難讓人慷慨激昂得起來了。

窺七貴於漢庭，譸一姓之或在

名句的誕生

窺七貴[1]於漢庭，譸[2]一姓之或在？無危明[3]以安位[4]，祇居逼以示專[5]。陷亂逆[6]以受戮[7]，匪禍降之自天。

～西晉・潘岳・西征賦

完全讀懂名句

1. 七貴：指西漢七家外戚，即呂、霍、上官、丁、趙、傅、王七姓，後皆因權重而受誅，無一倖免。
2. 譸：通「疇」，音ㄔㄡˊ，chou，誰。
3. 危明：看到隱藏危險的清明智慧。
4. 安位：使祿位保持安全。
5. 居逼以示專：居於權勢凌逼君主的地位，顯示出專權。
6. 亂逆：國家、社會紛亂不安。這裡指楊駿身陷謀逆之罪。
7. 受戮：遭受殺害。

語譯：看漢朝那顯赫的七大名門貴戚，至今有哪一姓還安然存在呢？他們沒有見危之明來保全祿位，只是高居凌逼君主的地位，顯示出專權。結果因謀逆之罪而被殺，這災禍乃是由他自取，並非從天而降的啊！

名句的故事

「上品無寒門，下品無世族」西晉是個階級嚴明的社會。「有行無市」的〈藉田賦〉事件，讓才二十歲、正意氣飛揚的潘岳，提早被判出局，整整遭到冷凍十年。這十年令他了解社會的現實面，從此努力結交上流人士。

潘岳先後投靠了賈充、楊駿、賈謐（賈后的外甥）等權貴，無奈西晉權力替換速度之快，前一刻才正高興，楊駿得道掌大權，雞犬可以升天，誰知沒幾日的光景楊駿又成了刀下亡魂，潘岳的小命差點就因此不保。身處這變化莫測的政治環境中潘岳怎能不感嘆：「窺七貴於漢庭，譸一姓之或在？」

攀權附貴聽起來不光彩，卻是當時的風氣，幾乎西晉的重要文人都這麼做，洋洋灑灑共可列出「二十四友」，潘岳也名列其中，他們依附求生的對象是當時的大紅人賈謐，後來，他因賈后的被廢而垮台。這一次潘岳沒有那麼幸運，慘遭株連三族。結果，消失的不單是政治顯貴，還有依附於顯貴的文人們。

歷久彌新說名句

潘岳的悲劇，並不是特例。漢朝著名的司馬遷宮刑事件，只因為司馬遷替投降匈奴的同事李陵說了幾句公道話，而觸怒漢武帝，換來了奇恥大辱。另一位著名史家班固，也因為竇憲的失勢而遭連坐下獄。「竹林七賢」之一的嵇康，死得最淒美、最具音樂性，才三十九歲的他因為不肯與司馬昭說話，被送上斷頭台。臨刑前他要求彈奏〈廣陵散〉，說：「袁孝尼他們多次要學，都被我拒絕。〈廣陵散〉於今絕矣！」現場為嵇康請命的三千太學生無不痛哭失聲。

從魏晉到南北朝，名士們一批一批被送上刑場，何晏、嵇康、陸機、陸雲、張華、潘岳、郭璞、劉琨、謝靈運、范曄、裴頠……，這一長串死亡名單令人怵目驚心，士人們為了避免成為刀下亡魂，不是變成瘋子就是成為酒鬼。阮籍因此「發言玄遠，口不臧否人物。」（總是說一些幽深邈遠、摸不著頭緒的話，從不褒貶品評人物、社會的好壞。）

也是竹林七賢之一的劉伶則是酒壺從不離身，他命令僕人提著鋤頭跟在後面，還說：「死便埋我！」身雖不死，心已死，文人之悲哀，真是莫過於此啊！

人生到此，天道寧論

名句的誕生

試[1]望平原，蔓草縈骨，拱木[2]斂魂。人生到此，天道寧[3]論。於是僕本恨人[4]，心驚不已。直念古者，伏恨[5]而死。

～南朝梁・江淹・恨賦

完全讀懂名句

1. 試：且。
2. 拱木：古人多稱墓旁之樹為拱木，故也以拱木代稱墳墓。
3. 寧：豈可。
4. 恨人：失意抱恨之人。
5. 伏恨：含恨。

語譯：且望那廣闊的平原，野草纏繞著枯骨，墳墓旁的拱木收斂著亡者魂魄。人生到了這個地步，還要談什麼天道呢！我本是個失意抱恨之人，看到如此景象也感到驚心動魄。立即聯想到古代，有多少含恨而死的人。

文章背景小常識

江淹，字文通，歷仕宋、齊、梁三代，前期仕宦不如意，直到齊王蕭道成才受重用，入梁還曾封伯侯。江淹以布衣之身出任高官，於文學上大放異彩，最有名的詩賦皆撰寫於入梁、命運不順遂之前，往後功名既立，志得意滿，反而文思枯竭。《南史・江淹傳》曾載，他暮年罷宣城太守時，曾經夢見郭璞向他要回之前借出的五色筆，江淹從懷中取筆還郭璞，自此才思漸減，世人以為才盡的象徵。

名句的故事

〈恨賦〉是江淹早年貶為建安吳興縣令時的作品。

首章足見詩人當下的心情，他以蔓草、枯骨、拱木為題，塑造出悲涼悽慘的氣氛，後慨然而嘆「人生到此，天道寧論」！帶出內心深處甚為憤懣的情緒。江淹自言失意抱恨之人，並追想古代有多少失意懷恨而死的人。

江淹列舉了「伏恨而死」的諸多例子。比如秦始皇雖功業百世，卻壯志未酬而死；漢代大將軍李陵，率兵攻打匈奴建立輝煌戰績，但因力盡援絕而敗降敵方；三國魏的嵇康，蒙冤下獄，神情激昂，卻只能空有抱負，獨飲苦酒，被殺身亡。江淹舉出這些同有「齎志沒地，長懷無已」（懷抱大志卻歿於地下，綿長恨意永無停休）的憤懣之人，說明古來多少英雄豪傑曾窮途末路，哀嘆「人生到此，天道寧論」！

歷久彌新說名句

江淹以「恨人」之姿寫下〈恨賦〉。恨人詞與今日常見的意思迴異，此處指內心有著深刻傷心、遺憾甚深的人，即傷心人的代名詞。如宋朝林希逸於〈孔雀賦〉言：「僕本恨人，壯懷易感。」民國初年的魯迅也在《熱風・隨感錄六十二》一文中說：「我們更不要借了『天下無公理，無人道』這些話，遮蓋自暴自棄的行為，自稱『恨人』。」

六朝文學極重悲哀之情，並將大時代悲苦之音融入詩賦，加之以駢麗對仗，成為「悲音與華辭的共現」。同是才華洋溢、仕途也不如意的李白，受江淹〈恨賦〉的感召，擬寫了一篇〈擬恨賦〉，其語：「晨登泰山，一望蒿里，松楸骨寒，草宿墳毀。浮生可嗟，大運同此。於是僕本壯夫，慷慨不歇。仰思前賢，飲恨而歿……。」兩相比較，足見江文通〈恨賦〉備盡古今之情致，尤其在「人生到此，天道寧論」的低迴沉吟下，更加深失意末路人的傷心、悲哀。

自古皆有死，莫不飲恨而吞聲

名句的誕生

已矣哉！春草暮[1]兮秋風驚[2]，秋風罷兮春草生。綺羅畢[3]兮池館[4]盡，琴瑟滅兮丘壟[5]平。自古皆有死，莫不飲恨而吞聲。

～南朝梁・江淹・恨賦

完全讀懂名句

1. 暮：衰老。
2. 驚：颳風。
3. 畢：通斃，亡歿之意。
4. 池館：園池館舍。
5. 丘壟：墳丘、墳墓。

語譯：唉，算了吧！春草老去秋風捲起，秋風停歇春草又生。富貴榮華之人已歿，園池館舍也都頹圮，琴瑟亡兮墳墓已平。自古以來人皆有死，誰不是飲恨而吞聲悲泣呢！

名句的故事

江淹以人生莫不有死、莫不有恨作結，結合其平生少而喪父，採薪養母，雖自我發憤，布衣出仕，但仕宦初期並不順暢，屢次遭受貶謫、誣陷，也使他對人生有一層深刻體悟。

江淹詩文較之齊梁文壇中柔靡浮豔作品，其古樸剛健之氣，從〈恨賦〉已可窺見。〈恨賦〉篇幅不算長，結構完整，文末留下裊裊餘音，引人深思。從一開始作者以自身經歷為例，述說「僕本恨人，心驚不已」的體驗，到「直念古者，伏恨而死」，援引古今君王將相「上層」失意人，含恨而死的悲哀例子，最後則以孤臣、庶子、遷客、戍卒等平凡人家之恨事作結。不論身分、功業如何，無法逃離之大敵都是「命運」與「死亡」，因此詩人最後喟然而嘆：「自古皆有死，莫不飲恨而吞聲。」

以人生生死均一的態度入詩，尚有南宋末年的豪傑文天祥。當時蒙古率兵南下，積弱的南宋無力抵抗，遭北方騎馬民族一舉攻下，許多愛國志士不願在異族統治下生存，隨之殉國，文天祥即其中一人。他的〈過零丁洋〉言：「人生自古誰無死，留取丹心照汗青。」文天祥所面臨的並非如江淹苦悶的個人小事，而是國族覆滅的危機，因已將生死置之度外，寄託於丹心永存天地之間，才能無懼豪邁地高唱出：「人生自古誰無死，留取丹心照汗青。」

歷久彌新說名句

「自古皆有死，莫不飲恨而吞聲」，吞聲哭是一種極為悲傷、難過的哭法，「飲恨吞聲」便用以形容眼淚只往肚裡吞，不敢哭出聲音的模樣。著名的例子有唐代杜甫於〈哀江頭〉所言：「少陵野老吞聲哭，春日潛行曲江曲。」杜甫這首詩寫於至德二年春天，當時安史之亂尚未平定，長安仍被安史亂軍所占據，杜甫無法出京避難，只能趁著看管人不注意之際，漫步到過去人聲鼎沸的曲江，觀看江邊宮殿、細柳，回憶盛唐種種。由於幾乎為亡國所籠罩，詩人此刻的心境極為悲戚，吞聲而哭，既是悲哀至極，也是怕惹人注目的哭泣。

哭有幾種層次情境，有淚無聲謂之泣，有聲無淚謂之號，有淚有聲才是哭。吞聲哭則是發出細微哀鳴，又壓抑其聲的哽咽啜泣。宋代詞人賀鑄於〈憶秦娥〉言：「王孫何許音塵絕，柔桑陌上吞聲別。吞聲別，隴頭流水，替人嗚咽。」這闋詞是詩人摹擬閨中少婦等待丈夫歸來的心情，她痛苦煎熬難以成眠，不禁披衣靠在窗前看著庭中皎皎明月與梨花片片。丈夫已經多久音訊全無，獨留她不斷回想著，當時在枝葉稀疏的陌上小路與丈夫分別的情景，自己是多麼強忍悲傷，不忍啜泣。如今良人何在？只有田隴邊的流水好似也在為她嗚咽了。

借問蜉蝣輩，寧知龜鶴年

名句的誕生

赤松[1]臨上游，駕鴻乘紫煙。左挹[2]浮丘[3]袖，右拍洪崖[4]肩。借問蜉蝣[5]輩，寧知龜鶴[6]年。

～東晉・郭璞・遊仙詩（其三）

完全讀懂名句

1. 赤松：即古仙人赤松子，相傳曾為神農氏時的雨師。
2. 挹：ㄧˋ，yì，牽引。
3. 浮丘：傳說中的仙人。
4. 洪崖：傳說中的仙人。
5. 蜉蝣：棲息在水邊的昆蟲，產卵後即死，生存期只有數小時。
6. 龜鶴：相傳龜鶴都有千年的壽命。

語譯：清泉上，赤松子乘坐鴻鳥飛翔在紫色的雲霧之間。左手拉著仙人浮丘的袖子，右手拍著仙人洪崖的肩膀。請問短命如蜉蝣之輩，又怎麼會知道龜鶴的壽命長達千百年。

文章背景小常識

魏晉南北朝政局動盪不安，戰禍頻仍，人民生活在朝不保夕的環境下，因此玄學盛行，崇尚出世無為的道家思想，以及神仙方術之說。在詩壇上則盛行遊仙詩，許多知名的文人如曹植、阮籍、郭璞等都有遊仙詩之作。

遊仙詩所描寫的內容略可分為兩種，一種是純粹描述出塵拔世餐風餌玉的「列仙之趣」，大抵以求仙訪藥，追求長生為主旨，最早可溯至秦始皇命博士所作的〈仙真人詩〉；另一種是詩人不得志於當世，藉遊仙表現對現實生活不滿的情緒，抒發自身壯志難酬的鬱憤，最早可上溯至屈原的〈遠遊〉。

郭璞的〈遊仙詩〉現存十四首，多從道教故事和《山海經》等上古神話取材，將老莊思想與神仙之說相混合，以豐富俊逸的語言，鮮明瑰麗的辭采，神幻奇妙的意象，將神仙的居處和生活情態，描寫得十分鮮活生動，營造出超越塵俗的理想境界，改變永嘉以來平淡的詩風。

郭璞身處亂世，才高位卑又不願隨俗浮沉，故不見重於當世，他的〈遊仙詩〉看似歌詠高蹈遺世的精神，實是仕途失意的反映，所以鍾嶸《詩品》稱它「坎壈詠懷」，多為感嘆坎坷人生的詠懷之作，托載著出塵的想望，主要並不在描述神仙遨遊的樂趣。

名句的故事

本首〈遊仙詩〉起首即以「翡翠戲蘭苕」的豔麗色彩，揭開一個飄逸靈動的神仙世界，與寓身其間的隱者相與為友的並非泛泛的世俗之輩，而是像赤松、浮丘、洪崖那樣得道的仙翁。詩中描寫三位仙人連袂同遊，在雲霧中進出高松、山巘、絕崖的種種美景，以「挹袖」、「拍肩」將親暱的動作與輕微的音響結合，更豐富了詩的意境。

末句以反問的語氣說：「借問蜉蝣輩，寧知龜鶴年。」蜉蝣，是一種棲息在水邊的昆蟲，成蟲交尾產卵後即死，生存期只有數小時，此處以指人生的短暫。至於龜鶴都是長壽的象徵，相傳有千百年的壽命。李善注引《養生要論》稱：「龜鶴壽有千百之數，性壽之物也。道家之言，鶴曲頸而息，龜潛匿而噎，此其所以為壽也。」指龜鶴有噎氣養息之功，所以得享高壽。朝生暮死如蜉蝣之輩，不可能知道龜鶴長壽達千年；同樣的，人生不過百歲光景，又怎能領會超乎生死的神仙境界？

郭璞在詩中以隱者自寓，與仙人為友，笑傲於山林，表達出對朱門華肯及鐘鼎仕途的輕蔑與對隱逸生活的嚮往。以生命短暫的蜉蝣和長壽的龜鶴作對比，點明生命的限制以及心中的無可奈何，雖然神仙不可企求，但自由的心靈卻可高蹈於風塵之外，顯現他瀟灑磊落的胸襟。

歷久彌新說名句

據《龜經》記載「龜一千二百歲，可卜天地終始」，自上古的殷商，即以龜甲來卜卦，可見牠的祥瑞象徵由來已久。

鶴也被視為可以存活千年的動物，更由於其外形有高人隱士之風，常被喻為仙禽與長壽之物，《淮南子．說林訓》載：「鶴壽千歲以極其遊，蜉蝣朝生暮死而盡其樂。」便將朝生暮死的蜉蝣與壽千歲的鶴作對比。

由於龜與鶴都是長壽的象徵，所以自古即常將龜鶴並稱。如漢代桓譚《新論．辨惑》中「龜稱三千歲，鶴稱千歲」、「誰當久與龜鶴同居，而知其歲耳」，《抱朴子．對俗》有「知龜鶴之遐壽，故效其道引以增年」，均指龜鶴的高壽。

「龜鶴齊齡」、「龜鶴延年」、「龜齡鶴壽」、「龜鶴遐壽」、「龜齡鶴算」都是頌壽的吉祥話。宋代侯寘以〈水調歌頭〉為人頌壽說：「坐享龜齡鶴算，穩佩金魚玉帶，常近赭黃袍。歲歲秋月底，沉醉紫檀槽。」祝對方有龜鶴般的高壽，安穩當個佩帶金魚玉帶的高官，常有機會接近穿黃袍的皇帝，福祿壽都有了，還能歲歲有好酒喝，真是愜意人生。

《莊子．逍遙遊》中也有「小年」與「大年」的說法，譬如朝菌（見了太陽就死）不知道一天的時光，山蟬（春生夏死，夏生秋死）不知道一年的時光，這就是所謂「小年」。楚國南方有一隻靈龜，以五百年為一個春季，五百年為一個秋季；上古有一棵椿樹，以八千年當做一個春季，八千年當做一個秋季；這就是所謂的「大年」。莊子認為彭祖不過活了七百多歲，卻以長壽之名流傳後世，眾人都羨慕他，想要效法他，真是太可悲了！

關於郭璞的〈遊仙詩〉還流傳著一個有趣的

故事：據說北齊高祖喜歡讀《昭明文選》，對郭璞的〈遊仙詩〉更是讚不絕口，經常諷誦再三。一個名叫石動甬的屬下心懷妒忌地說：「這詩太平凡了，如果讓我來寫，鐵定要勝過他一倍。」高祖一聽十分心動，但也有些狐疑，馬上派人取來文房四寶，要試試他的才氣。石動甬不慌不忙地說：「這有什麼困難？郭璞〈遊仙詩〉說：『青溪千餘仞，中有一道士。』我只要把它改成：『青溪二千仞，中有二道士。』這不就勝他一倍了嗎？」

中文經典100句 11

台灣師範大學國文系 季旭昇 教授　總策畫
公孫策 著
定價 二〇〇 元

非但君擇臣，臣亦擇君

【名句的誕生】

劉秀接見馬援，謂援曰：「卿遨遊二帝間；今見卿，使人大。」援頓首辭謝，因曰：「當今之世，非但君擇臣，臣亦擇君矣！……」

～〈漢紀〉

【完全讀懂名句】

劉秀對馬援說：「先生穿梭於兩個皇帝之間。今日見面，令我大感慚愧。」馬援頓首拜謝，解釋說：「處在今天的世局之下，不只是皇帝選擇臣子，臣子也選擇皇帝啊！」

【名句的故事】

馬援是個英雄人物，不是普通攀龍附鳳之輩，不卑不亢地回答「不是只有君擇臣，臣也擇君」，意思是「你和公孫述都還沒統一天下，得天下得靠人才」。

【歷久彌新說名句】

蒯徹勸韓信自立門戶，與項、劉鼎足而分。韓信說：「漢王遇我甚厚，載我以其車，衣我以其衣，食我以其食。我豈可以向利背義乎？」

這就是劉邦收了韓信的心，而韓信「亂世臣亦擇君」選定了劉邦，自此死心塌地！

【名句可以這樣用】

今日工商社會企業競爭激烈，企業徵人要考試、面談，人才求職也要看這家企業「值不值得我投入心力」，可以為本句名言的現代版註解。

知名作家、廣播電視主持人 蔡詩萍 強力推薦

中文經典100句01

台灣師範大學國文系 季旭昇 教授 總策畫
文心工作室 編著
定價 二〇〇 元

愛之欲其生，惡之欲其死

【名句的誕生】

子曰：「主忠信，徙義，崇德也。愛之欲其生，惡之欲其死；既欲其生，又欲其死，是惑也。」

～《論語．顏淵．十》

【完全讀懂名句】

孔子說：「親近忠信的人，讓自己趨近於道義，就是提高品德。喜歡一個人時，就希望他好好活著；厭惡一個人時，便希望他快快死去，既要他活著，又要他死去，這就是迷惑。」

【名句的故事】

孔子在衛國期間，曾發生一樁駭人聽聞大事，即衛國太子蒯聵刺殺生母南子，形跡敗露後，蒯聵逃到宋國。這之間是怎樣巨大的愛恨糾葛？

【歷久彌新說名句】

張愛玲說：「生得相親，死亦無恨。」應可作為她情感的註腳。只是時事更迭，她絕口不提過往的一切。德國劇作家布萊希特在〈頌愛人〉中，也描寫出愛惡的矛盾：「當時她見我就生氣，但愛我仍堅定不移。」既愛又恨，人類的情感令人疑惑啊！

《蘋果日報》總主筆卜大中、臺北大學中國語文學系副教授 馬寶蓮 強力推薦

中文經典100句05

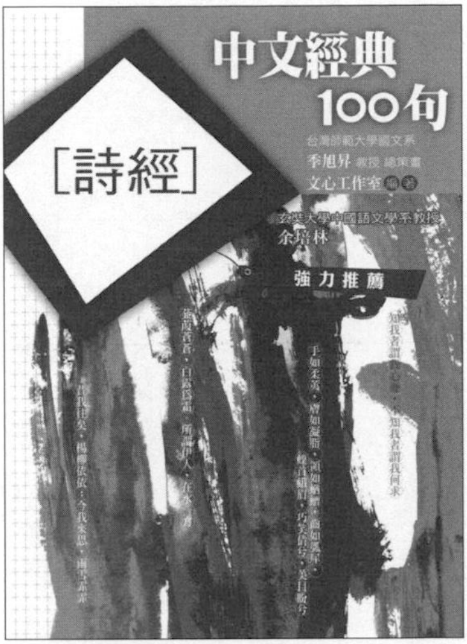

台灣師範大學國文系 季旭昇 教授　總策畫
文心工作室 編著
定價 二四〇 元

投我以木瓜，報之以瓊琚

【名句的誕生】

投我以木瓜，報之以瓊琚。匪報也，永以為好也。投我以木桃，報之以瓊瑤。匪報也，永以為好也。

～《詩經・衛風・木瓜》

【完全讀懂名句】

她向我投以木瓜，我用佩玉作為回報。並不是回報，而是希望能和她天長地久。

她向我投以木瓜，我用佩玉作為回報。並不是回報，而是希望能和她朝朝暮暮。

【名句的故事】

留名千古的美男子潘安，年輕時一出門，婦女就爭相把瓜果擲向他，潘安常滿載而歸。於是有「潘郎車滿」、「投潘岳果」的成語。當時另一位長得醜的文人張載便充分體會到人情殘酷，每次走在路上，小孩都用石頭瓦片丟他，讓他總是一臉委屈的回家。

【歷久彌新說名句】

朋友或情人藉由送禮表達心意，古今不變。東漢張衡四愁詩有：「美人贈我金錯刀，何以報之英瓊瑤。……美人贈我金琅玕，何以報之雙玉盤。……」抒發明主不遇、壯志難酬的憂思。以美人贈我「金錯刀」、「金琅玕」，比喻不忘君主恩德；以欲報之「英瓊瑤」、「雙玉盤」，比喻治國安邦的忠誠。

玄奘大學中國語文學系教授 余培林　強力推薦

國家圖書館出版品預行編目資料

中文經典100句——昭明文選／文心工作室（吳雅萍、林宛蓉、胡雲薇、黃淑貞、劉素梅、燕珍宜、賴美玲）編著.
-- 初版. --臺北市：商周出版：家庭傳媒城邦分公司發行, 2007. 09
面： 公分.--（中文經典100句；12）
ISBN 978-986-124-940-7（平裝）

1. 文選 2. 注釋

830.18　　96016359

中文經典100句12

昭明文選

總策畫／季旭昇教授
作者／文心工作室
（吳雅萍、林宛蓉、胡雲薇、黃淑貞、劉素梅、燕珍宜、賴美玲）
副總編輯／楊如玉
責任編輯／程鳳儀
發行人／何飛鵬
法律顧問／台英國際商務法律事務所　羅明通律師
出版者／商周出版
城邦文化事業股份有限公司
台北市104民生東路二段141號9樓
電話：(02) 25007008　傳眞：(02)25007759
E-mail：bwp.service@cite.com.tw
發行／英屬蓋曼群島商家庭傳媒股份有限公司城邦分公司
台北市中山區104民生東路二段141號2樓
書虫客服服務專線：02-25007718・02-25007719
24小時傳眞服務：02-25001990・02-25001991
服務時間：週一至週五09:30-12:00・13:30-17:00
郵撥帳號：19863813　戶名：書虫股份有限公司
讀者服務信箱E-mail：service@readingclub.com.tw
歡迎光臨城邦讀書花園　網址：www.cite.com.tw
香港發行所／城邦（香港）出版集團有限公司
香港灣仔軒尼詩道235號3樓　E-mail：hkcite@biznetvigator.com
電話：(852) 25086231　傳眞：(852) 25789337
馬新發行所／城邦(馬新)出版集團 Cite (M) Sdn. Bhd.
41, Jalan Radin Anum, Bandar Baru Sri Petaling,
57000 Kuala Lumpur, Malaysia.
Tel:(603)90578822 Fax:(603)90576622 Email: cite@cite.com.my

封面設計／徐璽
電腦排版／冠玫電腦排版股份有限公司
印刷／韋懋實業有限公司
總經銷／高見文化行銷股份有限公司
電話：(02)2668-9005　傳眞：(02)2668-9790　客服專線：0800-055-365

■2007年09月11日初版　printed in Taiwan
■2017年06月28日初版9刷
定價240元
 ISBN 978-986-124-940-7

商周出版

廣　告　回　函
北區郵政管理登記證
北臺字第000791號
郵資已付，免貼郵票

104台北市民生東路二段141號2樓

英屬蓋曼群島商家庭傳媒股份有限公司城邦分公司　　收

▼

請沿虛線對摺，謝謝！

書號：BK9012　書名：中文經典100句——昭明文選

請於此處用膠水黏貼

商周出版

讀者回函卡

感謝您購買我們出版的書籍！請費心填寫此回函卡，我們將不定期寄上城邦集團最新的出版訊息。

不定期好禮相贈！
立即加入：商周出版
Facebook 粉絲團

姓名：＿＿＿＿＿＿＿＿＿＿ 性別：□男 □女

生日：西元＿＿＿＿年＿＿＿＿月＿＿＿＿日

地址：＿＿＿＿＿＿＿＿＿＿

聯絡電話：＿＿＿＿＿＿＿＿ 傳真：＿＿＿＿＿＿＿＿

E-mail ：

學歷：□ 1. 小學 □ 2. 國中 □ 3. 高中 □ 4. 大學 □ 5. 研究所以上

職業：□ 1. 學生 □ 2. 軍公教 □ 3. 服務 □ 4. 金融 □ 5. 製造 □ 6. 資訊
□ 7. 傳播 □ 8. 自由業 □ 9. 農漁牧 □ 10. 家管 □ 11. 退休
□ 12. 其他＿＿＿＿＿＿＿＿

您從何種方式得知本書消息？

□ 1. 書店 □ 2. 網路 □ 3. 報紙 □ 4. 雜誌 □ 5. 廣播 □ 6. 電視
□ 7. 親友推薦 □ 8. 其他＿＿＿＿＿＿＿＿

您通常以何種方式購書？

□ 1. 書店 □ 2. 網路 □ 3. 傳真訂購 □ 4. 郵局劃撥 □ 5. 其他＿＿＿

您喜歡閱讀那些類別的書籍？

□ 1. 財經商業 □ 2. 自然科學 □ 3. 歷史 □ 4. 法律 □ 5. 文學
□ 6. 休閒旅遊 □ 7. 小說 □ 8. 人物傳記 □ 9. 生活、勵志 □ 10. 其他

對我們的建議：＿＿＿＿＿＿＿＿＿＿

＿＿＿＿＿＿＿＿＿＿

＿＿＿＿＿＿＿＿＿＿

請於此處用膠水黏貼